W0461557

LE TRIOMPHE DES LIONS

STEFANIA AUCI

LE TRIOMPHE DES LIONS

LA SAGA DES FLORIO – II

roman

Traduit de l'italien
par Renaud Temperini

ALBIN MICHEL

© Éditions Albin Michel, 2022
pour la traduction française

Chapitres 1 à 4 de l'édition originale italienne parue sous le titre :
L'INVERNO DEI LEONI La Saga dei Florio – II
© Stefania Auci, 2021
Chez Casa Editrice Nord S.u.r.l.,
Gruppo editoriale Mauri Spagnol en 2021

À Eleonora et Federico,
pour toute leur tendresse et toute leur affection.
Je suis très fière de vous.

« Tout autour, le ciel est clair et bleu, j'ai rarement vu un ciel aussi clair et aussi bleu. Ouvre tes yeux, capitaine ! Dis-moi toi-même si tu vois, à l'horizon, le moindre petit nuage, si minuscule soit-il. »

Joseph Roth, *Conte de la 1002e nuit*
[traduction de Françoise Bresson, Paris, Gallimard, « Tel », 1973, p. 13 (N.d.T.)].

LES FLORIO

1799-1868

Originaires de Bagnara, en Calabre, les frères Paolo et Ignazio Florio s'établissent à Palerme en 1799, bien décidés à faire fortune. Malgré une concurrence impitoyable, ils obtiennent d'emblée un succès foudroyant dans le commerce des épices et ne tardent pas à diversifier leurs activités : achat et revente de soufre, acquisition à bas prix d'immeubles et de terrains appartenant à des aristocrates palermitains désargentés, fondation d'une compagnie de navigation… Leur ascension irrésistible, bien aidée par leur opiniâtreté et leur détermination, se poursuit lorsque Vincenzo, le fils de Paolo, prend les rênes de la Maison Florio. Dans ses caves, un vin à l'origine destiné aux pauvres, le marsala, se transforme en un nectar digne de la table des rois. À Favignana, une méthode révolutionnaire de conservation du thon, dans des récipients remplis d'huile, permet de relancer la consommation de ce poisson… Palerme observe cette réussite avec un mélange d'admiration, d'envie et de mépris : les Florio restent, aux yeux de certains, des « étrangers », des « hommes de peine » qui « sentent la sueur ». Un désir brûlant de reconnaissance sociale nourrit dès lors leur ambition et imprime sa marque, en bien ou en mal, sur leur vie publique et privée. Car ces hommes sont des individus exceptionnels mais fragiles ; et, même s'ils ne l'admettraient pour rien au monde, ils ont besoin à leurs côtés de femmes tout aussi exceptionnelles. Giuseppina, l'épouse de Paolo, sacrifie tout – y compris son amour – au nom de la stabilité de la famille. Giulia, une jeune Milanaise, entre comme un tourbillon dans la vie de Vincenzo avant de devenir pour lui un refuge, une forteresse imprenable.

Quand Vincenzo meurt, en 1868, avant même d'avoir atteint l'âge de soixante-dix ans, la direction de ses affaires passe à son fils Ignazio, son seul garçon, qui vient d'avoir trente ans et qui a épousé, en 1866, la baronne Giovanna d'Ondes Trigona. Du « sang bleu » est donc entré, enfin, dans la famille. Mais Ignazio a été élevé dans le culte du travail, et on lui a toujours appris qu'un Florio se doit, en toutes circonstances, de regarder par-delà l'horizon. Il s'apprête ainsi à écrire un nouveau chapitre de l'histoire de sa dynastie…

LA MER

septembre 1868 - juin 1874

Aceddu 'nta l'aggia 'un canta p'amuri, ma pi' raggia.
« Le chant de l'oiseau en cage
n'est pas un chant d'amour, mais de colère. »

PROVERBE SICILIEN

Le 17 mars 1861, le Parlement réuni à Turin a proclamé la naissance du royaume d'Italie, dont Victor-Emmanuel II, roi de Sardaigne, prince de Piémont et duc de Savoie, est devenu le souverain. Les premières élections législatives du pays unifié se sont tenues en janvier de la même année : sur plus de vingt-deux millions d'habitants, un peu plus de quatre cent mille seulement ont bénéficié du droit de vote ; et ce scrutin a vu le triomphe de la Droite historique, composée en majorité de propriétaires terriens et d'industriels favorables à une très forte pression fiscale, nécessaire, selon eux, pour l'assainissement des dettes contractées lors du processus ayant conduit à l'unité. Votée le 1er janvier 1869, la « taxe sur le droit de mouture », c'est-à-dire en réalité sur le pain et les céréales, qui frappe directement les plus pauvres, provoque un vif ressentiment et suscite des protestations parfois très violentes. Bien que dénoncée par certains hommes politiques comme une « taxe moyenâgeuse bonne pour l'époque des Bourbons et des seigneurs féodaux », elle restera en vigueur jusqu'en 1884. En 1870, Quintino Sella, ministre des Finances, présente une série de mesures drastiques visant à introduire des coupes sombres « jusqu'à l'os » du budget de l'État.

La chute en France du Second Empire (1852-1870) et l'avènement de la Troisième République (1870-1940) ne sont pas sans conséquences pour l'Italie : le 20 septembre 1870, privés du soutien français, les États pontificaux s'effondrent. Après un court bombardement accompagné du cri « Savoie ! », les troupes italiennes pénètrent dans Rome par la brèche de la Porta Pia. Le 3 février 1871, la ville devient officiellement la capitale du royaume, auparavant établie à Turin (1861-1865), puis à Florence (1865-1871). Le 13 mai 1871, le Parlement approuve la « loi des Garanties », qui assure au pape l'inviolabilité de sa personne et la liberté d'exercer son ministère spirituel ; Pie IX, qui s'estime « prisonnier de l'État italien », la refuse dans l'encyclique Ubi nos *(15 mai 1871). Le 10 septembre 1874, dans une bulle adressée aux évêques italiens, il réaffirme sa position dite du* non expedit, *à savoir l'interdiction faite aux catholiques de participer à la vie politique italienne ; cette injonction sera toutefois contournée à maintes reprises jusqu'à son abandon officiel et définitif, en 1919.*

En Italie comme dans le reste du monde, l'achèvement de plusieurs grands travaux est suivi d'inaugurations prestigieuses : chemin de fer du Mont-Cenis (15 juin 1868), canal de Suez (17 novembre 1869), tunnel ferroviaire du Fréjus (17 septembre 1871). Ajoutées à la réduction progressive des déficits publics et à l'afflux de capitaux étrangers, ces infrastructures contribuent à faire des années 1871-1873 une période d'activité fébrile, décisive dans l'histoire de l'économie italienne pour la naissance de l'industrie nationale. Toutefois, l'élan s'interrompt en 1873, à la suite de la crise financière qui frappe l'Europe et les États-Unis : causée par une série de spéculations hasardeuses, elle perdurera, avec des périodes d'accalmie, jusqu'en 1896. Et elle ne contribuera certes pas à combler le fossé qui se creuse de plus en plus entre le nord et le sud de l'Italie, pénalisé, entre autres, par l'absence d'investissements dans un réseau ferroviaire efficace, les autorités préférant concentrer leurs efforts sur le développement de la marine.

« En mer, il n'y a ni églises ni tavernes », disent les vieux pêcheurs. Il n'y a aucun refuge. Car, de toutes les forces de la Nature, la mer est à la fois la plus majestueuse et la plus inconstante. Face à sa volonté, l'homme ne peut que s'incliner.

Les Siciliens ont compris depuis toujours qu'avec elle, il n'y a de respect que réciproque. Elle sait se montrer généreuse : du poisson et du sel pour la nourriture de tous, du vent pour les voiles des navires, du corail pour les bijoux des saints et des rois. Mais elle est aussi imprévisible, et peut à tout moment reprendre ce qu'elle a donné. Voilà pourquoi les Siciliens la respectent, et la laissent définir leur essence même, forger leur caractère, imprimer sa marque sur leur peau – elle les soutient, les rassasie, les protège.

En mer, les frontières sont ouvertes et le mouvement incessant. C'est pour cela que les Siciliens vivent dans une agitation perpétuelle, guettent toujours la terre par-delà l'horizon et veulent s'enfuir, chercher ailleurs ce dont ils s'aperçoivent souvent, à la fin de leur vie, qu'ils l'ont toujours eu près d'eux.

Pour les Siciliens, la mer est un père. Ils le constatent lorsqu'ils en sont loin, et qu'ils ne peuvent pas humer cette forte odeur d'algues et de sel qui les enveloppe lorsque le vent se lève, avant de se propager jusqu'au fin fond des ruelles.

Pour les Siciliens, la mer est une mère. Aimée et jalouse. Irremplaçable. Parfois cruelle.

La mer façonne et définit l'âme des Siciliens.

Servitude et liberté.

Au début, c'est un chuchotement, un murmure porté par une très légère brise. Né au cœur de l'Olivuzza, à l'abri des rideaux tirés, dans des pièces envahies par la pénombre. Le vent s'empare d'une voix faible qui enfle, se mêle aux larmes et aux sanglots d'une femme âgée serrant une main froide entre les siennes.

La voix dit : « Il est mort… », et elle tremble, incrédule. Les mots créent la réalité, marquent d'un sceau le fait accompli, déclarent l'irréversible. La plainte parvient jusqu'aux oreilles des serviteurs, passe ensuite sur leurs lèvres, s'en échappe et s'en remet encore au vent, qui l'entraîne dans le jardin, vers la ville. Elle rebondit de bouche en bouche, mêlée de surprise, de pleurs, de crainte, d'épouvante, de hargne.

Les yeux tournés vers l'Olivuzza, les Palermitains répètent, encore et encore : « Il est mort ! » Ils ne peuvent croire au décès d'un homme comme Vincenzo Florio. Oh, bien sûr, il était âgé et malade depuis longtemps, et il avait confié la gestion de ses affaires à son fils. Pourtant… Aux yeux de la ville, c'était un titan, un être d'une telle puissance que rien ni personne ne pouvait l'arrêter. Et le voilà foudroyé par une crise d'apoplexie.

Certains s'en réjouissent. Depuis des années, l'envie, la jalousie et la soif de vengeance se sont frayé un chemin dans de nombreux esprits. Mais leur satisfaction est vaine.

Vincenzo Florio est parti en paix, dans son lit, réconforté par l'amour de son épouse et de ses enfants. Et il est mort riche, entouré de tout ce que la force de sa volonté ou la chance lui avaient permis d'accumuler. Mieux encore : la mort semble avoir eu pitié de cet homme qui n'en a jamais eu pour les autres.

« Il est mort ! »

Chargés de stupeur, de peine, de colère, ces mots pénètrent dans le centre de Palerme, survolent le quartier de la Cala et descendent en flèche au milieu des ruelles qui entourent le port. Un serviteur essoufflé les porte via dei Materassai, au terme d'une course inutile. Car ce cri, ce « Il est mort ! », est déjà entré par les portes et par les fenêtres, il a glissé sur le plancher en faïence pour rejoindre la chambre à coucher d'Ignazio, où se trouve en ce moment la femme du nouveau maître de la Maison Florio.

Au bruit des hurlements et des sanglots venus de la rue, Giovanna d'Ondes Trigona lève la tête d'un geste brusque qui fait ondoyer sa longue tresse noire, et s'agrippe aux accoudoirs de son fauteuil en interrogeant du regard donna Ciccia, son ancienne gouvernante et actuelle dame de compagnie.

Des coups violents retentissent à la porte. D'un mouvement instinctif, donna Ciccia protège la tête du nouveau-né qu'elle tient dans ses bras – Ignazziddu, le deuxième enfant de Giovanna –, et va ouvrir. Elle empêche le serviteur de franchir le seuil et lui demande d'un ton sec : « Qui ?

– Don Vincenzo, à l'instant même. » Le souffle toujours aussi court, le domestique pose les yeux sur Giovanna. « Votre mari, Madame, m'a chargé de vous en informer et vous prie de vous préparer, de faire apprêter la maison en prévision des visites des parents. »

Elle l'interroge, d'une voix plus étonnée qu'affligée : « Il est mort ? » Impossible pour elle d'éprouver du chagrin à la nouvelle de sa disparition : elle n'a jamais eu d'affection pour lui, et le malaise que cet homme suscitait en elle était si profond qu'elle avait du mal à parler en sa présence. Son état de santé s'était aggravé depuis quelques jours, certes, et c'était d'ailleurs une des raisons de l'annulation des réjouissances prévues pour fêter la naissance d'Ignazziddu ; elle ne s'attendait cependant pas à une fin aussi rapide. Elle se soulève péniblement. L'accouchement a été douloureux et se tenir debout la fatigue beaucoup. « Mon mari est là-bas ? »

Le serviteur hoche la tête. « Oui, donna Giovanna. »

Donna Ciccia rougit, redresse une mèche de cheveux noirs qui dépasse de son bonnet et se retourne pour observer sa maîtresse. Giovanna ouvre la bouche pour parler, mais elle n'y parvient pas. Alors elle tend les bras, prend son bébé et le serre contre sa poitrine.

Donna Giovanna Florio. Ce sera désormais son nom. On ne l'appellera plus « madame la baronne », elle ne portera plus ce titre que lui confère sa naissance, ce titre qui a revêtu une telle importance pour son admission au sein de cette maison de riches marchands. Son appartenance à la famille Trigona, une des plus anciennes de Palerme, ne pèse plus rien. Une seule chose compte, désormais : c'est elle *la patronne*.

Donna Ciccia se place devant elle, lui retire le bébé des bras et lui chuchote : « Il faut mettre vos vêtements de deuil. Les premiers visiteurs ne vont pas tarder à venir vous présenter leurs condoléances. » Dans la voix de sa dame de compagnie, Giovanna perçoit une déférence nouvelle, un accent qu'elle n'a jamais entendu. Le signe d'un changement irréversible.

Elle a un rôle précis à jouer. Et elle va devoir prouver qu'elle en est capable.

Elle sent sa respiration s'accélérer et son visage pâlir, saisit les pans de sa robe de chambre et les serre fort. Puis elle dit, d'une voix ferme : « Donnez l'ordre de couvrir les miroirs et de n'ouvrir la porte cochère qu'à moitié. Ensuite, vous viendrez m'aider. »

Elle se dirige vers son cabinet de toilette, situé derrière son lit à baldaquin. Ses mains tremblent et elle a froid. Une seule pensée occupe son esprit.

Je suis donna *Giovanna Florio.*

La demeure est vide.

On n'y trouve que des ombres.

Des ombres qui s'allongent entre les meubles en noyer ou en acajou, par-delà les portes entrouvertes, entre les plis des lourdes tentures.

Il y a aussi du silence, mais aucune tranquillité. On dirait plutôt une absence de bruits, une immobilité qui vous étouffe, vous coupe le souffle, vous paralyse.

Les habitants de la maison dorment tous, sauf un : en pantoufles et en veste d'intérieur, Ignazio parcourt sans but, dans l'obscurité, son logis de la via dei Materassai. Les insomnies qui l'ont torturé durant sa jeunesse sont de retour.

Voilà trois nuits qu'il ne trouve pas le sommeil. Depuis la mort de son père.

Il frotte vigoureusement ses yeux humides. Il ne peut pas, il ne doit pas pleurer : les larmes, c'est bon pour les femmes. Il éprouve néanmoins un sentiment étrange d'abandon et de solitude, assez puissant pour l'anéantir. Il ravale sa souffrance, l'enfouit en lui. Passe d'une pièce à l'autre, s'arrête devant une fenêtre, regarde dans la rue. Quelques lanternes viennent rompre, çà et là, les ténèbres de la via dei Materassai. Les fenêtres des maisons voisines ressemblent à des yeux vides.

Chaque respiration d'Ignazio a un poids, une forme, un goût amer. Très amer.

Ignazio est âgé de trente ans. Son père lui a confié depuis longtemps l'administration de l'exploitation vinicole de Marsala, et il lui a signé il y a peu un blanc-seing pour la gestion de ses affaires. En deux ans de mariage, Giovanna lui a déjà donné deux enfants mâles, Vincenzino et Ignazio, qui garantissent l'avenir de la Maison Florio. Il est riche, estimé, influent.

Mais rien ne peut remédier à la solitude du deuil.

Au vide.

Les murs, les meubles et les bibelots sont autant de témoins de l'époque où sa famille était réunie au complet, intacte. Où l'ordre du monde était solide et le temps rythmé par un travail commun. Tout cela a explosé comme un volcan. Au milieu du cratère, il n'y a plus que lui, Ignazio. Le reste n'est que décombres et désolation.

Ignazio continue de parcourir les couloirs et s'arrête devant le bureau de son père. L'espace d'un instant, il a l'idée d'entrer ; mais il se rend vite compte que c'est au-dessus de ses forces, en tout cas cette nuit-là, cette nuit où les souvenirs ont la consistance d'une chair vivante. Alors il reprend sa marche, gravit les escaliers et rejoint la pièce où son père avait l'habitude de recevoir ses associés pour des réunions informelles, ou bien de s'isoler pour réfléchir. Les murs de cette petite pièce sont couverts de boiseries et de tableaux. Ignazio demeure immobile sur le seuil, les yeux baissés. À travers les fenêtres ouvertes, un flot de lumière blanche éclaire un fauteuil capitonné en cuir et, posé sur une petite table, le journal que son père lisait la veille de la crise d'apoplexie qui l'a paralysé. Personne n'a encore eu le courage de le jeter, bien que plusieurs mois se soient écoulés depuis. Sur un coin de la table, le pince-nez de Vincenzo et sa boîte de tabac à priser sont toujours là, comme s'il devait revenir d'un moment à l'autre.

Ignazio a l'impression de sentir son parfum – une eau de Cologne à la fragrance de sauge, de citron et d'air marin –, d'entendre le vague ronronnement de sa respiration fatiguée et de reconnaître son pas lourd. Il le revoit lisant des lettres et des documents, esquissant un sourire qui donnait à son expression une nuance d'ironie, levant la tête et bougonnant un commentaire, une remarque.

La souffrance ronge Ignazio. Comment aller de l'avant sans son père ? Il a eu des mois pour s'en inquiéter et s'y préparer. Mais, le moment venu, il est démuni. Il se sent sur le point de se noyer, comme le jour où il a failli mourir, à l'Arenella, dans son enfance. C'est son père qui s'était jeté à l'eau pour le sauver. Il n'a pas oublié cette sensation d'asphyxie, la brûlure à sa trachée causée par l'eau de mer... et identique à celle que lui infligent, maintenant, les larmes qu'il s'efforce de refouler. Parce qu'il faut résister. Parce qu'il est le nouveau chef de la famille. Parce qu'il doit veiller sur la Maison Florio. Et sur sa mère restée seule. Et aussi, bien entendu, sur Giovanna, sur Vincenzino, sur Ignazziddu...

Il inspire une grande bouffée d'air par la bouche et s'essuie les yeux. Il craint d'oublier comment était son père, de ne plus parvenir à se souvenir de ses mains ou de son odeur. Mais personne ne doit le savoir. Personne ne doit lire la souffrance dans son regard. Il n'est pas simplement un fils qui vient de perdre son père. Il est le nouveau directeur d'une maison commerciale florissante en pleine expansion.

En cet instant de solitude douloureuse, ce n'est cependant pas difficile à admettre : il aimerait tendre la main et saisir celle de son père, lui demander conseil, travailler à ses côtés, en silence, comme il l'a fait si souvent par le passé.

Il voudrait, lui qui est maintenant père, ne plus être qu'un fils.

« Ignazio ! »

Sa mère, Giulia, l'a appelé à voix basse. Elle a vu son ombre se dessiner sur un faisceau de lumière, à travers la porte entrouverte de la chambre où dorment Vincenzino et Ignazziddu. Assise dans un fauteuil, elle berce le dernier-né, venu au monde au moment où son grand-père s'apprêtait à le quitter.

Giulia est vêtue d'une robe de chambre en velours noir, et ses cheveux blancs forment une large tresse. À la lueur de la lampe, Ignazio remarque que ses mains sont déformées par l'arthrose et qu'elle a le dos voûté. Elle souffre de douleurs aux os depuis plusieurs années, mais jusqu'à présent, elle avait toujours réussi à se tenir droite. Ce soir, elle semble recroquevillée sur elle-même. Elle porte mal ses cinquante-neuf ans, comme si, d'un seul coup, tout le poids du monde reposait sur ses épaules. Et ses yeux – naguère si sereins et si pétillants de curiosité –, aujourd'hui opaques, se sont éteints.

« *Maman**[1]... qu'est-ce que vous faites là ? Pourquoi n'avez-vous pas appelé la nourrice ? »

Giulia le regarde d'abord en silence. Puis elle recommence à bercer le nouveau-né, et une larme perle à sa paupière. « Il aurait été heureux de l'arrivée de cet enfant, et de ta chance de n'avoir eu que des garçons. Ta femme a bien fait les choses : à vingt ans, elle t'a déjà donné deux héritiers. »

1. Les mots et expressions en italiques suivis d'un astérisque sont en français dans le texte original.

Le cœur d'Ignazio se serre. Il s'assied en face de sa mère, dans le fauteuil placé à côté du berceau. « Je sais. » Il lui prend la main. « Le plus douloureux, pour moi, c'est de me dire qu'il ne les verra pas grandir. »

Giulia avale sa salive. « Il aurait pu vivre vieux. Mais il n'a jamais ménagé sa santé, jamais. Il ne s'est jamais accordé une journée de repos ; même les jours fériés, il travaillait… là, dit-elle en appuyant un doigt sur sa tempe. Il était incapable de s'interrompre. Et c'est ce qui a fini par le tuer. » Elle soupire et saisit la main de son fils. « Jure-moi que tu ne feras jamais passer tes affaires avant ta famille. »

Le geste de Giulia est animé d'une énergie désespérée, elle a conscience que le temps prend tout et ne rend rien, qu'il brûle les souvenirs et les réduit en cendres. Ignazio pose une main sur celle de sa mère, dont il sent les os sous la peau très fine. Son cœur se serre encore plus fort. « Oui, je vous le jure. »

Giulia secoue la tête ; cette réponse mécanique ne lui suffit pas. Ignazziddu gazouille entre ses bras. « Promets-moi de penser à ta femme et à tes enfants. » Elle est née à Milan, mais elle avait à peine plus de vingt ans quand elle est arrivée à Palerme et elle lève le menton d'une manière typiquement sicilienne pour désigner le petit lit, au fond de la pièce, où dort Vincenzino, qui a maintenant un an. « Tu ne le sais pas et tu ne peux pas t'en souvenir. Ton père n'a pas vraiment *vu* grandir tes sœurs, Angelina et Peppina. Il s'est contenté de surveiller ton éducation d'assez loin, et uniquement parce que tu étais le *garçon* qu'il désirait. » Elle baisse sa voix tremblante, tout en essayant de dissimuler ses larmes. « Ne fais pas la même erreur. Passer à côté de l'enfance de nos petits est l'une des choses les plus douloureuses au monde. »

Il hoche la tête et l'enfouit dans ses mains. La sévérité du visage de son père affleure à sa mémoire. Il a dû attendre l'âge adulte pour reconnaître l'orgueil et l'affection dans ses regards sombres. Vincenzo Florio n'était pas un homme loquace, ses sentiments, bienveillants ou hostiles, passaient tout entiers par ses yeux. Il n'a jamais bien su comment manifester sa tendresse. Il n'avait pas l'habitude de prendre son fils dans ses bras, et c'est tout juste s'il daignait lui faire quelques caresses. Pourtant, Ignazio l'aimait.

« Ne néglige pas ta femme… Giovanna. Elle t'est dévouée corps et âme, la pauvre chérie, elle n'arrête pas d'essayer d'obtenir ton attention. » Giulia observe son fils avec un mélange de reproche et de regret. Elle pousse un nouveau soupir. « Si tu l'as épousée, tu dois forcément éprouver de l'affection pour elle. »

Il agite la main, comme pour chasser une pensée importune, et murmure : « Oui. » Mais il n'ajoute rien d'autre et baisse les yeux afin d'échapper au regard de sa mère, qui a toujours su lire jusqu'au tréfonds de son âme.

Il est le seul à connaître cette douleur-*là*.

Giulia se lève, marche à pas lents et dépose Ignazziddu dans son berceau. Le nouveau-né tourne sa petite tête avec un soupir de satisfaction et s'abandonne au sommeil.

Sur le seuil de la porte, Ignazio attend sa mère. Une main sur son épaule, il la raccompagne à sa chambre. « Je suis content que vous ayez décidé de rester ici, en tout cas les premiers temps. Je ne vous imaginais pas habiter là-bas toute seule. »

Elle acquiesce de la tête. « La maison de l'Olivuzza est trop grande sans lui. » *Elle est vide. Pour toujours.*

Ignazio a la sensation que sa respiration s'est figée.

Giulia se faufile dans la chambre que son fils et sa belle-fille lui ont réservée, celle-là même que sa belle-mère, Giuseppina Saffiotti Florio, avait occupée des années plus tôt. Une femme sévère, qui avait perdu son mari encore jeune. Elle avait ensuite élevé Vincenzo avec l'aide de son beau-frère, Ignazio, et s'était longtemps opposée au mariage de son fils avec Giulia, en qui elle voyait une gourgandine et une arriviste. Désormais, c'est au tour de Giulia d'être veuve. Elle se fige au centre de la chambre, tandis que son fils ferme la porte, et contemple le lit à deux places.

Ignazio n'entend pas les mots qu'elle prononce. D'ailleurs, il serait incapable de comprendre la souffrance de sa mère, trop différente de la sienne, plus viscérale, plus aiguë, privée d'espérance.

Car ils s'étaient choisis, elle et Vincenzo, ils s'étaient voulus et aimés, envers et contre tout.

« Comment vais-je faire pour vivre sans toi, mon amour ? »

La porte effleure le plancher et se referme sans bruit. À côté de Giovanna, le matelas s'enfonce et le corps d'Ignazio reprend sa place. Il en émane une chaleur tiède qui se mêle à celle de la jeune femme.

Elle retient son souffle et simule un sommeil qui l'a abandonnée au moment où son mari s'est levé. Elle sait bien qu'il souffre d'insomnie, et comme elle a elle-même le sommeil léger, il lui arrive souvent de rester éveillée sans bouger. D'autant plus que la mort de son père, elle en est convaincue, a affecté Ignazio bien plus profondément qu'il n'est disposé à l'admettre.

Les yeux grands ouverts dans l'obscurité, elle se remémore sa première rencontre avec Vincenzo Florio, un homme massif à l'expression courroucée et à la respiration lourde. Il l'avait observée comme on examine du bétail sur un marché.

Elle s'était sentie très intimidée et n'avait rien pu faire d'autre que fixer des yeux le plancher de la villa delle Terre Rosse, édifiée à proximité de Palerme.

« Tu ne la trouves pas un peu trop maigre ? » Vincenzo avait certes murmuré sa question à l'oreille de sa femme, mais on l'avait entendue résonner dans tout le grand salon de la famille d'Ondes.

Giovanna avait alors relevé la tête d'un geste brusque. Qui aurait osé lui reprocher d'avoir passé sa vie à essayer de ne pas ressembler à une mère que son obésité rendait difforme ? Et Vincenzo avait l'air d'insinuer que sa minceur l'empêcherait d'être une bonne épouse. Blessée par une telle accusation, elle avait regardé Ignazio, dans l'espoir qu'il prendrait sa défense.

Il était toutefois demeuré impassible et distant, sans se départir de son sourire ambigu.

C'est le père de Giovanna, Gioacchino d'Ondes, comte de Gallitano, qui avait pris la peine de rassurer Vincenzo en déclarant d'un air orgueilleux : « Ma fille est en parfaite santé. Et elle donnera des enfants robustes à votre maison. »

Car don Vincenzo ne s'intéressait à rien d'autre qu'à sa capacité à devenir mère. Peu lui importaient sa maigreur ou son poids excessif, et moins encore les sentiments qu'Ignazio éprouvait ou n'éprouvait pas pour elle.

Malgré tous ces obstacles, elle avait rejoint la Maison Florio le cœur plein d'amour pour ce mari si maître de lui-même.

Elle débordait d'enthousiasme, vraiment. Parce qu'elle avait eu le coup de foudre dès l'instant où, peu avant ses dix-sept ans, elle l'avait vu pour la première fois au Casino delle dame e dei cavalieri. Plus tard, elle avait été conquise par le calme qu'il savait lui inspirer. Par sa force, qui paraissait provenir d'une inaltérable confiance en sa supériorité. Et enfin par la sérénité de ses propos.

Le désir était venu ensuite, dans l'intimité de la vie commune. Mais ce désir l'avait aussi fourvoyée, lui avait fait croire que leur mariage ne correspondait pas aux descriptions qu'en donnait leur entourage, lui avait laissé penser qu'il pouvait y entrer de l'affection, ou au moins du respect. Tout le monde l'avait pourtant mise en garde. Sa mère, pour commencer, avait multiplié les allusions sibyllines aux « sacrifices » nécessaires pour « supporter » son mari. Et, le jour des noces, le père Berto l'avait avertie : « La patience est la principale vertu exigée d'une épouse. »

Son regard avait d'ailleurs complété sa pensée : *Surtout si on se marie avec un Florio.*

Giovanna s'était montrée patiente, obéissante, sans cesse à la recherche d'un signe d'approbation, ou en tout cas de gratitude. Pendant deux ans, elle s'était sentie prise en étau entre l'amabilité glaciale de donna Giulia et les regards fouineurs de don Vincenzo ; elle s'était sentie coupable de la modestie de sa dot et de son manque d'instruction, surtout en comparaison de celle dont ses belles-sœurs avaient bénéficié ; elle s'était sentie désorientée dans une maison et une famille qui lui étaient restées étrangères. Elle avait fait appel à son orgueil nobiliaire, au sang des Trigona qui coulait dans ses veines, mais d'abord et avant tout à ses sentiments pour Ignazio.

Sa ténacité et sa détermination lui avaient donné la force d'attendre qu'il s'aperçoive de sa présence. Qu'il la remarque pour de bon.

Elle n'avait obtenu qu'une délicatesse affectueuse, tiède et fugitive.

Elle entend le léger ronflement de l'homme allongé dans son dos, se retourne et en observe la silhouette plongée dans l'obscurité. Elle lui a donné deux fils. Elle sait qu'elle l'aime d'un amour aveugle et stupide.

Mais elle sait aussi que cela ne suffit pas.

La vérité, pense Giovanna, *c'est qu'on s'habitue à tout.* Elle s'est elle-même trop longtemps contentée des miettes du festin. Dorénavant, elle exigera davantage. Elle veut être pleinement la femme d'Ignazio.

Le matin du 21 septembre 1868, maître Giuseppe Quattrocchi, notaire, donne lecture des dernières volontés de Vincenzo Florio, négociant. Vêtu d'un costume sombre façonné par un tailleur anglais, une cravate en crêpe noir autour du cou, Ignazio prend connaissance des articles du testament, subdivisés par secteurs d'activité de la Maison Florio. De nombreux dossiers sont empilés, bien ordonnés, sur le bureau ; le clerc du notaire les consulte tour à tour et vérifie la liste des biens, une véritable litanie de lieux, de noms, de chiffres.

Ignazio paraît impassible. Personne ne voit ses mains tremblantes, croisées sous la table.

Il a toujours su que le réseau commercial de sa famille était très vaste, mais on dirait qu'il prend conscience seulement maintenant de la *réalité* de sa complexité et de ses ramifications. Quelques jours plus tôt, il ne s'occupait encore que de certains secteurs, et en particulier de l'exploitation vinicole de Marsala. Il aimait y séjourner au moment des vendanges, attendre le crépuscule pour voir le soleil disparaître derrière la silhouette des îles Égades, par-delà la lagune du Stagnone.

Et voilà que se dresse devant lui une montagne de papiers, d'argent, de contrats et d'engagements. L'escalader et atteindre son sommet ne suffira pas, il faudra aussi la soumettre à sa volonté. Les Florio doivent *encore et toujours* élargir leur champ d'action. C'est ce qu'ont fait son grand-père Paolo et son grand-oncle Ignazio en quittant Bagnara pour Palerme. C'est ce qu'a fait son père en créant l'exploitation de Marsala, en prenant en main l'administration de la madrague de Favignana et en s'entêtant – contre l'avis de tout le monde – à édifier la fonderie Oretea, qui donne maintenant du pain et du travail à des dizaines d'hommes. Et personne n'a jamais douté qu'il incomberait à Ignazio de poursuivre la tâche. Il est l'homme de la famille, l'héritier, celui qui doit faire honneur à la renommée de la dynastie, accroître sa puissance et sa richesse.

Ses mains cessent enfin de trembler. Il les pose soudain sur la table ; puis il fixe le doigt où son alliance recouvre l'anneau en or battu que son père lui a offert le jour de son mariage avec Giovanna, deux ans plus tôt : cet anneau avait appartenu au grand-oncle dont il porte le prénom, et auparavant à son arrière-grand-mère, Rosa Bellantoni. Il ne lui a jamais paru aussi lourd.

Le notaire a poursuivi sa lecture ; il en est arrivé aux dispositions concernant l'épouse et les filles du défunt, qui bénéficieront de legs. Ignazio écoute, hoche la tête, signe les actes d'acceptation de l'héritage.

Puis il se lève et regarde autour de lui. Il sait que toutes les personnes présentes attendent qu'il prenne la parole. Il ne peut pas, il ne veut pas les décevoir. « Merci à vous d'être venus. Mon père était un homme extraordinaire : il n'avait pas un caractère facile, mais il s'est toujours montré loyal envers autrui et courageux dans ses actions. » Ignazio marque une pause pour bien choisir ses mots. Le dos droit, il reprend d'une voix ferme : « Je vous fais confiance, je sais que vous continuerez à vous dévouer à la Maison Florio comme vous l'avez fait par le passé. Pour ma part, j'ai la ferme intention de persévérer dans la même voie, de rendre nos entreprises plus solides et plus fortes. Et je n'oublie pas que notre Maison signifie d'abord et avant tout, pour beaucoup de gens, du pain, du travail et de la dignité. Je vous promets de prendre le plus grand soin d'eux… de vous. Tous ensemble, nous ferons de cette Maison la force vive de Palerme et de la Sicile. » Il désigne les dossiers devant lui et pose une main dessus.

Certains approuvent d'un signe de tête. Les sourcils se défroncent, les regards inquiets se tranquillisent.

Pour le moment, ils n'ont pas besoin de promesses supplémentaires, se dit Ignazio, et il sent ses épaules se détendre. *Mais dès demain, ce ne sera plus la même chose.*

Les invités se lèvent, s'approchent de lui, renouvellent leurs condoléances. Quelques-uns sollicitent un rendez-vous. Ignazio les remercie et fait signe à son secrétaire de voir avec eux.

Vincenzo Giachery et Giuseppe Orlando sont les derniers à se présenter devant lui. Plus encore que des collaborateurs et des conseillers de la société commerciale, ce sont des amis de la famille. Vincenzo est le frère de Carlo Giachery, bras droit de Vincenzo Florio et architecte de la villa dei Quattro Pizzi, mort trois ans auparavant. Don Vincenzo avait réagi à cette perte, comme à tant d'autres, par une imperturbabilité absolue et un repli obstiné sur lui-même. Giuseppe, quant à lui, est un ingénieur mécanique compétent, spécialisé dans le domaine de la marine marchande. Naguère partisan de Garibaldi, c'est aujourd'hui un fonctionnaire très avisé et un bon père de famille.

Giachery parle le premier, et il va droit au but : « Don Ignazio, il faut absolument que nous discutions du problème des bateaux à vapeur.

– Je sais. »

Les lèvres serrées, Ignazio ajoute en pensée : *Et ça ne peut même pas attendre demain. Je n'ai pas assez de temps, je n'en ai jamais eu et je n'en aurai jamais plus.*

Il regarde les deux hommes et retient sa respiration l'espace d'un court instant. Puis il les entraîne hors du salon, où les domestiques rendent leurs gants et leurs chapeaux aux parents venus assister aux funérailles et à la lecture du testament. Il salue sa sœur Angelina et son mari, Luigi De Pace, et serre ensuite la main d'Auguste Merle, le beau-frère de sa sœur Giuseppina, qui vit à Marseille depuis des années.

Ignazio et ses deux interlocuteurs rejoignent le bureau de Vincenzo Florio. Sur le seuil, Ignazio hésite un moment, comme la veille au soir : un mur imaginaire se dresse en face de lui. Il a déjà pénétré dans cette pièce un nombre incalculable de fois, mais toujours du vivant de son père, à l'époque où c'était lui qui tenait les rênes de la Maison.

De quel droit va-t-il y entrer ? Qui est-il, sans son père ? Tout le monde voit en lui son héritier, mais ne serait-il pas plutôt un imposteur ?

Il ferme les yeux et se représente la scène : il ouvre la porte, et Vincenzo est là ; assis dans son fauteuil en cuir, la tête levée, ses cheveux gris en bataille, l'air contrarié, le regard inquisiteur, il tient un papier à la main…

Mais c'est Vincenzo Giachery qui pose une main sur son épaule et lui chuchote : « Courage. »

Maintenant, pense Ignazio pour essayer de chasser la crainte qui le paralyse. La mort lui a pris un père, mais à ces deux hommes, elle a volé un guide. *Maintenant ou jamais.* Car il doit prouver d'emblée qu'il sera le digne successeur de son père. Que sa vie – sacrifiée à la Maison Florio depuis le jour de sa naissance – n'est pas inutile. Que sa douleur ne l'affaiblira pas et que même s'il en souffre, il saura la dissimuler. C'est à lui de rassurer les autres, pas l'inverse. Pour lui, le temps du réconfort est déjà fini. Ou plutôt, il n'a jamais commencé.

Il franchit donc le mur invisible. Il entre dans la pièce, s'en approprie l'espace. Ce cabinet redevient ce qu'il a toujours été : un lieu de travail garni de boiseries sombres, de meubles massifs, de deux fauteuils en cuir et d'un grand bureau en acajou encombré de documents, de papiers et de rapports comptables.

Ignazio s'assied à *ce* bureau, dans *ce* fauteuil. Son regard s'attarde quelques secondes sur un encrier, un sous-main, un coupe-papier, des tampons, une règle et quelques feuilles de papier buvard, dont l'une porte une trace de doigt.

« Bien. » Il prend une inspiration profonde. Des billets de condoléances ont été déposés sur le sous-main. Celui de Francesco Crispi trône au sommet de la pile. *Il va falloir lui écrire sans tarder.* Crispi et son père s'étaient connus après le débarquement des troupes de Garibaldi en Sicile ; une relation de franchise et de confiance réciproques s'était aussitôt instaurée entre eux, et elle n'avait fait que se renforcer au fil des ans. Après avoir été l'avocat des Florio, Crispi paraissait promis à une brillante carrière politique, surtout depuis sa récente élection au Parlement comme député de Maglie et Castelvetrano. « Le plus urgent, c'est de rassurer tout le monde. Le crédit qu'on nous a toujours accordé ne doit à aucun prix diminuer.

– Et quel est votre avis sur la question des subventions de l'État ? D'après les bruits qui courent, le gouvernement serait peu enclin à les renouveler et il pourrait être dangereux, pour la Maison Florio, d'en être privée. La Méditerranée regorge de compagnies prêtes à se battre à coups de canon pour obtenir l'exploitation de lignes supplémentaires. »

Tout de suite le baptême du feu. La voilà, la question la plus épineuse.

« J'en suis tout à fait conscient, et je n'ai pas la moindre intention de laisser la concurrence nous dépasser. Mon idée consiste à m'adresser au directeur des Postes, Barbavara : il me semble opportun de lui confirmer notre intérêt pour une fusion de notre société Piroscafi Postali et de la compagnie Accossato et Peirano de Gênes, qui, comme vous le savez, dispose à l'échelle nationale, avec la compagnie Rubattino, de plus de la moitié du tonnage du transport par vapeur. Et la réalisation de ce projet entraînerait à la fois, j'en suis convaincu, l'amélioration des lignes maritimes et le renforcement de notre flotte. Mais surtout, je tiens à protester auprès de Barbavara contre la suppression de la liaison avec Livourne ; cela nous a causé un dommage considérable, et pour nous, c'est la fin d'une ligne directe entre la Sicile et l'Italie centrale. Je compte faire remettre ma lettre par l'intermédiaire de notre contact au ministère, le *cavaliere* Scibona, qui prendra soin de plaider notre cause. »

Les mains posées sur ses cuisses, Orlando soupire : « Scibona est un factotum dont le seul avantage, de notre point de vue, est son poste au ministère. Mais ce n'est et ce ne sera jamais qu'un sous-fifre, je ne crois pas qu'il ait l'oreille des gens importants. Nous avons besoin d'un interlocuteur plus haut placé. »

Ignazio acquiesce d'un geste lent, fronce les sourcils et martèle son idée : « C'est bien pour cela que j'ai pensé à Barbavara en personne. Il pourra exercer des pressions au moment opportun… Même si… » Il saisit un coupe-papier qu'il fait tourner dans le creux de sa main. « Le problème se situe en amont, il tient à la réduction des dépenses du gouvernement. En Italie du Nord, ils sont en train de construire des routes et des voies ferrées, ils ne s'intéressent pas beaucoup aux échanges commerciaux avec la Sicile. C'est à nous de leur donner une bonne raison d'allouer des subventions aux transports, et par conséquent de rendre les lignes rentables. »

Lorsque Giachery pose les coudes sur le bureau, Ignazio le dévisage : dans la pénombre, ses traits creusés et ses cheveux poivre et sel présentent une ressemblance presque inquiétante avec ceux de son frère. *J'ai l'impression d'être le seul vivant à une réunion de fantômes. De fantômes qui refusent de s'en aller.* Ignazio demande alors : « Et vous, don Vincenzo, quelle est votre opinion ? Pourquoi restez-vous silencieux ? »

Giachery hausse les épaules et lui adresse un regard torve. « Parce que votre décision est déjà prise et que rien ne vous fera changer d'avis. »

Cette réflexion arrache à Ignazio un grand éclat de rire, le premier depuis longtemps. Mais c'est aussi une ouverture de crédit. « Vous avez raison. Il s'agit d'*habiller la marionnette*, comme on dit chez nous. De faire comprendre à Barbavara qu'il a tout intérêt à se montrer conciliant envers la Maison Florio. »

Giachery écarte les bras et esquisse un sourire avorté. « Oui, c'est bien ça. »

Ignazio s'appuie contre le dossier de son fauteuil. Le regard perdu dans le vague, il formule déjà la lettre qu'il s'apprête à écrire. Qu'il ne faudra pas, en effet, confier à un simple secrétaire. Dont il devra se charger lui-même.

« D'autant plus que nous aurions tort de ne pas surveiller nuit et jour nos concurrents siciliens, ajoute Giuseppe Orlando. D'après ce que j'ai entendu raconter, Pietro Tagliavia, l'armateur, serait sur le point de se constituer une flotte de bateaux à vapeur destinés au commerce avec la Méditerranée orientale. » Il dissimule un bâillement derrière sa main, les derniers jours ont été pénibles pour eux tous et la fatigue se fait sentir. « Et quand le canal des Français sera ouvert, à Suez, aller aux Indes sera plus simple, plus rapide… »

Ignazio l'interrompt : « Il faudra reparler de cela aussi. La vente d'épices a beaucoup enrichi mon père, mais elle n'a plus autant d'importance que par le passé. Il faut nous concentrer sur le désir qu'ont maintenant les gens de se déplacer vite sans pour autant renoncer à leur confort. De se sentir modernes, en somme. C'est ça que nous devons leur apporter, dans toute la Méditerranée : des liaisons assurées par des vapeurs plus rapides que ceux de nos concurrents. »

Orlando et Giachery échangent des regards inquiets. Il est donc question de renoncer au commerce des épices ? À une des principales activités de la Maison ? Au cours de leur longue existence, ils en ont déjà vu de toutes les couleurs. Et ils savent qu'un changement d'orientation d'une telle brusquerie est susceptible d'entraîner des conséquences catastrophiques.

Ignazio se lève, se place devant une grande mappemonde suspendue à un mur, aplatit une main sur la Méditerranée et reprend : « Les bateaux à vapeur seront la source de notre richesse. Eux et notre exploitation vinicole. Notre objectif principal consistera à protéger et favoriser ces deux activités. Si le gouvernement nous refuse son aide, nous nous battrons bec et ongles pour trouver de l'argent ailleurs. Il faudra identifier nos amis, et surtout bien connaître nos ennemis, apprendre à lutter contre eux ; nous n'avons pas droit à l'erreur. » Ignazio fixe des yeux ses interlocuteurs. Il parle sur un ton calme et décidé. « Il faudra aussi élargir notre réseau de transports. Et c'est pour cela que nous avons besoin du soutien d'hommes de pouvoir comme Barbavara. »

Orlando et Giachery, qui viennent à nouveau d'échanger des regards inquiets, n'osent cependant pas parler. Ignazio le remarque, avance d'un pas vers eux et murmure : « Faites-moi confiance. Mon père a toujours regardé loin en avant, au-delà de l'horizon. Et moi, je veux suivre son exemple. »

Au bout d'une poignée de secondes, Giachery hoche la tête, se lève, tend la main à Ignazio et lui dit : « Don Florio, vous savez ce que vous avez à faire. » Cette phrase contient tout ce qu'Ignazio peut espérer, du moins pour le moment : de la reconnaissance, de la confiance, une promesse de soutien.

Orlando se lève à son tour, va jusqu'à la porte et demande : « Vous passerez à la Banque, demain ?

– Je compte le faire dès aujourd'hui. » Ignazio désigne un dossier posé sur le bureau. « Nous devons clôturer le compte de mon père et nous occuper du mien. »

Orlando approuve d'un mouvement de tête.

La porte se referme derrière les deux visiteurs.

Ignazio appuie le front sur un de ses montants. *Tu viens de franchir le premier obstacle. Maintenant, il reste tous les autres. Aborde-les un par un.*

Sur le bureau, les papiers ont l'air de lui jeter un défi. Il se rassied, les ignore puis les supplie, tout en se passant une main sur le visage : *Attendez encore un petit peu.* Enfin, il saisit les billets et les télégrammes de condoléances, venus de toute l'Europe. Il passe en revue les noms des expéditeurs et s'enorgueillit à la pensée du nombre de gens importants qui connaissaient et estimaient son père. En témoignage d'une faveur conquise au fil des ans, un télégramme a même été envoyé par la cour du tsar de Russie.

Puis, parmi les derniers messages, Ignazio trouve une enveloppe affranchie avec un timbre français. Elle vient de Marseille.

Il reconnaît l'écriture et ouvre le pli très lentement, comme s'il en avait peur.

J'ai appris la perte que tu viens de subir.

Mes pensées les plus affectueuses t'accompagnent. J'imagine à quel point tu dois souffrir.

Je t'embrasse.

Le message ne porte aucune signature. Ce n'est pas nécessaire.

Deux noms sont imprimés au verso du carton en papier d'Amalfi. Un trait de plume rageur en biffe un.

Cette fois, ce n'est pas la douleur causée par la mort de son père qui imprime une telle amertume sur son visage. Les peines s'ajoutent aux peines. Le souvenir évoqué a le goût du regret, de la nostalgie pour une vie jamais vécue, restée à l'état de rêve. D'un de ces désirs que l'on garde en soi tout au long de son existence tout en sachant qu'on ne pourra jamais les satisfaire.

Non.

Ignazio entasse les billets dans un coin. Il y pensera plus tard.

Mais il range celui qui n'est pas signé dans une poche de sa veste, à la hauteur du cœur.

En robe de chambre et en pantoufles, Giovanna se penche timidement à la fenêtre. À Palerme, le temps est malicieux : le matin, un froid humide vous transperce les os ; vers le milieu de l'après-midi, il règne une chaleur encore estivale.

Giovanna observe les voitures qui se dispersent au loin, entend les saluts échangés d'une porte à l'autre. Après s'être éloignée de la fenêtre au prix d'un effort pénible qui lui arrache une grimace de douleur, elle va s'asseoir dans son fauteuil. La porte de communication avec la chambre à coucher d'Ignazio est à moitié cachée derrière une lourde tenture en brocart vert. Près du lit à baldaquin sculpté et doré, une statuette en écaille de tortue et en nacre, posée sur la table de chevet, représente le Christ en croix. La commode en plume d'acajou est surmontée d'un des cadeaux de mariage offerts par Giulia, un service de toilette en argent orné de motifs floraux, fabriqué dans une manufacture anglaise.

Tout est raffiné. Luxueux.

Mais au-delà des murs, il y a le quartier de Castellammare et la vieille Loggia dei Mercanti, où s'entassent entrepôts, boutiques et masures. Ce monde n'est désormais plus assez élégant pour les Florio. Giovanna a essayé à maintes reprises de l'expliquer à Ignazio, qui a jusqu'à présent refusé de l'écouter.

Il lui a même souvent répondu : « Nous serons bien ici. Nous laisserons l'Olivuzza à mes parents, qui ont besoin d'air pur et de repos. Et puis, qu'est-ce qui te déplaît tant ? C'est ma mère qui m'a légué cette maison. Elle est très confortable et elle a l'avantage d'être à quelques pas de la piazza Marina et des bureaux de notre société. Et n'oublie pas que je viens de faire installer l'éclairage au gaz. Il me semble que tu ne manques de rien. »

Giovanna pousse un soupir d'agacement accompagné d'un rictus. Elle ne comprend pas pourquoi son mari s'obstine à vivre ici et pourquoi l'Olivuzza, dont il a lui aussi voulu la construction, devrait être occupée par sa belle-mère, surtout maintenant qu'elle est seule. Elle déteste la promiscuité caractéristique de ce quartier populaire. Dès qu'elle ouvre les rideaux, sa voisine d'en face se précipite sur son balcon et lui donne l'impression de vouloir bondir chez elle. Et il lui est même arrivé de l'entendre commenter à haute voix tout ce qu'elle y voyait, pour le plus grand plaisir des passants.

Elle regrette le grand air des Terre Rosse, le vaste terrain situé à proximité de l'église San Francesco di Paola, où ses parents possèdent une petite villa aux prétentions d'élégance, agrémentée d'un jardin. C'est là que Giovanna a grandi. Avec ses bâtiments amoncelés les uns sur les autres, ses odeurs nauséabondes de détergents et de cuisine, ses ruelles étroites, la via dei Materassai l'étouffe. L'intimité et la discrétion y sont impossibles.

Peu importe que les escaliers soient en marbre, que les plafonds soient décorés de fresques et que le mobilier provienne des quatre coins du monde. Giovanna ne veut pas habiter cette maison de parvenus. Elle convenait très bien à son beau-père ; mais depuis son mariage, Ignazio appartient à la noblesse palermitaine, et il a besoin d'une demeure conforme à son nouveau rang.

Tout en refermant rageusement les pans de sa robe de chambre, elle se demande : *Au fond, c'est pour ça qu'il m'a épousée, non ? Pour le sang bleu que je lui ai apporté avec ma dot. Pour effacer la poussière de ses chaussures et pour en finir avec cette appellation d'« homme de peine » dont mon beau-père n'a jamais réussi à se débarrasser ! Il voulait avoir pour compagne la baronne Giovanna d'Ondes Trigona. Et son désir a été exaucé.*

Ces considérations amères sont suivies d'une autre, plus amère encore : *Mais alors, pourquoi tout cela ne lui suffit-il pas ?*

La porte s'ouvre pour laisser passer Ignazio, qui s'approche de sa femme. « Ah, tu es réveillée. Bonjour.

– Je viens de me lever et j'attends que donna Ciccia vienne m'aider à me préparer. » Elle lui prend la main et la porte à ses lèvres. « Alors, ces rendez-vous ? »

Ignazio se perche sur un accoudoir du fauteuil et passe un bras autour des épaules de Giovanna. « Épuisants. » Inutile de lui en dire davantage, elle ne comprendrait pas. Elle n'a pas la moindre idée des responsabilités qui pèsent sur le dos du directeur de la Maison Florio. Il lui effleure le visage d'une caresse. « Tu es toute pâle… »

Elle hoche la tête. « Je manque d'air ici. Je voudrais aller à la campagne. »

Mais Ignazio ne l'écoute déjà plus, il se précipite vers le dressing-room. « Je suis venu changer de veste, il fait à nouveau très chaud dehors. Comme j'ai accepté l'héritage, je dois aller au siège social de la Banque pour contrôler la liste des créditeurs et des lettres de change. Et puis… »

Elle l'interrompt : « Il te faudrait un valet de chambre. »

Ignazio s'immobilise, mains levées. « Plaît-il ?

– *Un domestique qui t'habillerait.* » D'un geste ample, Giovanna désigne la ville, de l'autre côté de la fenêtre. « Mon père en a un et ma mère a une *cammarera pa' mugghiere*, une femme de chambre. »

Une légère contraction de la bouche d'Ignazio suffit à son épouse pour comprendre aussitôt qu'il est très contrarié. Elle baisse les yeux et se mord la lèvre, dans l'attente des inévitables reproches.

Et de fait, Ignazio réplique sur un ton sec : « Je te saurais gré de me parler en italien, et tu le sais très bien. Quelques mots en dialecte de temps à autre, passe encore, mais jamais en public, ce n'est pas convenable. Rappelle-toi toujours qui tu es… » Il enfile une veste plus légère, retire un billet de celle qu'il portait et le dépose dans un tiroir de l'armoire, qu'il ferme à clef.

Ce n'est pas la première fois qu'ils ont ce genre de discussion. Aussitôt après leur mariage, il lui avait imposé une sorte de précepteur chargé de lui inculquer des rudiments de français et d'allemand, afin qu'elle puisse soutenir un minimum de conversation avec leurs hôtes étrangers et leurs associés en affaires. Il lui avait expliqué qu'à l'occasion de leurs voyages ensemble, il était indispensable qu'elle soit en mesure de comprendre et de se faire comprendre. Et elle lui avait obéi, comme il sied à une bonne épouse.

D'ailleurs, jusqu'à présent, elle lui a toujours obéi.

L'humiliation de Giovanna se transforme en exaspération. Ignazio, qui ne s'en aperçoit même pas, dépose un baiser distrait sur son front et quitte la chambre.

Malgré un vertige insistant, Giovanna bondit vers le dressing-room. Puis elle passe une main sur son ventre encore gonflé et déformé par la grossesse. Peu après l'accouchement, les pertes de sang n'ont pas suivi un cours normal. C'est à cause de sa maigreur, à en croire la nourrice, qui a poussé l'audace jusqu'à lui adresser des reproches à peine voilés : « Vous devriez manger plus, de la viande rouge, des plats de pâtes, du bouillon de viande… » On l'a même menacée, si elle ne parvenait pas à reprendre des forces, de l'obliger à boire le sang des animaux passés par l'abattoir. La corvée de l'allaitement lui a certes été épargnée, puisque dès sa naissance, Ignazziddu a été confié aux bons soins d'une nourrice, une paysanne venue tout exprès de l'Olivuzza pour *nourrir le petit*. Il n'en demeure pas moins qu'une alimentation de bonne qualité fait partie des devoirs d'une accouchée.

À cette seule pensée, Giovanna sent son estomac se nouer. La nourriture l'écœure, et elle ne parvient à avaler rien d'autre que quelques quartiers d'orange ou de mandarine.

En entrant dans la pièce, donna Ciccia tient justement un petit plateau de fruits à la main. Puis elle tape d'une main sur une cuvette remplie d'eau et s'exclame, d'un air de réprimande : « Encore en robe de chambre ? Il est plus que temps de vous habiller, votre belle-mère vous attend. »

Devant la porte cochère, la chaleur inhabituelle de cet été tardif n'est pas seule à guetter Ignazio ; un homme s'approche aussitôt de lui, lui baise les mains et murmure :

« Dieu vous bénisse, don Florio. Veuillez accepter mes plus plates excuses. Je m'appelle Saro Motisi et il faut absolument que je vous parle. C'est pour cela que je m'apprêtais à me rendre à la Banque.

– Eh bien, il se trouve que j'y vais », lui répond Ignazio avec un sourire derrière lequel il s'efforce de dissimuler son irritation. Le trajet est court, entre la via dei Materassai et la Banque Florio ; Ignazio avait espéré le parcourir seul, et en profiter pour réfléchir. Et voilà que ce petit négociant en vin du quartier des Tribunali paraît bien décidé à l'accompagner sans lui laisser un moment de répit.

Il reprend en effet, avec un effort visible pour parler en termes choisis : « Je vous prie de bien vouloir m'excuser. J'ai signé plusieurs lettres de change qui arrivent à échéance la semaine prochaine, mais j'ai dû faire face à des difficultés imprévues et je viens de recevoir d'autres traites, parce qu'ici, tout le monde réclame de l'argent... »

Ignazio lui pose une main sur le bras et répond : « Nous verrons comment faire, monsieur Motisi. Allez toujours à la Banque, j'y serai dans un instant. Si vous avez des garanties à me proposer, je suis certain que nous pourrons nous mettre d'accord sur un nouveau délai de paiement. »

Motisi s'incline jusqu'au ras du sol. « Bien sûr, bien sûr, Votre Seigneurie connaît par expérience notre ponctualité dans le remboursement de nos dettes... Ce sera l'affaire d'un mois, tout au plus... »

Ignazio ne lui prête plus la moindre attention. Il ralentit le pas, laisse Motisi s'éloigner et s'attarde un instant à contempler le piano San Giacomo, inondé d'une lumière qui donne à son sol en pierre volcanique une blancheur presque aveuglante. En apparence, le temps n'a pas modifié cette petite place qu'Ignazio a traversée un nombre incalculable de fois en compagnie de son père. Pourtant, plusieurs détails ont changé au fil des ans : le pavé, jadis toujours envahi par des flaques de boue, est maintenant très propre ; le groupe de mendiants massés devant l'église Santa Maria La Nova a disparu ; un marchand de légumes a été remplacé par un petit atelier et, un peu plus loin, quelqu'un a ouvert une boutique de céramiques. Toujours est-il que ce lieu a conservé son âme intacte, chaotique, joyeuse, retentissante de voix à l'accent prononcé. Ignazio se sent ici chez lui, parmi tous ces gens qui viennent à sa rencontre, lui baisent les mains et lui présentent leurs condoléances en gardant les yeux baissés.

Il se demande : *Comment Giovanna peut-elle ne pas aimer ce quartier ?* Ce quartier si vivant où bat le cœur de Palerme, où la moindre pierre, la moindre porte cochère, le moindre rayon de lumière et la moindre tache d'ombre donnent à Ignazio l'impression de lui appartenir. Il a parcouru des centaines de fois le trajet qui conduit de chez lui à la Banque et il connaît toutes les personnes qui se montrent une par une sur le seuil de leur demeure pour lui adresser un salut.

Il les connaît, certes. Mais elles ont déjà changé, elles aussi : car désormais, à leurs yeux, Ignazio est *le patron*.

L'espace d'un instant, il savoure la mélancolie de la solitude. Il est conscient que dorénavant, il n'aura plus un moment de repos, plus une échappatoire. Ses responsabilités familiales ne sont pas seules à peser sur ses épaules : les destinées de la Banque Florio ont des effets directs sur la vie de centaines de gens qui font confiance à Ignazio, qui s'en remettent à ses compétences et à son pouvoir économique.

Il réfléchit à ce mot, *responsabilité*. Son père l'employait souvent ; il l'a plantée comme une graine dans l'esprit de son fils, et elle a germé dans le secret de sa conscience avant de devenir un arbre colossal dont les racines finiront par étrangler ses *propres* désirs et ses *propres* rêves, au nom de quelque chose de plus grand. Sa famille. La renommée des Florio.

Ignazio le sait, et il espère ne pas trop en souffrir. Ou plutôt ne pas en souffrir du tout.

« Bonjour, donna Giovanna ! »

La nourrice accompagne son exclamation d'une inclinaison de la tête, tout en continuant d'allaiter le nouveau-né. Giovanna observe son fils, qui tète avidement cette poitrine blanche plantureuse.

Elle la compare à la sienne, comprimée par le corset qu'elle porte sous sa chemise et dont elle a obligé sa femme de chambre à serrer les lacets si forts qu'elle en a la respiration presque coupée. Elle se dit que pour rien au monde elle ne voudrait avoir une poitrine pareille. Ce serait répugnant.

« Giovannina, viens ! » Assise dans un fauteuil, Giulia tient Vincenzino dans ses bras. Elle indique à sa belle-fille le fauteuil où Ignazio s'est assis la nuit précédente.

« Comment vous portez-vous, donna Giulia ? » Elle n'a pas peur de lui parler en dialecte. Giulia a toujours été aimable avec elle. C'est une femme réservée, qui ne lui a jamais fait de reproches et qui lui a même adressé, à l'occasion, quelques petits gestes délicats. Giovanna n'a toutefois jamais pu déterminer jusqu'à quel point cette amabilité était sincère, ou au contraire issue d'une étrange forme de compassion intime. Cela se voit donc tant, qu'Ignazio ne tient pas vraiment à elle et qu'il ne lui accorde pas davantage qu'une affection tiède ?

Giulia marque un temps avant de lui répondre : « Je vais comme quelqu'un à qui on aurait coupé un bras. » Puis elle caresse la tête de son petit-fils et embrasse ses cheveux clairs.

Giovanna ne sait pas quoi faire. Elle devrait prendre la main de Giulia dans les siennes et prononcer quelques mots de réconfort, comme il se doit entre membres de la même famille. Mais c'est trop difficile pour elle.

Non pas qu'elle n'éprouve aucune compassion pour sa belle-mère. Bien au contraire. Le spectacle d'une douleur si intense l'effraie. Elle n'aurait jamais cru qu'un homme aussi dur que Vincenzo Florio puisse susciter un pareil attachement chez une femme, et surtout chez une femme si douce et si patiente. Elle murmure : « Il avait tellement mal, il n'aurait pas pu tenir longtemps comme ça. » C'est la stricte vérité, si brutale soit-elle.

Giulia ravale ses larmes. « Je sais. Je le voyais bien. Tu sais, les derniers jours, quand tu étais sur le point d'accoucher d'Ignazziddu, il s'en allait peu à peu et… » Sa voix se brise. « Lorsque je me suis rendu compte qu'il ne réussissait plus à parler, qu'il ne me regardait même plus, j'ai prié Dieu de le rappeler à Lui, d'abréger ses souffrances. »

Giovanna dissimule son embarras derrière un signe de croix. Elle chuchote : « Dites-vous qu'il est à la droite du Seigneur, maintenant, il a fait beaucoup de bonnes actions… »

Un sourire amer se dessine sur les lèvres de Giulia. « J'aimerais tant que ce soit vrai… Il n'a pas toujours bien agi. Surtout envers moi. » Elle lève les yeux. Giovanna s'étonne de l'énergie qu'elle y perçoit. Une sorte de feu intérieur. « Tu sais que lui et moi, nous avons longtemps vécu… dans le péché. Que nos enfants sont nés en dehors des liens du mariage. »

Giovanna, quelque peu embarrassée, fait signe que oui. Lorsque Ignazio avait présenté sa demande en mariage, la mère de la future épouse avait exprimé sa désapprobation précisément pour cette raison : malgré tout son argent, cet homme n'était jamais qu'un bâtard ; ses parents s'étaient mariés après sa naissance.

« Je me souviens qu'une fois... » La voix de Giulia s'adoucit et son visage se détend. « Au début, quand il avait déjà décidé que je serais à lui et que je... ne savais pas comment lui résister... eh bien... un jour, je suis passée à l'herboristerie, en bas d'ici, pour acheter des épices. Il était dans son bureau, mais dès qu'il a reconnu ma voix, il s'est précipité au comptoir pour me servir lui-même. Un véritable événement, cela faisait des années qu'il ne s'occupait plus directement du commerce de détail. Il a insisté pour m'offrir des pistils de safran, il disait qu'ils m'apporteraient le bonheur et la sérénité. J'ai eu beau refuser, il m'a obligée à les accepter. Les clients qui assistaient à la scène n'en croyaient pas leurs yeux, parce que Vincenzo Florio n'avait jamais fait de cadeau à personne... » Elle soupire. « Seulement, moi, je n'étais pas *n'importe qui*. Il me voulait, *moi* et personne d'autre. Quand il m'a eue, il a rempli toute ma vie. Je la lui ai donnée avec joie, et je me moquais bien du qu'en-dira-t-on, de ma réputation de femme perdue. Je ne voyais rien d'autre en dehors de lui. » Elle serre contre sa poitrine l'enfant qui se tortille. « Et vous me croyez capable de me passer de l'homme que j'ai aimé plus que moi-même, simplement parce que Dieu me l'a pris ? »

Vincenzino se met à pleurnicher, à tousser, et tend les bras vers les jouets éparpillés dans toute la pièce. Giulia le laisse aller et reprend : « Je t'ai dit tout ça parce qu'Ignazio ne m'écoute plus. Il y a eu une époque où j'étais tout pour lui. Après, son père l'a placé à ses côtés... et Ignazio est devenu *sa chose*. » Elle soupire à nouveau. « Moi, maintenant, sans Vincenzo, je ne compte pour rien. » Giovanna esquisse un geste de protestation que Giulia arrête d'une main avant de poursuivre, d'une voix plus basse : « Je suis sa mère et il m'aime, bien sûr... mais bon... dorénavant, tu es là aussi, tu es sa femme et c'est toi la patronne. Tu peux m'aider, toi.

Va lui parler et explique-lui que je veux aller vivre à la villa dei Quattro Pizzi. Il n'est pas d'accord, je sais, il pense que je ferais mieux de rester ici, mais moi… je refuse. Cette villa, c'était notre maison, et c'est là que j'ai l'intention d'habiter. Tu veux bien me rendre ce service ? »

Giovanna serait tentée de répliquer qu'Ignazio ne l'écoute pas beaucoup elle non plus, mais cette requête si étonnante la rend muette. Si sa belle-mère quittait l'habitation de la via dei Materassai, elle pourrait peut-être convaincre son mari de s'installer à l'Olivuzza, de réaménager le jardin et la villa, d'enrichir le mobilier estampillé français grâce à de nouvelles acquisitions correspondant davantage à ses goûts.

Giulia lui fait un cadeau inespéré.

Mieux encore : elle lui confie les rênes de la famille.

Giovanna se contente néanmoins d'un simple signe de tête, serre la main de sa belle-mère dans les siennes et lui répond : « Je vais lui en parler. » Elle sait déjà comment s'y prendre. Son mari ne l'écoute pas beaucoup, la cause est entendue ; mais il est une chose à laquelle il est incapable de résister : le prestige lié au nom de jeune fille de son épouse. De ce point de vue, il est semblable à son père, la même ambition démesurée le ronge de l'intérieur.

Et l'on ne saurait rien imaginer de plus grandiose que les projets de Giovanna pour l'Olivuzza.

Silencieux et invisibles, des hommes armés veillent sur la sécurité du grand parc, de la villa et de ses habitants. Être un Florio oblige, entre autres, à ne rien négliger de ce qui se trame dans votre dos. Vincenzo l'avait déjà compris, mais il lui avait suffi, pour se protéger, de s'en remettre à certaines amitiés et à toute une série de faveurs accordées ou reçues. En revanche, lorsque, à l'automne 1869, Ignazio a emménagé à l'Olivuzza, plusieurs personnes lui ont fait remarquer – avec le tact et la discrétion requis – qu'il en fallait désormais davantage pour « garantir la tranquillité » de sa famille. Car Palerme est une ville où le commerce, et en particulier celui des agrumes, offre de nombreuses perspectives d'enrichissement. Ses faubourgs ont donc attiré des ouvriers, des charretiers, des paysans et des jeunes gens qui rêvent d'une vie affranchie de l'esclavage de la terre, mais aussi des contrebandiers, des voleurs, des bandits occasionnels ou de profession. Et ces hommes ont créé un réseau de relations « particulières » dont les mailles sont devenues de plus en plus étroites, et qui a fini par échapper au contrôle de la police et des tribunaux. D'ailleurs, pourquoi recourir à la police « piémontaise » quand les choses peuvent s'arranger d'elles-mêmes ? Un tort subi ? On le redresse en détériorant une cargaison de citrons prête à partir pour l'Amérique. Une offense ? On la répare en allumant un incendie dans *telle* maison. Un litige ? On le règle d'un coup de fusil entre les épaules de celui qui vous a manqué de « respect ».

Pour éviter les ennuis, une seule solution s'impose : il suffit de s'adresser à des « hommes d'honneur » disposés à se déclarer « très heureux » de vous fournir leur protection en échange de services rendus ou du versement d'une somme « symbolique ». C'est désormais une pratique acceptée par tout le monde, y compris la noblesse.

Et c'est précisément sous le regard de certains de ces « hommes d'honneur » qu'une voiture aux lignes dynamiques et modernes arrive devant la partie la plus ancienne de l'ensemble d'édifices qui forment la grande villa de l'Olivuzza. Personne ne l'a arrêtée ou fouillée, don Ignazio ayant pris soin d'indiquer que ses hôtes sont sacrés et qu'il ne faut les incommoder en aucune manière. D'autant plus qu'il s'agit, en l'occurrence, d'un personnage important.

Un homme aux yeux pénétrants, et au large front en partie recouvert de cheveux bouclés, descend de voiture. Malgré l'aisance de ses mouvements, il peine à cacher une certaine gêne.

Ignazio l'attend, immobile devant l'entrée. Il lui serre la main et le salue d'un simple : « Venez. »

Son invité lui emboîte le pas. Ils traversent le vestibule, puis une suite de salons décorés avec goût. L'intervention de Giovanna est perceptible dans les associations de couleur des tentures, le mobilier acquis à Paris et en Angleterre, les divans revêtus de tissus damassés, les grands tapis persans. Elle a rénové tous les intérieurs de la villa, dont elle a choisi jusqu'au moindre motif décoratif et au moindre bibelot.

Devant le cabinet d'Ignazio, le nouveau venu s'attarde un instant sur le seuil, examine la pièce et remarque un imposant tableau à l'huile où les hauts murs blancs de l'exploitation vinicole des Florio, à Marsala, apparaissent caressés d'une lumière mourante. L'artiste a réussi à fixer sur sa toile cet éclairage subtil, mais aussi le vert profond des eaux côtières.

« Remarquable, murmure l'invité. De qui est cette peinture ?

– Antonino Leto. » Ignazio se rapproche. « Elle vous plaît ? Elle représente ma propriété de Marsala. Leto me l'a livrée il y a quelques semaines. Cela valait la peine d'attendre, le résultat est magnifique, en particulier le rendu de la mer. Ce tableau m'inspire une profonde sérénité. Je ne sais pas encore si je vais le garder ici, dans mon cabinet, ou l'accrocher ailleurs. Prenons place, je vous en prie. »

Il indique un fauteuil, s'assied et dévisage son interlocuteur pendant quelques secondes. Ses lèvres esquissent un sourire que sa sombre barbe épaisse masque à peine.

Visiblement mal à l'aise, l'inconnu s'agite. « Que se passe-t-il, don Ignazio ? Quelque chose ne va pas ? Nous sommes encore dans les temps, pour l'édification du mausolée de votre père, à Santa Maria di Gesù. Le creusement de la crypte dans la roche nous a coûté beaucoup d'efforts, mais le chantier a repris à un rythme soutenu, et je sais que De Lisi a terminé l'esquisse de la sculpture…

– Ce n'est pas pour cela que je vous ai fait venir ici. » Ignazio joint les mains en pyramide devant son visage. « J'ai une proposition à vous soumettre. »

Giuseppe Damiani Almeyda, professeur de dessin d'ornement et d'architecture élémentaire à l'Université royale de Palerme, s'appuie contre le dossier de son fauteuil. Il écarte les mains d'un air perplexe et les croise sur son ventre. « À moi ? Et en quoi puis-je vous être utile ? » Son accent napolitain disparaît derrière un autre accent vaguement étranger hérité de sa mère portugaise, la belle Maria Carolina Almeyda, filleule de Marie-Caroline de Bourbon, une aristocrate qui avait rendu amoureux fou Felice Damiani, colonel palermitain de l'armée de Sicile.

« Vous n'êtes pas seulement un architecte pour qui j'ai la plus haute estime, vous êtes aussi ingénieur à la municipalité de Palerme, et de surcroît un homme très cultivé. Vous connaissez et vous appréciez le passé sans pour autant vous laisser effrayer par l'avenir. Bien au contraire. »

Damiani Almeyda lève une main devant ses moustaches, désormais sur ses gardes, car les compliments ont toujours éveillé ses soupçons. Il fréquente depuis peu ce jeune homme d'apparence posée, mais il sait bien qu'il est puissant, et que son influence ne lui vient pas uniquement de sa richesse. Il est en outre doté au plus haut point du type d'intelligence dont il convient de se méfier. « Qu'avez-vous à me demander, don Ignazio ?

– Un projet.
– Pour… ?
– La fonderie. »

Les yeux écarquillés, l'architecte imagine un vaste hangar aux voussoirs en tuf noirs de suie et rempli d'ouvriers. « L'Oretea ? »

Ignazio réfrène un éclat de rire. « Pour le moment, je n'en possède pas d'autre. »

L'espace d'un court instant, les deux hommes s'observent. Puis Damiani Almeyda se penche en avant, les mains posées sur ses genoux. « Expliquez-moi en détail ce dont vous avez besoin. »

Ignazio se lève et fait quelques pas sur le tapis qui recouvre la quasi-totalité du plancher, un Qazvin qu'il a lui-même choisi non pas tant pour son élégance extrême que pour l'attention exceptionnelle que l'on accorde, dans sa région persane d'origine, au nouage, à la qualité de la laine et à la coloration naturelle. « Vous savez que mon père a mis dans l'acquisition de cette fonderie une détermination étonnante, même chez quelqu'un d'aussi volontaire que lui. Tout le monde lui prédisait d'immenses pertes d'argent, mais il s'est entêté, même contre l'avis de certains de ses amis comme Benjamin Ingham, que Dieu ait son âme. »

Il s'immobilise devant une baie vitrée et se remémore les funérailles d'Ingham et le visage pétrifié de son père caressant le cercueil. Ben Ingham avait été pour Vincenzo Florio tout à la fois un ami, un mentor et un rival. Ils étaient liés d'une amitié aussi forte que rare, un sentiment qu'Ignazio n'a pas le bonheur de connaître.

Il reprend ses esprits et tambourine des doigts d'une main sur la paume de l'autre. « Aujourd'hui, la situation a changé. La fonderie doit faire face à la concurrence des entreprises d'Italie du Nord, qui sont bien plus compétitives. C'est un des… cadeaux que nous a faits l'Unité italienne : des usines qui produisent la même chose que nous, mais en mieux. Je ne peux d'ailleurs pas leur donner tort : la Sicile n'est pas une priorité du royaume d'Italie et elle ne fait rien pour le devenir. Ici, pour obtenir quelque chose, il faut recourir à l'intrigue, à la menace, à des voies détournées ou aux saints du paradis. Et ce n'est pas toujours suffisant. On dirait une partie de cartes où le vainqueur finit par tout gâcher. Voilà, c'est ça qui me met dans une fureur noire : il y a des capitaux, à Palerme, mais si nous ne voulons pas être écrasés par la concurrence, il faut les investir de manière intelligente. Dans le Nord, les usines ne vont pas cesser de grandir et de s'enrichir ; pendant ce temps-là, ici, on continuera à cultiver du blé, à moudre du sumac et à extraire du soufre. Inutile de tourner autour du pot : en l'état actuel des choses, nous ne sommes pas compétitifs. C'est à cela qu'il faut remédier. Coûte que coûte. »

Le jeune homme à l'aspect tranquille et aux manières aimables vient de céder la place à un homme d'affaires d'une dureté surprenante. Damiani Almeyda en suffoque d'étonnement.

Et il se sent presque dans l'obligation de demander : « En quoi puis-je vous aider à atteindre cet objectif ?

– Si vous le voulez bien, vous contribuerez plus tard à faire évoluer la situation. Dans l'immédiat, je n'ai qu'une question à vous poser : êtes-vous disposé à moderniser la fonderie Oretea ? Vous pourriez commencer par la façade. » Ignazio se remet à arpenter son bureau. « Vous connaissez l'endroit, n'est-ce pas ? À peine plus qu'un hangar, un entrepôt avec quelques planches en guise de toit. Il faut en faire une installation en accord avec son époque, et s'occuper d'abord et avant tout des espaces extérieurs. Tenez, à Marseille, j'ai vu de mes propres yeux que les ateliers de réparation des navires sont situés tout près des bassins et du port. La fonderie travaille surtout à la remise en état des bateaux à vapeur, et nous devons nous inspirer de cet exemple.

– Si je comprends bien, vous souhaiteriez que je conçoive un projet pour… ?

– En premier, la façade ; ensuite, l'intérieur. » Ignazio n'ajoute rien d'autre. Le moment n'est pas encore venu de dévoiler son idée de construire des maisons destinées aux ouvriers ou de repenser les espaces affectés aux bureaux, comme cela se pratique couramment en Angleterre et en France. Ignazio se considère comme un bon patron, soucieux du bien-être de ses employés et de leurs familles. Mais avant cela, il reste beaucoup à faire.

Les deux interlocuteurs ont une longue conversation, dans la lumière automnale dorée qui emplit la pièce. Ils parlent des projets d'Ignazio pour son usine et de la façon dont Damiani Almeyda l'imagine : lumineuse, dotée de larges espaces de travail et d'un plafond surélevé permettant de diffuser la chaleur… Ils s'écoutent, apprennent à se connaître, se comprennent. Ils partagent la même vision de l'avenir de Palerme.

Désormais, le destin de Giuseppe Damiani Almeyda – appelé à édifier le Teatro Politeama, à réaménager le Palazzo Pretorio et à construire l'Archivio Storico della città di Palermo – sera indissolublement lié à celui des Florio.

Et c'est aussi pour eux qu'il concevra la villa de Favignana, son chef-d'œuvre.

Ce soir, une grosse bûche brûle dans la cheminée qui exhale un délicieux parfum de résine. Giulia, pensive, esquisse un sourire fatigué. Elle éprouve une sensation étrange à se retrouver à nouveau dans cette chambre où Vincenzo est mort presque un an et demi plus tôt.

Nous sommes le 24 décembre 1869. Ignazio et Giovanna l'ont invitée à fêter Noël avec eux à l'Olivuzza, entre autres parce que, comme l'a dit son fils, il y a trop d'escaliers à la villa dei Quattro Pizzi et il y fait trop froid. Avant même le milieu du dîner, en observant Giovanna, Giulia a aussitôt compris, en femme qui sait reconnaître chez une autre la lassitude de la vie que trahissent des rides profondes et des paupières lourdes. Giovanna a répondu à son regard par un signe d'assentiment, puis elle a appelé sa gouvernante pour aider sa belle-mère à se lever de son siège et à rejoindre sa chambre.

Ignazio l'a suivie des yeux, tiraillé entre l'inquiétude et la tristesse.

Giulia se dit : *Il a dû penser qu'il y avait à mon goût trop d'éclats de rire, de vacarme, de nourriture. À vrai dire, plus rien ne compte pour moi. Je veux simplement rester ici, là où il a vécu.*

Elle lève les yeux vers la fenêtre, vers l'obscurité qui noie le parc de l'Olivuzza.

Giulia ne se sent pas tout à fait à son aise dans cette villa qui avait d'abord appartenu aux Butera, une des plus anciennes familles de la noblesse palermitaine. Plus tard, elle avait été agrandie et enrichie par la princesse Varvara Petrovna Tchakovskaïa, seconde épouse du prince de Butera-Radalì. La femme du tsar Nicolas Ier, la tsarine Alexandra, y avait même séjourné un hiver entier. Et, obsédé comme il l'était par le besoin d'étaler la richesse de sa famille, Vincenzo n'avait pas lésiné sur l'argent et les démarches pour acquérir cette propriété. Maintenant, c'est au tour d'Ignazio et de Giovanna de l'agrandir et de l'embellir. Le fils de Giulia a récemment acheté plusieurs bâtiments voisins, de manière à rendre l'ensemble encore plus imposant.

C'est chez eux, maintenant.

Palerme – sa Palerme, celle des rues pavées en pierre et des ruelles obscures – est loin, par-delà une route poussiéreuse qui serpente entre des domaines nobiliaires et des potagers. Depuis que ses murailles ont été abattues, après l'Unité, la ville cherche de l'espace en direction des montagnes. Les nouvelles habitations dévorent les champs, les jardins à l'italienne remplacent les potagers et les plantations d'agrumes ; de petites villas à deux ou trois étages, toutes identiques avec leurs architraves équarries et leurs volets en bois marron, se dressent le long de nouvelles voies qui conduisent jusqu'à la campagne. La via dei Materassai, Castellammare et la Kalsa appartiennent à un autre monde, à une autre vie. Palerme change, peut-être même sans s'en rendre compte.

Un énième soupir échappe à Giulia. L'air stagne dans son thorax et elle a mal à la poitrine. Vincenzo n'aurait pas approuvé certaines bizarreries. Mais Vincenzo est mort.

Giulia sent la vie glisser hors d'elle, et elle ne fait rien pour la retenir.

Les domestiques ont commencé à desservir. Des mains efficaces ramassent les couverts en argent et les déposent dans des paniers qu'on emporte ensuite à la cuisine. On recouvre de tissus en lin les plateaux de pâtisseries et de cassates. On vide les verres en cristal et les samovars en argent avant de les essuyer, de les astiquer et de les ranger dans des buffets. On baisse ou on éteint les lumières. Il flotte encore dans l'air l'odeur du laurier et de la viorne qui s'étiolent dans les *cache-pots** chinois en porcelaine, et elle se mêle à celle, plus persistante, de l'eau de Cologne pour homme et de la poudre de maquillage.

« Giuvannina ! Giuvannina ! »

Giovanna est occupée à donner ses instructions aux domestiques pour faire servir du marsala dans le salon qui donne sur le jardin et que tout le monde appelle le « salon vert » à cause de la couleur de ses tentures, lorsque la voix criarde de sa mère l'oblige à se retourner. C'est Ignazio qui a insisté pour convier au *pranzo di Santo Stefano*, le déjeuner du 26 décembre, son beau-père et sa belle-mère, mais aussi sa sœur Angelina et son beau-frère Luigi De Pace. Dans la matinée, on a déjà accueilli Auguste et François Merle, le beau-frère et le mari de sa sœur Giuseppina, restée quant à elle à Marseille : son fils, Louis Auguste, a une santé aussi fragile que son cousin Vincenzino, et elle ne s'est pas senti le courage de lui infliger un voyage par mer en plein hiver. Mais cela n'a pas empêché Ignazio d'atteindre l'objectif qu'il s'était fixé : informer le monde entier que les Florio forment une famille unie.

Giovanna regarde sa mère approcher d'un pas énergique, malgré les deux cannes dont elle a besoin pour marcher. Son haut toupet de cheveux gris souligne la rondeur de son visage et d'ailleurs tout, chez elle, est rond : ses gros doigts où ses bagues semblent s'enfoncer, sa poitrine dont son corsage a du mal à contenir l'opulence, ses jupons gonflés par la chair abondante de ses jambes.

Sœur de Romualdo Trigona, prince de Sant'Elia, Eleonora d'Ondes Trigona est une femme entre deux âges qui, faute de prendre assez soin d'elle-même, vieillit mal. Au bout de quelques pas, elle a le visage rougi, le souffle court et la sueur au front.

Sa fille reste immobile en attendant que sa mère la rejoigne, puis elles s'avancent ensemble dans les allées du jardin.

« Sainte Mère de Dieu, je suis épuisée. Viens, asseyons-nous là ! » s'exclame tout à coup Eleonora.

Giovanna la précède de quelques pas, la laisse s'écrouler sur le banc de pierre devant la volière et s'assied à son tour. Près d'elles, sous la surveillance de leurs gouvernantes, les enfants s'éparpillent et s'amusent à taquiner les perroquets qui virevoltent dans leurs cages. Un peu plus loin, les hommes de la maison fument des cigares et discutent à voix basse.

Avec un mélange d'effarement et d'irritation, Giovanna remarque soudain des taches de graisse sur la robe de sa mère. *Elle a mangé avant même de venir déjeuner ici, c'est évident. Comment peut-elle se laisser aller à ce point, elle, une princesse ?*

« Alors comme ça, tu es à nouveau enceinte et tu ne me dis rien ? Il a fallu que je l'apprenne par donna Ciccia ? Ta belle-mère aussi vient de m'en parler, et moi, j'en suis restée bouche bée. »

Giovanna ne répond rien, les yeux rivés sur son annulaire devenu si fin qu'elle risque de perdre son alliance sans même s'en rendre compte. Puis elle observe le brillant et l'émeraude, les bijoux qu'Ignazio lui a offerts en quatre ans de mariage. Pour Noël, il lui a fait cadeau d'un bracelet en or orné d'une fleur en pierres précieuses, réalisé spécialement pour elle. « Je voulais être sûre, maman. Et vous savez très bien que ça porte malheur, de parler trop tôt de ces choses-là. »

Eleonora lui attrape une main et lui touche le ventre. « C'est pour quand ? »

Giovanna retire sa main, repousse le bras de sa mère et secoue la tête. « Est-ce que je sais ? Mai, juin… » Elle aplanit les plis de sa robe, qui flotte quelque peu. Car elle a dû desserrer son corset pour éviter d'avoir le ventre trop écrasé, ce ventre qui enfle plus vite que lors de ses précédentes grossesses. Donna Ciccia – *Elle aurait quand même pu tenir sa langue, celle-là !* – y voit le signe que, cette fois-ci, ce sera une fille.

« Il faut faire attention maintenant, que ton mari n'aille pas faire le joli cœur avec d'autres femmes. D'autant plus qu'après deux accouchements, tu n'es plus fraîche comme une rose… Alors surveille-le bien.

– N'ayez pas d'inquiétude. Mon mari n'est pas un coureur de jupons », répond Giovanna sur un ton brusque. Ignazio est un homme sérieux, il ne la tromperait pour rien au monde, surtout maintenant qu'elle est enceinte. Et quand bien même cela se produirait, elle préférerait ne pas le savoir.

Elle a une pensée pleine de rancœur : *Tu ferais mieux de t'occuper de tes propres affaires et de te demander depuis combien de temps ton mari ne te regarde plus.*

Depuis quelques jours, tout l'irrite. Et sa mère ne fait certes pas exception à la règle.

Eleonora semble s'en apercevoir. Un éclair de tristesse traverse son regard. « Est-ce que tu manges, au moins ?

– Oui.

– Parce que tu sais, si tu ne manges pas, tu vas devenir d'une maigreur repoussante. Et comme dit le proverbe, même une chatte est plus jolie avec des rondeurs. »

Comme si j'étais un animal de compagnie ! « Je viens de vous dire que je mange bien ! »

Giovanna s'aperçoit qu'elle a parlé trop fort en voyant les gouvernantes se retourner brusquement. Elle se sent rougir. Des larmes d'agacement lui piquent les paupières. « Tu vois ! s'exclame sa mère. On ne peut vraiment rien te dire. Tu te mets tout de suite à crier comme une lavandière. »

À cet instant, Giovanna se déteste, parce que tout en elle – sa gorge, ses entrailles et son corps entier – lui rappelle ce que cela a signifié d'être la fille de cette femme. Une sœur de prince, mais qui parlait toujours trop fort, avait toujours de la nourriture à la main et la bouche toujours ouverte en raison de sa respiration difficile. Giovanna se souvient des regards que leur parentèle leur adressait, à elle et à son père, empreints de moquerie ou d'embarras devant un si triste spectacle. Si au moins elle avait eu un frère pour se confier à lui, chercher du réconfort à ses côtés, partager sa peine. Eh bien, non. Elle avait dû porter seule le poids de la honte infligée par une telle mère.

Des sanglots lui échappent, et elle se lève d'un mouvement brusque. Eleonora essaie en vain de la retenir, l'appelle, lui crie de revenir, lui demande pardon.

Ses pas la conduisent au cœur du parc. Elle agrippe un poirier, laisse libre cours à ses larmes. Une poignée de feuilles mortes tombe sur ses cheveux. De petites échardes s'enfoncent sous ses ongles.

Une partie d'elle-même sait que c'est à cause de sa grossesse qu'elle est si fragile et si nerveuse, qu'elle ne se maîtrise plus. Mais l'autre partie, celle qui se cache au tréfonds de son être, met toute son énergie à faire émerger des souvenirs et des humiliations.

Giovanna se penche en avant, glisse deux doigts au fond de sa gorge et vomit. Les haut-le-cœur se succèdent. La nourriture emporte avec elle la rage de son corps, la purifie, la libère ; et peu importe le goût acide qui envahit sa bouche, peu importe la brûlure qui se répand dans son œsophage. D'un geste mécanique, elle se penche en avant de manière à ne pas salir sa robe. Elle a appris à le faire dans sa jeunesse, lorsqu'elle voyait sa mère s'empiffrer, grossir à vue d'œil, et qu'elle-même mangeait de moins en moins, comme si elle avait voulu devenir invisible.

À un moment donné, elle avait commencé à souffrir d'évanouissements. Sa mère, déconcertée, l'avait mise au lit de force ; elle lui apportait des pâtes, de la viande, des pâtés, des gâteaux, et l'obligeait à tout avaler. Giovanna lui obéissait, puis elle rendait tout. Le verdict du médecin avait été formel : son estomac n'était désormais pas plus grand qu'une tasse à café, et elle ne pourrait plus jamais avoir une alimentation normale. Elle s'était accrochée de toutes ses forces à ce diagnostic et l'invoquait, avec un vague sourire d'excuse, chaque fois que quelqu'un remarquait son manque d'appétit.

Il avait fallu Ignazio pour tout remettre en question : après leurs premiers mois de mariage, il en avait eu assez de devoir insister pour qu'elle mange « un peu plus » et l'avait conduite chez un médecin célèbre, à Rome. Au terme d'une longue conversation et d'un examen plus long encore, le prince de la science avait déclaré sans ambages que Giovanna devait en finir avec ses « lubies de petite fille capricieuse » et qu'une grossesse permettrait à son organisme de retrouver un fonctionnement « conforme à la nature ».

Elle avait répondu par un simple hochement de tête et Ignazio, rassuré, avait souri à la pensée de cet enfant qui résoudrait tout. D'ailleurs, la prophétie du médecin romain s'était avérée, du moins en partie : au cours des grossesses, la situation s'était améliorée et, par amour pour l'enfant à naître, Giovanna s'était imposé de ne plus vomir.

Mais aujourd'hui, sa tristesse brouille ses pensées et son âme est plongée dans le noir.

Une quinte de toux lui secoue la poitrine et de la bile remonte vers sa bouche : il n'y a plus aucune nourriture à rendre. Elle se sent mieux, libre, légère. Un peu trop, même, et elle titube.

Une main se pose sur son épaule. Un serrement à la fois puissant et doux, qui se transforme en étreinte. « C'est à cause du bébé ? Tu as vomi ? »

Ignazio la serre contre sa poitrine. Il est fort et il a un physique massif. Entre ses bras, Giovanna semble disparaître.

Elle enlace son torse et accueille en elle la tiédeur et le bien-être qu'il lui apporte. Après une inspiration profonde, bouche grande ouverte, elle minimise la gravité de l'incident : « Juste un peu de nausée. J'ai beaucoup mangé. »

Son mari tire un mouchoir de sa poche, lui essuie le front et lui nettoie les lèvres sans rien répondre. Il ne lui dira pas qu'il a entendu sa discussion avec sa mère, que c'est à cause de cela qu'il l'a suivie et qu'il l'a vue se mettre deux doigts au fond de la gorge. Il ne lui dira pas non plus que ce n'est pas la première fois qu'il la surprend à faire ce geste. Il ne comprend pas, mais il ne demande pas d'explication ; cela ne servirait à rien, puisque de toute façon, ce sont des affaires de femmes. Et puis, le médecin de Rome avait été clair : tout était la faute de quelques mauvaises habitudes, et l'hystérie inhérente au sexe féminin avait fait le reste.

Ignazio serre Giovanna un peu plus fort, pour essayer de la rassurer.

Il sait depuis longtemps à quel point elle est fragile, à quel point elle a peur de ne pas être à la hauteur du nom qu'elle porte. Mais il a aussi appris à apprécier sa ténacité, sa capacité à réagir face à l'adversité. Sans son courage presque féroce, son caractère difficile, sa dureté, elle ne parviendrait pas à vivre à ses côtés, à accepter de ne pas être au cœur de ses pensées. Car il appartient à la Maison Florio et à personne d'autre, exactement comme son père. Et il ne s'en est jamais caché.

« Viens, Giovanna. »

Elle s'écarte et lui répond : « Je vais bien », mais sa pâleur la trahit.

Il lui rétorque : « Ce n'est pas vrai », à voix très basse. Puis il lui caresse le visage, lui prend une main et baise le bout de ses doigts. « Souviens-toi de ce que tu es. »

Instable ? Hystérique ? Elle voudrait lui poser la question, mais il lui pose un doigt sur les lèvres et se penche en avant. L'espace d'un court instant, elle voit une ombre traverser son visage. Un éclair de lucidité. De regret.

Il finit par lui dire : « Tu es ma femme », avant d'effleurer sa bouche d'un léger baiser.

Alors, Giovanna l'attrape par les revers de sa veste et l'attire à elle. Voilà tout ce qu'il peut lui donner, et pour le moment, elle doit s'en contenter.

Lorsqu'ils reviennent au salon, Giovanna et Ignazio trouvent leurs hôtes sur le point de prendre congé. L'atmosphère paraît redevenue sereine. Pendant qu'Ignazio dit au revoir à Auguste Merle et aux De Pace, la mère de Giovanna s'approche de sa fille et, malgré une certaine réticence, la serre dans ses bras ; son père renonce, pour une fois, à ses manières froides et distantes, lui prend une main, l'embrasse tendrement et lui murmure : « Prends bien soin de toi. »

Giovanna et Ignazio finissent par rester seuls sur le seuil de la porte. Il laisse une main glisser sur le dos de son épouse, s'attarde sur ses reins et lui demande : « Tu veux te reposer un peu ?

– Oui, je veux bien. »

Il sort sa montre de son gousset et regarde l'heure. « Je vais aller travailler un peu et je te rejoindrai pour le dîner, si tu veux prendre quelque chose. » Puis il s'éloigne, après l'avoir embrassée sur le front.

Giovanna donne le bras à Giulia et l'aide à monter vers la partie la plus ancienne de l'Olivuzza. Elles entrent d'abord dans les chambres des enfants. Comme Vincenzino avait un peu de fièvre, Giovanna l'a confié à sa gouvernante qu'elle a chargée de le mettre au lit ; le voilà maintenant sous les couvertures, à moitié endormi. Quant à Ignazziddu, il est assis par terre, pieds nus, et joue avec des soldats de plomb. « Je vais rester ici. Toi, va te reposer », dit Giulia à Giovanna. Au bout d'un instant d'hésitation, elle ajoute : « J'ai compris trop tard que ta mère ne savait pas que tu étais enceinte… »

Une grimace se dessine sur les lèvres de Giovanna. « Je ne le lui avais pas dit, en effet.

– Alors je te demande pardon. » Giulia pose une main sur le visage de sa belle-fille, l'observe d'un air mélancolique et reprend : « Avec ma mère, c'était pareil. Elle avait toujours quelque chose à redire à tout, à me reprocher. Et je ne me suis jamais confiée à elle. » Elle soulève le menton de Giovanna et l'oblige à la regarder droit dans les yeux. « Les mères sont des créatures imparfaites, nous avons parfois l'impression que ce sont nos pires ennemies, mais c'est faux. En réalité, souvent, elles ne savent pas comment nous aimer. Elles sont convaincues de pouvoir nous rendre meilleures et elles essaient de nous éviter les chagrins dont elles ont souffert… Elles ne se rendent pas compte que leurs filles exigent déjà beaucoup d'elles-mêmes et qu'elles ont besoin d'y voir clair dans leurs propres souffrances. »

Giulia a prononcé ces mots à voix très basse, avec une telle note de regret que Giovanna en a les larmes aux yeux. Sa mère et elle s'aiment beaucoup, c'est incontestable, mais des différences irrémédiables les séparent : autant Eleonora est excessive, impétueuse, autant Giovanna est discrète, effacée. Elles s'affrontent depuis toujours, à cause de la volonté d'Eleonora de tirer sa fille de son côté, de la rendre semblable à elle. Giovanna a donc grandi avec la sensation permanente de ne pas être à la hauteur, et elle ne s'en est toujours pas débarrassée.

Elle rejoint sa chambre, tête baissée. Donna Ciccia, en l'attendant, a continué à broder une robe de bébé. Elle a déclaré avec force : « Ce sera une fille », et sa certitude est inébranlable. Parce qu'elle a bien observé la lune et qu'elle sent certaines choses lui traverser les doigts et frémir sous sa peau.

Giovanna éprouve un mélange de crainte et d'affection pour cette femme aux traits grossiers et sévères. Elle n'apprécie pas certaines de ses « pratiques », qui la mettent mal à l'aise et lui donnent la sensation de perdre le peu de maîtrise qu'elle pense avoir conservé sur son existence. Sans compter que son confesseur lui a répété maintes fois qu'il faut se méfier des superstitions, que l'avenir est écrit dans des livres intelligibles pour Dieu et pour Lui seul. Mais d'un autre côté, Giovanna a toujours pu compter sur donna Ciccia. C'est elle qui la consolait, dans son enfance, quand elle s'égratignait. C'est elle qui la nourrissait à la cuiller, en silence et avec une patience infinie, quand elle refusait de s'alimenter. C'est elle qui lui a expliqué pourquoi elle s'est mise à saigner, une fois par mois, et ce qui se passe dans un lit entre un homme et une femme. C'est elle qui ne l'a pas quittée un seul instant quand elle a accouché. Qui l'a réconfortée quand elle lui a avoué, en larmes, sa peur d'avoir perdu l'affection d'Ignazio. Plus que sa mère, plus qu'un parent par le sang, donna Ciccia lui a toujours donné ce dont elle avait vraiment besoin. Et elle lui doit aussi sa passion pour la broderie. Encore toute petite, elle a commencé par apprendre le petit point. Et elles sont désormais capables, elle et sa vieille nourrice, de réaliser des nappes et des draps, voire des tapisseries.

Avec le temps, donna Ciccia a même obtenu un petit miracle : convaincre Giovanna de manger un peu plus. Pendant les repas, elle fixe sur sa maîtresse des regards dont l'affection tempère la sévérité, jusqu'à ce que Giovanna avale au moins quelques bouchées. Lorsqu'elles font de la broderie ensemble, l'une en face de l'autre, plongées dans un silence confortable fait de complicité et d'habitudes communes, donna Ciccia a toujours pris soin de déposer auparavant, près de la chaise de Giovanna, un plateau de tranches d'orange et de citron accompagnées d'un petit sucrier ; ainsi, de temps à autre, Giovanna grignote un morceau de fruit sucré.

Aujourd'hui, tout en l'aidant à se changer, donna Ciccia lui parle comme à l'accoutumée, sans détour : « Vous êtes pâle… Et je vous ai vue, vous n'avez pas mangé plus que Vincenzino quand il est malade. Il faut faire attention, sinon, votre bébé ne grandira pas et vous risquez même de lui faire du mal.

– Je déteste rester assise à me gaver. Et tant que nous y sommes, prévenez en cuisine que je ne dînerai pas ce soir. Je n'en peux plus, je suis trop fatiguée.

– Tout le monde a besoin de bien manger, donna Giovanna », réplique sa nourrice avec un soupir. Elle lui serre les poignets et la force à la regarder. « C'est fini maintenant, les caprices de petite fille, vous êtes mariée. Vous avez un époux qui vous respecte, et Dieu sait que toutes les femmes ne peuvent pas en dire autant. Et puis, vous avez deux garçons adorables. Je vous le répète une fois de plus : quand on refuse la nourriture, le Seigneur se met en colère. »

Giovanna n'ose pas lever les yeux. Elle sait que sa nourrice a raison et qu'il ne faut pas irriter Dieu ; mais c'est plus fort qu'elle. Elle répond, d'une voix si faible que donna Ciccia, qui l'aide à ôter son jupon, doit approcher l'oreille pour entendre : « Mon mari est le meilleur des hommes. Seulement… » Elle s'interrompt. Car derrière cet adverbe, il y a un chagrin persistant, une ombre où s'agitent des fantômes qu'elle ne parvient pas à nommer. Une solitude qui a la froideur du verre.

Donna Ciccia lève les yeux au ciel tout en commençant à plier les vêtements. « C'est comme je vous dis toujours : vous ne manquez de rien et vous êtes incapable de vous satisfaire de ce que vous avez. Votre mari est un vrai homme, il ne comprend rien aux affaires des femmes, il ne s'y intéresse même pas. Vous, vous devez faire votre devoir : être une bonne épouse et veiller sur vos enfants. Vous êtes mariée à un homme important, vous ne pouvez pas attendre de lui qu'il soit tout le temps près de vous.

– Vous avez raison », acquiesce Giovanna dans un soupir.

Peu convaincue mais résignée, donna Ciccia lui demande : « Voulez-vous que je dise à votre femme de chambre de venir vous aider à vous laver et à vous préparer pour la nuit ?

– Non, je vous remercie, je me débrouillerai toute seule. »

Après un « Comme vous voudrez » marmonné d'un air bougon, la vieille nourrice quitte la pièce et descend prévenir que Madame ne dînera pas ce soir.

Giovanna, épuisée, se regarde dans un miroir à cadre doré. L'image qu'il lui renvoie est celle d'une femme fragile, qui disparaît presque dans sa combinaison. Plus tôt dans la journée, elle portait une robe en soie couleur crème spécialement créée pour elle à Paris, au décolleté et aux poignets ornés de volants en dentelle de Valenciennes. Elle avait aussi mis son collier de perles et ses boucles d'oreilles en forme de fleurs, serties de diamants. Un des cadeaux de mariage d'Ignazio.

Toute la famille lui a fait des compliments. Son époux s'est contenté de la regarder et de lui adresser un signe d'approbation ; puis il a repris sa conversation avec Auguste.

Comme si elle n'avait fait que son *devoir*.

Ce mot l'obsède. Elle *doit* manger, pour être robuste et faire des enfants. Elle *doit* être irréprochable, pour se montrer à la hauteur de la famille qui a daigné l'accueillir. Elle *doit* parler un italien correct et connaître les langues étrangères.

En privé, elle *doit* rester dans l'ombre et tout supporter, parce que tel est le comportement d'une bonne épouse et que le mariage consiste en ceci : satisfaire son mari et lui obéir en silence. Elle l'avait fait d'emblée, dès la première nuit. Elle avait été docile et soumise et elle avait suivi les conseils embarrassés de sa mère : garder les yeux fermés ; serrer les dents, si elle avait mal ; prier, si elle avait peur.

Contre toute attente, Ignazio s'était montré si passionné et si prévenant qu'elle en rougit encore, lorsqu'elle y repense. La chemise de nuit et les prières avaient été reléguées dans un coin de la chambre ; son mari avait pris possession de son corps et lui avait fait éprouver des sensations qu'elle n'aurait jamais pu imaginer.

Les premiers temps, cela avait continué. Mais après la naissance de Vincenzino, Ignazio s'était peu à peu détaché d'elle, et la passion avait disparu. Comme si elle était *elle-même* devenue un *devoir*, une affaire à expédier, et non pas une compagne dévouée corps et âme.

Au début, elle avait pensé qu'il y avait une autre femme. Après la naissance d'Ignazziddu, elle avait compris que les attentions de son époux étaient inversement proportionnelles à son implication dans les affaires de la famille. Elle avait donc bien une rivale, et c'était la Maison Florio.

D'autant plus qu'elle lui avait donné deux garçons, que sa descendance était donc assurée et que, dans ces conditions…

Elle avait essayé d'en parler à donna Ciccia, qui lui avait répondu en haussant les épaules : « De quoi vous plaignez-vous ? Il vous néglige pour son travail, pas pour une autre femme. Et puis, souvenez-vous que c'était la même chose avec votre belle-mère, la pauvre, et elle a su être patiente. D'abord la Maison Florio ; ensuite, elle et ses enfants. »

Oui, mais voilà, Giovanna n'est pas Giulia. Elle veut son mari pour elle.

Ignazio non plus ne dîne pas. Il se fait servir une tasse de thé noir et continue d'analyser les résultats de l'herboristerie de la via dei Materassai. Elle n'est plus aussi rentable que par le passé et il a eu plusieurs fois l'idée de s'en défaire, mais au bout du compte, la tradition familiale et son attachement à ses origines ont eu le dessus. Et puis, il entre dans sa décision une part de superstition : cette boutique a appartenu à son père et, avant lui, à son grand-père et à ce grand-oncle qu'il n'a jamais connus. Elle a toujours diffusé comme une lueur dans un ciel parfois sombre. Et elle fait partie de leur histoire, tel l'anneau qu'Ignazio porte au doigt sous son alliance.

Il éteint la lumière et quitte son cabinet. Un bâillement lui laisse espérer qu'il parviendra à trouver le sommeil.

Les domestiques traversent les pièces en silence, éteignent eux aussi les lumières et installent des pare-étincelles devant les cheminées, où les bûches achèvent de se consumer et retombent dans la cendre sans faire de bruit. Enfin, on ferme les portes.

La ronde de nuit veille sur la maison. Ignazio ne peut pas la voir, mais c'est comme s'il entendait les pas des hommes qui arpentent le jardin. Il ne s'habituera jamais à cette surveillance « indispensable » : dans son enfance, il était libre d'aller gambader, en toute tranquillité, aux quatre coins de Palerme, de la via dei Materassai à l'Arenella. Maintenant, tout a changé.

La richesse attire les tracas.

En montant les escaliers, il retire sa veste et desserre son nœud de cravate. Il passe devant la chambre de sa mère sans s'y arrêter : à cette heure-ci, elle dort sûrement. Elle lui semble de plus en plus fatiguée, et sa santé de plus en plus fragile. Il va essayer de la convaincre de rester à l'Olivuzza.

Il entre dans la chambre d'Ignazziddu et s'approche du lit. Son fils dort, une main posée sur la joue. Il a les traits délicats de Giovanna, son teint aux couleurs franches, sa vivacité, et il aime se mettre en avant. Ignazio passe ensuite dans la chambre de Vincenzino, qui dort la bouche ouverte et les bras en croix. Il a, lui, les cheveux légèrement ondulés de son père, et un corps maigrichon qui semble noyé sous les couvertures. Après lui avoir fait une caresse, Ignazio se faufile hors de la pièce. Qui sait si l'enfant à naître sera un garçon ou une fille ? *J'aimerais bien que ce soit une fille*, pense Ignazio avec un sourire.

Il revient sur ses pas et gagne sa chambre. Un petit homme robuste, à l'épaisse chevelure noir de jais, est assoupi sur un tabouret. Il s'agit de Leonardo, dit Nanài, le valet de chambre que Giovanna a fini par le persuader d'engager. « Nanài », lui dit Ignazio en lui posant une main sur l'épaule. Le domestique sursaute, ouvre grand la bouche et s'écrie : « Don Ignazio, je... »

Son maître l'interrompt et lui dit, avec un sourire complice : « Va te reposer. Je suis encore capable de me déshabiller tout seul. » Lorsqu'il parle à ses serviteurs, Ignazio a la délicatesse d'employer le dialecte, pour éviter de les mettre mal à l'aise.

Nanài s'incline. « Je suis navré, Monsieur. J'étais là à vous attendre et...

– Ne t'inquiète pas. Mais maintenant, au lit. Demain matin, nous devons nous lever à cinq heures. »

Le serviteur disparaît en traînant des pieds et en continuant à marmonner des excuses.

Ignazio tend les bras au-dessus de sa tête, bâille à nouveau, tire les rideaux damassés devant la fenêtre, dépose sa veste sur un fauteuil, jette ses chaussures au loin, enlève son gilet, se laisse tomber sur son lit et ferme les yeux.

La fatigue aidant, un souvenir lui revient à l'esprit. Il est d'une telle puissance qu'il en perd la conscience du temps présent et de l'espace qui l'entoure. Ignazio a l'impression de retrouver le corps de ses vingt ans, d'être libéré du poids de sa lassitude et de ses responsabilités.

Marseille.

Une couverture étendue au pied d'un acacia. L'odeur du foin fraîchement coupé, le chant des cigales, la tiédeur du soleil. La lumière d'une fin d'été filtre à travers les feuilles, le vent murmure dans les branchages. La tête d'Ignazio repose sur les genoux d'une femme. Une main lui caresse les cheveux.

Il interrompt sa lecture pour prendre cette main, l'effleurer des lèvres et l'embrasser.

Quelqu'un frappe à la porte.

Ignazio ouvre les yeux. Le soleil, la tiédeur de l'air et les cigales s'évanouissent d'un seul coup. Il est revenu à l'Olivuzza, dans sa chambre, au soir d'un jour de fête plus fatigant qu'un jour de travail.

Il se redresse et crie : « Entrez ! »

Giovanna.

Avec sa robe de chambre en dentelle et sa tresse, elle semble plus jeune que ses vingt et un ans. Mais en dépit de sa fragilité apparente, c'est une femme forte, entièrement dévouée à son mari et qui a introduit dans sa famille du sang neuf, du sang noble.

Pour lui, Giovanna, c'est la certitude d'avoir pris la bonne décision, de pouvoir compter sur une épouse docile, de mener une vie conforme à ce que les Florio représentent : une nouvelle aristocratie fondée sur l'argent. Sur le pouvoir. Sur le prestige social.

Et c'est aussi la mère de ses enfants.

Il se reproche à lui-même : *C'est à ça que tu dois penser. Pas à ce que tu ne peux plus avoir. À ce que tu n'aurais jamais pu avoir.*

Giovanna s'immobilise au milieu de la pièce. « Tu es content ? Tout s'est bien passé, n'est-ce pas ? »

Il fait signe que oui. Il est distant, encore prisonnier de son souvenir, et ne parvient pas à le dissimuler.

Giovanna s'approche, lui prend la tête entre ses mains et lui demande, d'une voix assourdie par la tristesse : « Qu'est-ce que tu as ? J'étais venue pour te parler de ta mère, je suis inquiète pour elle, elle mange de moins en moins et elle a du mal à marcher, ce n'est pas bon signe. C'est ça qui te préoccupe ? »

Ignazio fait signe que non, passe une main derrière la nuque de sa femme et l'attire à lui pour l'embrasser tendrement sur le front. « J'ai des soucis. »

Giovanna s'éloigne pour mieux le regarder et insiste : « Des soucis professionnels ? »

Il ne se départit pas de la sérénité qu'il affiche en toutes circonstances. « Oui. »

Il ne veut pas, il ne peut pas ajouter quoi que ce soit d'autre. Cette femme l'aime de tout son être, et elle a un besoin désespéré de recevoir de l'affection en retour. Au lieu de cela, une partie de lui-même est encore et toujours engluée dans le souvenir. Un souvenir qu'il a dans le sang. Le battement d'un cœur de pierre qui résonne à côté d'un cœur de chair.

Ignazio pose une main sur la poitrine de sa femme et cherche ses lèvres. Son baiser est encore timide, mais la chaleur de ce contact se transforme en désir. Il murmure : « Giovanna… » Elle le prend dans ses bras, le serre fort, l'appelle par son prénom.

Pourtant, il hésite encore : « Tu es sûre que nous pouvons ? Je ne sais pas, pour le bébé… »

Elle sourit et lui enlève sa chemise.

Ils font l'amour trop vite, sans véritable harmonie, avec des gestes maladroits.

Après, pour Ignazio, c'est un sommeil lourd, sans rêves.

Après, pour Giovanna, c'est la tristesse causée par une étreinte frustrante. Et, avec elle, la sensation qu'elle ne parviendra jamais à rejoindre Ignazio dans son monde peuplé d'ombres.

Le jour de l'Épiphanie, la famille est à nouveau réunie dans la salle à manger de l'Olivuzza, où retentissent les voix des adultes qui échangent des vœux et les cris des enfants qui reçoivent leurs cadeaux. Après le déjeuner, il ne reste sur la table que des fruits secs ou confits, et quelques liqueurs.

Je n'en peux plus de ce vacarme, pense Ignazio. Il voudrait parler affaires avec François, son beau-frère, mais l'endroit ne s'y prête pas. Il lui fait donc signe de le suivre dans son cabinet, et lorsque la porte se referme derrière eux, ils poussent tous les deux un soupir de soulagement.

« *Les repas* di famigghia *peuvent être très bruyants* !* » s'exclame François dans son mélange habituel de français et de sicilien. C'est un bel homme aux moustaches frisées, dont les yeux clairs expriment une infinie bonté. Ignazio a beaucoup d'affection pour lui, car il connaît la sincérité de son attachement envers sa sœur Giuseppina. « Comme tu le sais, je suis ici, entre autres, pour des raisons professionnelles. J'avais un chargement à livrer à Palerme pour le compte de mon père et je dois recouvrer des créances que… À propos, serait-il possible de déposer des lettres de change à votre banque ?

– Bien sûr. » Ignazio lui verse un verre de marsala et remplit le sien.

« Je voulais te demander s'il y a du nouveau, au sujet de ces entrepôts à louer dans le port de Marseille. »

François écarte les bras, et une goutte de vin lui retombe sur un doigt. « J'en ai repéré deux. Bien adaptés à tes besoins l'un comme l'autre, mais le plus grand est *un peu plus loin**. »

Ignazio hoche la tête. Disposer d'un entrepôt à proximité du port lui apporterait un gain considérable de temps et d'argent.

« Dès que je serai de retour à Marseille, je donnerai toutes les indications nécessaires à tes mandataires. J'ai l'intention de repartir aussi vite que possible, je suis un peu inquiet pour *mon petit** Louis. J'aimerais qu'il soit suivi par un bon médecin. Vous en avez, par ici ? Vincenzino m'a semblé assez fragile…

– Il l'est, malheureusement. Il a des accès de fièvre qui l'affaiblissent beaucoup. Et il sort tout juste d'un refroidissement qui lui a donné une toux caverneuse…

– Le pauvre, lui aussi ! Heureusement, *ta sœur** Joséphine n'est pas seule avec Louis. Elle séjourne chez Camille Martin Clermont. »

Ignazio ne lève pas les yeux de son verre.

« Tu as dû apprendre qu'elle ne s'appelle plus Darbon mais Clermont, n'est-ce pas ? Elle s'est remariée avec un amiral, un brave homme, du reste. »

Tout à coup, Ignazio a la sensation que la voix de François lui arrive de très loin. « Oui, murmure-t-il. Début 1868, si je ne me trompe ?

– C'est bien cela. Elle est devenue veuve alors qu'elle venait à peine de fêter ses vingt ans. Elle n'a pas eu d'enfants, et il semblerait qu'elle ne puisse plus en avoir. Elle en a beaucoup souffert, mais elle a peut-être fini par se résigner. » Il hausse les épaules, termine son marsala et conclut, dans un souffle : « La vie est parfois très injuste. Y a-t-il même un bonheur possible en ce bas monde ? » On perçoit dans sa voix une nuance d'amertume. Ou peut-être s'agit-il d'un reproche indirect à l'intention de son beau-frère ?

Les doigts d'Ignazio se crispent autour de son verre en cristal bosselé. Il se force à lever la tête et à prendre une expression détachée. Il parvient même à acquiescer.

Et c'est à ce moment-là que François le surprend. Sur son visage soudain adouci, l'amertume – le reproche ? – s'estompe. « Quand je lui ai parlé de mon prochain séjour à Palerme, elle m'a demandé de te saluer de sa part. »

Ignazio prend une respiration profonde et murmure : « Je comprends. »

Pourtant, il ne voudrait ni comprendre, ni savoir, ni se souvenir.

Il se passe une main sur la nuque, essaie de détendre son cou raidi et baisse la tête. L'air bloqué dans son thorax lui comprime la poitrine, mêlé à des pensées qui n'accepteraient pour rien au monde de s'échapper.

Il est propriétaire d'une cinquantaine de bateaux, d'une fonderie, d'une exploitation vinicole, d'une banque et de dizaines d'immeubles. Et malgré cela, il ne veut pas montrer son visage. Pas à cet instant précis.

Il finit cependant par relever la tête et par dire à François, en le regardant droit dans les yeux : « Tu lui transmettras mes meilleures salutations. »

Il n'a pas le droit de poser des questions. Il a tout simplement le devoir de vivre au présent.

Le mois de février 1872 a apporté un peu de froid à un hiver jusque-là assez doux. Ignazio s'en aperçoit presque par hasard, lorsqu'il descend de la voiture qui s'est arrêtée devant le cimetière de Santa Maria di Gesù, au pied du mont Grifone, et que son souffle se condense en une petite vapeur.

Palerme est loin. Tout n'est plus que verdure et silence. Une lumière grise filtre à travers les nuages. Le bruit de la pluie prisonnière entre les branches de cyprès plantés depuis peu, ajouté à celui des gouttes qui tombent des orangers entourant le cimetière, distrait un instant Ignazio des sombres pensées qui l'ont accompagné tout au long du trajet.

Au fil des ans, le vide laissé par la mort de son père s'est peu à peu rempli, mais la blessure a mis longtemps à cicatriser et la douleur profonde reçue en héritage n'a pas disparu. Ignazio croyait avoir appris à vivre avec elle, avoir trouvé la paix dans la résignation et le travail. Il a poursuivi ses dialogues imaginaires avec Vincenzo et maintenu les petits rituels qu'ils pratiquaient ensemble, comme la lecture du *Giornale di Sicilia* aussitôt après le déjeuner. Et il a aussi repris certaines de ses habitudes, buvant par exemple son café du matin seul dans son cabinet.

En vain.

Au mois de novembre dernier, un soir, lorsque sa mère est allée se coucher, il a posé distraitement un baiser sur son front.

Le lendemain, Giulia ne s'est pas réveillée.

Elle était morte dans son sommeil. Son cœur avait cessé de battre et elle était partie comme elle avait vécu, en silence.

Ignazio a dissimulé sa colère sous un masque de souffrance. Il n'a pas réussi à pardonner : sa mère s'était montrée injuste, en lui refusant la possibilité de lui dire adieu, de se préparer à la laisser s'en aller. Il ne peut plus la remercier pour tout ce qu'elle a fait pour lui, pour les manières délicates qu'elle lui a apprises, la sérénité qu'elle lui a inspirée, le respect pour autrui dont elle a toujours fait preuve. L'ardeur d'Ignazio au travail, son esprit de sacrifice et sa détermination lui venaient de son père. Tout le reste, en revanche, à commencer par sa résistance aux tempêtes de la vie, tout ce qui faisait de lui un homme au sens plein du terme, il le devait à sa mère. Et il prenait conscience seulement maintenant que l'amour de Giulia pour Vincenzo, cet amour exclusif, silencieux, inébranlable, était aussi un cadeau fait à son fils.

Avec le temps, Ignazio avait fini par comprendre. Sa mère était morte le même jour que son père. Et il ne restait plus d'elle qu'un fantôme sur le point de s'effacer à la lumière du jour. Une coquille vide. Il avait enfin vu clair. Et il avait trouvé la paix.

Vincenzo était comme la mer ; Giulia, comme un cap. Et que peut donc devenir un cap, sans la mer ?

Ignazio les imagine maintenant ensemble, en un lieu qui n'existe pas et qui ressemble toutefois beaucoup à la villa dei Quattro Pizzi. Son père contemple les flots et sa mère s'appuie sur son bras. Un léger sourire aux lèvres, elle lève la tête ; Vincenzo la regarde et pose son front sur sa tête. Ils ne parlent pas. Être l'un près de l'autre leur suffit.

La gorge d'Ignazio se noue. Il ne sait même pas si la consolation que vient de lui apporter son esprit est un souvenir d'enfance. Tout en parcourant les derniers mètres qui le séparent du tombeau qu'il a fait construire pour ses parents, il se dit qu'après tout, il préfère ne pas savoir. *Peu importe, au bout du compte ; où qu'ils soient, ils sont côte à côte, et en paix.*

Voici la chapelle. Un édifice majestueux entouré de sépultures monumentales appartenant aux plus anciennes familles nobles de Palerme. À Santa Maria di Gesù, la cité des morts reflète celle des vivants.

Giuseppe Damiani Almeyda et Vincenzo Giachery ne se sont pas aperçus de l'arrivée d'Ignazio ; ils l'attendent devant la porte principale tout en poursuivant une conversation qui résonne dans un silence jusqu'alors troublé uniquement par le gazouillement des oiseaux perchés sur les cyprès.

« Les dernières que j'ai achetées ont été mises au nom de la société Piroscafi Postali. Vous avez compris ce qu'il veut en faire, vous ? » Damiani Almeyda relève le col de son pardessus pour se protéger de l'humidité.

« Il ne s'occupe plus du tout des épices. Il nous l'avait annoncé juste après la mort de son père, mais…

– Je vous avais même expliqué pourquoi : les temps ont changé. » Ignazio a prononcé ces mots d'une voix à peine plus haute qu'à son habitude.

Les deux hommes, surpris, se retournent d'un mouvement brusque.

Ignazio pense à son exploitation vinicole de Marsala, au vin liquoreux qu'elle produit et exporte dans toute l'Europe. À ses bateaux à vapeur qui transportent des marchandises et des voyageurs en Méditerranée, en Asie, en Amérique… Puis il ajoute : « Il y a ceux qui sont vraiment riches et ceux qui veulent se sentir riches. »

Damiani Almeyda hausse les épaules. « Vous avez raison sur ce point. De nos jours, les gens cherchent davantage le sentiment de richesse que la richesse véritable.

– Ça ne date pas d'aujourd'hui. Les Siciliens ont toujours aimé jouer les Grands d'Espagne. » Giachery s'appuie sur la canne dont il se sert depuis quelque temps à cause d'une douleur persistante à la hanche. « Avant, les nobles voulaient donner l'impression d'avoir encore de l'argent, même quand ils avaient vendu les derniers clous plantés sur les murs de leurs maisons. Désormais, ce sont les petites gens qui font les malins. » Il jette un regard autour de lui : les plaques tombales porteuses de titres ronflants alternent avec d'autres, muettes, qui attendent encore. Des familles bourgeoises se mêlent à de hauts lignages, des tombeaux somptueux se dressent à côté de sépultures dont la sobriété résulte d'un manque de moyens, et non d'un choix esthétique. La mort a enlevé toute velléité de richesse à ceux que Giachery vient d'évoquer et qui se sont retrouvés dans l'obligation de brader la totalité de leurs biens ; à l'inverse, les tombeaux récents de certains bourgeois témoignent de fortunes acquises au prix d'un travail acharné, à Santa Maria di Gesù tout autant que dans les autres cimetières palermitains, à commencer par le plus vaste, celui de Santa Maria dei Rotoli.

« Plus le temps passera, plus le changement deviendra évident. D'ailleurs, c'est déjà le cas ailleurs en Europe. À croire que certaines personnes aimeraient se faire passer pour les maîtres du monde alors qu'elles n'ont même plus de quoi creuser leur propre tombe. » Damiani Almeyda descend les quelques marches qui séparent la chapelle de la crypte où Giulia a été enterrée ; il tire ensuite de sa poche un trousseau de clefs qu'il soupèse entre ses mains avant de les remettre à Ignazio. « Voilà. Elles sont à vous. »

Ignazio les prend et les palpe. Elles sont en fer, grosses, lourdes. Exactement comme l'héritage de son père.

Il est maintenant devant la porte de la crypte. La clef tourne dans la serrure. Il y a, par terre, des traces de plâtre et des empreintes de chaussures.

Un grand sarcophage en marbre blanc se dresse au bout d'un petit couloir. Sur les panneaux latéraux, Vincenzo Florio est représenté sous l'aspect d'un demi-dieu, avec une sorte de toge recouvrant ses habits bourgeois. Giulia, quant à elle, repose dans une niche mortuaire, derrière le sarcophage, aussi discrète dans la mort qu'elle l'a été dans la vie.

Giachery et Damiani Almeyda sont demeurés en retrait. D'une main gantée, Ignazio caresse le sarcophage. La pierre froide est muette ; pourtant, au fond de son cœur, il sent la présence de ses parents. Une chaleur douce lui envahit la poitrine.

Il fait de son mieux, il essaie. En vain. Leurs regards lui manquent, même après tout ce temps. On ne cesse jamais complètement d'être un fils, de même qu'il est impossible de ne pas être un père, après avoir mis un enfant au monde.

Il ferme les yeux et les souvenirs le submergent : la villa dei Quattro Pizzi, la vaste plantation d'agrumes de la villa ai Colli de San Lorenzo où il courait après ses sœurs, les rondes autour du dracena devant le portique, les leçons de danse avec sa mère, si maladroite qu'elle lui marchait sans cesse sur les pieds et pourtant heureuse d'être tout près de lui ; elle riait tout le temps, la tête rejetée en arrière, pendant que le professeur de danse soupirait et que Giuseppina et Angelina levaient les yeux au ciel. Et il se souvient aussi de son père lui posant une main sur l'épaule, lui parlant à voix basse et lui expliquant comment se comporter avec les requins de la politique…

Tout à coup, il revoit un visage entouré d'une masse de boucles blondes.

Il n'a jamais réussi à parler d'elle à personne. Sa sœur Giuseppina est la seule à savoir. Et selon toute probabilité, François a su tirer des conclusions de certains de ses propos et de ses actes.

Mais il se corrige : *Non. Quelqu'un d'autre était au courant.*

Sa mère. Lorsqu'elle lui avait demandé s'il voulait vraiment épouser Giovanna, il avait répondu que oui, qu'il n'avait pas le choix.

Maman, non seulement tu savais, mais tu avais compris toute ma souffrance.

Cette blessure ne cessera jamais de lui faire mal. C'était pour lui le renoncement le plus difficile, le prix à payer pour que son père le considère comme un vrai Florio. Un prix à payer dans le silence le plus total, sans qu'aucun mot ait jamais été prononcé.

C'est à cet instant-là seulement qu'Ignazio prend conscience d'un autre lien avec sa mère. Ils ont tous deux sacrifié une part importante d'eux-mêmes sur l'autel de la pérennité et, surtout, de la prospérité de la Maison Florio. Giulia a renoncé à son amour et à sa dignité, pour que Vincenzo soit libre de se consacrer corps et âme à son travail. Et Ignazio, lui, est allé plus loin encore. Il a renoncé à la femme qu'il aimait pour permettre à sa famille d'étendre ses activités commerciales et lui garantir l'accès à des milieux où son père n'avait jamais été admis : la noblesse palermitaine et la cour des Savoie. Car les nobles siciliens, avec leur sang mêlé arabe, normand et français, étaient convaincus de descendre des dieux de l'Olympe, et les Florio avaient fini, eux aussi, par atteindre le sommet de ce mont sacré.

Il y a pourtant des jours – et des nuits – où tout cela ne suffit pas.

C'est dans ces moments-là que ressurgissent les souvenirs de Marseille, de la période la plus heureuse de l'existence d'Ignazio. Il se revoit âgé de vingt ans, il retrouve les sons et les couleurs d'une petite maison de campagne, le parfum des roses, le frottement d'un savon sur le corps d'une femme et sur le sien, nus dans un baquet.

La véritable malédiction du bonheur, c'est de ne pas se rendre compte qu'on est en train de le vivre. Au moment où l'on s'aperçoit qu'on a été heureux, il n'en reste déjà plus qu'un écho.

Ignazio regarde la plaque funéraire de sa mère, Giulia Rachele Portalupi, épouse Florio. Une femme qui savait tout, qui jouait les médiatrices sans le montrer, qui aimait sans rien attendre en retour, qui se tenait toujours en retrait.

La fille d'Ignazio, née en juin 1870, porte son prénom. Giulia Florio a désormais un an et demi.

Il entend des pas derrière lui et se retourne.

Giachery arbore un sourire bienveillant, où l'on devine des mots de réconfort qui restent toutefois inexprimés.

Ignazio dissimule aussitôt ses préoccupations derrière un masque de calme. Personne ne doit comprendre. Il murmure : « Le travail a été bien fait. Même si, à vrai dire, les ouvriers auraient pu nettoyer un peu mieux les marches. » Il touche la plaque de Giulia, y dépose un baiser du bout des doigts et fait un signe de croix. Giachery l'imite.

Damiani Almeyda les attend sur le seuil, les mains croisées derrière le dos. Ils se dirigent alors tous trois vers la sortie et montent en voiture.

Ignazio est le premier à rompre le silence. « J'espère que vous voudrez bien m'excuser de vous avoir entraînés jusqu'ici, mais je tenais à voir la chapelle où ma mère repose.

– En êtes-vous satisfait ?

– Très, monsieur l'ingénieur. » Ignazio, bras et jambes croisés, regarde à travers la vitre. Des pans de ciel bleu s'élargissent à mesure que les nuages s'effilochent. « Mais je voulais aussi vous parler d'autre chose. Je compte relancer une des activités de mon père. »

Giachery plisse le front. « Et peut-on vous demander laquelle, de grâce ? Votre père était un grand expérimentateur, on avait parfois du mal à le suivre dans toutes ses tentatives.

– Vous avez tout à fait raison. Je pensais à l'industrie textile, à l'usine qu'il voulait construire à Marsala, à côté de l'exploitation vinicole. Le projet a beau avoir été abandonné... » Ignazio fixe sur son interlocuteur un regard attentif. « J'ai entendu dire que maître Morvillo, l'avocat, cherche des associés pour sa manufacture de coton, ici à Palerme. Il est adjoint au maire à l'Instruction publique, c'est un homme intelligent et j'apprécie certaines de ses idées progressistes sur la situation des ouvriers... Essayez d'en savoir davantage sur ses intentions sans trop dévoiler votre jeu, comme vous savez si bien le faire. »

Giachery acquiesce. « Il voudrait travailler sur place le coton qu'on cultive en Sicile, mais il manque de liquidités. Et nos concurrents napolitains sont très forts.

– Quelle absurdité, quand on y pense ! Le coton récolté en Sicile est envoyé à Naples, et parfois même en Vénétie, pour être filé avant d'être réexporté et vendu ici. Résultat : les prix augmentent dans des proportions déraisonnables et les produits anglais ou américains sont meilleur marché. S'il y avait moyen de modifier la situation en notre faveur, pourquoi ne pas essayer ?

– Très bien, je m'en occupe. »

Damiani Almeyda observe Ignazio sans rien dire. Il s'interroge, pour la énième fois, sur cet homme qui le déconcerte et le fascine. Il n'est sans aucun doute pas moins habile que son père ; pourtant, difficile d'imaginer des personnalités plus différentes. Sous des dehors affables, il cache une force intérieure prodigieuse et une détermination impitoyable. Et Damiani Almeyda est sûr d'au moins une chose : l'amabilité est parfois plus à craindre que la cruauté.

« Des légumes cuits à l'étouffée avec du beurre et un peu de poivre, oui, et un lapin à la provençale. Pour le vin...

un alicante ira très bien. » Donna Ciccia écrit en tirant la langue sous la dictée de Giovanna qui, attentive aux moindres détails, tient à ce qu'Ignazio, à son retour, trouve un foyer à l'atmosphère tranquille.

Donna Ciccia plie la feuille de papier et la donne à la femme de chambre pour qu'elle la transmette aux cuisines. Puis elle concentre toute son attention sur Giovanna, satisfaite de la voir vêtue d'une élégante robe noire aux reflets mauves. Le décès de Giulia remonte à trois mois seulement, et le deuil strict est toujours de rigueur.

« Vous êtes belle comme une fleur. »

Giovanna esquisse un sourire. Elle sait que c'est faux, qu'elle est tout sauf belle, mais ce mensonge innocent l'aide à se sentir bien. Donna Ciccia l'attrape par l'épaule. « Et dire qu'autrefois, vous aviez peur de tout. Maintenant, vous voilà devenue une parfaite maîtresse de maison. Vous savez même choisir les vins en fonction des plats. »

La petite Giulia, la dernière-née, fait entendre son gazouillis : « Ma… mama… mama… »

Sa gouvernante la tend à Giovanna, qui lui sourit et l'embrasse sur les joues. L'enfant lui saisit un doigt, le porte à sa bouche et essaie d'attraper une des mèches de ses cheveux. Sa maman frotte son nez contre le sien et s'exclame : « Comme tu es belle, mon cœur, amour de ma vie ! »

À la vue de cette scène, donna Ciccia sent s'alléger le poids qui l'oppresse depuis si longtemps. Elle a tant prié Dieu – et tous ses saints – d'accorder la sérénité à sa *petite*. Oui, sa *petite* et non pas sa *maîtresse*, car elle a été comme une mère pour Giovanna, elle l'a nourrie, elle l'a élevée et elle est toujours restée à ses côtés. Tout en repliant une combinaison tombée au pied du lit, elle pense : *Ce qu'elle a pu changer, depuis le début de son mariage.* Elle qui était si nerveuse, si peu sûre d'elle. Elle qui cherchait un refuge dans le jeûne, comme pour disparaître aux yeux du monde. Comme si elle n'était pas digne d'exister. Désormais, c'est tout le contraire : elle est à l'aise dans son rôle de mère et d'épouse, elle est même un peu plus en chair et a gagné en féminité. Donna Ciccia serait toutefois incapable de dire si sa *petite* a vraiment trouvé la paix ou si elle n'est que résignée. Ses relations avec son mari ne sont à coup sûr pas comparables aux seules que la nourrice ait bien connues, celles des parents de Giovanna, qui ne sont jamais allées au-delà de l'indifférence réciproque. Il n'en demeure pas moins que la distance entre l'imperturbabilité d'Ignazio et le caractère emporté de Giovanna aurait pu se révéler fatale, à la longue. Donna Ciccia l'a compris d'emblée, mais elle ne pouvait rien faire d'autre qu'espérer. Elle a donc veillé en silence, elle a prêté une oreille attentive à la jeune mariée, elle l'a réconfortée et elle a essuyé ses larmes, à l'égal d'une mère.

Après un dernier baiser, Giovanna confie de nouveau Giulia à sa gouvernante et lui donne ses instructions : « Dites à Vincenzino et Ignazziddu de se préparer à leur leçon de musique, leur professeur ne va pas tarder. Je les rejoindrai dans un instant. »

La domestique disparaît. Donna Ciccia commence à ranger des corsets, sans réussir à cacher une grimace. Les deux garçons de la maison sont d'une vivacité normale à leur âge, mais tandis que Vincenzino s'excuse toujours quand on le gronde, Ignazziddu semble indifférent même aux gifles. Un marmonnement échappe à la nourrice : « Des orages en perspective…

– Plaît-il ? lui demande Giovanna.

– Je pensais à monsieur Ignazziddu. Un vrai feu follet.

– Mon mari dit que c'est parce qu'il est encore tout jeune… »

Donna Ciccia réplique par un proverbe ayant valeur d'avertissement : « Le bois se redresse quand il est vert.

– Il s'assagira en grandissant, vous verrez. » Giovanna ouvre un coffret à bijoux pour y prendre des boucles d'oreilles. La plupart des joyaux qui appartenaient à Giulia – des topazes, des perles, des émeraudes – ont été légués à Giuseppina et Angelina. Giovanna y trouve d'autant moins à redire qu'elle n'aime pas beaucoup ces pierres ; elle juge leur taille désuète et leur monture trop lourde ; et de toute façon, elles ne sont pas convenables, en période de deuil. Giovanna finit par choisir deux pendants en onyx agrémentés de perles, pousse un soupir et demande : « Qui sait ce qu'en aurait dit ma belle-mère ? D'après ce qu'elle m'a raconté, les sœurs d'Ignazio étaient beaucoup plus agitées que lui, quand elles étaient gamines. Vers la fin, il était devenu presque impossible de parler avec elle. Elle passait son temps à la fenêtre, à regarder la route, comme si elle attendait quelqu'un…

– C'était *lui* qu'elle attendait, elle guettait son appel. » Donna Ciccia frissonne en prononçant ces mots et se signe. « Un des derniers soirs, elle m'a demandé de laisser la lumière allumée, parce que son mari devait venir. Je me suis dit qu'elle n'avait plus toute sa tête… Mais quand on l'a retrouvée morte, je n'ai pas pu m'empêcher de trembler un peu… »

Giovanna a une moue de mécontentement. Elle n'aime pas qu'on parle de ce genre de choses.

Elle s'assied à une petite table et prend le courrier que donna Ciccia a déposé là. Il s'agit pour l'essentiel d'invitations de pure courtoisie, puisque les règles rigoureuses du deuil interdisent de se rendre à des dîners ou des fêtes ; les messages de condoléances ne manquent cependant pas. *Il en arrive encore*, se dit Giovanna en s'éventant avec une des lettres pendant que donna Ciccia prend sa corbeille à ouvrage pour se remettre à broder la tapisserie qu'elles sont en train de terminer.

Un associé d'affaires de Vincenzo qui était en voyage et vient tout juste d'apprendre la nouvelle… Un cousin qui habite en Calabre et dont Giovanna se souvient à peine… Un fournisseur qui se confond en excuses pour son retard, il a été très malade et…

Tiens !

Un billet en papier d'Amalfi, dans une enveloppe affranchie en France et adressée à Ignazio. *Comment se fait-il qu'il se retrouve chez moi ?* se demande Giovanna en le retournant entre ses mains. Elle remarque surtout la calligraphie délicate, aux antipodes de celle, anguleuse et épaisse, des autres missives.

Au moment où elle s'apprête à mettre l'enveloppe à part, elle la regarde une fois de plus.

Elle hésite un court instant. Puis elle écarte les autres enveloppes, saisit une de ses grosses épingles à cheveux et s'en sert comme coupe-papier. *Ignazio ne m'en voudra pas de…*

Ta mère aussi t'a quitté. Je connais ton attachement pour elle et j'imagine à quel point il doit t'être difficile de ne pas pouvoir la pleurer comme tu le souhaiterais. Mon cœur verse des larmes pour toi.

Je partage ta douleur, et tu le sais.

C.

Le souffle de Giovanna se transforme en éclats de verre qui la déchirent de l'intérieur.

Aucun commerçant, aucun parent, aucun ami n'écrirait une phrase pareille. En tout cas, *aucun homme*. Pas sur ce ton. Pas avec cette graphie si élégante. Pas sur un papier aussi raffiné.

Je partage ta douleur, et tu le sais.

Il n'y a qu'une femme pour écrire cela.

Et seulement à un homme qu'elle connaît bien.

Seulement à un homme *qu'elle aime.*

Giovanna secoue la tête avec force. Certaines phrases. Certains regards. Certains gestes. Certains silences, surtout.

Les souvenirs se multiplient. Des mots qui, après coup, prennent un nouveau sens.

Non.

Elle redresse la tête d'un mouvement rapide et sursaute presque, à la vue de l'image qui se reflète dans son miroir. Ses pupilles se sont dilatées dans des proportions gigantesques et ses yeux sont devenus creux et sombres, comme si la nuit s'était faite en eux.

Elle jette un coup d'œil à donna Ciccia qui, concentrée sur ses fils et sa toile de lin, ne s'est aperçue de rien.

Alors, Giovanna regarde à nouveau l'enveloppe. Elle veut, elle doit savoir.

Comme le tampon est presque illisible, elle penche le papier vers la lumière provenant de la fenêtre. *Marseille.* C'est là que la lettre a été oblitérée. Il s'agit donc peut-être d'une femme que Giuseppina et François connaissent ? L'espace d'un instant, Giovanna caresse l'idée d'écrire à sa belle-sœur, mais elle y renonce presque aussitôt.

Pour lui demander quoi ?

Une voix intérieure méchante, dont le ton rappelle un peu celui de sa mère, met les choses au point : *Tu ne ferais que te couvrir de ridicule.*

Giovanna regarde encore et encore le carton, puis elle le hume. Un vague parfum de fleurs ? Des œillets, peut-être. À moins que ce ne soit son imagination qui lui joue des tours ? Elle ne sait plus.

Un fourmillement lui traverse les mains. Son estomac se rebelle et se contracte, à croire qu'il est doté d'une vie propre. Et puis, c'est le retour de la sensation qui a si longtemps marqué son existence. Loin de moi la nourriture ! Loin de moi les émotions !

Elle ferme les yeux le temps nécessaire pour se débarrasser de son haut-le-cœur.

Ses peurs, ses *peurs* sans nom reprennent vie et l'agressent.

Elle laisse le billet retomber sur ses genoux, où il forme une tache blanche sur le noir de sa jupe.

Mon cœur verse des larmes pour toi.

« Donna Ciccia, allez à ma place à la leçon des garçons, dit Giovanna d'une voix ferme. Il faut que je réponde à ces messages. Je vous rejoindrai plus tard. » Elle se lève, cache le billet dans la paume de sa main et, sans s'en rendre compte, le froisse.

Sans prêter la moindre attention à la réponse de sa nourrice, elle traverse la porte de communication pour gagner la chambre de son mari.

Les battements de son cœur résonnent jusqu'à ses oreilles et elle jette autour d'elle des regards frénétiques. Dans un éclair de lucidité, elle se souvient d'un autre matin, d'un autre deuil. Alors, elle ouvre l'armoire en grand.

Nanài, attiré par le bruit de ses pas, apparaît sur le seuil de la porte. Bouleversé à la vue de sa maîtresse fouillant dans l'armoire, il demande d'un air timide : « Que se passe-t-il ? »

Giovanna lui ordonne d'une voix sifflante, sur un ton glacial : « Va-t'en ! »

Manifestement épouvanté, le domestique se retire.

On dirait à présent que Giovanna est possédée par un démon. Elle passe les mains entre les chemises, déplace les robes de chambre, tâte les pantalons…

Puis, soudain prise de vertige, elle s'immobilise et porte les mains à ses tempes.

Un tel comportement est indigne d'elle. Mais comment s'en empêcher, comment se retenir ? L'homme pour qui elle a changé du tout au tout, l'homme qui l'a initiée à l'amour, l'homme qui l'a convaincue de ne pas se laisser mourir de faim… cet homme en aime une autre !

Elle ferme les yeux et s'efforce de réfléchir. Non, le monde de son mari n'est pas là, parmi ces objets. *Il ne vient dans cette chambre que pour se changer et pour dormir. Il passe une grande partie de son temps dans son cabinet de travail. C'est là qu'il conserve les choses* vraiment *importantes.*

Alors, Giovanna court comme elle ne l'a jamais fait, descend les escaliers et se dirige vers le cabinet. Intrigués par le bruit, ses fils se montrent aux portes de leurs chambres et l'observent, troublés : ils n'ont jamais vu un tel désespoir sur le visage de leur mère. Vincenzino toussote et adresse un regard interrogateur à Ignazziddu, qui se contente de hausser les épaules.

Giovanna ouvre la porte du cabinet. C'est la première fois qu'elle entre dans ce lieu imprégné de discussions d'affaires, de propos tranchants, de fumée de cigare. Pendant quelques instants, elle observe les meubles massifs en bois qui émergent de la pénombre, la bibliothèque basse derrière un fauteuil, la lampe orientale posée sur l'armoire. Puis elle se dirige vers le bureau, dont elle ouvre brutalement les tiroirs. Elle y trouve des crayons, des plumes, des registres couverts de chiffres qu'elle feuillette en vain. Enfin, elle ouvre le dernier tiroir, celui qui a un double fond.

C'est là qu'elle découvre la boîte en bois de rose et en ébène à fermeture métallique. Ignazio la conservait dans son armoire, via dei Materassai. Un jour, Giovanna lui avait demandé ce qu'elle contenait ; la réponse de son époux avait été on ne peut plus laconique : « Des souvenirs. »

Ses mains tremblent. Cette boîte est lisse, lourde, chaude au toucher. Lorsque Giovanna la dépose sur le bureau, un rayon de soleil l'atteint et souligne les nervures du bois.

Giovanna l'ouvre.

Il en émane aussitôt un parfum assez semblable à celui qu'elle a cru sentir sur le billet de condoléances. Puis, sous un exemplaire très usé de *La Princesse de Clèves*, elle trouve une liasse d'enveloppes qu'elle renverse sur le sous-main en cuir avant de les remuer avec un mélange de curiosité et de dégoût. Le papier est épais, raffiné, et la calligraphie est celle d'une femme. Plusieurs d'entre elles n'ont même pas été ouvertes ; d'autres, à l'inverse, sont presque déchiquetées. Elles ont toutes été postées de Marseille, quelques années plus tôt, semble-t-il. Tout à coup, un ruban de satin bleu, décoloré par le temps, saute aux yeux de Giovanna.

Au fond de la cassette, il reste un billet d'aspect semblable à celui qui a déchaîné la tempête, et qui occupe maintenant le sommet de la pile d'enveloppes. Giovanna regarde la date et le lit. Il s'agit du message envoyé après la mort de son beau-père.

Une sorte de frénésie irrésistible s'empare à nouveau d'elle. Elle crie, sans même s'en rendre compte : « Qui est cette femme ? », puis elle prend une enveloppe et essaie de l'ouvrir.

« Qu'est-ce que tu fais là ? »

La voix d'Ignazio produit le même effet qu'un seau d'eau jeté en plein visage. Giovanna lève la tête. Son mari est là debout, sur le seuil de la porte, son pardessus entre les mains. D'un geste instinctif, elle laisse tomber l'enveloppe.

Le regard d'Ignazio va du visage de sa femme à la boîte ouverte et aux enveloppes éparpillées sur le bureau. D'une voix rauque, quasi métallique, il répète sa question : « Je t'ai demandé ce que tu fais là. »

Il ferme la porte, dépose son pardessus sur une chaise, s'approche du bureau, tend lentement une main et attrape le billet froissé, qu'il tente de lisser d'un geste presque amoureux. Mais son visage reste froid, impassible.

C'est ce qui met Giovanna le plus en colère. Elle secoue l'enveloppe qu'elle serre entre ses doigts et demande, de la même voix sifflante que tout à l'heure : « Qu'est-ce que c'est que ça ?

– Donne-le-moi », réplique Ignazio, les yeux fixés sur le billet.

Bien que prononcés à voix basse, ces trois mots sont un ordre. Giovanna secoue la tête en signe de refus et presse le papier contre sa poitrine. Son visage pâle se couvre de plaques rouges, qui forment un étrange contraste avec le noir de sa robe. Elle répète, cette fois sur un ton affligé : « Qu'est-ce que c'est que ça ?

– Des papiers qui ne te regardent pas.

– Ce sont les lettres d'une femme. Comment s'appelle-t-elle ? »

Quand son époux lève les yeux sur elle, Giovanna a l'impression que son cœur cesse de battre pendant quelques secondes.

Elle a toujours connu Ignazio – son Ignazio – maître de lui-même. Il a l'habitude de réagir aux contrariétés par un haussement d'épaules ou un sourire ironique. Cet homme au teint terreux, à la mâchoire serrée et aux yeux mi-clos remplis de colère, qui se tient là devant elle, ce n'est donc pas son mari. C'est un étranger, un individu en proie à une rage aussi glaciale qu'irrépressible.

Les pensées de Giovanna s'accumulent pêle-mêle, cruelles, épouvantées, contradictoires. *Quelle imbécile ! Pourquoi ai-je voulu savoir ? Parce que je suis sa femme, et qu'il me doit bien ça. J'aurais pu me contenter de déchirer ce billet et de l'oublier. Non, parce qu'alors j'aurais dû lui mentir, mentir à mon mari… Oui, mais tout aurait recommencé comme avant ! Et maintenant, qu'est-ce que je vais bien pouvoir faire pour qu'il se calme ? Enfin, j'ai quand même le droit de savoir, après toutes ces années de sacrifices pour lui ! Et si par malheur il décidait de retourner auprès de cette femme ? Non, c'est impossible, il y a Vincenzino et Ignazziddu…*

Elle secoue la tête, comme pour réduire au silence toutes ces voix intérieures qui la torturent.

Et pour finir elle demande dans un souffle, le buste en avant, penchée vers Ignazio : « Pourquoi ? » C'est la seule question qu'elle peut, qu'elle veut lui poser. « Pourquoi ne pas m'avoir dit qu'il y en avait une autre ? » Elle a du mal à parler tant elle sanglote. « C'est pour ça que tu n'as jamais vraiment voulu de moi ? Parce que tu pensais tout le temps à l'autre Française, là ?

– Depuis que je t'ai épousée, il n'y a jamais eu personne d'autre. »

Ignazio a retrouvé sa voix habituelle, ferme et contrôlée. Et son visage a repris son expression coutumière de détachement serein. Seules ses lèvres esquissent une vague grimace, tandis qu'il ramasse les enveloppes, les classe et les range dans leur boîte.

Mais la tendresse de ses gestes, le soin qu'il met à bien enrouler le ruban bleu et la délicatesse avec laquelle il touche le livre n'échappent pas à Giovanna, qui ne peut s'empêcher de s'écrier : « Elle est donc tellement mieux que moi ? »

Sans la regarder, Ignazio rétorque : « Tout ça appartient au passé, rien à voir avec toi. » Il sort de sa poche un trousseau de clefs et referme la boîte avec l'une d'elles, petite et sombre. Puis il serre le coffret contre sa poitrine et se dirige vers la porte. « Ce ne sont pas tes affaires. Et je te défends de remettre les pieds dans mon cabinet de travail. Tu m'as bien compris ? »

Du sable et du sel sous les chaussures. Un vent chaud, puissant. Une lumière blanche si aveuglante qu'elle oblige à plisser les yeux. Dans l'air, une odeur d'origan mêlée à celle de la mer.

Ignazio se penche, ramasse une poignée de sable et de terreau et la laisse s'écouler entre ses doigts. C'est, en réalité, du tuf émietté, une pierre claire qui retient des restes de coquillages et d'animaux marins et qui constitue le véritable cœur de Favignana.

De son île.

Mon île pour de bon, pense Ignazio en reprenant sa marche vers la falaise du Bue Marino, d'où il peut contempler la terre ferme et la mer. Plus bas, des ouvriers taillent des blocs de tuf qui seront ensuite transportés jusqu'au rivage et embarqués sur des navires à destination de Trapani. Une fine poussière s'élève vers le ciel, mais elle est aussitôt rabattue au sol par des rafales de vent : c'est le résidu de l'extraction du tuf dans des carrières de plusieurs dizaines de mètres de profondeur ; depuis des siècles, à côté de la pêche, cette activité est d'une importance vitale pour les habitants de l'île, car cette pierre est non seulement une source de revenus, mais aussi le matériau de construction de leurs maisons.

L'île appartient désormais à Ignazio. Quelques mois plus tôt, il a en effet racheté les Égades aux marquis Giuseppe Carlo et Francesco Rusconi et à leur mère, la marquise Teresa Pallavicini : l'archipel comprend Favignana, Marettimo, Levanzo et Formica, à mi-chemin entre Levanzo et Trapani. Et il a expliqué sa démarche en déclarant que cet investissement de deux millions sept cent mille lires[1] lui garantissait la

1. Environ dix millions d'euros. (N.d.A.)

possibilité de donner une impulsion audacieuse à l'industrie du thon, d'utiliser comme main-d'œuvre les prisonniers du fort de Santa Caterina et, par-dessus le marché, de disposer de quantités considérables de tuf. En somme, après un examen minutieux des caractéristiques des îles et une évaluation rigoureuse de leurs potentiels, il avait décidé de les acheter. Il avait en outre profité du lourd passif de la gestion antérieure pour obtenir une baisse de prix.

Mais à ses propres yeux, il n'a pas besoin de ce type de justification.

De même que, environ soixante-dix ans plus tôt, le grand-oncle dont il porte le prénom avait eu un véritable coup de foudre pour la madrague de l'Arenella, il est lui-même tombé amoureux de Favignana : il la chérit davantage que ses affaires, le prestige social et la plupart des choses qui remplissent son existence. Les obstacles initiaux, liés pour la plupart aux difficultés de l'extraction du tuf et à l'augmentation des droits de douane, ont désormais été franchis. Et sa famille est loin : les regards sérieux et tristes de Giovanna ne sont plus qu'un souvenir estompé.

C'est ici, à Favignana, qu'Ignazio veut se construire une demeure à lui, comme son père autrefois à l'Arenella. Il est cependant trop tôt : un douanier, nommé Vincenzo Drago, dispose encore d'un contrat de location de la madrague, il va donc falloir attendre jusqu'en 1877 pour entrer pleinement en possession de l'établissement et de l'île.

Au pied de la falaise, la mer mugit, gronde et hurle. Mais un zéphyr capricieux, Ignazio le sent, est en train de changer de direction, et les flots ne tarderont pas à s'apaiser. Exactement comme lui au moment précis où il a foulé pour la première fois le sol de cette île.

La lumière du soleil filtre à travers les paupières de ses yeux fermés.

Il se rappelle le jour où il a découvert Favignana : il n'avait que quatorze ans et son père, qui à l'époque administrait en personne la madrague, lui avait demandé de l'accompagner. L'odeur des thons en décomposition saturait l'atmosphère et le soleil se reflétait sur les murs des maisons. Après avoir retroussé ses manches de chemise, Vincenzo s'était assis sur une grosse pierre et s'était mis à parler en dialecte avec les pêcheurs ; ils avaient discuté, entre autres, du lieu le mieux adapté au déploiement des filets et de la direction que prendrait le vent au moment de la *mattanza*, la mise à mort des poissons. Ignazio a adopté un comportement très différent de celui de son père, un étrange mélange de cordialité et de distance. Cela n'empêche pas les hommes de Favignana de reconnaître en lui une force intérieure qui, loin de se manifester sous la forme d'une attitude arrogante ou pleine de morgue, l'entoure d'une aura de fermeté tranquille. Ils l'ont perçue ce matin même, lorsqu'il s'est présenté à la madrague sans avoir prévenu. La *mattanza* s'est achevée il y a quelques semaines, nous sommes désormais au cœur de l'été, et pendant que l'on travaille, dans les ateliers, aux dernières opérations de conditionnement, les pêcheurs s'occupent de l'entretien des embarcations et des filets.

Ignazio les a écoutés longuement, sans jamais les interrompre, même quand leurs propos devenaient confus ou leur dialecte peu compréhensible. Surtout, en les regardant droit dans les yeux, il a senti leur mal-être, leur peur d'un avenir assombri d'incertitudes causées par la concurrence des madragues espagnoles et les taxes qu'imposent les « Piémontais ». Bien qu'il n'ait fait aucune promesse, sa présence, à elle seule, les a tous rassurés.

« Vous êtes satisfait ? »

La voix qui tire Ignazio de ses réflexions est celle de Gaetano Caruso, un de ses collaborateurs les plus proches ; il n'est autre que le fils d'Ignazio Caruso, un administrateur qui avait travaillé aux côtés de don Vincenzo. Ignazio a longuement discuté avec lui, essentiellement de ses projets à Favignana, sur ses idées de modernisation des équipements, sur les contrats qu'il souhaiterait conclure.

Il répond en se frottant les mains, où une fine couche de tuf est restée collée : « Je suis très satisfait. Les gens qui travaillent ici sont de braves gens, très respectueux.

– Il faut dire que vous savez comment les prendre. Vous leur inspirez confiance parce que vous les respectez vous aussi, et ils le sentent. »

Caruso a un visage mince aux traits anguleux et une barbichette qu'il tortille souvent entre ses doigts. Mais en l'occurrence, il garde les bras croisés sur sa veste bien boutonnée ; Ignazio, en revanche, observe la mer les mains dans les poches et laisse le vent le fouetter de la tête aux pieds.

« Quand j'étais encore tout jeune, mon précepteur m'avait fait traduire le passage de Tite-Live où il est question de l'apologue d'Agrippa Menenius. Vous voyez de quoi je veux parler ?

– Je dois avouer que non, don Ignazio.

– C'est un épisode célèbre de l'histoire de Rome. À une certaine époque, les plébéiens avaient exigé d'obtenir les mêmes droits que les patriciens, et ils avaient quitté la ville en signe de protestation. Agrippa Menenius les avait convaincus de revenir en leur racontant un apologue où il est question d'une sorte de grève des organes d'un corps humain, déclenchée sous prétexte que l'estomac, contrairement à eux, passe son temps dans l'oisiveté à attendre que d'autres lui apportent de la nourriture. Mais cette grève finit par entraîner un affaiblissement général de l'organisme concerné, et les organes rebelles sont obligés de faire la paix avec l'estomac. »

Ignazio soulève à peine les lèvres pour ébaucher un sourire.

« Il faut donner à nos ouvriers le sentiment d'appartenir à quelque chose, mon père me le disait déjà. Leurs motivations ne peuvent pas se limiter à leur salaire. Je dois être le premier à leur montrer que chacun d'entre eux a son importance, et je n'y parviendrai jamais si je ne les regarde pas en face, un à un. »

Caruso se permet d'émettre une réserve : « Ce n'est pas toujours facile.

– Ici, ça l'est. Nous avons affaire à des pêcheurs, à des gens simples qui comprennent la valeur du travail. En ville, c'est différent : les ouvriers ont beaucoup de prétentions, ils cherchent des prétextes pour ne pas travailler, ou pour travailler moins, ils présentent sans cesse de nouvelles revendications… quitte à critiquer ensuite ce qu'on leur a accordé. Une bataille permanente. » Le visage d'Ignazio se rembrunit. Il pense aux ouvriers de l'Oretea et à ceux de l'entreprise textile qu'il vient de fonder en association avec maître Morvillo, l'avocat, et qui n'est toujours pas rentable.

Il tourne alors le dos à la mer et se dirige vers la calèche qui l'attend à proximité.

Caruso le regarde monter dans la voiture couverte, comme la quasi-totalité de l'île, d'une mince couche de poussière de tuf. Il essaie d'arracher un sourire à son patron en lui disant : « Vous savez que les gens d'ici vous considèrent comme un prince, désormais ? Et je ne serais pas étonné que le roi… »

Ignazio l'interrompt : « Je suis un industriel, monsieur Caruso. Mon titre de noblesse, c'est mon capital. Il m'apporte plus de pouvoir et de respect que tous les autres. »

Tandis que la calèche s'éloigne de la falaise du Bue Marino, une partie de son esprit jubile d'une voix aussi forte que celle du vent. Non, il n'a pas la moindre envie de recevoir le titre de prince, de comte ou de marquis des Égades. En être le maître suffit à le rendre heureux.

UNE MADRAGUE

juin 1877-septembre 1881

Fa' beni e scordatillo ; fa' mali e pensaci.
« Si tu fais le bien, oublie-le ;
si tu fais le mal, souviens-t'en. »

PROVERBE SICILIEN

Le 16 mars 1876, quelques jours à peine après la publication d'un budget de l'État enfin à l'équilibre, la Gauche historique remporte les élections législatives, et Agostino Depretis devient président du Conseil le 25 mars 1876. Composée pour l'essentiel d'hommes issus de la moyenne bourgeoisie, cette formation politique est favorable à une diminution de la pression fiscale promue par la Droite historique, et bien décidée à insuffler à l'Italie un vaste élan de modernisation. Elle restera sans interruption à la tête du pays jusqu'en 1896, avec des gouvernements dirigés tour à tour par Agostino Depretis, Francesco Crispi, Benedetto Cairoli et Giovanni Giolitti.

La Gauche historique s'affirme, entre autres, dans maints collèges électoraux siciliens ; mais en dépit des nombreuses promesses de campagne, les difficultés que connaît l'Italie du Sud demeurent, en substance, inchangées. Le 3 juillet 1876, le député Romualdo Bonfadini présente au gouvernement le rapport de la Commission d'enquête sur la situation de la Sicile. Il y est notamment question de la mafia, « à savoir le développement et le perfectionnement d'un pouvoir abusif ayant toujours le mal pour objectif, la solidarité instinctive, brutale et intéressée unissant au détriment de l'État, des lois et de l'ordre établi, tous les individus et toutes les classes sociales qui se plaisent à tirer les moyens d'une existence aisée non pas de leur travail mais de la violence, de la tromperie et de l'intimidation ». Ce rapport n'est cependant pas publié dans son intégralité et il faudra attendre l'année suivante pour que paraisse La Sicile en 1876, *résultat d'une investigation menée « sur le terrain » par deux jeunes représentants de la Droite historique, Leopoldo Franchetti et Sidney Sonnino. Les auteurs y décrivent dans toute leur gravité les maux qui affligent le Mezzogiorno, en particulier la corruption, le clientélisme, l'absence de réforme agraire efficace et la conviction profondément enracinée selon laquelle la loi ne s'applique pas à tous de la même manière. Toujours en 1877, une commission présidée par le sénateur Stefano Jacini entreprend la rédaction d'une* Enquête agraire sur la condition de la classe agricole. *Elle sera publiée entre 1881 et 1886 sous la forme de quinze volumes qui mettent bien en évidence l'inquiétante situation de l'agriculture italienne, son archaïsme structurel et les conditions de vie misérables de la paysannerie. Le gouvernement ne tient toutefois pas grand compte de ses conclusions.*

Après la mort de Victor-Emmanuel II, survenue le 9 janvier 1878, son fils Humbert Ier, marié depuis 1868 à sa cousine Marguerite de Savoie, lui succède. Malgré l'esprit profondément conservateur qui l'anime ainsi que son épouse, le nouveau souverain s'efforce dans un premier temps de s'attirer la faveur populaire. Dès son accession au trône, il visite de nombreuses régions italiennes en compagnie de sa femme et de son fils Victor-Emmanuel, alors âgé de neuf ans. À Naples, le 17 novembre 1878, il échappe à un attentat perpétré par l'anarchiste Giovanni Passannante. Au cours des années suivantes, il se rendra souvent sur les lieux frappés par de graves calamités naturelles : inondations en Vénétie en 1882, épidémie de choléra à Naples en 1884.

Le pape Pie IX meurt le 7 février 1878. Son successeur, Léon XIII, manifeste sans conteste une plus large ouverture d'esprit ; il n'en reste pas moins que les dissensions entre le Vatican et l'État italien continueront encore longtemps à peser sur la vie du pays.

Chiurma (équipage), *sarpatu* (remontée), *chiummo* (chaîne en plomb), *càmmara* (compartiment), *coppu* (compartiment de la mort), *bastardedda* (antichambre), *panaticu* (salaire), *rimiggiu* (équipe de huit pêcheurs).

Ces mots d'un dialecte que certains parlent encore sur Favignana, l'île en forme de papillon, évoquent par leurs sonorités la dureté de la vie qu'on y mène.

Durant l'hiver, on a calfaté les bateaux noirs, réparé et renforcé les filets en prévision de la campagne qui a lieu en mai, après la fête de la Sainte-Croix. On jette l'ancre aux endroits indiqués par le *rais*, le maître d'équipage, qui les choisit en fonction de l'orientation des vents et des courants marins. Mais on ne manque pas non plus d'invoquer l'aide d'*U' Patri Crucifissu* (le Saint Crucifix), de la Madone du Rosaire, du Sacré-Cœur de Jésus et du *Santu Patri*, François de Paule, saint patron des navigateurs et des pêcheurs. Les habitants de l'île sont à peine adolescents le jour où ils montent pour la première fois sur leurs embarcations, et ne les quittent que lorsque la vieillesse, la mort ou la mer s'empare d'eux.

Le maître d'équipage observe l'air et l'eau, et surtout, il dirige les opérations de *calata* et de *sarpatu*, de descente et de remontée des filets.

En même temps que les ancres, on jette au fond de l'eau une chaîne en plomb et des pierres taillées provenant des carrières de Favignana, afin de garantir la stabilité de l'*isula*, le cœur même de la madrague : car lorsque les thons seront pris au piège et lutteront de toutes leurs forces pour rester en vie, ils déchireront les filets et s'attaqueront aux cordages.

L'*isula* est subdivisée en compartiments : les poissons sont d'abord poussés vers la *vucca 'a nassa*, l'entrée, au moyen d'une *custa*, un filet long et haut qui les empêche de reculer. Les « portes » de l'*isula* sont constituées de filets manœuvrés à la main ; un compartiment ouest et un compartiment est y sont en communication avec le grand compartiment et un autre plus petit, appelé *urdunaru*. Aucun filet ne recouvre le fond de l'eau. Le seul compartiment à disposer d'un filet sur cinq côtés est le *coppu*, le compartiment de la mort. Après avoir traversé le compartiment ouest, les thons se retrouvent dans la *bastardedda*, l'antichambre du *coppu*. Enfin, lorsqu'on soulève sa « porte », les thons, affolés par les mailles de plus en plus étroites, se précipitent dans le compartiment de la mort à la recherche d'une issue.

La veille, les membres de l'équipage ont imploré le nom de Jésus de leur accorder une pêche abondante, un *panaticu* suffisant pour nourrir leur famille et même un *migghiurato*, une sorte de prime à la productivité.

Le jour de la pêche, les *varcazzi*, les bateaux longs, prennent place deux par deux sur les côtés du *quadratu*, la partie émergée du compartiment de la mort ; ajoutés aux *parascarmi*, des bateaux plus petits, et aux longs et imposants *vasceddi* à la coque noire, ils entourent la totalité du *quadratu* et sont toujours disposés de sorte que l'un soit au vent et l'autre sous le vent.

Avant la mise à mort, on prie à nouveau et l'on entonne des chants qui mêlent des références à saint Pierre et des malédictions contre l'avarice et l'hostilité de la mer.

Puis on commence à soulever le compartiment de la mort à la force du poignet ; les embruns se mélangent à la sueur et les thons s'agitent en un effort voué à l'échec. Les filets, alourdis par l'eau et secoués par les poissons, sont fixés à l'intérieur des embarcations. Les membres du *rimigghiu*, un groupe d'hommes robustes, ont alors pour tâche de harponner les thons et de les transporter à bord avec une *spetta*, un long crochet meurtrier.

Au signal donné, une grêle de coups de perche, de *corchi* (crocs) et de *masche* (bâtons) s'abat sur les poissons désormais à fleur d'eau, qui frappent violemment contre les parois des navires et se heurtent les uns aux autres. L'eau rougit à mesure que la mer se couvre de sang. Les mugissements des animaux étouffent les cris des pêcheurs qui s'encouragent et se hèlent à tour de rôle. Les thons se débattent et luttent autant qu'ils peuvent, mais les hommes les transpercent de part en part, les hissent sur les bateaux et les saisissent par les nageoires pendant que les harpons leur lacèrent les chairs, les yeux, la bouche. Ils sont encore vivants quand ils retombent sur le plancher du pont, mais ils seront morts à l'arrivée au port, et leur sang sera alors lavé à grands seaux d'eau de mer.

Dans la mise à mort, il y a du respect pour le thon, mais aucune pitié.

Lorsque la voiture s'arrête près de la fonderie Oretea, à cinq heures et demie d'un petit matin gris du mois de juin 1877, on vient d'ouvrir les grilles. Sous les voûtes métalliques conçues par Damiani Almeyda, on entend l'écho d'une succession de hurlements aigus et d'injures. Dans ce bâtiment dont l'ingénieur a affiné les lignes massives et grossières afin de le rendre plus fonctionnel, le vacarme traverse les vitres épaisses des larges fenêtres et résonne jusqu'au toit en pente orné de volutes.

Assis par terre ou contre les murs, des hommes et des gamins en tenue de travail discutent. Certains mordent dans des morceaux de pain.

Ils n'ont pas la moindre intention d'entrer, se dit Ignazio.

Tout à coup, un homme trapu au nez de travers et aux cheveux filasse se dresse devant les grilles, écarte les bras et s'exclame : « Alors quoi ? Vous êtes vraiment décidés à travailler pour ce monsieur qui nous refuse l'argent qui nous est dû et qui nous suce le sang des veines ? »

Le timbre de sa voix puissante, perceptible jusqu'au bout de la rue, oblige tous les autres à se taire.

Ignazio connaît cet homme. C'est un soudeur, un de ceux qui – il y a deux jours encore – travaillaient aux réparations des navires, et qui refusent depuis hier d'entrer dans la fonderie parce qu'ils ont appris qu'on ne leur versera plus la modeste indemnité appelée « quart de campagne ». Ils ont aussitôt crié à l'injustice, et leur colère s'est répandue comme une traînée de poudre. À tel point qu'il a fallu recourir à la force publique. Au soir du deuxième jour, les responsables de la fonderie ont estimé que seule la présence d'Ignazio serait susceptible de calmer les esprits, et ils l'ont imploré d'assister en personne, le lendemain matin, à l'ouverture de l'établissement.

Le soudeur poursuit sa harangue passionnée : « Ces gens-là ne reculent devant rien ni personne. Ils connaissent nos besoins en outillage et les dangers que nous courons à escalader des parois lisses… Et nous, nous restons là sans rien dire, même quand… »

Un chœur de « C'est vrai ! » l'interrompt et couvre sa voix. Certains s'élancent vers les grilles, les referment et frappent contre les murs de la fonderie. En une poignée de secondes, la rue est envahie de bruits inquiétants, de cris féroces, d'une odeur de sang et de fer, et la tension atteint son paroxysme. Des dizaines et des dizaines d'ouvriers tapent du poing sur les murs, hurlent qu'ils ne se laisseront pas voler, que leur travail est vital pour eux et leurs familles. Parce que oui, ils doivent « escalader des parois lisses » pour accomplir leur tâche, et jusqu'à maintenant ils n'ont jamais protesté, mais aujourd'hui...

C'est à ce moment-là qu'Ignazio décide de descendre de sa voiture.

Son chapeau à la main, il s'avance calmement, la tête haute et le visage impassible, en direction de l'entrée.

Le premier à le reconnaître est un enfant qui tire son père par la manche et lui dit : « Papa, papa ! C'est le patron ! Don Ignazio ! »

L'ouvrier se retourne, ouvre grand les yeux, ôte son béret et le presse contre sa poitrine. Les joues rougies par l'embarras, il s'écrie : « Don Ignazio, que Dieu vous bénisse. »

La clameur retombe aussi vite qu'elle s'est élevée.

La foule s'écarte pour laisser passer Ignazio, le soudeur baisse les bras et s'efface, comme s'il avait soudain perdu toute sa véhémence. Les grilles s'entrouvrent. Quelques ouvriers soulèvent leur béret et fixent leur patron avec un mélange de respect et de crainte. D'autres reculent, d'autres encore gardent les yeux baissés au sol.

Ignazio répond aux saluts par un signe de tête, sans prononcer un mot.

Certains regards n'ont cependant rien de timide. Ignazio les sent sur lui et devine la hargne et la rancœur qu'ils expriment. Il émane de ces gens du peuple une odeur âcre, semblable à celle de la poudre pour armes à feu. Leurs regards faméliques le suivent jusqu'à l'entrée de l'administration, où l'attend un homme à la barbichette grisonnante et aux tempes très dégarnies, l'ingénieur Wilhelm Theis, directeur de la fonderie. À côté du corps massif d'Ignazio, sa silhouette menue apparaît d'autant plus frêle.

La porte refermée à double tour derrière eux, ils parcourent en silence un couloir étroit encore plongé dans la pénombre, gravissent des escaliers et rejoignent les bureaux où une dizaine d'employés portant veste et cravate noires, sur des chemises de percaline aux cols empesés, s'apprêtent à entamer leur tâche quotidienne. En passant devant la rangée bien ordonnée de leurs tables de travail, Ignazio les salue et leur demande des nouvelles de leurs familles.

Cela ne l'empêche pas de continuer à scruter la baie vitrée qui donne sur l'intérieur de la fonderie et permet de l'observer dans sa totalité. Les ouvriers entrent à pas lents. Ignazio voit leurs visages fatigués et s'aperçoit que de nombreuses mains s'agitent en désignant les bureaux.

Il ne fait rien pour se cacher, bien au contraire. *Oui, il faut qu'ils me voient. Qu'ils sachent tous que je suis là.*

Un toussotement se fait entendre dans son dos.

« Monsieur Theis, je crois comprendre que les ouvriers n'ont pas accepté de bon gré leurs nouvelles conditions de travail sur les bateaux. »

L'ingénieur s'approche du bureau qu'il a l'habitude d'occuper en l'absence d'Ignazio. Mais pas aujourd'hui, pas en présence du *patron*.

« Don Ignazio, la suppression de l'indemnité du quart de campagne a provoqué un mécontentement auquel aucun de nous ne s'attendait, ou en tout cas dont personne n'avait prévu la virulence. Les bougonnements et les protestations n'en finissaient pas, il y a même eu des articles dans leur sale feuille de chou…

– *Il Povero* ? Et cela vous étonne ? La moitié de la rédaction est formée de salariés de la fonderie, on pouvait s'attendre à leurs criailleries.

– Il n'en demeure pas moins qu'ils exagèrent, en particulier les soudeurs et les mécaniciens. Ils se plaignent que leur besogne d'entretien des navires est devenue trop difficile et trop dangereuse, et ils prétendent que sans l'indemnité, leur rétribution ne vaut plus le mal qu'ils se donnent. Nous avons tenu bon pendant deux jours, entre autres grâce à l'intervention de la force publique, mais à ce stade... »

Ignazio, qui l'a écouté sans se retourner, caresse sa barbe sombre et réfléchit. Il est bien placé pour savoir qu'il y a eu des arrestations, puisqu'il a demandé en personne au préfet – à titre confidentiel, bien entendu – de maintenir l'ordre autour de la fonderie. Mais il sait aussi qu'il incombe à lui seul, désormais, de rétablir le calme et l'harmonie dans son usine.

La tension, palpable, s'est propagée des ouvriers aux employés, des murs noirs de suie des ateliers aux murs blancs des bureaux, elle est perceptible d'un bout à l'autre de l'édifice.

Les surveillants en uniforme poussent les ouvriers vers leurs postes respectifs. Un mot de trop échappe à quelqu'un ; un jeune homme, bousculé, réagit ; un surveillant lève la main sur lui ; certains de ses collègues interviennent pour pacifier la situation.

Le sifflement de l'eau acheminée par les tuyauteries pour rafraîchir les laminoirs indique que les machines ne vont pas tarder à fonctionner à plein régime.

La porte du bureau s'ouvre dans un tintement de verre suivi du martèlement sourd d'une canne, et enfin du vacarme des marteaux de forge.

Vincenzo Giachery, directeur administratif de la fonderie, fait son entrée sur ces mots : « Veuillez excuser mon retard. Ce matin, pas moyen de me faire obéir de ma jambe. »

Ignazio se précipite à sa rencontre et lui tend une chaise. « À moi la faute, don Vincenzo.

– Oh que non ! » Sur son visage marqué par les ans, le regard de Giachery pétille soudain et ses lèvres dessinent un sourire. Il soupire en s'asseyant : « Seulement, vous avez le même défaut que votre père, vous voudriez que tout le monde vous obéisse au doigt et à l'œil. »

Ignazio sourit à son tour, puis frôle des deux mains la surface lisse du bureau que Vincenzo Florio avait utilisé pendant des années à l'herboristerie de la via dei Materassai. Il n'a pas voulu s'en séparer. « Mon père et votre frère, paix à leurs âmes, avaient des personnalités qui se complétaient bien. Et ils s'entendaient à merveille. »

Giachery acquiesce, croise les mains sur le pommeau de sa canne et désigne, d'un geste du menton, les installations situées au-delà de la baie vitrée. « Et qu'allons-nous faire, avec eux ? »

Theis écarte les bras d'un air écœuré. « Ce ne sont que des rustauds, tous autant qu'ils sont ! Des paresseux qui ne savent même pas parler leur propre langue, des incapables, des… Il faut leur donner une leçon exemplaire, leur montrer que nous ne sommes pas à leur disposition ! »

Ignazio pose le menton sur ses mains croisées. « Ce sont nos ouvriers, monsieur l'ingénieur. Ils ont peut-être quelque chose d'un peu rustre, mais ils font leur travail correctement, ici à la fonderie et sur nos bateaux. Nous avons besoin d'eux, en particulier des mécaniciens génois et… »

Theis, qui n'a pas cessé de s'agiter sur sa chaise, se permet d'interrompre ces explications : « Ils sont bien payés, don Ignazio. Et quand on pense à l'écart entre ce qu'ils font et ce qu'ils pourraient faire… »

Giachery s'éclaircit la voix pour attirer l'attention. Les yeux baissés, il choisit ses mots avec soin, afin de ne pas heurter l'ingénieur au caractère ombrageux : « Écoutez-moi, s'il vous plaît. Dans cette usine, on fabrique un peu de tout : des chaudières, des couverts en métal, des objets divers et variés… Vous le savez mieux que personne, monsieur l'ingénieur. Moi, je travaille avec ces hommes, je les écoute. Il y a beaucoup d'injustice de votre part à les traiter de rustauds. Ce sont des gens humbles, ils se tuent à la tâche pour des salaires nettement inférieurs à ceux des ouvriers français, et je ne parle même pas de ceux des ouvriers allemands. Alors oui, ils sont assez ignares et ils n'ont pas trop envie d'apprendre ; il n'en demeure pas moins qu'ils tiennent énormément à rapporter de l'argent chez eux. » Giachery lève la tête et s'adresse dorénavant à Ignazio, qu'il ne quitte plus des yeux : « Ils connaissent les dangers de leur travail sur les navires et ils en ont peur ; mais ils sont conscients que s'ils venaient à perdre leur emploi, d'autres ne demanderaient pas mieux que de les remplacer. N'oublions pas que nous sommes à Palerme. Avec des appointements de deux lires par mois à la fonderie Oretea, on est riche. J'en connais qui seraient prêts à tout pour y être engagés. Mais ils n'ont pas les compétences requises, nous n'aurions aucun intérêt à les prendre chez nous. Et puis, vous savez à quel point il serait difficile de convaincre un ouvrier de Livourne, voire un Allemand, de venir ici leur apprendre le métier. Imaginez un instant ce que ça nous coûterait. »

Ignazio tourne son alliance et effleure l'anneau de son grand-oncle. « Si je vous comprends bien, don Vincenzo, vous préconisez donc la prudence ? »

Giachery agite une main. « La prudence, bien sûr. Ou plutôt, la carotte et le bâton. » Il se penche en avant et reprend, d'un air de conspirateur : « Je vous ai connu quand vous portiez encore des culottes courtes. Vous, les ouvriers vous écoutent, comme les pêcheurs de thon de Favignana. Parlez-leur. »

Ignazio pousse un soupir et tambourine des doigts sur le bois du bureau ; il semble hésiter, mais il sait que Giachery a raison. Il a cru trop longtemps que ses ouvriers manquaient d'humilité, d'envie de s'améliorer, d'aspiration à la reconnaissance. Leur vie a beau être très différente de celle des pêcheurs de Favignana, ils sont tout aussi orgueilleux et ils ont le même besoin de respect. À lui, maintenant, de trouver le juste équilibre entre leurs exigences et la nécessité de rester compétitif. Quitte à ne pas l'obtenir à court terme. Il réfléchit à voix haute : « La diminution des coûts est d'une importance cruciale. La fonderie obtient des résultats satisfaisants, c'est vrai, mais nous avons reçu de grosses commandes et nous allons devoir embaucher du personnel supplémentaire. Et nous employons déjà plus de sept cents ouvriers. » Le ton de sa voix ne trahit plus aucune hésitation. « Nous ne pouvons pas nous permettre de verser l'indemnité du quart de campagne. D'autant plus que revenir sur notre décision risquerait de créer un précédent fâcheux. »

À la suite de ce dernier mot, on entend les coups des marteaux qui forgent les immenses panneaux de la coupole destinée au nouveau théâtre de Palerme, le Politeama.

La fonderie est un des piliers de la Maison Florio. Il lui sera néanmoins de plus en plus difficile de rivaliser avec les usines d'Italie du Nord ou d'Allemagne. D'ailleurs, la dernière commande publique concerne le port de Messine, où les aciéries septentrionales ont d'ores et déjà remporté les appels d'offres pour la construction de voies ferrées et de bassins de carénage. Les coûts de production et les conditions de transport des marchandises et des matières premières étant trop élevés, la fonderie Oretea devra, si elle veut poursuivre son activité, maintenir les salaires à un niveau très bas, et rogner à une lire près sur toutes ses dépenses.

On pourra peut-être envisager, à moyen terme, l'introduction de modifications dans le cycle de production et une augmentation de la masse salariale. Dans l'immédiat, il n'en est pas question. Les innovations nécessaires impliquent des investissements colossaux et la formation de nouveaux ouvriers. La priorité du moment consiste à ne pas se laisser distancer par les industriels du nord du pays, dont la connaissance de la métallurgie s'appuie sur une expérience de plusieurs décennies.

Pendant quelques instants, on n'entend plus dans le bureau que les bruits assourdissants de métaux entrechoqués.

Puis, soudain, trois coups de cloche répétés. Le signal d'alarme.

Theis sursaute et se précipite à la fenêtre. Giachery le suit au prix d'un pénible effort.

Les ouvriers se regroupent dans les cours. La plupart d'entre eux ont abandonné leurs marteaux et leurs pinces après avoir bloqué les laminoirs ; quelques-uns sont restés près des machines à pression pour contrôler l'évacuation de la vapeur. Mais tous s'agitent et personne ne parvient à les calmer, pas même un surveillant armé d'un bâton dont l'attitude a au contraire pour seul effet d'échauffer les esprits. Les plus jeunes ouvriers s'approchent de lui, l'encerclent, lui arrachent son bâton des mains, l'attrapent par les bras et lui font perdre l'équilibre.

Les coups se succèdent si vite que l'incident se transforme en un véritable passage à tabac.

D'autres surveillants accourent de tous les côtés. Le bruit de leurs sifflets déchire les oreilles et couvre les cris.

Le surveillant blessé, toujours immobilisé au sol, pousse des gémissements ; un filet de sang coule de sa bouche. Les ouvriers se retournent vers les surveillants qui, malgré la menace de leurs bâtons dressés au-dessus des têtes, restent trop peu nombreux. Alors, une sorte de flot humain semble les submerger, les engloutir, les noyer.

« En voilà assez ! Vous voulez que j'appelle à nouveau les forces de l'ordre ? hurle Theis.

– Ils vont se tuer ! » Ignazio s'élance hors du bureau, dévale les escaliers et franchit la porte qui sépare les services administratifs des ateliers. Son cœur bat à tout rompre. Sans son intervention, le drame est inévitable.

Aussitôt arrivé dans la cour, il crie à pleins poumons : « Arrêtez ! Arrêtez tout de suite ! » Puis il se jette sur un ouvrier qui frappe à coups de pied un surveillant tombé par terre et le saisit par les épaules. L'ouvrier commence par lancer des imprécations, se débattre et agiter les poings.

Mais lorsqu'il reconnaît son adversaire, ses bras retombent le long de ses hanches et il recule d'un pas titubant, les yeux écarquillés. « Don Ignazio ! »

Ce nom passe d'une bouche à l'autre, en un murmure qui ressemble à une prière. Les poings se desserrent, les bras s'abaissent, les mains lâchent les bâtons. Les surveillants reculent de quelques pas, tout en continuant à prendre soin de leur collègue blessé.

« Qu'est-ce qui se passe ici ? » Ignazio regarde autour de lui et fixe des yeux, un à un, les hommes qui l'entourent.

Un mécanicien, à peine plus âgé qu'Ignazio, s'avance vers lui. C'est un grand gaillard aux bras couverts de plaies, de traces de brûlures, et au visage noir de suie. « Il ne faut pas nous en vouloir, monsieur. Ce n'est plus possible de travailler dans ces conditions. On nous tue à coups de bâton. »

Il n'a pas parlé à voix haute. Pourtant, ses propos retentissent comme un coup de tonnerre.

Sur un ton toujours aussi posé, Ignazio répète sa question : « Qu'est-ce qui se passe ici ? » Puis il dévisage son interlocuteur et s'approche de lui. Ils ont la même taille et les mêmes yeux sombres. Dans le silence général, Ignazio chuchote : « Tu t'appelles Alfio Filippo, pas vrai ? Tu es mécanicien en chef. »

L'ouvrier, redevenu calme, hoche la tête. « Oui, Monsieur. » Pour un peu, il sourirait presque. À la fonderie Oretea, le patron connaît tous ses salariés. Il est comme un père pour eux.

« Raconte-moi, je t'écoute. » Ignazio a parlé en dialecte, afin de mieux se faire comprendre et de susciter la confiance.

Alfio cherche le soutien de ses camarades, qui lui font timidement signe de continuer. « Nous avons tous des familles à charge, monsieur, vous le savez bien. Notre salaire nous aide à survivre, et nous ne sommes pas mécontents de toucher un peu d'argent en plus quand nous allons travailler sur les bateaux. Mais là… là, nous ne savons plus où donner de la tête. Nous devons apporter nos propres outils, et vous ne nous payez même plus d'indemnité… Pas plus tard que ce matin, un gamin s'est blessé à l'épaule avec le matériel qu'il transportait. Et dès que les surveillants trouvent qu'on ne travaille pas assez, les coups de bâton, ça y va. Et à la sortie, ils nous fouillent pour vérifier qu'on n'a rien volé. » Il secoue la tête. « Patron, tout ça ne nous mènera nulle part. »

Les bras croisés sur la poitrine, Ignazio réfléchit à ce qu'il vient d'entendre. De pauvres gens qui ont vraiment besoin de l'indemnité ridicule qu'ils touchent lorsqu'ils travaillent sur les bateaux à vapeur. Un gamin blessé à une épaule, des fouilles humiliantes, les violences et les brimades des surveillants, les fins de mois difficiles… « Comment le savez-vous, que ce garçon s'est blessé au travail ? »

Un gamin déguenillé au visage noirci par le charbon, âgé d'à peine une dizaine d'années, vient se mettre à côté d'Alfio et déclare : « J'étais là, don Ignazio. » Sa voix tremble, mais son regard sincère est déjà durci par le mal que lui donne sa besogne. « C'est moi qui lui apporte ses boîtes de clous, et j'ai tout vu. Il est tombé parce qu'il portait quelque chose de trop lourd. Il s'appelle Mimmo Giacalone. »

Ignazio commence à comprendre la vraie raison de l'animosité exacerbée de ses ouvriers : le gamin est tombé à cause du poids excessif de ses outils. Il demande : « Où est-il, à l'heure qu'il est ?

– Chez lui.

– Et qu'avez-vous l'intention de faire, maintenant ? »

Le soudeur secoue la tête et répond, en désignant les surveillants qui ont repris position près d'Ignazio : « On ne peut pas travailler dans des conditions pareilles. Avec tout le respect que je vous dois, ils nous traitent trop mal, eux et leur clique. Et ce ne sont pas les seuls. Les employés des bureaux nous considèrent comme des moins-que-rien. »

Ignazio lève la tête et retient une imprécation à temps pour qu'elle ne s'échappe pas de ses lèvres. Le cœur du problème est là : ces hommes sont prêts à supporter beaucoup de choses, mais pas d'être privés de leur dignité. Voilà ce qui explique leur rage, leur rancœur.

Depuis les bureaux, les comptables et les employés de la fonderie observent la scène avec un mélange de terreur et de mépris. Agrippé au parapet d'une fenêtre, Theis a l'air bouleversé ; on dirait qu'il tremble.

Ignazio promet à voix haute, afin que tout le monde puisse l'entendre : « Je parlerai moi-même aux surveillants, je leur demanderai de vous respecter. » Il avance d'un pas vers les ouvriers, les regarde une fois de plus et souligne ses propos en hochant plusieurs fois la tête. Il tient à être cru sur parole, à attirer la confiance. Puis il ajoute : « Maintenant, il faut retourner au travail. »

Les ouvriers échangent des regards perplexes et apeurés. Alfio prête une attention accrue aux murmures de ses camarades. Une goutte de sueur trace une ligne claire sur la suie qui lui recouvre le front.

Il finit par répondre, comme pour s'excuser mais avec une fermeté qui laisse peu de place au dialogue : « Impossible, don Ignazio. Ce n'est pas nous qui avons mis le feu aux poudres, ce sont eux. » Il désigne du doigt les surveillants. « Ils doivent s'en aller. Nous ne sommes pas des animaux, nous sommes des êtres humains, exactement comme eux ! Nous, nous travaillons à longueur de journée. Et eux… ces… ces fumiers… ils ne perdent pas une occasion de se moquer de nous. Si on arrive quelques secondes en retard le matin, ils nous ferment la porte au nez, ils nous empêchent d'entrer ! Pour nous, c'est une journée de salaire perdue ! Et par-dessus le marché, ils se permettent de nous casser les os ! »

Theis avait informé Ignazio que les ouvriers se plaignaient ; mais il s'était bien gardé de lui préciser ce que les surveillants leur infligeaient, notamment en cas de retard : l'impossibilité de gagner leur vie, une amende et des coups de bâton.

Galvanisés par ses paroles, les ouvriers font bloc autour d'Alfio, grommellent et lèvent le poing.

Les surveillants cherchent un refuge en direction des escaliers.

Ignazio, lui, observe la scène sans sourciller. Il attend que les murmures s'apaisent quelque peu, fixe Alfio droit dans les yeux et dit aux ouvriers : « Vous êtes ma famille. » Il fait quelques pas vers la foule, redevenue silencieuse, et répète, à voix plus haute : « Vous êtes ma famille ! » Puis il se tourne, saisit les poings d'Alfio noircis de poussière et tend ses propres mains salies en direction des ouvriers. « Cette fonderie, c'est votre maison. Si quelqu'un ici s'est mal comporté avec vous, je vous garantis qu'il le paiera cher. Alors dites-moi : vous voulez vraiment faire grève ? Vous voulez vraiment qu'on ferme votre maison, qu'on vous prive de pain et de travail ? » Il écarte les bras et enveloppe le hangar d'un geste du bras. « J'ai toujours pris soin de vous, vous n'avez pas le droit d'affirmer le contraire. Grâce à moi, vos enfants apprennent à lire et à écrire. Mimmo Giacalone… ce garçon qui s'est blessé… eh bien, il sera pris en charge par la Société de secours mutuel que j'ai fondée, moi, pour vous. » Il recule d'un pas, regarde autour de lui et martèle : « *Moi* ! *Pour vous* ! Et s'il n'y est pas inscrit, je veillerai en personne à ce qu'il y soit admis quand même. Nous appartenons tous à cette usine, vous comme moi. Je suis ici à vos côtés. Si c'était nécessaire à la survie de cette entreprise, je n'hésiterais pas à retirer ma veste, à me retrousser les manches et à me mettre au même niveau que vous. La fonderie Oretea, ce n'est pas seulement les Florio ! C'est aussi les hommes qui y travaillent ! C'est vous ! »

Ignazio quitte l'usine à la tombée de la nuit. Il a attendu le départ des ouvriers, il les a salués devant les grilles et il a assisté aux contrôles, qui, pour une fois, ont été moins tatillons que d'habitude. Il a eu pour chacun un geste, un mot, une poignée de main.

Eux l'ont gratifié d'un « Vive don Florio ! » dont l'écho a retenti jusqu'au port.

Après son discours, ils avaient repris le travail. Les ronchonnements et les protestations n'avaient pas complètement disparu, mais ils avaient été désamorcés à la pensée que, désormais, on prendrait en considération les arguments des travailleurs, puisque le patron en personne l'avait promis. Et ils font confiance à Ignazio Florio.

Du reste, il n'a pas ménagé ses efforts. Il a visité tous les ateliers, pris note des revendications et garanti, pour l'avenir, plus d'équité. Il a aussi tenu compte des conseils de Giachery et s'est informé de l'état de santé du gamin blessé. Avant de monter dans sa voiture, le vieil ami de son père lui a tapé sur l'épaule en lui disant : « On en revient toujours là : savoir tromper son monde ; et vous vous y prenez mieux que personne. »

En conclusion de la journée, Ignazio a convoqué Theis et les surveillants dans son bureau, où il les a accueillis par un silence glacial.

Aucun d'eux n'osait prendre la parole. L'ingénieur jetait des coups d'œil nerveux dans tous les sens et cherchait à éviter le regard inquisiteur de son supérieur, animé d'une colère froide.

Alors Ignazio lui a demandé, sur un ton détaché qui n'en était que plus humiliant : « Pourquoi ce besoin de pousser les ouvriers à bout ? On peut très bien effectuer des contrôles sans se montrer méprisant, il n'est pas nécessaire non plus de recourir à la violence, et pour ce qui est des retards, je vous engage à faire preuve d'un minimum de tolérance, comme entre vous. »

Theis n'a pas pu réfréner son agacement : « Don Ignazio, sauf votre respect, il me semble que vous ne comprenez pas bien. Ce sera d'abord cinq minutes, et puis dix… et pour finir, ils demanderont l'autorisation d'emporter leurs outils chez eux, et Dieu sait ce qu'ils en feront. Vous avez vu ce tapage, uniquement pour la suppression du quart de campagne…

– N'ayez pas d'inquiétude à ce sujet, je ne céderai rien sur les salaires. En revanche, il faut appliquer sans délai toutes les mesures qui ne coûtent pas un sou et qui permettent de maintenir le calme.

– La sévérité est indispensable.

– Certes, mais ne confondez pas sévérité et injustice. » Ignazio a joint les mains en pyramide devant son visage ; ses yeux n'étaient plus que deux fentes. « Vous avez assisté au dialogue que j'ai eu avec eux. Le problème ne se limite pas à l'argent de l'indemnité, il tient surtout à la manière dont on les traite : comme des chiens galeux. Et je leur ai assuré que cela ne se reproduirait plus. Par conséquent, à partir de maintenant, nous allégerons les contrôles et nous serons plus souples à propos des retards, du moins pendant quelques semaines, le temps de calmer les esprits. Il n'y aura pas d'amende pour les désordres d'aujourd'hui et vous demanderez aux surveillants d'avoir la main un peu moins lourde, ils n'ont pas affaire à un troupeau d'animaux. Après ce qui vient de se passer, il suffirait d'un rien pour qu'une grève éclate, et ce serait un saut dans l'inconnu. Les Florio n'ont qu'une parole : personne, *en aucune circonstance*, ne doit humilier les ouvriers. Ils sont l'épine dorsale de la fonderie. »

Aucun des participants à la réunion n'ayant trouvé quoi que ce soit à répliquer, Ignazio s'est alors adressé à Theis : « Monsieur l'ingénieur, je compte sur vous pour que de tels incidents ne se répètent jamais. »

Le directeur s'est éclairci la gorge. Il n'avait aucun mal à imaginer les conséquences d'une éventuelle désobéissance à cet ordre. « Nous ferons ce que vous nous avez dit. »

C'est seulement maintenant, dans la voiture qui le ramène à l'Olivuzza, qu'Ignazio s'accorde un instant de répit. La pluie tombée dans l'après-midi et la tramontane ont nettoyé le ciel, devenu d'une limpidité cristalline. Palerme est plongée dans la beauté éphémère d'un crépuscule encore gorgé de soleil.

Les murs d'enceinte de la ville sont en cours de démolition, pour faire place à de nouveaux quartiers, symboles de temps nouveaux appelés à succéder à un passé dont le souvenir n'est peut-être pas cher à tout le monde. Les habitants quittent les vieilles maisons du centre, à la recherche d'appartements plus grands et plus confortables. Là où d'étroits sentiers serpentaient entre des plantations d'agrumes, de larges avenues bordées d'arbres conduisent désormais jusqu'à la campagne. La voiture d'Ignazio passe devant le palais Steri, que son père connaissait bien puisqu'il a longtemps abrité les bureaux de la douane, et que Damiani Almeyda a réaménagé. On a aussi entrepris des travaux pour rénover la place et y installer un jardin. Tout près de là, à quelques pas de la vaste demeure des Lanza di Trabia, le palais des De Pace se dresse face à la mer. Angelina, une des deux sœurs d'Ignazio, y réside avec son époux.

L'imposant Castello a Mare n'est plus qu'un amas de pierres recouvertes de mauvaises herbes : du fait de sa position stratégique pour l'accès à la ville, Garibaldi en avait ordonné le bombardement après son débarquement en Sicile. Dans son esprit, mieux valait le détruire et éviter ainsi tout risque inutile ; les Piémontais avaient fait le reste. Ce soir, les derniers rayons de soleil s'insinuent entre les ruines, où des trouées permettent d'apercevoir les voilures et les cheminées des bateaux à l'ancre à la Cala. Un peu plus loin, le tuf jaune des églises et des palais semble exhaler de la chaleur et atténuer l'obscurité par sa luminosité moelleuse, annonciatrice de l'été.

Ignazio s'abandonne aux souvenirs de ses vingt ans. Chacun de ces endroits est lié à une image, à une sensation. La Cala lui rappelle, entre autres, les jours où il attendait l'arrivée des vapeurs en compagnie de son père. Au-delà de la porte Felice, il voit le Casino delle dame e dei cavalieri, où il avait fait la connaissance de Giovanna…

Mais il est aussi des lieux où Palerme paraît vouloir se débarrasser d'un seul coup de son passé et aussi, en un certain sens, de celui d'Ignazio. Pour édifier un théâtre sur les ruines du bastion San Vito et de la porte Maqueda, on a démoli les églises San Giuliano, San Francesco delle Stimmate et Sant'Agata, puis éventré tout un quartier. Tout change, et au fond c'est une bonne chose.

Ignazio se frotte la racine du nez. Il aime le mois de juin, sa chaleur pas encore étouffante, la luxuriance de la nature à l'Olivuzza, le parfum des yuccas, des roses, des frangipaniers, du jasmin. Il aura peut-être le temps de s'accorder une promenade dans les allées avant le dîner. Car s'il est une chose qu'il apprécie dans sa villa, c'est son jardin. Mais ce n'est pas la seule : il préfère désormais l'Olivuzza à la villa dei Quattro Pizzi, la maison de son enfance, où l'odeur de la mer régnait en maîtresse et finissait par l'enivrer ; et il la préfère aussi à l'habitation de la via dei Materassai, où sont nés Vincenzino et Ignazziddu.

Vincenzino a encore eu de la fièvre. Giovanna a passé toute la nuit dernière à son chevet, mais elle n'a donné aucune nouvelle depuis ce matin.

Pas de nouvelles, bonnes nouvelles. Oui, c'est sûrement ça.

La nuit a étendu son voile sur les arbres de l'Olivuzza lorsque la voiture d'Ignazio s'immobilise devant le grand olivier, juste à côté de la porte cochère. Les surveillants de la villa, tels des spectres, s'approchent pour vérifier que leur maître ne court aucun danger. Il leur fait signe de s'éloigner.

Dans la maison, tout est tranquille. À travers la baie vitrée donnant sur le jardin, on entrevoit des lumières et l'on devine des éclats de rire.

« Papa ! »

Ignazio a à peine le temps de poser le pied au sol que deux petits bras lui entourent déjà les jambes.

C'est sa fille Giulia. « Ma chérie ! »

La petite rit, lui embrasse les mains et le regarde de bas en haut. Avec ses bonnes joues rouges et son énergie débordante, elle est l'incarnation de la santé. Tandis qu'ils se dirigent ensemble vers la maison, elle raconte à son père ce qu'elle a fait pendant la journée, les devoirs sous l'œil vigilant de son institutrice et les jeux avec Pégase, le caniche qu'on lui a offert quelques jours plus tôt pour ses sept ans.

Ignazio observe ses cheveux, foncés et luisants comme ceux de Giovanna. Giulia a des regards doux, caressants, mais aussi des gestes sûrs et des mouvements dénués d'hésitation. C'est bien une Florio.

Après avoir traversé plusieurs pièces, le père et la fille arrivent au salon vert. Assis sur un fauteuil à côté de sa gouvernante, Vincenzino est plongé dans la lecture d'un livre. Giulia va prendre place sur le divan, près d'une poupée en porcelaine à moitié dévêtue.

Ignazio s'approche de son fils. « Comment ça va ?

– Bien, merci. » Les yeux de l'enfant brillent, mais il semble ne plus avoir de fièvre. Il écarte une mèche de cheveux qui lui tombe sur le front et referme son livre. « J'ai pris un bouillon de viande, comme a dit le docteur, et puis j'ai lu. *Maman** m'a dit que nous irions bientôt à Naples. C'est vrai ?

– À Naples ou en France, on verra. » Son fils a des traits élégants et un esprit vif, caché sous un tempérament calme ; à dix ans, il paraît déjà très mûr pour son âge et ressemble beaucoup à son père. Ignazio se tourne vers sa gouvernante, qui se tient debout à côté de Vincenzino. « Mon épouse n'est pas là ? »

Une nuance de désappointement assombrit le visage de la domestique. « Donna Giovanna est en haut avec M. Ignazziddu. » À son air pincé, Ignazio soupçonne une énième bêtise de son fils aîné.

Il demande donc à son aîné : « Qu'est-ce que ton frère a encore fait ? »

Vincenzino hausse les épaules. « Il a mis son précepteur en colère parce qu'il ne veut plus travailler. Quand nous sommes restés tout seuls dans sa chambre, il a attrapé ses livres et il les a jetés par la fenêtre », dit-il avant de se mordre les lèvres. Sur son petit visage, on lit le regret de s'être laissé entraîner dans ce qu'il considère comme une trahison.

Ignazio demeure pensif. Autant Vincenzino est sérieux, autant Ignazziddu lui fait l'effet d'être un véritable casse-cou. Il n'a qu'un an de moins que son frère aîné, il a dépassé l'âge de raison, et pourtant…

En haut des escaliers qu'éclairent deux grands lustres fixés aux murs et forgés, de même que la lampe du palier, à la fonderie Oretea, Ignazio croise Nanài et lui annonce : « Je viendrai d'ici peu me changer pour le dîner. » Puis il longe lentement le couloir pour rejoindre la chambre d'Ignazziddu.

Il entend la voix de Giovanna. Sévère, dure : « Dès que ton père sera rentré, je vais lui dire ce que tu as fait ! Non mais en voilà des façons, prendre tes livres et les jeter par la fenêtre parce que tu n'as pas envie de travailler ! »

Immobile sur le seuil, Ignazio soupire. Combien de fois faudra-t-il lui répéter de ne pas employer le dialecte, surtout avec ses enfants ?

Il entre dans la pièce et s'adresse directement à Ignazziddu, sans saluer personne : « Alors comme ça il paraît que tu t'es très mal conduit aujourd'hui. Où sont tes livres ? »

Giovanna le regarde tout en reculant dans un coin.

Son fils est assis sur son lit, un coussin contre la poitrine en guise de bouclier contre un monde hostile. Il arbore un air boudeur, ses cheveux bouclés sont en bataille et ses yeux lancent des éclairs de rage, tandis que ses doigts s'enfoncent dans son couvre-lit. « J'avais juste demandé l'autorisation de jouer un peu pour me reposer, mais l'autre, là, rien à faire, il n'a pas voulu et il n'arrêtait pas de parler, de parler. Alors moi, j'en ai eu assez de l'écouter.

– Et tu as jugé bon de jeter tes livres par la fenêtre. Tu as eu tort, grand tort. Il y a un temps pour jouer et un temps pour travailler, tu serais bien avisé de t'y habituer.

– Non ! Si je dis que je suis fatigué, c'est parce que je suis vraiment fatigué ! » Il tape à plusieurs reprises sur son lit du plat de la main et se met à crier : « J'ai travaillé toute la matinée et j'ai même dû aider Vincenzino à finir un exercice de français ! Il est à mon service, l'autre, là. Quand je lui dis que ça suffit, c'est à *lui* de m'obéir ! »

Ignazio s'approche de lui. D'un geste instinctif, Ignazziddu recule et serre un peu plus son coussin contre sa poitrine. Il pâlit et sa colère se transforme en une peur de plus en plus forte.

Son père lui arrache le coussin. « Gare à toi si tu te permets de me parler encore une fois sur ce ton. » Il approche son visage de celui d'Ignazziddu et sa voix, bien que basse, fait l'effet d'un coup de cravache. « Et je te défends aussi de t'adresser de cette manière aux gens qui travaillent pour nous. Tu m'as bien compris ? »

Le jeune garçon, haletant, semble désormais la proie d'un mélange d'exaspération et de crainte. Son père ne l'a jamais frappé, c'est vrai, mais il a le don de lui infliger des punitions peut-être encore plus humiliantes.

Ignazziddu fait signe que oui, qu'il a compris, mais les mots ne parviennent pas à franchir la barrière de ses lèvres et Ignazio s'en aperçoit. « Demain, tu présenteras tes excuses à ton précepteur et à ton frère. Tu leur as manqué de respect à tous les deux. » Il se redresse et se tourne vers son épouse, qui est restée immobile et les bras croisés. Puis il lui tend la main pour qu'elle le rejoigne et lui dit, tout en désignant Ignazziddu : « Il sera privé de dîner ce soir. Peut-être que son estomac vide l'aidera à comprendre comment on doit se comporter. »

Il éteint les lumières pendant que Giovanna l'attend un peu plus loin. La dernière chose qu'il aperçoit, avant de refermer la porte, c'est un regard de son fils qui trahit à la fois de la rancœur et de l'impuissance.

Ignazio et Giovanna descendent les escaliers côte à côte, sans se toucher. Tout à coup, elle pose une main sur son bras : « Il… n'aura rien à manger du tout ?

– Absolument.

– Il est encore tout petit.

– Non, Giovanna, non ! Il faut qu'il comprenne qu'il ne peut pas toujours n'en faire qu'à sa tête. Il faut qu'il apprenne qu'on n'obtient rien sans travail, sans efforts, sans sacrifices, sans renoncements, et que l'argent ne tombe pas du ciel. »

Ignazio doit être très irrité pour avoir parlé sur ce ton, et en dialecte. Giovanna, vaincue, retire sa main et baisse les yeux.

Son époux s'immobilise, se masse les tempes et murmure : « Excuse-moi. Je ne voulais pas te brusquer.

– Tu as des soucis ?

– Il y a eu des désordres à la fonderie. Mais rien dont tu doives t'inquiéter. » Il glisse son bras sous celui de sa femme et lui accorde son premier regard aimable de toute la journée. « Allons dîner maintenant, il me reste un tas de papiers à examiner avant ce soir. »

Le repas s'est déroulé dans un silence glacial. Ignazio s'est ensuite levé de table et s'est penché sur Giovanna, pour lui souhaiter bonne nuit d'un baiser sur le front. Elle l'a regardé droit dans les yeux, l'a pris par la main et lui a dit, tout simplement : « Viens. »

Est-ce son parfum, avec ses notes fruitées, celui-là même qu'elle portait à l'époque où il avait fait sa connaissance au

Casino delle dame e dei cavalieri ? Ou bien son regard, où il a perçu un enchevêtrement d'affection, de crainte et de solitude ? Ou encore le remords de les avoir traités avec une telle dureté, elle et son fils ? Toujours est-il qu'il n'a pas eu le courage de refuser cette invitation.

Guidés par la seule lumière du clair de lune, ils ont gagné le sommet d'un tertre où se dresse un petit temple de style néoclassique. La main dans la main, ils contemplent la villa et les édifices environnants, réaménagés au fil des années. Le silence profond n'est interrompu, de temps à autre, que par le souffle du vent dans les branchages.

Giovanna et Ignazio sont maintenant assis sur un banc, à humer l'air de la nuit.

Elle a les yeux fermés et les mains posées sur le ventre. Il l'observe : elle est la partie prévisible de son existence, sa compagne de voyage, la mère de ses enfants. C'est déjà beaucoup, mais cela ne ressemble au bonheur que de très loin. Leur seule véritable dispute remonte à plus de cinq ans. Bien qu'ils n'en aient plus jamais reparlé, Ignazio en a deviné les conséquences : tout se passe comme si Giovanna avait renoncé à ses illusions romantiques, comme si son amour pour lui s'était pétrifié au point de devenir visible et tangible, mais inerte. Elle n'a jamais cessé d'être mise au supplice par son déchirement intérieur, il en est certain, et il l'a d'ailleurs reconnu à des regards hargneux, à des réponses un peu trop tranchantes, à la disparition de certains gestes affectueux, à une dureté qui disparaît uniquement en présence des enfants. Il ne peut cependant rien lui reprocher, c'est une épouse attentionnée et une mère aimante, il ne serait pas en droit de lui en demander davantage. Pourtant, en cet instant précis, il éprouve une nostalgie poignante de la jeune femme qui a été sa fiancée, et qui n'existe plus. De sa délicatesse. De sa confiance inébranlable en lui. De sa patience.

Alors, il essaie de se contenter du peu qui reste, et il le fait à sa manière. Car sa culpabilité est à la mesure de ses regrets pour ce qu'il a perdu.

Il prend le visage de Giovanna entre ses mains et l'embrasse.

Après un court instant de stupeur, elle répond à son baiser avec un abandon et une douceur qui émeuvent Ignazio.

« Tu veux rester dans ma chambre, cette nuit ? » chuchote-t-il.

Elle acquiesce, le serre dans ses bras et, pour la première fois depuis longtemps, lui sourit.

Ce sont des journées faites d'attente, de bruits qui courent en partie confirmés, de lettres expédiées à Rome. Plus taciturne encore qu'à l'accoutumée, Ignazio passe de moins en moins de temps chez lui. Giovanna l'observe et s'inquiète, mais elle ne dit rien.

Aujourd'hui, l'aube est fraîche et dorée. La mer qui lèche les rochers du Foro Italico, la promenade préférée des Palermitains, est douce comme une caresse. Quand il arrive au siège de la société Piroscafi Postali, sur la piazza Marina, non loin du palais Steri, Ignazio s'est imprégné de toute la beauté de la ville ; il s'est rempli les yeux de ces rues encore vides où les seuls passants sont des ouvriers, des charretiers ou bien des servantes munies de paniers déjà chargés de fruits et de légumes, qui se dirigent vers la Vucciria pour y acheter la viande destinée à leurs maîtres.

Le bureau d'Ignazio, situé au premier étage, donne sur le Cassaro, presque en face de la Vicaria. Non loin de là, on aperçoit les murs blancs équarris de Santa Maria dell'Ammiraglio et ce qui reste de la porte Calcina. Derrière l'édifice, la monumentale porte Felice, avec ses volutes baroques, s'entrouvre telle une coulisse sur le spectacle offert par la mer.

Une odeur d'encre et de cigare sature l'atmosphère du bureau. Ignazio pose les yeux sur les cartes marines accrochées aux murs, à côté des images de ses bateaux à vapeur. Il les regarde sans les voir. Il attend.

Un jeune saute-ruisseau, au corps sec et aux tempes déjà dégarnies, frappe à la porte avant de s'incliner et de tendre à son patron une liasse de papiers. « De la part du notaire, don Ignazio. Ils viennent d'arriver. Maître Quattrocchi les a gardés à son étude parce qu'il a travaillé tard, hier soir, avec les liquidateurs, et il tenait à vous les transmettre sans passer par un intermédiaire. »

Ignazio le remercie, le congédie avec un pourboire, s'assied à sa table de travail et caresse ce dossier épais portant le cachet de Giuseppe Quattrocchi, désormais en charge de tous les actes juridiques concernant les Florio. Dans l'enveloppe jointe, une carte porte ces quelques mots tracés à la main : *Avec toutes mes félicitations.*

Sur la couverture, on lit simplement :

TRINACRIA, JUIN 1877

Toutes les autres pensées d'Ignazio sont aussitôt reléguées au second plan.

Il ouvre le dossier et parcourt une liste de noms de navires qui ont la saveur de lieux et de temps lointains : *Peloro*, *Ortigia*, *Enna*, *Solunto*, *Simeto*, *Himera*, *Segesta*, *Pachino*, *Selinunte*, *Taormina*, *Lilibeo*, *Drepano*, *Panormus*…

Ignazio se laisse aller contre le dossier de son fauteuil. Le voilà, son chef-d'œuvre. Celui qui permettra à la flotte des Florio d'accomplir un grand bond en avant. Treize bateaux à vapeur, dont certains sont issus des chantiers navals de

Livourne, et tous de construction récente. Il prend l'acte de vente notarié et le lit d'un bout à l'autre. La société Piroscafi Postali y est représentée par son directeur, Giuseppe Orlando, à qui Ignazio n'avait pas manqué d'indiquer la conduite à suivre. La satisfaction qu'il ressent est d'ordre presque physique, et augmente à chaque page.

Treize bateaux à vapeur. Rien qu'à lui.

Cela fait deux ans qu'il traque Pietro Tagliavia et qu'il lorgne sa compagnie de navigation, la Trinacria. À sa fondation, elle avait suscité d'immenses espoirs et affiché de grandes ambitions. Seulement, le colosse avait des pieds d'argile.

Après moins de six mois d'activité, Tagliavia s'était retrouvé le couteau sous la gorge : les banques n'avaient pas pu – ou pas voulu – continuer à lui accorder leur confiance.

Ignazio se souvient très bien du jour où cet homme à l'allure distinguée, mais au visage marqué par l'angoisse, avait sollicité un « rendez-vous discret » avec Orlando et lui. Il se rappelle aussi la dignité, le calme et l'orgueil qu'il avait mis à présenter son offre :

« Je ne vous propose pas une vente, don Ignazio, j'envisage une fusion. Une telle solution me permettrait de me tirer des difficultés que m'ont causées les banques. Elles me refusent un crédit supplémentaire parce qu'elles s'obstinent à ne pas comprendre que c'est la crise du charbon qui nous crée des problèmes. »

Ignazio avait abondé dans son sens : « Vous avez raison. Nous souffrons tous de l'augmentation des prix du charbon et du fer. Même Raffaele Rubattino, à Gênes, n'est pas dans une situation facile.

– À cette différence près qu'il travaille en Italie du Nord, lui, il reçoit de l'argent de l'État. » Tagliavia avait accompagné cette dernière remarque d'un coup d'œil éloquent. « Quant à vous, vous disposez de l'argent des concessions postales et vous en avez beaucoup plus que moi, puisque vous assurez davantage de liaisons. Le ministère a tenu compte de vos ressources, à juste titre d'ailleurs, il vous a favorisés et il n'a laissé que les miettes aux malheureux comme moi. J'ai les conventions postales avec le Levant, mais cela ne représente pas grand-chose. Les armateurs comme Rubattino s'en sortent grâce à l'intervention des banques. Vous êtes le seul à avoir les reins assez solides pour… Sans compter vos amis haut placés. Dans cette affaire, sauf votre respect, c'est moi qui suis pieds et poings liés : la Banque de Sicile ne me lâche pas d'une semelle et menace de suspendre mon autorisation de découvert. »

Ignazio s'était réjoui de cet aveu d'impuissance, qui lui laissait entrevoir la possibilité de se débarrasser d'un concurrent. Il connaissait en effet le montant exact des dettes de la Trinacria, et il se savait capable d'y faire face en toute sérénité. De surcroît, les navires de cette société étaient neufs et en bon état de marche ; ils n'avaient aucun besoin des réparations incessantes que devaient au contraire subir ceux de sa propre compagnie, par exemple l'*Elettrico* ou l'*Archimede*, de vieux rafiots dont il ne souhaitait pas se défaire uniquement parce qu'ils lui étaient encore utiles pour les petites lignes locales.

Il avait donc demandé à examiner les registres comptables et à connaître l'étendue précise de la dette envers les chantiers navals de Livourne, où l'*Ortigia*, le dernier vapeur de la société, était en cours de construction. À ce stade, Tagliavia et les responsables de la Trinacria avaient disparu. Ignazio n'avait alors pas cherché à les revoir, entre autres parce que le gouvernement avait décidé de venir en aide à la compagnie afin de lui éviter une débâcle financière.

Ce n'étaient pas les Florio qui étaient menacés par les banques et qui demandaient l'aumône le chapeau à la main.

Et soudain, en février de l'année précédente, le désastre. Le tribunal de commerce de Palerme avait prononcé un jugement déclaratif de faillite de la société, qui avait eu pour conséquence directe le licenciement de ses salariés. La ville était alors tombée en proie au désordre, les émeutes de rue s'étaient multipliées et les forces de l'ordre avaient dû intervenir lourdement.

C'est ce moment-là qu'Ignazio avait choisi pour agir.

Parmi les administrateurs chargés par les juges de la liquidation de l'entreprise, il y avait Giovanni Laganà, qui, en sa qualité de membre du conseil d'administration de la Banque des transports maritimes, avait par le passé rendu de nombreux services à la compagnie de navigation des Florio. Cet homme savait, en toutes circonstances, identifier les maîtres du jeu et se comporter en conséquence, ce qui le rendait aussi utile que dangereux.

Quelques mots bien choisis lui avaient suffi pour signifier aux autres liquidateurs qu'Ignazio était le seul acquéreur envisageable pour les navires. Surtout dans les délais si courts impartis par le tribunal.

Et voilà comment on en était arrivé aux ultimes négociations.

Le regard calme d'Ignazio se teinte d'orgueil. Non content d'avoir acquis des navires en meilleur état que les siens, il a en outre été subrogé en lieu et place de la Trinacria dans le contrat de transport du courrier qu'elle avait conclu avec le royaume d'Italie. Et, mieux encore, dans toutes ses conventions d'acheminement de la poste. Ce qui implique, en pratique, l'obtention de sommes considérables en provenance de Rome.

On frappe à la porte.

Ignazio invite son visiteur à entrer et referme aussitôt le dossier, non sans une pointe de regret. Il aime ces moments de solitude qu'il parvient à dérober à son emploi du temps de la matinée, précieux pour mettre de l'ordre dans ses idées et savourer les succès obtenus.

« Je savais que je vous trouverais ici, avec ce dossier entre les mains. » Giuseppe Orlando vient s'asseoir devant lui. Par contraste avec ces murs recouverts de *boiseries** sombres, sa large silhouette et son costume de lin clair semblent apporter un peu de lumière.

« Treize bateaux à vapeur presque neufs. » Ignazio tape du plat de la main sur la liasse de documents. « Difficile d'espérer mieux…

– C'est vrai. D'autant plus que le carburant et les gréements nous ont été cédés à des prix nettement inférieurs à ceux du marché. »

Ignazio écarte les bras et jette un regard oblique sur son interlocuteur. « Sans oublier, bien entendu, un grand merci à Barbavara, qui nous a donné un sacré coup de main au ministère des Postes.

– Cela va sans dire. » Orlando croise les mains devant ses genoux. « Il m'a fait de la peine, ce pauvre Tagliavia, il aura tout essayé jusqu'au bout… » Il baisse les yeux, peut-être par pudeur. « La Trinacria avait trop d'actionnaires, à commencer par les membres de sa famille. Cette faillite les a conduits au bord de la ruine.

– Vous avez fait un excellent travail. Et vous avez été trop bon pour lui. » Ignazio se lève et pose la main sur son épaule ; il n'aurait pas eu autant de scrupules. « À votre place, d'autres auraient adopté un comportement plus féroce.

– Oh, je sais bien. Mais nous devons aussi être reconnaissants envers les liquidateurs, ils ont manifesté… une extrême bienveillance vis-à-vis de notre compagnie. »

Ignazio fait une grimace, tout en dissimulant un petit sourire derrière sa barbe. « Je leur prouverai ma reconnaissance en temps voulu. En attendant, il faut nous occuper de l'augmentation de notre capital social. Nous ne sommes plus les armateurs de quelques coquilles de noix, et nous avons besoin d'un capital à la hauteur de ce que j'ai en tête. »

Orlando plisse les yeux. « À savoir ? »

Ignazio rouvre le dossier du notaire et indique certains noms de navires. « Rubattino est déjà en relations d'affaires avec les Français, et il a même obtenu une subvention d'un demi-million pour la liaison avec Tunis. Nous, nous allons concentrer nos efforts sur l'Adriatique. Ils n'oseront pas supprimer la liaison avec Bari, pas après toutes ces pressions sur le gouvernement au nom de l'importance prétendument fondamentale de ce port pour l'accès à la Méditerranée orientale. Cela dit, nous ne pourrons pas nous limiter à l'Adriatique. Je veux que nos navires desservent Constantinople, Odessa, et après… »

Ignazio sait que le moment est venu de se projeter au-delà de la Méditerranée. Il pense aux navires français et génois qui embarquent à leur bord des centaines d'hommes et de femmes, un balluchon sur l'épaule et un immense espoir au cœur : échapper à la misère.

L'été a pris possession de la ville à la manière d'un tyran, avec son soleil impitoyable, ses odeurs d'herbes sèches et sa chaleur pénétrante qui envahit des habitations mal protégées derrière leurs volets. Nichées au cœur de la végétation du parc de l'Olivuzza, les cigales chantent dans un air immobile : seule une légère bouffée de vent agite, de temps à autre, les buissons de pittosporum et les haies de jasmin.

Ignazio est sorti tôt, quand toute la maisonnée dormait encore. Giovanna a écouté le bruit de ses pas dans la chambre, des tiroirs ouverts et refermés, le craquement du cintre.

Comme souvent, elle l'a laissé partir sans lui dire au revoir vers sa journée remplie de papiers, de documents comptables et d'affaires. Dans les premiers temps de leur mariage, elle avait espéré qu'il lui permettrait de participer à sa vie professionnelle. Elle y a désormais renoncé, cela n'aurait aucun sens. D'autres tâches lui incombent.

Après le petit déjeuner, tandis que ses enfants jouent dans le parc en attendant leurs précepteurs, elle s'assied à côté de donna Ciccia, une petite écritoire portable sur les genoux.

« C'est donc confirmé, nous aurons cinquante-deux convives ce soir. » Elle hausse un sourcil et parcourt la liste des yeux. Officiellement, c'est un dîner parmi tant d'autres. En réalité, il s'agit de poser un sceau mondain sur la fusion entre la Trinacria et les Piroscafi Postali des Florio ; et de fait, toute la haute société palermitaine sera là. « Personne n'a décliné l'invitation. Nous ferons servir un *gelo di mellone* préparé avec les meilleures pastèques de Syracuse. Le cuisinier est en train de les disposer dans des bols en porcelaine française qu'il ornera de fleurs de jasmin. »

Donna Ciccia grimace. « C'est peut-être un bon cuisinier, mais tel que je le connais, il a dû dépouiller un treillage entier pour en tirer quelques pétales. »

Elles éclatent de rire ensemble.

Giovanna a appris depuis longtemps à tirer des satisfactions de sa vie mondaine : les dîners, les réceptions, les thés et les « conversations » qui se tiennent au moins deux fois par semaine dans ses salons ont fait d'elle une maîtresse de maison accomplie et une parfaite épouse. Grâce à elle, Ignazio a enfin pris conscience que la richesse des Florio ne se mesure pas uniquement en chiffres, en navires, en tonneaux de vin ou en barriques de soufre : pour être acceptés dans le grand monde, il leur a fallu ouvrir leur demeure, y accueillir des amis et des connaissances, des peintres et des écrivains. Pour que les aristocrates cessent de les traiter de « pouilleux parvenus », ils ont dû compter sur autre chose que leur richesse et leur pouvoir.

Vincenzo et Ignazio avaient d'abord pensé qu'une alliance avec la famille d'Ondes Trigona suffirait à faire oublier leurs origines roturières. Dans un premier temps, Giovanna elle-même a espéré que tout irait de soi. Mais elle a vite compris que son haut lignage n'était que l'outil nécessaire pour couronner leur ascension sociale de la plus belle des façons. Armée de patience et de détermination, elle s'est donc mise à l'œuvre : d'une part, elle a multiplié les lectures, elle s'est instruite et elle a appris des langues étrangères, comme le lui avait demandé son mari ; d'autre part, elle a mis en valeur sa résidence, qu'elle a ornée de meubles portant l'estampille de Gabriele Capello et des frères Levera, fournisseurs du roi. Elle a acquis des porcelaines de Limoges et de Sèvres, des tapis d'Ispahan, un tableau d'un grand peintre sicilien du XVIIe siècle, Pietro Novelli, mais aussi des toiles d'artistes contemporains comme Francesco Lojacono et Antonino Leto, son préféré. Elle a donné des déjeuners, des dîners et des fêtes, noué ou renforcé des amitiés, gardé des secrets, écouté des plaintes et des ragots. En somme, elle a tout fait pour qu'une invitation chez les Florio soit considérée comme un privilège.

Les Palermitains aiment se sentir bien au-dessus des autres, surtout lorsqu'ils sont entre égaux, et ils sont prêts à tout pour que personne ne l'oublie, jamais. De la simple poudre aux yeux, pense Giovanna tout en continuant à parcourir la liste des invités. Et c'est là toute la différence avec les Florio : d'un côté, la conviction exprimée, soulignée, réaffirmée, d'être supérieurs aux autres par le rang, l'éducation, l'élégance ; de l'autre, des réalités concrètes indiscutables. À travers leurs réceptions, leurs œuvres de bienfaisance, l'acquisition d'un bibelot ou celle des îles Égades, les Florio *démontrent* leur supériorité. Giovanna s'est fixé pour objectif de bâtir un pont entre ces deux mondes si différents ; et à force de bonne grâce et de ténacité, elle a fini par réussir. La preuve est là, sous ses yeux, sur cette liste où apparaît la fine fleur de l'aristocratie de la ville.

Mais elle préfère ne pas se rappeler trop souvent que toutes ces démarches lui ont aussi servi à ne pas mourir de désespoir et de solitude.

Elle consulte à nouveau son agenda. Dimanche prochain, à l'occasion d'un thé à l'anglaise, un orchestre de chambre jouera sous le petit temple néoclassique bâti au sommet du tertre, et des tables dressées dans le parc permettront aux invités de profiter de sa fraîcheur. On leur servira des fruits confits, des petits-fours, divers mélanges de thés indiens et japonais, et du cognac pour les messieurs. Environ quatre-vingts personnes, y compris les enfants.

Ce sera très beau. Giovanna imagine déjà la disposition des tables sous les arbres, les rires des bambins et les bavardages des adultes.

Donna Ciccia sort de son panier une broderie au petit point. Giovanna la regarde ; elle aimerait se joindre à elle, mais d'autres obligations l'attendent, moins réjouissantes et enfermées dans une serviette en cuir. Elle en retire quelques documents et fronce les sourcils. Sur ces papiers, la Palerme des nobles et des festivités s'évanouit devant la Palerme des pauvres, des misérables, qui doivent s'en remettre à la charité des puissants pour survivre. Le rôle de Giovanna consiste à les écouter, à établir une hiérarchie des besoins et à faire son possible.

Elle feuillette les requêtes de subsides. Une lettre de la Congregazione delle dame del giardinello la prie de pourvoir à la dot d'une de leurs jeunes protégées, « très indigente », ainsi qu'aux trousseaux des nouveau-nés de plusieurs familles dans le besoin. Les épouses de certains marins employés sur les bateaux à vapeur des Florio demandent quant à elles un instituteur pour leurs fils, « afin qu'ils sachent au moins lire et signer de leur nom ».

Il n'y a que les garçons qui comptent, pense Giovanna avec une pointe d'amertume. Les Palermitains ne se soucient pas le moins du monde que leurs filles apprennent à écrire et à compter. Ils veulent les garder à la maison, « prisonnières de leurs tabliers ». Et c'est déjà beaucoup, lorsqu'ils réclament un minimum d'instruction pour leurs fils.

Giovanna observe Giulia, qui, assise sur la pelouse, joue avec une poupée. Elle est âgée de sept ans, et très intelligente. Elle reçoit depuis peu des leçons en même temps que ses frères, Ignazio ayant décidé qu'elle devait maîtriser le français et l'allemand, comme il convient à une jeune aristocrate. De leur côté, Ignazziddu et Vincenzino étudient déjà la géographie et les mathématiques et ils ont pris leurs premiers cours de violon : il faut les éduquer au beau, à l'instar des rejetons des familles européennes les plus nobles, dont les Florio ont fait la connaissance lors de séjours estivaux un peu partout en Italie. D'ici quelques jours, ils partiront d'ailleurs pour Recoaro, en Vénétie. Ils ont pris l'habitude de fréquenter cette station thermale après avoir découvert qu'elle est très appréciée non seulement de plusieurs représentants de l'aristocratie palermitaine, mais encore de nombreux industriels et hommes politiques d'Italie du Nord. Ignazio y a conclu des alliances précieuses, scellées par des toasts où les coupes de champagne étaient remplacées par des verres de l'eau limpide qui jaillit de la source Lelia.

La tête à nouveau baissée sur ses papiers, Giovanna passe à l'examen des comptes. Si étrange que cela puisse paraître, c'est son beau-père qui, bien des années auparavant, avait instauré la tradition des dons aux pauvres de Palerme. À l'époque, il s'était justifié en déclarant qu'il était lui-même issu du peuple, et qu'il connaissait la valeur d'un croûton de pain gagné à la force du poignet. Mais selon certaines nobles langues de vipère, il avait surtout cherché à effacer ses origines à coup de billets de banque et à se faire pardonner son mariage avec sa maîtresse. À s'acheter une respectabilité sociale, en somme.

Tandis que Giovanna lit et relit cette longue série de requêtes, une idée qu'elle mûrit depuis un certain temps revient la titiller : instituer une cantine destinée aux pauvres du quartier, aux malheureux qui ont faim, aux femmes dont les grossesses se succèdent à un rythme effréné et que leurs poitrines rachitiques empêchent d'allaiter leurs enfants. Il faudrait en préciser le fonctionnement, trouver un endroit, calculer les coûts…

Mais voilà que Vincenzino a un malaise !

En jouant avec Ignazziddu, il a maladroitement envoyé le ballon en direction du petit lac. Son frère lui a crié de courir après pour vite le rattraper. Il est arrivé juste à temps au bord de l'eau.

Alors, un élancement dans son thorax s'est propagé jusqu'à sa gorge et s'est transformé en un véritable étau ; le souffle haletant, il a fléchi les jambes, il a été pris d'une toux de plus en plus convulsive et le ballon lui a échappé des mains.

Sa gouvernante est aussitôt accourue et lui a donné des tapes dans le dos qui n'ont hélas servi à rien. Son visage est passé du rouge au violet. Ignazziddu, qui l'a suivi et qui a ramassé le ballon, s'immobilise non loin de lui avant de reculer d'un pas. « Vicè, qu'est-ce qui t'arrive ? »

Il regarde la main de son frère qui s'agrippe au tablier de la domestique et qui en tord l'étoffe ; il entend le sifflement de l'air qui, visiblement insuffisant, a du mal à circuler dans la trachée ; enfin, il voit Vincenzino tomber à genoux et lit sur son visage la terreur de mourir étouffé.

Alors il appelle sa mère de toutes ses forces : « *Maman** ! »

Giovanna lève la tête d'un mouvement brusque, elle a perçu de la panique dans la voix de son fils. Aussitôt après, en apercevant Vincenzino tombé au sol et la gouvernante qui le secoue, elle hurle : « Donna Ciccia ! Au secours ! Appelez quelqu'un ! Un médecin ! À l'aide ! »

D'un bond, elle accourt vers le lac. Les papiers qu'elle avait à la main s'envolent de tous côtés. « Son col ! Déboutonnez-lui son col ! » Elle le lui arrache elle-même, d'un geste si violent qu'elle lui griffe la peau du cou. Le corps de Vincenzino se cambre, à la recherche désespérée d'un peu d'oxygène.

Donna Ciccia arrive en toute hâte, suivie de Nanài, qui prend l'enfant dans ses bras, l'emmène vers le salon et crie : « À l'intérieur, à l'intérieur ! J'ai fait prévenir le médecin ! » Puis il attrape Giovanna par le coude et l'oblige à se relever ; pendant ce temps, la gouvernante prend soin de Giulia, qui s'est mise à pleurer, et la conduit à l'écart.

Ignazziddu demeure seul, en plein soleil, son ballon à la main.

À petits pas incertains, il suit sa mère et les domestiques, mais s'arrête devant la porte-fenêtre du salon. Ce n'est pas la première fois qu'il assiste à ce genre de scène : de temps en temps, on a l'impression que l'air reste bloqué dans les poumons de Vincenzino et refuse de remonter dans sa gorge.

Il le regarde maintenant à travers la porte-fenêtre, avec un mélange de crainte et de remords. C'est lui qui lui a dit de courir, aucun doute là-dessus… *Mais non. Vincenzo a toujours eu une santé fragile, ce n'est pas ma faute.* Il s'accroche à cette pensée, son petit nez appuyé contre la vitre et l'estomac noué. Autour de lui, la lumière est éblouissante et les cigales chantent.

Le visage de son frère a repris des couleurs normales. Sa mère lui applique un mouchoir mouillé sur le front, lui pose une main sur la poitrine, tente de le réconforter et embrasse ses yeux remplis d'épouvante.

Vincenzino éclate en sanglots. Giovanna le prend dans ses bras et pleure avec lui. Après avoir tenté de ranimer leur courage, donna Ciccia se lève, s'éclipse et revient quelques instants plus tard, en compagnie du médecin.

À travers la vitre, Ignazziddu entend des bruits de voix et observe des gestes. Il voudrait entrer et demander pardon à son frère, parce qu'une partie de lui-même ne cesse de lui adresser des reproches, de lui dire que c'est de sa faute si Vincenzino a failli s'étouffer. Il voudrait le serrer fort contre lui, lui promettre qu'il ne lui proposera plus des jeux où il faut courir, qu'à partir de maintenant il fera attention.

Il est prêt à tout pour se débarrasser de ce qu'il ressent en ce moment.

Loin d'imaginer qu'un jour, cette même peur reviendra lui rendre visite.

De mémoire d'homme, l'hiver 1878-1879 a été l'un des plus rigoureux depuis longtemps. Giovanna a demandé aux domestiques de l'Olivuzza de maintenir le feu allumé en permanence dans les cheminées, pour éviter à tout prix que Vincenzino, toujours aussi languissant et taciturne, prenne froid. La santé du fils aîné de la famille Florio est en effet restée précaire. Ignazziddu, lui, n'a pas cessé de piaffer comme un petit taureau, et Giulia n'a pas été moins remuante.

Quant à Giovanna, elle a échoué à se départir de ses craintes : toujours sur les talons de son fils, elle tressaillait au moindre toussotement et prenait ses repas avec lui, pour s'assurer qu'il ne dépérissait pas. Tous les jours, à grand renfort de rosaires, d'oraisons et de supplications, elle a prié Dieu de protéger son enfant et de lui accorder une santé plus robuste.

Bien que le printemps soit maintenant là, les rayons miellés du soleil ne réchauffent guère et même le vent, d'habitude gorgé de chaleur, est une brise frisquette qui fait frissonner sans apporter le moindre parfum de fleurs ou d'herbes nouvelles. *Nous attendrons que les températures tiédissent*, songe Giovanna. C'est seulement alors qu'elle passera davantage de temps en plein air avec ses enfants. Vincenzino pourra aller jusqu'à la volière installée au centre du parc, ou bien jouer avec son cerceau… Il sera peut-être même envisageable de l'emmener sur le mont Pellegrino, comme elle le lui a si souvent promis. Et surtout, ils pourront voyager : par exemple, passer leurs vacances à Naples, pour suivre la suggestion d'Ignazio. L'été, cette ville est moins chaude que Palerme, et dans les villas des environs, l'air est salubre. À moins de retourner à Recoaro…

Mais le mois de mai vient à peine de commencer, il est encore trop tôt pour penser à la saison estivale.

La robe de Giovanna glisse en froufroutant sur les tapis orientaux qui recouvrent le plancher. Elle traverse les salons, appelle les domestiques et leur demande de fermer les malles et de ranger les jouets des enfants. Plus le départ approche, plus elle éprouve une étrange sensation d'impatience, une excitation effervescente comme du champagne.

Elle va enfin découvrir cette maison dont elle a tant entendu parler, sur cette île dont son mari est tombé amoureux fou.

Une demeure princière, conçue pour une famille dont la noblesse n'est pas ancienne, mais qui est la plus riche de Palerme. Voire de toute l'Italie.

Lorsqu'ils arrivent à Favignana, la lumière de l'après-midi s'estompe déjà. Le crépuscule teinte la mer et les maisons basses en tuf d'une nuance de cuivre fondu. L'air semble ici plus chaud qu'à Palerme.

Avant de débarquer sur l'île, Giovanna parle avec Vincenzino et l'oblige à mettre une veste épaisse ; derrière lui, Giulia et la gouvernante attendent. Ignazziddu, en revanche, a couru jusqu'au bout de la passerelle en essayant d'attirer l'attention de son père. Malgré ses dix ans passés, il lui arrive encore d'avoir un comportement infantile. Ignazio lui jette un regard courroucé et lui fait signe de rester à côté de lui en silence.

Sur le môle, Gaetano Caruso, administrateur des madragues de Favignana et de Formica, est là pour accueillir la famille.

Ignazio prend le temps d'observer les constructions qui se dressent juste à la sortie du village, au pied de la montagne. De vastes hangars carrés en tuf doré si clair qu'ils en paraissent blancs. De larges ouvertures sur la mer, protégées par des grilles en fer qui portent sur leur fronton le F de Favignana et de *favonius* (zéphyr), le vent d'ouest qui gonfle les voiles des bateaux de pêche et agite les flots près des côtes.

Le F de Florio.

Plus bas, les vagues caressent la surface du môle et le revêtent d'une couche glissante d'algues.

Ignazio s'avance de quelques pas sur la terre ferme, suivi de son fils cadet ; il contemple le vert profond de l'eau et les poissons qui frétillent entre les épis d'eau, lève la tête, scrute les toits des habitations et, enfin, pose son regard sur la montagne et le fort Santa Caterina. Bien des années plus tôt, de nombreux patriotes hostiles aux Bourbons y ont été détenus, et c'est aujourd'hui l'une des prisons les plus sévères du royaume d'Italie.

« Enfin... », murmure Ignazio en inspirant profondément. Ici, l'odeur de la mer n'est pas la même que partout ailleurs en Méditerranée ; on y perçoit les parfums mêlés de l'origan, du sable, du poisson salé et des chaumes.

« Don Florio... » Quelque peu inquiet de ce silence prolongé, Gaetano Caruso l'a suivi de près.

Ignazio se retourne d'un mouvement brusque et dévisage cet homme au front haut, aux grandes moustaches en guidon et à la barbichette bien taillée. « Merci pour votre accueil.

– Je n'ai fait que mon devoir. » Caruso s'incline légèrement. « Et j'ai pris toutes les dispositions nécessaires pour rendre la maison confortable. Vous trouverez le dîner prêt et vos chambres préparées pour la nuit. J'ai aussi fait préparer les chambres d'amis, puisqu'on m'a dit qu'il doit en arriver.

– Je vous en suis très reconnaissant, mais il ne fallait pas vous donner autant de mal ; vous êtes administrateur, pas majordome. »

Cette dernière remarque est de pure courtoisie. Car il va de soi que même si Caruso est d'abord et avant tout en charge de l'administration de la madrague, il a aussi pour tâche de veiller au bon déroulement du séjour de son patron sur l'île.

Il se place donc à ses côtés pour lui indiquer le chemin. Derrière eux, un long cortège est formé par Giovanna, les enfants, donna Ciccia, la gouvernante, les domestiques et des charrettes remplies de malles et de valises.

Giovanna est descendue de bateau à pas prudents, sans jamais lâcher la main de son fils. Et elle a attendu d'être sur la terre ferme pour diriger son regard sur l'établissement. La voilà donc enfin, cette fameuse madrague où son mari a investi une part considérable des capitaux de la famille, avec une détermination et une ardeur qui lui ont rappelé celles de son beau-père. Après en être devenu le propriétaire unique, il a confié sa rénovation à Giuseppe Damiani Almeyda. Et c'est encore Ignazio qui a eu l'idée d'édifier une nouvelle résidence sur les ruines du vieux fort San Leonardo, à proximité du port.

Sans compter d'autres projets pour l'avenir.

Giovanna encourage son fils à continuer d'avancer, tout en cherchant du regard donna Ciccia et Giulia. La jeune mère marche le long du môle tête baissée, essoufflée par la pente pourtant douce, et prend bien soin de soulever les pans de sa robe pour éviter de la salir. Elle ralentit, s'arrête presque et aperçoit, un peu plus loin, plusieurs édifices bas et étroits. Il s'agit des Pretti, qui abritent les équipements techniques et les entrepôts.

Les domestiques de la résidence, recrutés sur l'île, se tiennent en attente au sommet d'une montée. Ils ont des visages cuits par le soleil, des livrées mal ajustées, des gants usés. *Je vais en avoir, du travail, pour en faire de vrais domestiques*, se dit Giovanna en dissimulant son irritation. Heureusement, sa femme de chambre attitrée, le cuisinier et plusieurs serviteurs sont arrivés quelques jours plus tôt pour leur apprendre les rudiments du métier. *Dans les limites du possible*, pense Giovanna quand elle les voit de plus près. Des amis ne vont pas tarder à les rejoindre, en particulier Damiani Almeyda et Antonino Leto. Viendront ensuite ses parents, et peut-être même ses cousines Trigona. Il ne faudrait surtout pas se retrouver dans une situation difficile. *Et si je faisais venir la domesticité de Palerme ?*

Au moment où elle se retourne pour demander conseil à donna Ciccia…

… elle en a le souffle coupé.

Le palais Florio est là devant elle. Elle avait certes vu les plans et les dessins de Damiani Almeyda, et tenté d'imaginer le bâtiment à partir des longues et multiples descriptions de son mari ; mais la santé fragile de Vincenzino et de nombreuses obligations familiales l'avaient empêchée de se rendre sur place pour suivre l'avancement du chantier. Elle est stupéfaite par la beauté de l'édifice. Son élégance. Sa majesté. On dirait presque un château.

C'est un parallélépipède massif, en tuf et en briques. Ses fenêtres sont encadrées d'arcs en ogive ; sur le flanc droit, une petite tour est chapeautée d'un toit en pente. Aux balcons, des spirales alternent avec le symbole de l'infini, en une succession ininterrompue de lignes, de pleins et de vides. Au faîte des murs, une corniche est protégée par des merlons. La grille en fer a été fabriquée à l'Oretea et les frontons sont ornés de l'enseigne des Florio : un lion se désaltérant à une source jaillie des racines d'un quinquina.

L'ensemble est magnifique, sévère et puissant.

Giovanna observe successivement le palais et son mari, qui à cet instant lui tourne le dos et poursuit sa conversation avec Gaetano Caruso. Elle remarque que ce palais ressemble à son époux. *Ou plutôt non : ce palais, c'est Ignazio.* Un monolithe où coexistent des lignes souples et des arêtes aiguës, la légèreté du fer et la lourdeur du tuf. La force et l'élégance.

Elle voudrait courir vers lui et se jeter à son cou. Impossible. Interdit. Ce n'est pas leur manière de se dire les choses.

Ignazio laisse son épouse et les serviteurs s'occuper de l'installation au palais. Sa famille et lui y séjourneront quelques semaines, jusqu'au moment où les thons, après avoir été éviscérés, dépecés et bouillis, seront prêts à être mis en conserve.

Il n'entre pas tout de suite dans la maison, envoie son fils rejoindre Giovanna d'un geste qui ressemble moins à une caresse qu'à une taloche et pénètre dans le jardin, où les buissons et les haies de pittosporum peinent à s'enraciner dans un sol gorgé de sel.

Caruso le suit, les mains croisées derrière le dos. « Les filets ont été mis en place avec succès. La première pêche devrait être terminée entre après-demain et la fin de la semaine. »

Ignazio l'écoute en hochant la tête. « À quoi peut-on s'attendre, d'après le *rais* ?

– Il ne s'est pas encore prononcé. Mais selon lui, le banc de poissons qui s'approche des côtes est considérable, et il en attend un tout aussi important pour la semaine prochaine. Cela étant, il conclut toujours ses prévisions par un signe de croix et une prière à la Vierge des Sept Douleurs. »

Les deux hommes éclatent de rire, mais le visage d'Ignazio se rembrunit très vite. « Vous savez quoi ? Je ne suis pas sûr qu'il faille espérer une pêche abondante. »

Ils arrivent derrière l'édifice, à l'endroit où Damiani Almeyda a aménagé une vaste véranda donnant sur le jardin et surmontée d'une marquise en fer forgé. Ignazio examine ensuite les étages supérieurs : les appartements familiaux y sont ornés de portes-fenêtres qu'encadrent des arcs néogothiques ; enfin, tout en haut, ce sont les chambres d'amis. Ce sera beau de rester là à contempler la mer pendant que les bateaux, chargés de poissons, reviendront au port.

Caruso fronce les sourcils et admet, d'un air navré : « Je pense comme vous. Depuis l'année dernière, la concurrence des Espagnols est devenue féroce.

– Les Espagnols, les Portugais… Ce sont les propriétaires officiels, mais dans les faits, ce sont les Génois qui gèrent leurs exploitations ; plus ils vendent à l'étranger, plus leurs rentrées d'argent sont considérables, puisque, contrairement à nous, ils n'ont pas de taxes à payer à l'État italien. » Il lève les yeux au ciel et reprend, en désignant la mer, sur un ton aussi tranchant qu'une lame de rasoir et qui ne parvient pas à dissimuler sa colère : « À Rome, ils ne prennent pas beaucoup en compte notre situation. Ils ne s'intéressent à nous que pour nous sucer le sang avec leurs impôts… Ils ne se disent jamais que notre activité fournit de quoi vivre à des familles entières.

– Alors que devons-nous faire ? » Caruso est inquiet, il n'est pas habitué à un tel pessimisme de la part de son patron.

Ignazio lui répond, les yeux tournés vers la madrague : « Ici, pas grand-chose. » Mais il ajoute, en indiquant le nord : « C'est là-bas qu'il faut agir. »

Caruso croit deviner. « À Rome ?

– Pas tout de suite, et pas de manière directe. Dans les ministères, il va falloir qu'ils se débarrassent de leurs scléroses. Qu'ils apprennent à aborder les dossiers de plusieurs points de vue. De notre côté, nous devons les amener à jouer le jeu… sans leur montrer que c'est nous qui tirons les ficelles. »

Caruso plisse le front et murmure : « Certes. Mais pour réussir à contacter les gens de Rome… » Il s'interrompt aussitôt, car il sait qu'Ignazio a déjà su trouver dans la capitale, par le passé, des interlocuteurs *adaptés* à ses exigences. Il s'agit de leur montrer que certains sentiers peuvent être parcourus *autrement*, et qu'on peut même en tracer de *nouveaux*.

« Rappelez-vous ce que je vous ai souvent dit. Nous ne sommes pas les seuls entrepreneurs à nous intéresser à la pêche au thon, et ce ne sont pas les madragues qui manquent dans la région : il y en a à Bonagia, à San Vito, à Scopello… Et elles sont toutes confrontées au même problème : un système de taxation qui pénalise les établissements dont les propriétaires ont leur résidence fiscale en Italie. Nous ne sommes donc pas les seuls à souffrir de cette situation, mais mon nom ne doit apparaître nulle part et vous savez pourquoi, n'est-ce pas ? »

Gaetano Caruso n'a en effet aucun mal à comprendre. Depuis le temps qu'il travaille pour les Florio, il a pu constater que leur pouvoir est proportionnel à leur richesse, mais aussi qu'il leur a valu de nombreuses inimitiés. Et qu'il suffirait du moindre signe de faiblesse, de la moindre faille, pour prêter le flanc à des attaques venimeuses.

Ignazio reprend ses explications : « Je commencerai par des rendez-vous à Trapani et à Palerme, essentiellement avec des journalistes. Comme je vous le disais à l'instant, ce n'est pas à nous d'attirer l'attention sur les inconvénients de la situation actuelle ; pour ça, il vaut mieux nous en remettre à d'autres, et en particulier aux journaux spécialisés dans le commerce maritime, qui le feront bien mieux que nous. Ils nous aideront à obtenir quelque chose d'essentiel : un débat public autour de ces questions qui permettra d'exercer des pressions sur le gouvernement. Les politiciens de Rome savent très bien que s'ils suscitent le mécontentement des propriétaires de salines et de madragues, cela pourrait avoir des conséquences néfastes pour eux aux prochaines élections. » Il marque une pause et contemple la mer. « Oui, les journaux seront les premiers à parler de tout cela. Et on ne pourra pas les accuser d'agir par intérêt ou par envie… Quand ils abordent un sujet, cela veut dire qu'il existe des récriminations diffuses, et les ministères seront bien obligés de les écouter. »

Caruso s'apprête à répondre, quand une voix retentit derrière lui : « Veuillez m'excuser. Madame demande à quelle heure vous souhaitez dîner. » Un domestique en livrée, un de ceux qui sont venus avec leurs maîtres de Palerme, s'est immobilisé quelques pas plus loin et attend une réponse.

Ignazio lève les yeux au ciel et retient un juron. « À la même heure que d'habitude, cela va de soi. Dis à Madame que je ne tarderai pas à la rejoindre. » Puis il s'adresse de nouveau à Caruso : « Vous restez avec nous, n'est-ce pas ?

– J'en serais très honoré.

– Parfait. » Il se dirige vers le fond du jardin. « Avec votre permission, je vous quitte quelques instants. À plus tard ! »

Une fois seul, Ignazio traverse le village en direction de la madrague, les mains dans les poches. Il ne veut pas rentrer chez lui, en tout cas pas tout de suite.

La rumeur des vagues se faufile dans les ruelles, le rejoint et l'enveloppe. Après avoir dépassé la petite église privée en cours de construction, il longe le front de mer, avec son alternance de bancs de sable et d'épis d'eau secs.

Quelques maisons de pêcheurs sont alignées sur sa gauche. Des enfants jouent et courent pieds nus ; des femmes se tiennent immobiles sur le pas de leur porte, tandis que d'autres sont rentrées préparer le repas du soir : Ignazio en aperçoit certaines à travers les tentures usées qui isolent les habitations de la rue. Il hume le fumet qui s'exhale des cuisines et entend le frottement des chaises et des escabeaux sur les planchers.

« Dieu vous bénisse, don Ignazio », le salue un vieillard assis près de l'entrée de la madrague, occupé à raccommoder des filets qu'il renforce grâce à des aiguillées de crin avant de les soulever pour voir s'il reste des déchirures. Sur sa peau ridée, tannée par le soleil et épaisse comme du cuir, ses yeux ne sont plus que deux minuscules fentes. Ignazio le reconnaît, c'est un ancien pêcheur désormais trop âgé pour s'embarquer à bord des bateaux, où son fils et son gendre ont pris sa suite.

« Dieu vous bénisse, *mastro* Filippo. »

Sur ces mots, Ignazio poursuit sa route et rejoint enfin l'établissement.

Ses lignes pures sont telles qu'il les a voulues et que Damiani Almeyda les a conçues. Cet architecte à moitié napolitain et à moitié portugais a donné à l'édifice un style nouveau, dont la solennité rigoureuse évoque celle d'un temple grec.

Un temple en bord de mer, pense Ignazio avant de reprendre son chemin le long du mur d'enceinte. Il s'engage ensuite sur le sentier très en pente qui mène au fort Santa Caterina, et s'arrête à mi-côte pour contempler le port et l'île. Il avait raison : sur le chantier de rénovation de l'établissement, les prisonniers ont été d'une grande utilité dans l'exécution des travaux les plus pénibles. Puis il baisse les yeux sur ses chaussures, couvertes d'une poussière de tuf dont l'aspect lui arrache un sourire.

À treize ans, il avait été conquis par la luminosité pâteuse de cette matière qui semble vouloir emprisonner le soleil. Maintenant qu'il en a quarante, il est conscient de ne pas s'être laissé emporter par une émotion, mais par un calcul bien précis conforme aux intérêts des Florio. À la consolidation de leur pouvoir.

Enfin seul, enfin à l'abri des regards, il se sent libre de renoncer à toute retenue.

Alors il pousse un hurlement.

Un hurlement de libération qui se mêle au cri du vent.

Un hurlement de possession, comme si l'île entière était devenue sa chair, et la mer son sang. Comme s'il voyait se refermer sous ses yeux le cercle de la vie, l'ouroboros, le serpent qui se mord la queue, qu'Ignazio est le seul à reconnaître et qui lui révèle le sens véritable de sa présence ici-bas.

Un hurlement qui efface la nostalgie du passé, l'incertitude de l'avenir, et lui apporte la félicité d'un éternel présent.

Demain, au réveil, il entendra le claquement du vent saumâtre dans les rideaux, il verra les rayons dorés du soleil se mêler à l'ocre des carrières de tuf et au vert pâle des arbustes, sur la montagne.

Voilà pourquoi il reste immobile, en compagnie du vent et de la mer. Peu importe qu'on l'attende. Peu importe qu'il arrive en retard à table. Sa vraie maison, il en a la certitude, n'est autre que cette île gorgée de sel et de sable.

Après le dîner, Giovanna est la première à se retirer dans sa chambre, dont les meubles ont été conçus et réalisés à Palerme expressément pour le palais, dans un style néogothique.

Perdu dans ses pensées, toujours en proie aux mêmes insomnies, Ignazio lui a souhaité bonne nuit avant de rejoindre son bureau qui, dans le prolongement de son cabinet de toilette, donne sur les installations portuaires.

Giovanna espère qu'ici, sur cette île, son mari pourra trouver un peu de repos.

Favignana est un lieu de travail, certes. Ou plus exactement, c'est aussi un lieu de travail. Tout en se coiffant devant son miroir, Giovanna sourit à ces pensées. Ils auront du temps pour être ensemble et se parler. Pour essayer de former un vrai couple, au moins pendant quelques jours.

Elle éteint la lampe. À travers la fenêtre entrouverte, elle entend le clapotis des vagues contre le môle et le souffle du vent dans les ruelles. Puis elle s'enfonce peu à peu dans le sommeil… et se réveille en sursaut lorsque Ignazio entre dans la pièce. Bien que son gilet soit déboutonné et sa cravate défaite, son visage ne montre aucun signe de fatigue, mais bien plutôt une sorte de gaieté, une expression étrange que Giovanna n'est pas habituée à lui voir, et qui provoque en elle une agréable sensation de chaleur.

Ignazio retire sa veste et lui demande : « Tu aimes cette maison ? »

Elle répond d'un signe de tête affirmatif et ajoute, en désignant du menton les vêtements de son époux : « Comme tu es bien habillé. Mais dis-moi, tu as laissé Nanài à Palerme ? »

Ignazio hausse les épaules et marmonne une chanson, bouche fermée. Puis il rétorque, tout en se laissant tomber sur le lit pour enlever ses chaussures : « Je n'ai pas besoin de Leonardo. Ici, pas de formalisme ! »

Cette phrase suffit à Giovanna pour comprendre qu'il est heureux. Qu'il se sent libre. Différent, presque.

Elle appuie la tête sur ses larges épaules et le serre dans ses bras.

Pris au dépourvu, il effleure les bras de sa femme d'un geste maladroit. On dirait deux chats sauvages, jaloux de leur espace vital, et qui ne se permettent presque jamais de se toucher.

« Demain, je te ferai faire le tour de l'île en calèche. Je veux te montrer comme elle est belle. » Ignazio accompagne ces quelques mots d'un sourire des yeux et d'une caresse sur la joue.

C'est elle qu'il regarde. Ni un fantôme, ni un papier professionnel, ni Dieu sait quoi d'autre.

Elle. Giovanna.

Un frémissement intérieur s'empare de tout son corps. Le sang afflue à son visage et elle a l'impression, pour la première fois depuis bien longtemps, de revivre.

Voilà des années qu'elle attend un moment comme celui-là – fragile, intense, précieux – et elle craint de ne pas être à la hauteur. Des larmes perlent à ses yeux.

Ignazio lui demande : « Qu'est-ce qu'il y a ? Tu ne te sens pas bien ?

– Non… si… ce n'est rien. » Ses lèvres tremblent.

« Tu ne veux pas faire une promenade avec moi ? »

Impossible de trouver à répondre. Alors, elle acquiesce de la tête, se passe une main dans les cheveux comme pour dénouer sa tresse, saisit la main d'Ignazio posée sur la couverture, la porte à sa poitrine et se blottit contre lui.

Le bonheur peut se passer de mots.

Le lendemain matin, le soleil est à peine voilé par quelques petits nuages bas. On aperçoit, à l'horizon, le rivage de Trapani et la silhouette ramassée d'Erice. Près de la côte, l'eau prend des reflets insolites, d'un blanc aveuglant, qui blessent les yeux et obligent à les plisser.

En voyant Giovanna, assise à côté de lui, détourner le regard, Ignazio lui explique : « Ce sont les salines, des bassins où l'eau de mer s'évapore en laissant une croûte de sel qu'on recueille et qu'on fait sécher avant de la mettre en vente. Elle sert aussi, entre autres, à préparer la saumure où nous conservons nos thons. » Il désigne du doigt un endroit situé au-delà du village. « Là-bas, c'est la baie où a eu lieu la bataille des îles Égades, pendant la Première Guerre punique, tu sais, cette bataille navale qui a joué un rôle décisif dans la victoire des Romains sur les Carthaginois. Aujourd'hui encore, de temps à autre, des pêcheurs en reviennent avec des restes d'amphores… » Il a les yeux qui brillent, comme un enfant heureux de montrer ses connaissances.

À l'abri de son ombrelle, Giovanna scrute le paysage : il est âpre, sec, poussiéreux, si différent de celui de la terre ferme qu'il provoque en elle une sorte de malaise. Pourtant, tout est soudain plus clair. Comme si Favignana lui remettait enfin les clefs capables d'ouvrir le cœur de son mari. Elle en voit la beauté secrète, elle en savoure le silence et elle murmure : « Tu l'as vraiment voulue de toutes tes forces, cette île.

– Tu n'imagines pas à quel point », répond Ignazio.

Puis ils se taisent l'un et l'autre. Les seuls bruits qui résonnent dans l'air pur émanent du petit cortège qui emprunte les chemins de terre battue : quelques calèches, quelques chevaux et même un âne réservé à donna Ciccia, qui pousse par instants des cris apeurés.

Ignazio étudie le visage de Giovanna : bien que son chapeau en cache une partie, il y remarque quelques rides, surtout à la base du nez et sur le front. Des signes de lassitude, peut-être, ou de tension. Peu importe.

D'ailleurs, moi aussi j'ai vieilli. Il ne s'en est jamais beaucoup soucié, même lorsque, le matin, il lui arrive de découvrir que sa chevelure et sa barbe blanchissent.

Ces réflexions ne lui inspirent d'abord rien d'autre qu'un haussement d'épaules.

Qui sait ce qu'elle est devenue ?

La question lui traverse l'esprit avec la violence d'un éclair.

Elle.

Il imagine des rides sur un visage demeuré figé dans ses souvenirs, des cheveux passant du blond cuivré au gris, des yeux bleus, autrefois si lumineux, assombris par des cernes et dissimulés en partie derrière de lourdes paupières.

Qui sait ce qui serait arrivé, si nous avions vieilli ensemble ?

D'où viennent ces pensées, ces interrogations ? Pourquoi son esprit a-t-il baissé la garde au point de leur permettre de l'envahir ? Il les repousse avec colère. Interdiction aux regrets de se propager !

Il baisse les yeux, de crainte que Giovanna ne devine ses élucubrations. Mais l'image de l'autre femme ne cesse pas pour autant de le poursuivre, de le traquer, d'enfoncer dans sa chair les aiguilles acérées de la nostalgie.

Il grince des dents et se force à passer à autre chose. Alors, pour se distraire, il interpelle Caruso, qui chemine à cheval quelques mètres derrière lui : « Au fait, avons-nous reçu des lettres de Palerme ?

– Vous en attendiez une en particulier ? Quoi qu'il en soit, non. La poste arrivera demain.

– J'attendais juste certains rapports. Et les chiffres du dépôt de bilan de l'entreprise textile. »

Caruso soupire. « Vous avez donné de la confiture à des cochons, don Ignazio. Vous leur avez offert des maisons, de l'instruction, une boulangerie ; et en guise de remerciement, ils vous ont entraîné dans leur ruine.

– C'est vrai. » Il tire sur les rênes pour ralentir la calèche. À côté de lui, Giovanna penche la tête pour mieux écouter la conversation. Ignazio admet, à contrecœur : « L'expérience n'a pas été une grande réussite. » Bien qu'il répugne à prononcer le mot *faillite*, c'est bien de cela qu'il s'agit.

Il se tourne vers sa femme, qui le fixe des yeux dans l'attente d'une explication.

« Maître Morvillo et moi, nous avions mis sur pied une usine textile, des habitations pour les ouvriers, des boutiques, une boulangerie et une école. Nous étions même sur le point d'embaucher des bonnes d'enfants, pour permettre aux mères d'aller travailler… »

Giovanna l'écoute, hausse les sourcils d'étonnement et tâche de dissimuler sa stupéfaction : jamais Ignazio ne s'est montré aussi loquace à propos de ses affaires. Un autre miracle attribuable à Favignana ?

D'une voix rageuse, Ignazio reprend : « Un échec sur toute la ligne ! Les hommes ont estimé qu'il était inutile de fournir des efforts supplémentaires pour obtenir des augmentations de salaire et qu'ils pouvaient se contenter du peu qu'ils gagnaient, quitte à s'imposer des privations. Et les femmes se sont révélées tout aussi butées : elles ont refusé de confier leurs enfants aux bonnes et elles n'envoyaient que leurs garçons à l'école. Selon elles, il n'y avait même pas à discuter : les petites filles devaient rester enfermées à la maison, à croupir dans l'ignorance la plus totale ; on avait toujours fait comme ça et il n'existait aucune raison de ne pas continuer. » Il pousse un soupir de colère. « Le pain coûtait dix centimes moins cher qu'en ville, mais ils se sont tellement obstinés à ne pas vouloir payer que nous avons été obligés de fermer la boulangerie… Et le pire, c'est la façon dont les ouvriers se sont comportés devant les métiers à tisser et les outillages. Plutôt que d'apprendre à s'en servir, ils les ont sabotés et ils les ont laissés là, comme s'ils pouvaient se réparer par magie. La seule chose qui les intéressait, c'était de piller les entrepôts. Certains sont allés jusqu'à voler des étoffes pour les revendre… Je les méprise, tous autant qu'ils sont ! »

La main de Giovanna effleure celle de son mari avant de se poser sur son genou. C'est un geste d'encouragement, un témoignage silencieux d'affection.

Caruso, lui, se veut optimiste, voire joyeux : « Ne vous laissez pas abattre, don Ignazio ! Ici, tout sera différent. Il suffit de ne pas attendre des gens plus qu'ils ne peuvent donner. Les habitants de Favignana sont habitués à travailler à la dure, en plein soleil, le dos courbé, comme leurs pères avant eux et comme leurs fils plus tard. Et s'ils veulent toucher le *migghiurato*, ils ont tout intérêt à être productifs.

– Eh bien, c'est exactement ce que je leur demande. En récompense de leur honnêteté et de leur zèle, je leur accorderai une petite prime. »

La petite procession de véhicules et de montures poursuit sa route sur la plaine du nord-est de l'île. Giovanna attend que Caruso se soit éloigné pour prendre la main d'Ignazio.

Il lui serre les doigts sans la regarder.

D'un ton hésitant, elle lui dit : « Tu avais fait une bonne action. Ce sont ces chiens galeux qui n'ont rien compris. »

Ignazio grimace et ne cache pas son irritation : « J'avais pensé à une usine moderne, comme en Angleterre, où les ouvriers et leurs familles ont la possibilité d'améliorer leur sort. De toute évidence, j'ai péché par optimisme. Et je me garderai bien de recommencer. »

Giovanna s'appuie contre son épaule ; il ne la repousse pas.

Les voix des enfants leur parviennent depuis la calèche qui les suit. Même Vincenzino, d'ordinaire plutôt calme, piaffe d'impatience.

« C'est encore loin ? demande Giovanna.

– Nous y serons dans quelques minutes. Cette crique est vraiment extraordinaire, il y a une sorte de trou dans les rochers, comme un puits ouvert sur la mer. Je tenais beaucoup à vous y conduire. »

À vrai dire, il nous a promenés sur toute l'île, pense Giovanna avec un sourire qui adoucit son visage courroucé. Il lui a en effet montré la beauté radieuse de la Cala Rossa, et il lui a promis de lui faire admirer aussi le coucher du soleil sur la baie de Marasolo, au pied de la montagne, non loin des maisons de pêcheurs.

Elle a compris qu'il aimerait rester pour toujours à Favignana. Ce lieu le rend serein, apaisé, comme en témoignent son visage détendu, sa patience envers ses enfants, son intimité prolongée avec elle. Impossible, pourtant, de s'établir à demeure sur l'île. Giovanna choisit alors d'emmagasiner ses sensations dans un recoin de son être pour les y retrouver quand viendront les jours sombres, quand la pensée de ces lettres maudites recommencera à ronger sa chair, quand elle se redemandera pour la énième fois qui était cette femme. Quand Ignazio et elle seront redevenus distants, malgré le lit et le sommeil partagés.

In nomine Patris, et Filii, et Spiritus Sancti.

Le bois du cercueil produit un son strident en frottant contre le plâtre rêche de l'enfeu. Le parfum des lis blancs ne parvient pas à couvrir l'odeur de poussière et de mortier.

Giovanna et Ignazio se tiennent serrés l'un contre l'autre. Une larme coule sur les lèvres pâles de Giovanna, aussitôt suivie d'une autre.

Elle ne les essuie pas.

Ignazio est pétrifié. On croirait presque qu'il ne respire plus, et c'est d'ailleurs ce qu'il souhaiterait. Il serait prêt à tout, pour ne plus souffrir. Même si on lui arrachait des lambeaux de chair à mains nues, il ne ressentirait pas une telle douleur. Son souffle lui écorche la trachée et le force à entrouvrir la bouche pour laisser passer le peu d'air – *maudit soit-il !* – nécessaire à le maintenir en vie.

Giovanna titube et s'appuie un instant à son bras avant de tomber à genoux. Elle se débat, tend la main, éclate en sanglots et crie : « Non, non, attendez ! » Son hurlement a quelque chose d'animal. « Ne l'emmenez pas ! Ne l'abandonnez pas là-dedans tout seul ! Il va avoir froid, mon petit cœur, l'amour de ma vie… » Elle s'arrache à l'étreinte de son mari, écarte les hommes qui s'apprêtent à refermer la niche mortuaire, s'accroche au cercueil, le martèle de coups de poing et le lacère de ses ongles. « Vincenzino ! Mon Vincenzino, mon chéri ! Réveille-toi ! Vincenzino ! »

Derrière elle, donna Ciccia fond en larmes, de même qu'Ignazziddu et Giulia. Puis la gouvernante, qui pleure elle aussi, prend la petite fille par la main et l'entraîne hors de la chapelle funéraire.

Ignazio s'avance, éloigne Giovanna du cercueil, la force à se remettre debout et lui dit, d'une voix sifflante : « Pour l'amour de Dieu, arrête ! »

Mais sa femme semble devenue folle : elle continue à tendre les bras vers la bière entourée de guirlandes de fausses fleurs en étoffe blanche, se libère à nouveau de l'étreinte d'Ignazio et griffe le bois avec une telle force qu'elle y laisse des égratignures.

« Ça suffit maintenant ! » Ignazio la saisit d'une main et la secoue violemment. Son propre désespoir a atteint son paroxysme, il n'a pas la force de prendre aussi sur lui celui de son épouse ; encore un peu, et il finira écrasé sous ce fardeau. Il hurle au visage de Giovanna : « Il est mort, tu comprends ? Mort ! »

Pour toute réponse, elle crie encore plus fort : « Vous vous trompez, vous vous trompez tous ! Il ne va pas bien, c'est vrai, mais il n'est pas mort... Il ne peut pas être mort ! Examinez-le bien, peut-être qu'il respire ! » Et elle répète cette dernière phrase en regardant autour d'elle, comme pour chercher une confirmation dans les yeux des personnes présentes.

Alors, Ignazio la serre si fort dans ses bras qu'il manque presque de l'étouffer. Son chapeau à voilette noire tombe au sol. « Il a eu de la fièvre, Giovanna, une fièvre si forte qu'il s'est consumé comme une bougie. Tu as fait tout ce que tu as pu pour le soigner, jusqu'au bout. Mais Dieu l'a rappelé à Lui. Il faut s'incliner devant le destin. »

Elle ne l'écoute pas, elle pleure. Il ne reste rien, à une mère qui a perdu son enfant, que les larmes et l'envie de mourir.

Donna Ciccia s'approche d'elle, la détache doucement d'Ignazio et lui dit : « Venez avec moi. » Puis elle fait un signe à la gouvernante de Giulia, revenue chercher Ignazziddu, et murmure à Giovanna : « Allons, venez prendre un peu l'air. » Les deux servantes entraînent leur maîtresse parmi les cyprès qui entourent la chapelle des Florio, au cimetière Santa Maria di Gesù. La douceur et la tranquillité de ce mois de septembre offrent un contraste saisissant avec toute cette désolation.

Ignazio se mord les lèvres en regardant vers la porte d'entrée de la chapelle. Difficile de croire qu'il y ait autant de vie, là dehors, alors que son fils – *ce n'était encore qu'un enfant !* – n'en a plus un souffle.

Il se tourne vers les maçons qui attendent ses ordres, retient un instant sa respiration et leur dit d'un ton sec : « Finissez votre travail. »

Un léger bruit de pas se fait entendre derrière lui.

Ignazziddu est sur le seuil, un fer à cheval dans les mains. Vincenzo l'avait trouvé sur le mont Pellegrino, à l'occasion d'une visite du sanctuaire de Santa Rosalia, la *Santuzza*. Il lui en avait fait cadeau et lui avait expliqué qu'il lui porterait chance.

C'est lui qui aurait dû le garder, pense maintenant Ignazziddu.

Les larmes aux yeux, il observe son père et enfonce dans ses poches ses petits poings de gamin de onze ans, en proie à une sensation de vide mêlée à une autre, plus profonde et inconnue.

La culpabilité des survivants. L'apanage des adultes, en principe. Pourtant, Ignazziddu en perçoit toute l'acuité et la puissance dévastatrice.

Un véritable poison. Il est en vie, lui, et son frère est mort, terrassé par une maladie qui a ravagé ses poumons en l'espace de quelques semaines.

Son père l'invite à le rejoindre. Debout côte à côte, ils regardent les maçons refermer la niche en alignant des briques les unes sur les autres.

Le cercueil de Vincenzino disparaît peu à peu à la vue, jusqu'au moment où il ne reste plus sur la paroi qu'un petit espace vide.

Alors seulement, Ignazio fait signe aux ouvriers de s'interrompre. Il tend une main, la pose sur un coin de la bière et ferme les yeux.

Vincenzino aura douze ans pour l'éternité. Il ne grandira pas. Ne voyagera pas. N'apprendra plus rien.

Ignazio ne le verra pas devenir un homme. Il ne l'emmènera pas avec lui sur la piazza Marina. Il ne pourra pas se réjouir de son mariage ou de la naissance d'un petit-fils.

De Vincenzino, il ne restera que des partitions posées sur un pupitre, des cahiers ouverts sur une table, des habits suspendus à des cintres et en particulier ce costume de mousquetaire qu'il aimait tant et qu'il avait étrenné au dernier bal masqué donné par les Florio, celui où Ignazio avait demandé à un photographe d'immortaliser les déguisements des dames et des cavaliers.

Son fils aura douze ans pour l'éternité. Et, malgré toutes ses usines, tout son pouvoir, toute sa richesse, il n'y peut rien.

Au retour à l'Olivuzza, donna Ciccia aide sa maîtresse à descendre de voiture. Giovanna chancelle un court instant avant de se précipiter dans les escaliers. Elle n'a plus toute sa tête. Un serviteur en larmes vient lui ouvrir et elle erre dans la maison en appelant Vincenzino à haute voix, comme s'il s'était caché quelque part et qu'il n'attendait que son arrivée pour se montrer.

Mais les domestiques ont pris d'utiles précautions : sur l'ordre d'Ignazio, ils ont fait disparaître les jouets de l'enfant, son violon, ses livres éparpillés çà et là ; ils ont ensuite rangé tous ces objets dans sa chambre, le seul espace où la douleur aura droit de cité.

Soudain, Giovanna s'effondre devant cette pièce où elle n'a pas le courage d'entrer. Le front appuyé contre le bois de la porte, elle tend une main vers la poignée, trop faible pour la tourner. Donna Ciccia la trouve là. D'un geste délicat, elle la relève et la conduit dans ses appartements.

Giovanna jette autour d'elle des regards égarés. Sa souffrance est trop grande, elle n'a pas la force de parler, et son visage paraît soudain vieilli de dix ans.

Dans l'encadrement de la porte, Ignazio regarde donna Ciccia verser dans un verre une potion de jus de cerise noire, de sirop de pavot blanc et de laudanum. Puis elle soulève la tête de Giovanna pour l'aider à boire. Sa maîtresse se laisse faire, tandis que des larmes silencieuses coulent de ses yeux.

La mixture agit au bout d'un court instant. Tout en continuant à murmurer des mots incompréhensibles, Giovanna glisse dans un sommeil miséricordieux. Donna Ciccia s'assied sur un fauteuil à son chevet, croise les mains autour d'un rosaire noir et fixe Ignazio, comme pour lui dire : *Je ne bougerai pas d'ici.* À quoi bon avoir rangé les jouets ou caché le violon de Vincenzino ? Donna Ciccia sait que sa *petite âme* est toujours là, et qu'elle restera encore longtemps, retenue par les souvenirs de sa mère, ombre parmi les ombres ; elle sait aussi qu'elle entendra cette âme en peine errer dans les couloirs de la villa, qu'elle priera pour elle jusqu'au moment où elle aura trouvé le repos.

Ignazio s'approche du lit, se penche sur le visage de sa femme et l'embrasse sur le front en retenant sa respiration. Après un dernier regard, il quitte la pièce et s'engage dans le couloir.

Il faut aller à mon bureau. Il faut penser au travail. À la Maison Florio.

Dans sa chambre, sa fille sanglote et sa gouvernante essaie tant bien que mal de la réconforter.

Tout à coup, une voix suppliante retentit derrière lui : « Papa… » Ignazziddu se tient immobile au milieu du couloir. Quand il a entendu son père passer, il s'est précipité hors de sa chambre.

Ignazio serre les poings et, sans s'approcher de son fils, garde les yeux rivés sur une arabesque du tapis. « Un garçon ne doit pas pleurer. Ça suffit maintenant. »

Ces mots ont été prononcés sur un ton glacial.

« Comment est-ce que je vais faire, sans lui ? » Le gamin s'essuie les yeux et le nez sur la manche de sa blouse noire, puis il tend les bras vers lui. « Papa, je n'arrive même pas à l'imaginer !

– C'est comme ça. Il est mort, et il va falloir te faire une raison », lui répond son père d'une voix aussi dure que rageuse.

Pourquoi a-t-il fallu que cela arrive ?

Ignazio constate que ses mains tremblent.

Le vide qui a pris possession de lui se dilate et ravive les souffrances d'autres deuils : son père, sa mère, sa grand-mère. Mais une autre pensée le ronge de l'intérieur : *Aucun père ne devrait survivre à son enfant. Ce n'est pas dans l'ordre naturel des choses.*

Pourtant, tout n'est peut-être pas perdu. Les yeux baissés, il dit à Ignazziddu, d'une voix maintenant enrouée par la douleur : « Puisqu'il n'est plus là, à toi de montrer que tu es digne du nom que tu portes. »

Puis, refusant l'invitation des bras tendus de son fils, il s'éloigne en direction de son cabinet de travail.

Le jeune garçon reste seul, debout sur le tapis ; une larme coule le long de sa joue. Il ne comprend pas ce que son père a voulu lui dire. Ce qu'il est lui-même. Ce qu'il est devenu.

Dans le couloir, tout est silence.

Le temps n'a aucun respect pour la douleur. Au fil des jours, il s'en empare, la broie, la pétrit, la transforme en un fantôme plus encombrant et plus apparent qu'un corps de chair et de sang. Un fantôme dont le moindre souffle vous inocule le mal de vivre.

Voilà ce que pense Ignazio en s'enfermant dans son bureau de la piazza Marina. Il préfère se tenir à distance de l'Olivuzza, du visage pétrifié de sa femme et des tristes regards silencieux de ses enfants. Outre les messages de condoléances, il trouve un télégramme du ministre de l'Instruction, Francesco Paolo Perez, un Palermitain de ses amis qui défend les intérêts de la société Piroscafi Postali auprès du ministre des Travaux publics, Alfredo Baccarini, et qui le tient au courant de l'état d'avancement de ses démarches.

Baccarini n'a en effet pas encore pris sa décision au sujet de la ligne de navigation assurant la liaison entre la mer Ionienne et l'Adriatique : après avoir été attribuée aux Florio, la concession a été suspendue, dans l'attente d'une réorganisation générale des routes commerciales subventionnées… qui ne s'est jamais concrétisée. Or Ignazio ne peut plus attendre : plusieurs concurrents, comme le Lloyd autrichien de Trieste, proposent aux touristes et aux professionnels des services avantageux ; et les Français de la compagnie Valery ou de la puissante Transatlantique ne sont pas moins actifs. En Méditerranée, les combats à coups de canon ont été remplacés par des batailles de tarifs commerciaux et une ruée sur les subventions.

Ignazio commence à rédiger le brouillon de sa réponse : *En dépit du drame qui vient de me frapper, je n'ai pas oublié les tâches qui m'incombent et…* Il doit faire un effort sur lui-même pour continuer.

Mais le devoir, comme le temps, n'attend pas.

De l'autre côté de la porte, quelqu'un piétine nerveusement et murmure : « On peut entrer ? »

Ignazio ne répond rien ; il n'a peut-être pas entendu.

Le visiteur reprend, d'une voix plus forte : « Don Ignazio… »

L'interpellé lève les yeux.

La porte s'ouvre en grand pour laisser passer un homme à la tenue vestimentaire très recherchée et aux favoris grisonnants.

« Don Giovanni, venez, je vous en prie ! » s'exclame Ignazio en se levant de son fauteuil.

Ancien liquidateur de la Trinacria et actuel directeur des Piroscafi Postali, Giovanni Laganà connaît et estime depuis longtemps Ignazio Florio, qu'il dévisage en cet instant sans parvenir à dissimuler son étonnement derrière ses yeux plissés. L'homme qu'il a devant les yeux est pâle, amaigri, mal coiffé et, surtout, accablé d'une fatigue plus morale que physique. « J'ai préféré ne pas venir vous déranger chez vous, je ne voulais pas infliger à votre épouse une énième visite de condoléances.

– Merci, lui répond Ignazio en lui donnant l'accolade. Toi au moins, tu comprends. » Ce passage au tutoiement est réservé aux conversations confidentielles.

Ils s'assoient en face l'un de l'autre. Laganà ne se départit pas de son aisance naturelle. « Comment vas-tu ? »

Ignazio hausse les épaules. « Je vais. »

Laganà lui serre le bras et lui dit à voix basse : « Au moins, il te reste un autre garçon, tout n'est pas perdu.

– Si tu n'y vois pas d'inconvénient, j'aimerais autant que nous parlions d'autre chose. »

Giovanni acquiesce, comme pour confirmer que oui, chacun a le droit de lutter à sa façon contre la souffrance. Puis, en accompagnant son geste d'un soupir, il sort quelques documents de sa serviette et les tend à Ignazio, dont le visage éteint s'anime à nouveau après un rapide examen des papiers. « Les négociations sont vraiment si avancées que ça ? Ce n'est pas une simple rumeur ? »

Les lèvres fines de Laganà se serrent encore un peu plus. « À ton avis ?

– À mon avis, la compagnie Valery et le Lloyd autrichien essaient de nous prendre des parts de marché. » Il pose les feuilles sur son bureau et se met à arpenter la pièce. « D'où tiens-tu tes informations ?

– D'un de nos agents à Marseille, son témoin de mariage travaille pour la Transatlantique. Quant à Trieste, plusieurs de nos amis confirment les nouvelles à propos du Lloyd autrichien. » Il marque une pause et tambourine des doigts sur les dossiers. « Je n'ai pas voulu t'en parler tout de suite, avec ce que tu viens de vivre... »

Ignazio dissipe ses scrupules d'un revers de main. « Nos hommes politiques ne se rendent pas compte de ce qui se passe, non seulement à Palerme, mais aussi à Gênes, à Naples, à Livourne... Tous nos ports sont en crise. Si le gouvernement italien se paie le luxe de ne rien faire, pendant que ceux de Paris et de Vienne font des pieds et des mains pour conquérir les meilleures routes commerciales, alors nous ne saurons plus où donner de la tête. » Le dos appuyé contre le montant de la porte, les bras croisés et la mine renfrognée, il secoue la tête d'un air pensif.

Laganà l'observe et se sent, malgré lui, soulagé. *Ça y est, il est enfin redevenu lui-même. La douleur ne l'a pas abattu, ou en tout cas pas complètement.*

« Cela fait des mois que j'attends une réponse pour l'adjudication des liaisons avec l'Amérique, reprend Ignazio. Nos bateaux ont du mal à assurer un service de qualité, tu le sais mieux que moi ; nos recettes couvrent à peine nos dépenses, et uniquement parce que les réparations sont effectuées à l'Oretea. Nous serons vite obligés d'augmenter nos tarifs, et alors ce sera la *débâcle** parce que, pour desservir les mêmes destinations, nos concurrents étrangers sont moins chers et proposent des itinéraires plus diversifiés. » Il frotte les rides qui se sont creusées entre ses sourcils. « On nous rebat les oreilles avec le libre jeu du marché, et pendant ce temps-là, les Français touchent des subventions bien supérieures à celles des Italiens et ils n'hésitent pas à fusionner leurs sociétés. » Il tape du plat de la main contre le mur. « Quand est-ce qu'ils vont enfin comprendre, à Rome, qu'ils font plus de mal qu'autre chose ?

– Manifestement, ils ne veulent rien savoir. »

Ignazio éclate d'un rire amer. « On me subventionne ma ligne Palerme-Ancône, qui ne sert plus à rien, et on ne me donne pas une lire pour les États-Unis. Et après, tu sais ce qu'on a le culot de me demander ? Une liaison avec les îles grecques, celles où personne ne va, celles où il n'y a que des oliviers et des chèvres. Tu peux m'expliquer à quoi ça sert ? » Il s'éloigne du mur et désigne les documents confidentiels reçus de Marseille. « Pendant que d'autres exploitent des lignes nouvelles vers l'Amérique, qu'est-ce qui nous reste, à nous ? Zadar ? Corfou ? » Il retourne s'asseoir à son bureau et pose le menton sur ses mains croisées devant lui, la respiration lourde, les yeux fermés. « La vraie richesse, ce sont les trajets à travers l'Atlantique. Les voyages de tous ces pauvres gens qui s'exilent là-bas pour trouver du travail. Avec mes deux départs par semaine, je ne fais pas le poids face aux Anglais : ils en proposent trois, eux. Mais je ne vais pas rester les bras croisés, à attendre qu'on m'enlève tout ce que nous avons construit, mon père et moi, pendant que les politicards de Rome passent leur vie à nommer des experts et à instituer des commissions… Bande d'imbéciles !

– Notre seule consolation, c'est que Rubattino pense comme toi. Vous êtes les deux principaux armateurs italiens.

Et tu te souviens de ce qu'il m'a dit, quand je suis allé le voir à Gênes ? “Les Français sont en train de nous manger tout crus, et à Rome, rien ne bouge.” Il a critiqué vertement le projet de réorganisation des routes commerciales, il a même parlé de subterfuge servant à gagner du temps et il en a conclu que nous devions prendre nos propres mesures, faute de quoi… »

Ignazio ouvre les yeux. « Bla-bla-bla… En attendant, lui comme moi, nous sommes toujours dans la même situation. La seule solution, ce serait de créer une compagnie aux reins plus solides, implantée à la fois à Gênes et à Palerme. Giovanni, il faut faire pression sur Baccarini, le ministre, et je sais par qui passer. Je vais demander à Francesco Paolo Perez de lui expliquer, à ce crétin, que pendant que tout le monde dort à Rome, il y en a qui vont de l'avant. Nous devons tout miser sur l'Amérique, devenir assez puissants pour empêcher les Français et les Autrichiens de nous chiper des voyageurs et des transports de marchandises dans nos propres ports. Il faut que les choses bougent et, aussi vrai que je suis un Florio, elles bougeront. »

« Alors comme ça, ils ont supprimé la ligne Palerme-Messine ? Des dizaines de lettres, de démarches et de rendez-vous pour obtenir un accroissement de notre réseau, arriver jusqu'à New York… et c'est tout ce qu'ils trouvent à répondre ? »

Surpris par un tel déchaînement de colère, Giovanni Laganà recule d'un pas. Nous sommes en décembre 1880, et cela fait cinq ans que son patron et lui multiplient les efforts pour mettre les Piroscafi Postali à l'abri de la crise des transports. La compagnie est en effet dans une situation de plus en plus délicate, face à la concurrence féroce des Français et des Autrichiens. Ignazio ne s'est pourtant pas ménagé : il a usé de tout son pouvoir, fait jouer ses accointances politiques, alterné les promesses et les menaces. Selon toute apparence, en pure perte. Et c'est là une des choses qu'il déteste le plus au monde.

Laganà s'approche du bureau et lui dit : « Je ne comprends pas.

– Lis ça », marmonne Ignazio en lui jetant presque à la figure le télégramme qui vient d'arriver de Rome. Il est dans une telle rage qu'il ne parvient pas à ajouter quoi que ce soit.

Après avoir pris connaissance du message, Laganà répond : « Selon eux, la ligne maritime entre Palerme et Messine est devenue inutile depuis la mise en service d'une ligne ferroviaire, et le train permettra d'augmenter la fréquence des liaisons. » *C'est vrai.* Laganà garde cependant son commentaire pour lui et se contente de lancer à la dérobée un regard sur Ignazio, qui semble lire dans ses pensées.

« Je suis assez grand pour comprendre par moi-même qu'ils ont raison. » Il étouffe un juron. « Mais dans ces conditions, nous allons tout droit vers la faillite. Les dividendes que nous versons à nos actionnaires sont déjà très bas… et il va falloir leur faire accepter une diminution supplémentaire… sans compter les nouvelles que Giuseppe Orlando nous apporte de France.

– À propos de la fusion entre la Valery et la Transatlantique ? Malheureusement pour nous, les conseils d'administration ont d'ores et déjà donné un avis favorable.

– Ce n'est pas le plus grave. La compagnie Valery était devenue, de facto, une coquille vide. La fusion sera officielle d'ici quelques jours, Orlando m'en a informé par télégramme. » Ignazio tape du poing sur son bureau, si fort que le portrait de Vincenzino, entouré d'un cadre en argent massif, tombe par terre. Il le ramasse et reprend, redevenu maître de lui : « Le plus grave, c'est que Rubattino reste là à se tourner les pouces pendant que nous nous démenons dans tous les sens. On cherche de l'aide auprès de gens qui sont censés nous en apporter, et au lieu de ça, ils nous claquent la porte au nez. Ils se contrefichent que les Français en profitent pour ouvrir de nouvelles lignes et nous prendre les nôtres. »

Laganà pousse un discret soupir qui se transforme en sifflement. « Tu en es sûr ? Je veux dire, c'est chose faite ? »

Ignazio se masse les tempes. Sa rage lui donne à la fois des migraines et des maux d'estomac. « Oui. J'ai écrit personnellement à Roussier, notre représentant en France. Il m'a tout confirmé. Après la fusion, la Transatlantique instaurera une liaison d'abord avec Cagliari, et ensuite avec d'autres ports italiens. C'est une menace directe pour Rubattino, et lui, il ne bouge pas. » Un nouveau coup de poing sur la table, et une liasse de papiers s'envole. « C'est le plus grand armateur génois, il a tout à redouter des Français. Il devrait élever la voix, agir, demander à Rome la protection de sa position. Eh bien non. Il ne fait rien ! Toute cette perte de temps, tout ce désordre, c'est insupportable ! »

Giovanni Laganà ramasse les papiers tombés au sol et sourit. « Plus le temps passe, plus tu ressembles à ton père. »

Ignazio s'immobilise, puis relève la tête. Ses cheveux et sa barbe grisonnent chaque jour davantage. Il paraît plus contrarié que perplexe par cette remarque de son ami, qu'il interroge du regard.

« La voix, les gestes, je ne saurais pas trop dire. Je ne l'ai pas beaucoup fréquenté, mais je me souviens très bien de lui. Tu n'es pas aussi colérique que lui, mais tu as la même manière de t'indigner… et d'exprimer ton indignation.

– À ma place, mon père serait déjà allé à Rome secouer tout ce beau monde, marmonne Ignazio avec un geste d'agacement. Mais ce n'est pas mon style. »

Il jette un coup d'œil circulaire. Les murs de la pièce sont recouverts de boiseries en noyer où sont accrochés des cartes géographiques et des certificats de mérite décernés à sa compagnie. La lumière qui entre par les fenêtres donnant sur la piazza Marina semble traverser les fibres luisantes du bois, glisse sur les bibliothèques disposées de part et d'autre de la porte et, autour de l'imposant bureau, sur les fauteuils en cuir et les lampes en cristal de Bohême.

Ce lieu de travail est digne du directeur d'une grande compagnie de navigation. Car Ignazio est le plus grand armateur italien, et il entend être traité comme tel.

La main devant la bouche, il s'enfonce dans ses réflexions. Laganà attend en silence. Ignazio se dirige ensuite vers la fenêtre à pas lents, regarde à travers la vitre et se dit, en respirant à fond : *Prudence. Prudence et circonspection.*

Comme souvent à Palerme l'hiver, la journée est venteuse. Ignazio observe d'abord la place, les palais aux façades en tuf et la circulation des véhicules et des passants ; puis il lève les yeux vers la Vicaria, l'église San Giuseppe dei Napoletani et le Cassaro, la rue la plus ancienne de la ville, qu'il scrute aussi loin que possible. Enfin, il sort sa montre en or de son gousset et regarde l'heure. « Bien. Si nos augustes ministres refusent de nous écouter nous, je les forcerai à en écouter d'autres. »

Il a parlé si bas que Laganà n'est pas sûr d'avoir bien entendu. « À savoir ?

– L'assemblée générale des actionnaires est programmée pour la fin du mois de janvier. Un peu avant, la famille royale séjournera à Palerme, et j'ai l'intention de demander une audience au roi. » Son visage semble sculpté par l'ombre et la lumière du jour. « Je lui expliquerai… Et si cela ne suffit pas… » Il se met à arpenter la pièce. « Il y a quelque temps, lorsque nos madragues se sont retrouvées en difficulté parce que le gouvernement ne protégeait pas la production nationale, j'ai recouru à une manœuvre qui m'a plutôt réussi. Je vais donc recommencer, à une plus vaste échelle. »

Laganà s'assied, rajuste sa veste et avoue : « Excuse-moi, Ignazio, mais j'ai du mal à te suivre.

– À l'époque, j'avais demandé à des amis d'évoquer la question dans les journaux. Il s'agissait de montrer que la situation des madragues n'était pas tenable, que le secteur économique lié à la pêche avait besoin, entre autres, d'une politique fiscale… spécifique. Les journalistes avaient réussi à donner un écho national à l'affaire, leurs articles avaient fait grand bruit, et c'est exactement ce que j'avais souhaité. Maintenant, je peux t'avouer que ce n'était qu'une sorte de répétition générale. »

Le directeur des Piroscafi Postali ouvre et referme la bouche sans rien dire, avant de balbutier : « Alors tu vas… ?

– Tu verras bien. »

Le 4 janvier 1881, le roi et son épouse font leur entrée dans Palerme, qui a, pour l'occasion, revêtu ses habits de fête : Damiani Almeyda a conçu un « pavillon spécial pour le débarquement de la famille royale » ; des cohortes d'ouvriers ont balayé les rues, nettoyé les parterres de fleurs et réparé les lampadaires que des bandes de voyous s'amusent à prendre pour cibles avec leurs frondes ; sur les balcons du Cassaro, les décorations de Noël ont été remplacées par des drapeaux tricolores. Les soldats défilent entre deux rangées d'une foule qui applaudit, pousse des ovations, agite de petites étoiles en carton portant les effigies d'Humbert Ier et de Marguerite de Savoie, ou encore des banderoles à la gloire du couple royal.

La ville resplendit d'un éclat venu de l'intérieur, à la manière d'une femme qui se redécouvre belle après une période de négligence, et qui choisit sa robe pour une réception longtemps attendue.

Car il ne saurait en aller autrement.

Palerme grandit, s'étend, se déploie vers la plaine menant à la mer. Une nouvelle génération d'architectes conçoit des rues, des jardins, des villas, repense les espaces publics, s'inspire des nouveautés en vogue sur le continent. La modernité détruit les vieilles ruelles, confine les miséreux dans leurs taudis et incite les aristocrates, y compris les plus conservateurs, à changer leurs habitudes, à adopter un style de vie mieux adapté à leur époque.

Les odeurs aussi ont changé. Finie, la puanteur du poisson, des algues mortes et des ordures. Place aux parfums des frangipaniers, des magnolias et des jasmins. Les effluves marins eux-mêmes s'atténuent, couverts par ceux des cafés et des chocolats préparés dans les établissements élégants, à la mode, installés dans les quartiers de construction récente.

Palerme n'est plus repliée sur elle-même, et se tient au courant de ce qui se passe à Londres, à Vienne, à Paris. Elle se plaît à exhiber de larges artères, à se débarrasser de certaines lourdeurs, de certaines ornementations baroques vieillottes. Et cela vaut aussi pour les intérieurs : le mobilier se dote de lignes novatrices et de motifs décoratifs exotiques, les brocarts s'effacent au profit de soieries chinoises ou indiennes. Les palais nobiliaires se remplissent de porcelaines japonaises et d'ivoires taillés, qui viennent prendre place à côté d'objets issus de l'artisanat sicilien traditionnel, bénitiers en argent et en corail, tables en marbre et crèches en cire. C'est à qui possédera les pièces les plus belles, les plus recherchées.

Naguère encore faite de pierres imprégnées de sel marin, l'âme de Palerme change, à un rythme lent mais inexorable. Dans cette étrange métamorphose, bien des éléments portent l'empreinte des Florio ou leur sont en tout cas très liés, à commencer par les édifices. Le très élégant Teatro Politeama a par exemple ouvert ses portes en 1874. Damiani Almeyda, son concepteur, y a donné libre cours à son amour pour le classicisme avec la double rangée de colonnes et les peintures de style pompéien qui ornent ses façades. En dépit de toutes ces références au passé, la modernité s'affirme dans le toit, fabriqué à l'Oretea et formé de panneaux en bronze qui brillent au soleil. Un peu plus loin, le long du même axe de circulation, le Teatro Massimo est encore en cours de construction. À vrai dire, le chantier n'avance pas vite, puisque la première pierre a été posée en 1875 ; et personne ne saurait prévoir à quelle date on posera la dernière. Quoi qu'il en soit, Giovan Battista Basile, son architecte, a pour ambition d'édifier un temple de la musique capable de rivaliser avec l'Opéra Garnier de Paris.

Ce serait peut-être un peu trop, pour une ville comme la nôtre, pense Ignazio dans sa voiture, où il est assis à côté de sa femme. Il laisse retomber le rideau devant la vitre et baisse les yeux sur ses doigts croisés. *Palerme embellit, c'est incontestable, mais elle manque moins de bon goût que de pragmatisme.*

La voiture tressaute sur le pavé. Giovanna, transie de froid, tire vers elle un pan de couverture et pousse un soupir qui dissimule mal son irritation. Ignazio s'en aperçoit, serre sa main gantée et tente de la tranquilliser : « Tu verras, tout se passera bien.

– Espérons, répond-elle d'une voix rendue hésitante par son inquiétude.

– Je l'ai déjà rencontré à Rome, il y a quelques années. C'est un homme dur, mais il n'a rien de déraisonnable. Quant à la reine, c'est une princesse du sang, et elle en a les manières. » Il soulève le menton de sa femme, hausse les sourcils et conclut : « Mais toi, tu ne vaux pas moins qu'elle. »

Giovanna a beau faire un signe d'assentiment, son anxiété ne cesse de croître. Et tandis que son mari se replonge dans ses réflexions, elle inspecte sa robe dans la pénombre et passe une main sur son corsage. Il s'agit d'un modèle réalisé à Paris, dont le poult-de-soie gris clair s'harmonise bien avec le col en renard de son manteau. Malgré les quinze mois écoulés depuis la mort de son fils et la fin de la période de demi-deuil, elle continue à donner la préférence à des vêtements noirs et à des bijoux discrets : des boucles d'oreilles en perles, un anneau d'onyx, un camée en nacre qu'elle porte accroché sur le cœur et qui reproduit les traits de Vincenzino.

Ignazio n'a d'ailleurs pas voulu, lui non plus, renoncer à tous les signes extérieurs de son deuil, et il continue de porter une cravate noire. Quelques jours plus tôt, donna Ciccia a expliqué à Giovanna : « C'était la chair de sa chair, et il portait le prénom de son père. Il n'y a plus de Vincenzo, dans la famille Florio, et c'est pour ça qu'il a autant de mal à s'habituer à sa disparition. »

C'est vrai, se dit Giovanna. *Mais il reste Ignazziddu et Giulia, il n'a pas le droit de les oublier. Pourtant, cela fait des jours et des jours qu'il les ignore.*

La voiture s'immobilise dans la cour du palais royal.

D'un geste machinal, Giovanna appuie une main sur son estomac. Voilà des années qu'elle maîtrise ses haut-le-cœur, mais aujourd'hui, elle se sent trop fragile. Épouvantée.

Alors, elle fixe Ignazio droit dans les yeux. Encore un réflexe dicté par l'habitude. Un geste qu'elle fait quand elle a besoin d'être rassurée, comme si elle croyait son mari capable de lui transmettre son calme.

Elle le regarde et elle peine à le reconnaître.

Son expression pensive a disparu au profit d'un regard franc et serein, tandis que ses lèvres ébauchent un sourire. Le dos bien droit, Ignazio a des mouvements lents, pleins d'autorité.

Il descend de voiture et tend ensuite la main à sa femme pour l'aider. Sa poigne est d'une telle force qu'elle lui fait presque mal.

Giovanna comprend.

Son époux est prêt à affronter la bataille.

Le couple se sépare : Giovanna suit les dames de compagnie de la reine ; Ignazio est introduit dans un cabinet tapissé de brocart rouge, mis à la disposition du souverain pour ses audiences privées. Humbert Ier a les épaules légèrement voûtées, des cheveux déjà gris sur les tempes et de larges moustaches qui lui couvrent la bouche. C'est un homme aux gestes vigoureux, aux petites mains épaisses, et dont le regard est habitué à saisir tout ce que les mots ne peuvent exprimer.

« Prenez place », dit-il à son visiteur en lui désignant un fauteuil.

Ignazio s'assied aussitôt après lui.

Le roi choisit un cigare dans la boîte que lui présente son officier d'ordonnance, en offre un à son hôte, allume le sien et aspire une bouffée. Il ne quitte pas Ignazio des yeux, comme s'il cherchait à établir une correspondance parfaite entre l'homme qu'il a devant lui et l'image qu'il s'en est fait, au fil des ans. Puis il l'encourage à parler : « Je vous écoute. »

Ignazio donne l'impression de chercher ses mots ; en réalité, il sait très bien ce qu'il a à dire. « Avant tout, je tiens à vous remercier, Majesté, de l'honneur que vous me faites en me recevant. Et je ne doute pas que vous comprendrez sans difficulté pourquoi nous nous sommes unis à la ville de Palerme, mon épouse et moi, pour fêter votre arrivée ici. »

Le roi esquisse un sourire qui n'a rien de joyeux, et semble remarquer seulement alors la cravate noire de son interlocuteur : « Je sais que vous avez perdu un fils, et je vous prie d'accepter mes condoléances les plus sincères.

– Merci, Sire. »

Le souverain hoche la tête.

Ignazio croise les mains sur ses genoux. « En ma double qualité d'habitant de Palerme et d'armateur d'une des plus importantes compagnies de navigation italienne, je… »

Humbert Ier montre quelques premiers signes d'impatience et le corrige : « *Une* des plus importantes ? Dites plutôt *la* plus importante. Inutile de jouer les modestes avec moi. »

Ignazio ne se laisse pas déstabiliser. Il sait que le roi est quelqu'un de très direct, voire brusque. Un héritage de l'éducation militaire qu'il a reçue dès son plus jeune âge. « Vous êtes trop bon. » Il dépose son cigare dans un cendrier. « Et vous aurez donc deviné que si j'ai sollicité une audience, c'est pour vous exposer les maux dont souffre la marine marchande italienne.

– Une commission d'enquête parlementaire travaille déjà sur le sujet, et je connais bien le dossier.

– Sauf votre respect, Sire, je vous ferai alors remarquer que le gouvernement n'a pourtant pris aucune mesure en conséquence.

– Vous n'avez qu'à baisser vos prix. » De plus en plus irrité, le roi s'agite sur son fauteuil, et la cendre de son cigare se répand au sol. « Du nord au sud de ce pays, tous les gens que je rencontre se plaignent que l'État en fait trop, ou n'en fait pas assez, ou ne fait pas bien. Je serais curieux de les voir à ma place, ces messieurs je-sais-tout. »

Ignazio laisse passer quelques secondes avant de répliquer : « Majesté, la question n'est pas tant de savoir *qui* fait quoi, mais *comment.* » Il parle à voix basse, sur un ton calme. « Il existe des dizaines de petits armateurs qui ont les pires difficultés du monde à survivre. Si la marine marchande est mise en échec par la France et l'Autriche, non seulement nous n'aurons plus aucune marge de négociation, mais de surcroît, nos transports et leurs tarifs seront à la merci de puissances étrangères. » Il marque une pause, pour laisser le temps à son interlocuteur de bien mesurer la portée de ses propos. « Et notez bien que ma compagnie et moi-même, nous ne serions pas les seules victimes d'une telle situation : c'est l'économie de l'ensemble de la Sicile qui pourrait en ressentir les effets néfastes. Les entreprises du continent ont toujours la possibilité de recourir au train pour leurs transports de marchandises ; sur cette île, nous sommes bien obligés de passer par la mer.

– Vous ne prétendrez tout de même pas résoudre tous les problèmes qui se posent à la Sicile avec vos bateaux et vos madragues ! » L'attitude polémique du roi est d'une telle virulence que le sang monte au visage d'Ignazio. « Vos tarifs sont indécents. Si tant de gens confient leur fret à des trains plutôt qu'à des bateaux, il doit bien y avoir une raison, vous ne croyez pas ? » Le monarque dépose à son tour son cigare dans un cendrier, sonne son officier d'ordonnance et lui demande de servir des liqueurs.

Ignazio lève le doigt comme un écolier. « Avec votre permission… Je vous ai apporté en cadeau quelques bouteilles du meilleur marsala produit dans mes caves. Je serais très honoré que Votre Majesté daigne y goûter. »

L'officier d'ordonnance interroge des yeux son maître, qui acquiesce.

Ignazio attend d'être à nouveau seul avec lui pour reprendre, d'une voix assurée : « La question ne se limite pas au prix du fret. Dans plusieurs pays européens, on réclame des politiques protectionnistes… Tôt ou tard, nos produits seront grevés de droits de douane, et nous ne saurons vraiment plus à quel saint nous vouer. Le problème est ailleurs, Sire, permettez-moi de vous le dire. » Il se penche en avant vers le souverain. « En Italie, le Nord et le Sud n'ont pas les mêmes besoins, et c'est précisément pour cela qu'ils doivent travailler ensemble. L'apport de mon entreprise serait utile à tout le pays. Rubattino à Gênes, et moi à Palerme, nous avons donc l'intention d'adopter une ligne de conduite commune ; c'est seulement en unissant nos forces que nous pourrons affronter nos adversaires. » Il redresse le dos et reprend son souffle. « Si l'Italie veut conserver sa zone d'influence en Méditerranée, elle doit se montrer à la hauteur de ses ambitions. Et elle n'y parviendra pas si le gouvernement n'y met pas du sien. »

Le roi le dévisage d'un air méfiant. « Je sais qui est votre avocat et je suis au courant de vos manigances pour absorber la compagnie de Rubattino. Par ailleurs, vous auriez tort de croire que j'ignore vos relations personnelles avec tel ou tel ministre.

– Maître Crispi est d'abord et avant tout un ami de la famille. Quant à mes prétendues relations personnelles, il s'agit de relations fondées sur une estime réciproque. J'imagine que vous connaissez le proverbe sicilien : *Un grand État a toujours trop d'ennemis, et jamais assez d'amis.* »

L'officier d'ordonnance revient avec un plateau en argent surmonté d'une bouteille de marsala et de deux verres en cristal. La liqueur a des reflets d'ambre et de feu.

Le souverain la boit à petites gorgées, et fait ensuite claquer sa langue d'une manière assez peu aristocratique. « Excellent. » Il lève les yeux sur Ignazio et lui demande : « Monsieur Florio, quelles sont les mesures concrètes que vous attendez de moi ?

– L'autorisation de procéder à la fusion de ma compagnie avec celle de Rubattino. La prorogation des tarifs spéciaux et des conventions de service postal. La priorité à ma société pour tous les transports effectués par l'État.

– Rien que ça ? Toujours la même histoire, avec les Méridionaux. Des requêtes à n'en plus finir…

– C'est peut-être vrai pour d'autres, Majesté. Mais pas en ce qui concerne ma famille. Mon père et moi, nous nous sommes toujours battus bec et ongles pour la Maison Florio. Et en l'occurrence, je n'ai pas d'autre exigence qu'une protection légitime de mes entreprises et de ceux qui y travaillent. »

Les traits tendus, Ignazio attend son épouse au pied du grand escalier en marbre du palais royal. Giovanna le descend avec une extrême lenteur, en s'appuyant à la rampe ; elle se sent épuisée, maintenant que la tension est retombée. D'un geste brusque, son mari lui fait signe de marcher plus vite ; puis il l'aide à monter en voiture, s'assied à côté d'elle et donne l'ordre de partir.

Giovanna pose une couverture sur ses jambes, caresse le camée à l'effigie de Vincenzino et raconte : « C'est la première chose que la reine a remarquée. Elle m'a dit : “Je n'ose même pas imaginer ce que vous avez dû éprouver.” Elle m'a semblé sincèrement émue. » Elle cherche à attraper le regard d'Ignazio, qui se contente de hocher la tête d'un air distrait et retire la main que sa femme essaie de prendre dans la sienne.

« Les dames de compagnie ont passé leur temps à lorgner mes vêtements ; elles ne quittaient pas des yeux la fourrure de mon manteau, et il y en a même eu une qui a demandé à voix basse à sa voisine combien il pouvait coûter. » Elle soupire et reprend : « Cette pauvre reine. Elle portait un magnifique collier de perles, et tu sais ce que ça veut dire, n'est-ce pas ? Il paraît que le roi lui en offre un à chaque fois qu'il la trompe. Et c'est vrai, elle exprimait une telle humiliation que j'en ai eu le cœur serré. »

Ignazio se tourne vers elle d'un mouvement nerveux et donne libre cours à son irritation : « J'ai passé une heure à essayer d'exposer au roi la situation désastreuse de la marine marchande ; j'ai eu l'impression de me heurter à un mur. Et toi, tu viens me parler chiffons et ragots ?

– Elle m'a fait beaucoup de peine, c'est tout, rétorque Giovanna, piquée au vif. Et tout le monde sait que le roi...

– Les hommes ne sont jamais coupables, dans ce genre d'affaires. Tout est la faute de la reine. » Il serre les lèvres pour tenter de maîtriser son emportement. « Une femme doit savoir garder son mari, qu'elle soit fille de cuisine ou princesse. Et puis, leur mariage était un mariage arrangé, elle devait bien s'attendre à ce qu'il prenne une maîtresse, et même plus d'une. La femme a pour devoir de se résigner et de se taire. »

Un silence de plomb s'abat sur la voiture.

Glacée jusqu'aux os, Giovanna sent néanmoins une bouffée de chaleur monter de ses entrailles. Non, elle ne peut pas rester silencieuse. Elle *sait* ce que la reine subit, et cela fait des années qu'elle porte en elle-même le souvenir des lettres que son mari a fait disparaître... Elle s'est efforcée de refouler son obsession dans les recoins les plus obscurs de sa conscience, de l'ensevelir sous une accumulation de tâches quotidiennes, de la nier même, après la mort de Vincenzino. En vain. Elle n'a jamais cessé de vouloir connaître l'identité de *cette femme*.

La jalousie l'a accompagnée à tout instant de sa vie, menaçante comme un chat sauvage aux yeux jaunes, famélique, toujours aux aguets et prêt à mordre. Cet éclair de lucidité la frappe de stupeur, et elle reprend d'une voix vipérine : « Alors c'est comme ça que ça fonctionne, avec les hommes ? Vous, vous pouvez tout vous permettre ; nous, nous avons le droit de rester à la maison et surtout de rester bouche cousue. »

Ignazio, surpris, la regarde et lui demande, en accompagnant sa question du geste dont on chasse des mouches : « Mais qu'est-ce que tu racontes ? En voilà des lubies !

– Des lubies ? Une femme met toute son âme, tout son cœur dans son mariage, et elle n'est pas autorisée à se sentir humiliée si on la trahit ? Pire encore : elle est censée rester à sa place, et se déclarer satisfaite aussi, pendant que nous y sommes ? Tu crois vraiment que les femmes n'ont aucune dignité ? Qu'elles ne souffrent pas ? »

Ignazio n'en croit pas ses oreilles. Ce n'est plus la Giovanna qu'il connaît, réservée, bien sage, accommodante. L'audience chez la reine lui a sans doute mis les nerfs à vif...

Puis il voit ses yeux pleins de larmes, et il comprend enfin.

Elle ne parle pas de la reine, mais de ce qui s'est passé entre eux.

Aussi fatigué qu'exaspéré, il cache son visage derrière ses mains jointes. « Giovanna, ça suffit...

– Pourquoi ? Ose dire que ce n'est pas vrai ! » Elle serre de toutes ses forces les pans de son manteau.

« Ce sont des choses qui arrivent, rien de plus. On ne peut pas changer les gens, et encore moins changer leur passé. » Il a prononcé ces mots sur un ton calme, à voix basse, pour l'apaiser.

Mais elle baisse la tête et murmure dans un grincement de dents : « Non, non, non... » Puis elle ravale ses larmes, relève la tête et regarde Ignazio bien en face : à la lumière incertaine des lanternes de la voiture, ses yeux brillent tant qu'on les croirait faits d'onyx. « Je sais. Mais tu ne peux pas me demander d'oublier. J'ai trop mal, tu comprends ? Chaque fois que je repense à ces lettres, j'ai l'impression d'étouffer. Me dire que tu n'as jamais été à moi est une douleur insupportable. »

Ignazio, horripilé, éclate de rage : « Je t'ai déjà expliqué cent fois que tout ça, c'est du passé. Cela remonte à combien de temps ? Neuf… dix ans ? Et toi, tu en es encore à ressasser des choses auxquelles on ne peut rien, à *piler de l'eau dans un mortier*, comme on dit chez nous. » De son point de vue, il n'y a pas pire gaspillage d'énergie.

Giovanna se blottit dans un coin, et l'obscurité de la voiture semble l'engloutir. « Tu n'as jamais eu la plus petite idée de ce que je ressens. À ma place, une autre femme se serait habituée, elle se serait forcée à ne plus y penser, parce qu'on ne peut pas vivre dans de telles conditions. Mais moi, non. Pour moi, tu es ici. » Elle tape du doigt sur son cœur. « Et tu ne réussiras jamais à t'évader. »

Sa voix a faibli peu à peu, au point de se noyer dans le petit nuage de vapeur qui sort de sa bouche. Giovanna appuie le menton sur sa poitrine et ferme les yeux. Elle a le sentiment de s'être débarrassée d'un poids, mais pour le remplacer aussitôt par le fardeau, autrement plus lourd, de la conscience. Car dorénavant, cet amour non partagé – qui blesse celui qui l'éprouve et n'a aucune valeur pour celui dont il est l'objet – ne pourra plus se dissimuler derrière un voile de sérénité ou de résignation. Il sera toujours là, impitoyable et bien réel.

Pour la première fois peut-être de toute son existence, Ignazio ne sait pas quoi dire. Il s'en veut de ne pas avoir compris l'état d'esprit de son épouse, lui qui, en affaires, perçoit la moindre nuance, la moindre intention cachée, le moindre sous-entendu. Puis il essaie de se convaincre que Giovanna a eu un simple accès de mauvaise humeur, un de ces caprices féminins qui s'en vont aussi vite qu'ils sont venus, comme un orage d'été. C'est seulement lorsque la voiture s'arrête devant l'entrée de l'Olivuzza, et que Giovanna descend en s'appuyant sur le bras du cocher qui vient de lui ouvrir la portière, qu'Ignazio reconnaît la vraie nature de ce qu'elle ressent.

Il regarde son épouse s'éloigner, la tête rentrée entre les épaules.

Et la honte le saisit à la gorge.

Le 9 février 1881, le *Giornale di Sicilia* publie la première partie d'une longue enquête sur la situation générale de la marine marchande italienne, et sur celle de Palerme en particulier. Elle est rédigée en des termes enflammés qui font mouche, et qui suscitent chez le lecteur d'abord l'indignation, puis l'anxiété, enfin la panique. Et elle a pour destinataire, en dernier ressort, le gouvernement italien.

Dans son bureau, Giovanni Laganà referme le journal et laisse échapper un large sourire d'admiration. Ignazio n'aurait pas pu mieux faire. Le *Giornale di Sicilia* appartient presque entièrement à sa famille, certes, mais les données mentionnées par les journalistes sont incontestables.

Le moment est venu de forcer la main à Raffaele Rubattino. Laganà rédige un billet à l'attention de Giuseppe Orlando, devenu directeur du siège napolitain des Piroscafi Postali, qui connaît l'armateur génois depuis longtemps et sait comment le prendre.

Fusionner.

Les noces des deux sociétés de navigation doivent être célébrées dans les meilleurs délais, comme s'il s'agissait d'une sorte de mariage réparateur. Voilà, en substance, ce que Laganà écrit à Orlando. Il ajoute que Rubattino doit cesser de se dérober à la manière d'un jeune homme réticent à prendre une épouse : car s'il n'accepte pas l'inévitable, et vite, plus aucun de ses bateaux ne sillonnera la Méditerranée. Et il lui rappelle enfin qu'ils ont frôlé le désastre, en janvier de l'année précédente, lorsque Rubattino a engagé des négociations avec les Français en vue de la conclusion d'une convention sur les tarifs. Ignazio a alors dû faire appel à tout son calme pour ne pas l'agonir d'injures et lui expliquer qu'avec un tel accord, ils seraient devenus tous deux les esclaves de la Transatlantique.

Ce que Laganà se garde bien de préciser, en revanche, c'est que les Piroscafi Postali ont eux aussi *besoin* de la fusion envisagée, non seulement pour maintenir leur suprématie sur les routes maritimes, mais encore pour protéger les employés de ses sous-traitants : ouvriers de la fonderie Oretea travaillant aux bassins de carénage, agents de transport et représentants de commerce éparpillés un peu partout en Méditerranée… Si par malheur le port de Palerme devenait une escale d'importance secondaire, la Sicile tout entière aurait à en souffrir.

« Imbécile de Génois. Je meurs d'impatience de le retrouver chez le notaire », marmonne Laganà en signant le billet avant de le confier à un garçon de courses pour expédition immédiate.

Ignazio et lui devront pourtant attendre le mois de juin pour que les choses commencent vraiment à bouger, d'abord avec l'approbation de la fusion par l'assemblée générale des Piroscafi Postali, et ensuite – enfin ! – avec celle des actionnaires de la compagnie Rubattino, obtenue au forceps à l'issue de pourparlers exténuants.

Il ne manque plus, pour la célébration du mariage, que la bénédiction de l'officiant, en l'occurrence le gouvernement.

Ignazio se rend donc à Rome.

Il y est reçu par Agostino Depretis, président du Conseil, et Alfredo Baccarini, ministre des Travaux publics, qui s'escriment tous deux à lui expliquer ce qu'il sait depuis longtemps : compte tenu de l'importance des deux sociétés concernées, une simple autorisation administrative ne suffit pas, il faut présenter un projet de loi au Parlement ; les sommes d'argent public investies dans l'affaire sont considérables, à commencer par celles qu'il a fallu débourser pour les lignes subventionnées que les deux compagnies exploitent ; en conséquence, la plus grande prudence s'impose...

Ignazio répond par des mouvements de la tête qui signifient : *Bien entendu, cela va de soi.* Mais plus tard, dans sa chambre d'hôtel, la lecture des journaux du soir lui ôte l'appétit et le sommeil.

De Gênes à Venise, les voix des petits transporteurs et des armateurs de bateaux à voile forment un chœur de protestations : ils prédisent les pires désastres et accusent le ministre des Travaux publics de favoriser les grosses sociétés au détriment de tous les autres opérateurs du secteur de la marine marchande. Deux armateurs génois, Erasmo Piaggio et Giovanni Battista Lavarello, ont même adressé au Parlement une pétition où ils expriment leur « appréhension légitime face à la création d'une société anonyme colossale dont les titres, actuellement détenus par des actionnaires italiens, pourraient à l'avenir être acquis par des étrangers ».

Non, la fusion ne sera pas chose simple.

Le 4 juillet 1881, les débats s'engagent à la Chambre des députés. Le projet de loi est approuvé le 5 et aussitôt transmis au Sénat, qui le met aux voix le jour même. Car tout le monde est très pressé d'en finir avec la procédure parlementaire.

Ignazio attend l'issue du scrutin dans une petite salle réservée du Sénat. Il s'efforce de ne donner aucun signe de nervosité et demande un thé, qu'on lui sert dans un élégant service en porcelaine. Qui pourrait avoir l'audace de s'opposer à lui, ami de ministres et de sénateurs ? Pourtant, ses mains ont un léger tremblement. Il accepte un cigare et profite du silence qui règne dans ce lieu de pouvoir.

Alfredo Baccarini vient le tenir informé de ce qui se passe dans l'hémicycle. Enveloppé d'effluves mêlés de tabac et de café, il sourit, se penche à l'oreille d'Ignazio et murmure : « N'ayez pas d'inquiétude, monsieur Florio. La navigation à voile appartient au passé, même si certains ne se rendent pas compte qu'ils ne sont plus de leur temps. L'avenir, c'est la vapeur. Ou plutôt, la vapeur et le chemin de fer. Et vous, vous serez le porte-étendard d'une nouvelle ère, un des principaux modernisateurs de l'Italie. »

Ignazio s'assied dans un fauteuil en cuir. « Mon père en était convaincu et je le suis aussi, bien plus que vous. Voilà douze ans que le canal de Suez a été inauguré, et comme on pouvait s'y attendre, c'est par là que passent les routes commerciales les plus importantes. Naviguer à la voile est devenu purement et simplement ridicule : pour parcourir les océans, il faut des navires à vapeur robustes.

– Or il se trouve que vous en avez. C'est bien pour cela que vous pouvez compter sur l'appui du gouvernement. »

Quelques instants plus tard, une majorité de sénateurs se prononcent en faveur du projet de loi. Ignazio pousse un grand soupir de soulagement.

« Il ne manque plus que votre signature et celle de Rubattino sur un acte notarié. » Giuseppe Orlando, qui les a rejoints sur ces entrefaites, lui donne une tape amicale dans le dos. Il est suivi de près par Francesco Paolo Perez, accompagné d'un huissier qui leur apporte une bouteille de champagne et des verres. Il serre Ignazio dans ses bras et s'exclame : « Ça y est, nous y sommes ! »

Ignazio tente de ne laisser paraître qu'un sourire de satisfaction.

Mais la fierté semble fouetter toutes les veines de son corps. Il a permis aux Piroscafi Postali d'échapper à un destin d'appauvrissement progressif, mis ses employés, ses marins et ses ouvriers de l'Oretea à l'abri d'un avenir misérable, assuré au port de Palerme des années et des années de prospérité. À la tête de sa flotte d'une centaine de bateaux à vapeur et de paquebots, il s'apprête à devenir, de facto, un des maîtres de la Méditerranée.

Ce ne sont cependant pas là ses seuls motifs d'orgueil. L'expérience lui a en effet montré qu'au prix d'un minimum d'habileté, il aurait *toujours* certains hommes politiques de son côté. Et peu importe, dès lors, l'éventuelle mauvaise volonté du roi.

Ignazio a pris conscience que son empire économique lui donne le pouvoir de peser sur le destin de l'Italie.

Malgré toute son ambition, même son père n'aurait jamais pu l'imaginer.

En cette fin du mois d'août 1881, la canicule qui s'est abattue sur Palerme rend l'air irrespirable, y compris à l'Olivuzza. Vue depuis les fenêtres des chambres donnant sur le jardin, la ville s'estompe derrière les nuages de poussière apportés par le sirocco. Les coupoles des églises et les toits des maisons, que l'on entrevoit à peine, semblent flous et lointains.

Dans le salon vert, donna Ciccia range sa corbeille à ouvrage et répartit ses fils à broder en petits écheveaux.

Giovanna ouvre la porte et s'arrête sur le seuil. Son front ressemble à un ciel de tempête et ses mains paraissent électrisées.

Donna Ciccia devine aussitôt qu'elle est d'humeur noire. « Qu'est-ce qu'il y a ? Vous avez l'air contrariée. »

Giovanna hausse les épaules et se laisse tomber lourdement sur un fauteuil.

Agacée par son silence, donna Ciccia insiste : « Qu'est-ce qu'il y a ?

– Cela fait plus d'un mois que mon mari m'a laissée seule ici, et il vient de m'écrire qu'il sera encore absent un mois supplémentaire.

– Sainte Mère de Dieu ! C'est tout ? J'ai l'impression d'entendre une gamine comme Giulia, pas une femme mariée. »

Giovanna rétorque précipitamment, d'une voix aigre : « Il m'a écrit qu'il veut profiter de sa présence à Gênes pour aller ensuite à Marseille. Chez sa sœur. Ces dernières années, nous avons toujours passé nos vacances d'été ensemble, c'est la première fois qu'il part sans moi. Je sais bien qu'au départ, c'était un voyage d'affaires, mais il ne m'a jamais abandonnée aussi longtemps, jamais !

– Et moi qui croyais que c'était quelque chose de grave ! s'exclame donna Ciccia en levant les yeux au ciel. Don Ignazio n'a pas revu sa sœur depuis plusieurs années. Il a quand même le droit de rester un peu avec elle, vous ne croyez pas ? »

Giovanna tape du poing sur l'accoudoir de son fauteuil et ne se retient plus : « Et le reste de la famille, alors ? Il aurait mieux fait d'emmener ses enfants avec lui, pour les présenter à leur tante. »

Donna Ciccia croise les bras sur sa large poitrine. « Depuis le temps que vous êtes mariée, vous n'avez pas encore appris à connaître don Ignazio ? Comparé à d'autres qui n'arrêtent pas de courir la gueuse, c'est un saint. Alors, s'il vous plaît, oubliez tout ça et aidez-moi plutôt à terminer cette nappe. » Sur ces mots, elle attrape une nappe en lin brodée à jour, se lève et la met entre les mains de sa maîtresse, qui se pique un doigt sur une aiguille et marmonne, tout en suçant son égratignure : « Il y a des choses auxquelles on n'ose même pas penser… » Puis elle détourne les yeux, pour cacher son angoisse.

Donna Ciccia renonce à lui en demander davantage.

Ce mariage lui semble fragile comme du cristal ; s'il ne s'est pas encore brisé, c'est parce que l'amour de Giovanna, d'un côté, et l'attitude respectueuse dont Ignazio ne se départit jamais, de l'autre, lui assurent une sorte d'étrange protection contre les vicissitudes de la vie. Il n'en demeure pas moins que Giovanna a trop souffert – dans sa chair et dans ses sentiments – et donna Ciccia se dit que la moindre secousse pourrait provoquer une grave crise. Pourtant, le comportement de son époux n'a jamais – *jamais !* – suggéré la plus petite hésitation, et ne prête en aucune manière le flanc à des soupçons de trahison.

Le doute a néanmoins repris possession de l'esprit de Giovanna lorsqu'elle a su que le voyage d'Ignazio avait pour destination Marseille. Sa hantise s'est réveillée et ne lui laisse plus un seul instant de répit. Giovanna s'efforce de la dissiper, se répète sans cesse qu'il y a là-bas Giuseppina, François et le petit Louis Auguste… Oui, mais il y a peut-être aussi *cette femme…*

Elle secoue la tête et tente de repousser le souvenir de sa querelle avec son mari, quelques mois plus tôt, après l'audience chez le roi. De même qu'à la suite de la découverte des lettres, ils n'en ont plus reparlé : ils s'en sont remis à la force de l'habitude pour apaiser la situation. Et, comme toujours, Giovanna n'a pas pu s'empêcher de ressasser ses obsessions. À certains moments, elle finissait par se convaincre que sa jalousie était injustifiée, que son époux avait raison, qu'elle s'obstinait à « piler de l'eau dans un mortier ». À d'autres moments, en revanche, un geste un peu brusque ou un regard sévère suffisait à rouvrir ses blessures. Elle sentait monter en elle des bouffées de haine pour cette femme qui avait tout obtenu d'Ignazio, y compris le cadeau le plus précieux que l'on puisse faire à un amour perdu, c'est-à-dire le regret. Et il ne lui restait plus, à elle, que le vide d'une affection non payée de retour.

Mais au soir de l'audience chez le roi, les expressions d'Ignazio, ses gestes et la dureté de ses réactions lui ont permis de comprendre quelque chose d'essentiel : pour lui, rien n'est plus important que la Maison Florio. *Elle compte plus que moi. Plus même que ses enfants.* Aucun sentiment ne pèse sur la balance, quand ses intérêts économiques entrent en jeu. Et c'est vrai aussi pour *l'autre femme.* Alors, depuis quelque temps, quand la jalousie montre les dents et menace de mordre, elle s'agrippe à cette certitude.

Elle saisit sa corbeille à ouvrage et ses cheveux noirs, coiffés en toupet, oscillent au gré de ses gestes nerveux. Avant de se mettre au travail, elle murmure en prenant bien soin d'éviter le regard de donna Ciccia : « Ne vous inquiétez pas, je le connais bien, mon mari... »

Marseille est plus poussiéreuse que dans son souvenir. Plus sale. Plus chaotique. La mémoire est une gardienne mensongère du bonheur, elle sait figer les images de certains lieux en un éternel présent, une réalité d'autant plus fictive qu'elle semble plus authentique.

Ce constat d'Ignazio assombrit ses pensées et lui laisse en bouche un arrière-goût amer.

Cette ville est devenue, pour lui, trop riche en réminiscences.

En cette fin du mois de septembre 1881, l'air est imprégné d'humidité et le vent marin déjà porteur d'une fraîcheur automnale. La Méditerranée a ici d'autres odeurs qu'à Palerme et son eau est plus sombre, comme s'il ne s'agissait pas de la même mer que celle qui baigne la Sicile.

Autour du port, les rues sont encombrées de chariots et de carrioles. De grands fourgons traînés par des chevaux de trait transportent des chargements de charbon jusqu'aux navires à vapeur au mouillage entre le Vieux-Port, désormais trop petit, et les nouveaux môles. Ignazio se souvient de l'époque où ils étaient encore en construction, quinze ans auparavant.

Il descend de bateau à pas lents, après avoir voyagé incognito sur un bâtiment français, comme un passager ordinaire. Une barbe un peu plus courte, une tenue de voyage banale… et la réserve naturelle de son caractère a fait le reste. Il voulait se rendre compte par lui-même des prestations de la concurrence, et son expérience l'a pleinement satisfait : les services proposés sont tous d'excellente qualité, mais n'ont rien de supérieur à ceux que garantit sa propre compagnie.

Une voiture l'attend à proximité du môle. François Merle, qui se tient debout à côté des chevaux, le hèle : « Faut-il que je fasse la révérence à l'homme le plus puissant de toute la Méditerranée ? À moins que tu ne me permettes de te donner l'accolade ?

– Je t'autorise ce geste quelque peu familier, bien que j'eusse apprécié la présence d'un tapis rouge devant la voiture. »

Son beau-frère éclate de rire et s'avance vers lui mains tendues. Ignazio le serre chaleureusement dans ses bras.

« Comment vas-tu ? lui demande François en dialecte sicilien avec un fort accent français et tout en lui ouvrant la portière.

– Je me sens fatigué. Mais puisque j'étais à Gênes, je tenais à vous rendre visite. Voilà des années que je n'ai pas vu ma sœur, et comme j'ai terminé ce que j'avais à faire…

– Ça n'a pas dû être facile.

– Je te raconterai. »

L'intérieur de la voiture n'est pas en excellent état. Ignazio feint de ne pas s'en apercevoir et accorde toute son attention à la ville, dont il observe les changements et les édifices bâtis dans le style en vogue sous Napoléon III.

« Combien de temps vas-tu rester ici ? lui demande François.

– Quelques jours. Et je rentrerai directement à Palerme. » Il se tourne pour mieux voir son beau-frère. « Demain, j'irai place de la Bourse. Une visite surprise. Je veux voir comment se porte mon agence.

– Tu veux dire l'agence de la compagnie Navigazione Generale Italiana. Società Riunite Florio e Rubattino ? » François se frotte les cuisses d'impatience. « Allez, raconte-moi comment ça s'est passé à Gênes.

– Le vote au Parlement a permis de débloquer la situation. Nous avons signé l'acte notarié chez le sénateur Orsini, qui nous a aussi servi de témoin. Et il y avait même maître Crispi. »

François soulève un coin de ses lèvres, ébauche un ricanement et commente : « La cavalerie lourde, en somme.

– On n'est jamais assez prudent…

– Et tu es content du résultat final ?

– Assez. Il va sans dire que nous avons été obligés d'impliquer les banques dans l'affaire. » Une ride se creuse entre les sourcils d'Ignazio. « Impossible de procéder autrement :

Rubattino avait de très fortes dettes envers le Credito Mobiliare, il a fallu le prendre comme cocontractant à la dernière minute.

– Si tu avais attendu encore un peu, tu aurais pu racheter sa société pour une bouchée de pain. »

Ignazio secoue la tête. « Certes. Mais dans ce cas de figure, j'aurais acquis une entreprise en faillite, et même dans l'hypothèse d'un redressement judiciaire, il aurait été beaucoup plus difficile d'obtenir l'exploitation des lignes subventionnées. Personne n'avait intérêt à ce qu'on aille aussi loin, d'autant plus qu'il y avait trop d'emplois en jeu. »

La voiture ralentit dans un embouteillage : une charrette est immobilisée en travers de la rue et ses marchandises sont éparpillées sur la chaussée. François écarte le rideau de la vitre et pousse des jurons en français.

Accablé d'un seul coup sous le poids des efforts accumulés au cours des derniers jours, Ignazio étouffe un bâillement. Le léger roulis du bateau à vapeur lui manque, il a presque perdu l'habitude d'avoir les pieds sur la terre ferme.

« Désormais, la société possède tout ce dont elle a besoin : la fonderie Oretea, les navires, les immeubles… Et c'est bien ce que je voulais, oui. »

La voiture reprend sa marche. « Comment ont-ils réagi, à Palerme ? C'est une ville si particulière… »

Ignazio hausse les épaules. « À ton avis ? Ils ont accueilli la nouvelle dans l'indifférence la plus totale, à commencer par les ouvriers de l'Oretea. Et pas une ligne dans les journaux… À croire que personne n'est concerné. Une flotte de plus de quatre-vingts navires ! » Bien qu'atténuée par une bonne dose de pragmatisme, une nuance d'amertume se glisse dans ses propos. « Tout ce qui les préoccupe, c'est leur porte-monnaie. Quant au reste… advienne que pourra. »

François s'apprête à répondre quand la voiture ralentit à nouveau. « *Oh, je crois que nous sommes arrivés !** » Sur ces mots, il bondit hors du véhicule avant même son arrêt total. Ignazio lève les yeux et hoche la tête. Il reconnaît la petite villa à deux étages d'une élégance discrète, avec ses lignes délicates et ses balcons en fer forgé. Cette fois-ci, sa mémoire ne l'a pas trompé.

Un petit cri s'échappe par une fenêtre : « Frérot ! »

Ignazio a tout juste le temps de descendre de voiture. Giuseppina se jette à son cou d'un mouvement si énergique qu'elle manque de le faire tomber.

C'est à la fois la même personne et quelqu'un d'autre. Elle a des formes plus rondes et les tempes quelque peu dégarnies, exactement comme l'aïeule dont elle porte le prénom. Mais son regard pétille toujours de bonté et elle n'a rien perdu de son enthousiasme si communicatif.

Elle recule d'un pas pour mieux voir Ignazio, lui caresse le visage et murmure du bout des lèvres : « Mon Dieu, ça fait si longtemps ! » Puis elle prend la tête de son frère entre ses mains et la couvre de baisers.

Une sensation de chaleur se répand dans la poitrine d'Ignazio. Elle a la saveur du retour à la maison. De la paix retrouvée. De fragments d'existence qui, après maints tourbillons, trouvent enfin leur place. « Trop longtemps, en effet. » Il serre Giuseppina très fort contre lui.

Un gamin aux cheveux clairs et lisses apparaît sur le seuil. Son corps est déjà celui d'un adolescent, mais une moue infantile se dessine encore sur son visage. Louis Auguste est le fils de François et de Giuseppina.

À la vue de ce neveu, l'image de Vincenzino vient aussitôt à l'esprit d'Ignazio. Son fils serait aujourd'hui à peine plus jeune et aurait peut-être, lui aussi, le même physique ingrat et le même air intransigeant.

N'y pense plus.

« Allez viens, entre ! » Giuseppina tire son frère par la manche et le conduit jusqu'à un petit salon tapissé de damas et meublé de fauteuils en velours et de tables basses en acajou. Cet intérieur n'a rien de luxueux, mais il est bien tenu et regorge d'objets exotiques, tels ces statues en ivoire ou ce vase chinois posé sur un tissu oriental.

« Quelle jolie pièce ! s'exclame Ignazio.

– Nous ne pouvons pas nous permettre mieux, réplique François en écartant les bras.

– Si je te dis que je trouve cette pièce jolie, c'est parce que je le pense. Pourquoi ce besoin de toujours te rabaisser ? » lui demande son beau-frère en riant avant de s'affaler sur un divan et d'inviter Giuseppina à le rejoindre.

Elle rit à son tour, s'assied à côté de lui et l'interroge : « Dis-moi, comment va Giovanna ?

– Bien, bien. Mais entre la paperasse, les rendez-vous chez le notaire, les négociations et les avocats, je ne l'ai pas beaucoup vue ces derniers temps. Elle est restée à Palerme, pour s'occuper de la maison et des enfants. Dans sa dernière lettre, elle m'a semblé… » Il marque une pause à la recherche du mot juste. « … irritée. »

Giuseppina baisse la tête. « Elle a dû être très contrariée que tu viennes ici sans elle. »

Ignazio tripote l'anneau de son grand-oncle, sous son alliance. Il se sent mal à l'aise. « Il n'y avait pas moyen de faire autrement, je t'assure. Je ne pouvais pas me permettre de déléguer quoi que ce soit. Laganà et Orlando ont joué un rôle précieux, mais à Rome c'est moi qu'ils voulaient voir et c'est à moi qu'ils voulaient parler. Et c'est aussi moi qui devais signer les actes officiels, à Gênes. Il aurait été absurde de repasser par Palerme avant de venir ici.

– Tu as raison », marmonne sa sœur.

François prend place dans un fauteuil, devant eux, tandis que Louis Auguste reste debout près de la porte.

Ignazio l'appelle : « Viens là, toi ! »

Le gamin hésite, regarde sa mère et s'approche d'un air réticent.

Giuseppina précise, comme pour l'excuser : « Il parle très peu l'italien.

– Pas étonnant, puisqu'il vit à Marseille, réplique Ignazio avec un sourire et en caressant la tête de son neveu, qui s'enfuit au plus vite. Vous devriez nous rendre visite plus souvent.

– Ce n'est pas si facile, Ignazio, murmure François. Moi je peux me déplacer, bien sûr. Mais fermer la maison, aller jusqu'à Palerme… Pour ta sœur, ce n'est pas simple. »

Il a parlé les yeux rivés sur le tapis, et son beau-frère devine la véritable raison de son attitude. Trop de différences les séparent, désormais, et ce n'est pas une simple question d'intérieurs plus ou moins luxueusement décorés, ni de richesse au sens strict. Les deux familles n'évoluent plus dans le même monde.

Ignazio se tape la cuisse du plat de la main. « Quoi qu'il en soit, l'invitation est lancée, et je serais heureux que vous veniez. Tout le monde vous attend là-bas, notre maison vous est ouverte. » Il change ensuite de sujet : « Est-ce que tu sais quand on apportera mes bagages ? Je vous ai apporté des cadeaux et j'aimerais vous les donner.

– Dans l'après-midi, je crois, répond François en s'agitant sur son siège. Mais si tu veux, je peux aller aux informations.

– Non, merci, ce n'est pas la peine. » Ignazio se laisse aller contre le dossier du canapé.

Giuseppina lui prend une main et l'embrasse. « Je suis très contente que tu sois là. » Elle a mis, dans ces quelques mots, toute la complicité qui les a unis pendant de si nombreuses années.

Les yeux fermés, il fait signe qu'il est lui aussi très content. Ce qu'il ne dit pas, c'est qu'après toutes ces semaines de tension, il a enfin l'impression de respirer librement et d'être débarrassé de la nervosité qui, jusque-là, l'empêchait de dormir.

Ici, il peut cesser d'être don Ignazio Florio pour redevenir, purement et simplement, Ignazio.

« Une fête ? »

Le lendemain matin, au petit déjeuner, Giuseppina lui a dit qu'une réception est prévue ce soir-là au fort Ganteaume, et qu'elle serait heureuse de l'y emmener. Entre deux gorgées de thé, elle lui a expliqué : « Ce sera une sorte de réunion informelle entre commerçants, représentants de la marine marchande et militaires. On s'amusera et on échangera des potins. »

Et, tout en versant à Ignazio son café, François a ajouté : « Au fond, ce sont les soldats qui protègent nos routes commerciales et nos entrepôts à l'étranger. Tout le monde a intérêt à entretenir de bonnes relations avec eux.

– Bien sûr, je comprends. Seulement, je ne voudrais pas que le sens de ma présence soit mal interprété… Tu sais ce que c'est : je suis le principal concurrent de la marine marchande française, maintenant. Les gens ne voient que ce qu'ils acceptent de voir, et pensent souvent à mal. Je serais très embêté si ma venue à cette réception devait vous attirer des ennuis.

– Allons, beau-frère. Tu es ici à titre privé. Personne n'y trouvera rien à redire, et je te connais assez pour savoir que tout se passera bien. »

Le soir même, il se retrouve donc en voiture avec Giuseppina et François.

Sa sœur porte une robe bleue dont les drapés masquent sa silhouette alourdie et, autour du cou, le collier de perles qu'il lui a apporté de Gênes. François s'est émerveillé devant cette splendeur, et il a même rougi d'embarras quand il a découvert son cadeau à lui : une montre à gousset en or gravée à ses initiales.

« *Tu es vraiment élégante, ma chère**, dit Ignazio à Giuseppina avec un sourire. La France te réussit. »

Elle serre la main de son mari, lui jette un regard rempli d'affection et répond : « Oui, je me sens chez moi ici. Mais je remarque dans tes propos une part de flatterie et de mensonge, et je suis certaine que ma robe ne soutiendrait pas la comparaison avec n'importe laquelle des *toilettes** de Giovanna. »

Ils rient tous les trois. Ignazio se tourne vers le rideau de la vitre, l'écarte et feint de s'intéresser aux immeubles de la ville. Sa sœur n'a pas tort : Giovanna prend grand soin de sa personne, elle possède des vêtements et des bijoux élégants… mais elle n'a pas une once de la sérénité de Giuseppina. Contrairement à sa belle-sœur, toujours si naturelle, elle semble jouer en permanence un rôle. Ignazio a d'ailleurs une conscience très amère de sa propre responsabilité dans toute cette comédie. Car c'est à cause de ses exigences que leur vie est devenue une pièce de théâtre où l'on finit par ne plus faire la différence entre les personnages et leurs interprètes.

La voiture des Merle s'immobilise derrière une file d'attente. Sur un soupir de Giuseppina, François lui prend la main.

Un officier d'ordonnance en uniforme ouvre enfin la portière et les aide à descendre. Ignazio observe avec intérêt cet imposant édifice à plan carré qui donne sur la mer, tout près du Vieux-Port. L'aspect extérieur du fort Ganteaume lui suggère d'emblée des images de tenues vestimentaires impeccables, d'existences régies par une discipline rigoureuse. Mais ce soir, avec ses torches plantées en terre et son orchestre dont les musiciens accordent leurs instruments, il semble avoir renoncé à sa sévérité ordinaire au profit d'oripeaux plus frivoles.

Ignazio fait part de ses réflexions à François : « Ce bâtiment me fait penser au Castello a Mare de Palerme.

– Il a failli subir le même sort. Mais on s'est rendu compte à temps que sa démolition aurait été une folie. Il occupe une position stratégique d'une trop grande importance pour la défense de la ville. » François tire son beau-frère par la manche. « Viens, je vais te présenter à quelques officiers. Pour l'instant, ne nous préoccupons pas des marchands, ils risqueraient de t'infliger un véritable interrogatoire sur les tarifs du fret… »

La cour a été ornée de candélabres à écrans et de corbeilles en forme de cornes d'abondance d'où jaillissent des cascades de fleurs, de fruits et de pétales. Des aides de camp et des domestiques en livrée conduisent les invités vers la salle, où l'orchestre finit de s'accorder.

Ignazio passe quelques minutes à converser en français avec un groupe d'officiers en grand uniforme. Leurs regards curieux trahissent peut-être l'étonnement que leur causent l'affabilité et les manières aimables du nouveau maître de la marine marchande italienne. Mais certains d'entre eux l'examinent avec une hostilité manifeste, et un vieil amiral aux larges moustaches en guidon le dévisage longuement avant de lui dire, sur un ton hargneux : « Je ne suis pas sûr que vous vous rendiez compte des conséquences néfastes de *votre* fusion pour la France.

– On pourrait même se demander ce que vous êtes venu faire ici », renchérit un officier au visage balafré.

François intervient, calme et sûr de lui : « Eh bien, figurez-vous que le commerce n'est pas tout dans la vie. M. Florio, qui est mon *hôte*, est venu rendre visite à sa sœur et à son neveu. »

Les lèvres pincées, l'amiral laisse échapper un commentaire fielleux : « Chacun sa croix…

– On peut toujours espérer mieux, mais la mienne n'est pas trop lourde à porter », rétorque François en souriant.

De sonores éclats de rire accueillent ce mot d'esprit, puis un domestique vient servir le champagne. Les dames se promènent sous les arcades qui entourent la cour et certaines d'entre elles désignent la salle d'armes, transformée pour un soir en salle de bal. L'orchestre a enfin commencé à jouer, et la musique couvre le brouhaha des invités.

François, suivi d'Ignazio, se hâte alors de rejoindre son épouse, qui fait son entrée dans la salle accompagnée des deux hommes.

Elle remarque une ride de contrariété entre les sourcils de son frère et lui demande : « Qu'est-ce qu'il y a ?

– Je ne m'attendais certes pas à être porté en triomphe, mais tout de même… »

Son irritation s'atténue lorsque Giuseppina lui murmure, d'un air enjoué, l'expression sicilienne que leur grand-mère employait pour les encourager à toujours s'adapter aux circonstances : « *N'essaie pas de jouer les saints en dehors de l'église.* »

Dans la salle, en alternance avec des tentures, de grands miroirs ont été disposés de manière à créer l'illusion d'un vaste espace. Des vases en bronze remplis d'iris, d'œillets, de roses et de chèvrefeuilles ornent les angles, tandis que des guirlandes de fleurs s'enroulent autour des piliers soutenant les lampes à huile qui diffusent un éclairage a giorno.

Quelques couples prennent déjà place au centre de la pièce. François soulève la main de sa femme et lui fait la révérence. Elle y répond par un signe d'acquiescement, et murmure à Ignazio : « Tu veux bien nous excuser, n'est-ce pas ? »

Elle s'éloigne alors, et son mari l'entraîne en souriant dans une contredanse.

Ignazio ressent la morsure de l'envie. Le pur plaisir d'être ensemble rayonne en effet sur les visages de Giuseppina et de François. Leur complicité joyeuse est aux antipodes de sa relation avec Giovanna, faite d'une détermination sans faille à sauver des apparences impeccables aux yeux de la société, mais dénuée de gaieté, d'abandon, de légèreté. Pourtant, à cet instant précis, il souhaiterait l'avoir auprès de lui pour l'aider à combler son vide intérieur. Pour chasser – ne serait-ce que l'espace d'une soirée – la tristesse qui assombrit toutes ses pensées.

Il prend une autre coupe de champagne et jette autour de lui des regards indifférents, conscient toutefois d'être l'objet de la curiosité générale. Il observe les officiers raidis dans leurs uniformes, les commerçants qui parlent trop fort et les armateurs locaux qui l'examinent à la dérobée.

Tout cela glisse sur lui sans l'atteindre.

Et c'est à ce moment-là que se produit l'apparition.

Des cheveux bouclés d'un blond fauve. Un long cou blanc. Une robe rose pastel. De longs gants blancs remontant jusqu'aux coudes. Un éventail à plumes.

Tout à coup, Ignazio frissonne. Quelques secondes lui ont suffi pour prendre conscience que la chape d'oubli sous laquelle il a cru enfouir certains souvenirs est en réalité aussi mince et aussi facile à déchiqueter qu'une feuille de papier. Et qu'en dessous, il y a son âme mise à nu, vulnérable, fragile.

Il n'entend plus rien d'autre qu'un sombre bruit de fond caverneux. Il n'éprouve plus rien d'autre qu'une effroyable confusion de ses sentiments.

Il ne voit plus rien d'autre qu'une tête de femme légèrement inclinée, des lèvres qui prononcent des mots inaudibles pour lui et qui semblent prêtes à s'épanouir en un sourire, hélas attendu en vain.

Pourtant, elle a souri avec lui.

Et elle a pleuré.

Un jour, Vincenzo a expliqué à Ignazio que la règle de conduite la plus utile était aussi la plus simple : toujours écouter sa tête, ne jamais écouter son cœur. Car suivre sa passion malgré les avertissements de la raison ne peut qu'aboutir à des catastrophes. Vincenzo se référait surtout au monde des affaires. Non content d'appliquer ce principe à la gestion de la Maison Florio, son fils l'a suivi dans sa vie privée. La maîtrise de soi et un certain détachement ont été de longue date ses alliés les plus fidèles, aussi bien pour la conclusion d'une négociation que pour l'éducation de ses enfants.

Et voilà que, pour la première fois peut-être de son existence, Ignazio écoute son cœur, obéit à l'instinct de conservation et se laisse entraîner par la peur.

Partir. Immédiatement.

Il prétendra avoir eu un léger malaise et avoir préféré rentrer à la maison ; sa sœur ne lui en voudra pas. *Éviter à tout prix qu'elle sache que je suis là.* Il ne veut pas, il ne peut pas la revoir, lui parler, et opère un mouvement de repli vers l'autre bout de la salle. *Restons-en là, cela vaudra mieux.*

Trop tard.

Camille Martin, veuve Darbon et épouse Clermont, salue son interlocutrice et se tourne vers une autre invitée, une matrone engoncée dans une robe bordeaux.

Et elle le voit.

Son éventail lui échappe des mains. Les plumes volettent un instant avant de joncher le sol.

La bouche entrouverte, les yeux fixés sur Ignazio, elle paraît plus effrayée qu'incrédule. Puis une telle rougeur lui monte au visage que la matrone s'approche d'elle, l'attrape par le bras, lui demande si elle se sent mal. Camille retrouve ses esprits, se baisse pour ramasser son éventail et s'excuse d'un sourire.

Ignazio détourne aussitôt la tête et se dirige en toute hâte vers la sortie.

Idiot, triple, quadruple idiot !

Comment a-t-il pu ne pas se méfier ? Elle est remariée à un amiral, ou en tout cas un officier de marine. Il aurait dû s'en souvenir et décliner l'invitation de sa sœur, qui n'a d'ailleurs rien à se reprocher et qui, après toutes ces années, est sans doute à mille lieues de savoir, ou même d'imaginer que…

Il court presque, dans l'intention d'emprunter la voiture de son beau-frère et de la renvoyer dès son arrivée à la maison. *Oui, voilà ce que je vais faire.*

Avec toute l'amabilité dont il est capable, il éconduit quelques commerçants désireux de bavarder avec lui ; puis il charge un domestique d'aller prévenir les époux Merle qu'il se voit contraint de quitter la soirée sans les attendre.

Parvenu sous le portique, il est aussi essoufflé que s'il avait couru. Il reprend sa respiration avant de commencer à traverser la cour.

Ignazio Florio, l'homme le plus puissant de toute la Méditerranée, s'enfuit comme un lâche. Lui qui n'a jamais tremblé devant personne. Pour se justifier, il se dit et se répète que c'est l'attitude la plus raisonnable à adopter. Parce que dans une guerre contre les souvenirs, la défaite est inéluctable. Parce que permettre à ce fantôme de s'incarner équivaut à remettre en cause un équilibre acquis au prix d'efforts considérables. À renier d'un seul coup toutes les valeurs auxquelles il croit.

« Ignazio ! »

Il s'immobilise.

Surtout ne te retourne pas.

Un bruit de pas.

Ne la regarde pas.

Il ferme les yeux. Cette voix…

« Ignazio. »

Un bruissement d'étoffe sur le pavé.

C'est fait. Elle est là, devant lui.

Les traits de son visage se sont affaissés, de petites rides se sont creusées autour de ses yeux bleus, sa bouche charnue semble s'être amincie et quelques fils d'argent sont apparus çà et là dans sa chevelure. En revanche, l'expression de son visage est toujours la même. Vive. Intense. Intelligente.

« Camille. »

Elle ouvre la bouche pour parler et la referme aussitôt.

« Je ne savais pas que tu étais là », reprend Ignazio.

Elle ne répond d'abord rien, soulève sa main gantée, reste un instant sans savoir quoi faire de ses doigts, serre son éventail si fort contre sa poitrine qu'il émet un grincement, et finit par murmurer : « Je te trouve en pleine forme.

– Vraiment ? » Il écarte les bras avec un sourire amer. « J'ai vieilli, j'ai grossi… Toi en revanche, tu n'as pas changé. »

La tête penchée sur le côté, elle ébauche ce demi-sourire dont Ignazio se souvient si bien, et qui le blesse. « Menteur, moi aussi j'ai vieilli. » Elle a prononcé ces mots sur un ton indulgent, comme si le passage du temps était un don qu'il fallait accepter avec gratitude. Elle avance d'un pas. Le bas de sa robe effleure le bout de ses chaussures.

« Je t'ai suivi à distance, tu sais ? J'ai lu les journaux… Et bien entendu, j'ai eu de tes nouvelles par Giuseppina. » Elle marque une pause. « J'ai su aussi pour ton fils. *Toutes mes condoléances**. »

Cette évocation de Vincenzino fait à Ignazio l'effet d'une gifle.

Il a une famille, il est marié. Alors pourquoi rester là, après plus de vingt ans, à parler avec *cette femme* ?

Parce que je l'ai aimée plus que tout au monde.

Ignazio recule d'un pas. Ce n'est pas assez pour l'empêcher de sentir le parfum de Camille, cette odeur d'œillet, fraîche et persistante, qu'il a toujours associée à elle.

Vertige. Chute libre dans le passé.

« Camille, que se passe-t-il ? » La matrone en robe bordeaux apparaît sous une arcade. Elle les regarde d'un air perplexe et s'approche à pas hésitants. « Je craignais que tu aies eu un malaise, je t'ai cherchée partout… »

Camille secoue la tête, rougit, remue les mains par saccades, et les plumes de son éventail s'agitent dans tous les sens.

Il sait qu'elle est en train de chercher une excuse. Même après tout ce temps, aucun de ses gestes n'a de secrets pour lui.

Un vague sourire aux lèvres, elle répond enfin : « J'ai retrouvé un vieil ami, et nous nous sommes mis à bavarder. Madame Brun, permettez-moi de vous présenter M. Florio, le frère de Giuseppina Merle. Monsieur Florio, permettez-moi de vous présenter Mme Brun, l'épouse de l'amiral Brun, un compagnon d'armes de mon mari. »

Ignazio s'incline et baise la main de la matrone.

Un vieil ami.

« Rentrons, voulez-vous ? propose Mme Brun en désignant la salle de bal. *Il fait tellement froid ici**. »

Alors seulement, Ignazio remarque que Camille frissonne. D'un mouvement machinal, il lui offre son bras et répond, d'une voix ferme : « Oui, rentrons. »

Après un court instant d'hésitation, le bras de Camille glisse sur la manche d'Ignazio et se referme autour de son coude, comme si c'était là sa place naturelle.

Ils entrent donc côte à côte dans la salle de bal. La chaleur y est étouffante, et l'air alourdi par des odeurs mêlées de transpiration, de fleurs et d'eaux de Cologne.

L'orchestre attaque une valse.

Ignazio serre le poignet de Camille et la regarde.

À la vue de ses yeux étincelants, il retrouve un besoin oublié de se sentir vivant, et le sentiment rassurant de n'avoir de comptes à rendre à personne.

« Viens.

– Mais…

– Viens. » Il n'y a rien à répliquer, le ton d'Ignazio est celui d'un homme habitué à être obéi.

Fascinée, confuse, Camille le suit, les yeux baissés.

Il enroule le bras droit sous les épaules de sa cavalière et lui saisit la main d'un geste sûr, laissant entre leurs corps une distance bienséante.

Camille lui sourit et murmure : « Je me suis trompée tout à l'heure. Tu as changé, c'est incontestable. À l'époque, tu n'aurais jamais osé.

– J'étais encore un tout jeune homme. » *Et d'une telle maladresse…*

« Tu n'avais pas autant de responsabilités que maintenant. On peut dire que tu as eu une vie bien remplie. Riche en satisfactions. Et tu as fait un beau mariage. » Il continue de conduire la danse et descend le bras jusqu'à sa taille. Leurs corps se reconnaissent et engagent un dialogue muet.

Camille reprend, en baissant les yeux : « Tu as vécu aussi des moments très difficiles, *n'est-ce pas** ? Et je ne... Je ne pouvais rien faire d'autre que t'écrire. Mais pour ton fils... je... je n'ai pas eu le courage. »

Une pensée traverse l'esprit d'Ignazio.

Sa dispute avec Giovanna.

Une bouffée de colère l'envahit et manque de le faire trébucher.

« Oui, j'ai reçu tes billets. Ils m'ont apporté beaucoup de réconfort. »

Il sent que la digue élevée contre les souvenirs commence à se fissurer, que le passé se superpose au présent. La moindre phrase, la moindre image, la moindre bribe des sentiments partagés avec cette femme est dotée d'une effroyable puissance destructrice.

Leurs bustes se rapprochent. Leurs corps se touchent.

« Ignazio, s'il te plaît. » Camille essaie d'échapper à son étreinte, mais il l'en empêche et plisse les yeux comme s'il souffrait. D'ailleurs, peut-être souffre-t-il vraiment, elle le sent, car elle éprouve la même tension, la même peur.

Il lui murmure à l'oreille : « Ne dis rien. »

Sous la jaquette et la chemise, dans le dos d'Ignazio, la sueur ruisselle à flots.

La valse touche à sa fin, les tournoiements s'accélèrent et Camille rejette la tête en arrière, tandis que sa robe tourbillonne autour de ses jambes. Elle a les yeux fermés et son visage exprime un abandon propre à d'autres circonstances, qu'Ignazio se rappelle bien et qui le font tressaillir.

Une larme, d'abord prisonnière des cils de Camille, coule ensuite le long de sa joue. Personne ne peut la voir. Personne sauf lui.

La musique se tait.

Serrés l'un contre l'autre, Camille et Ignazio se retrouvent au milieu de la foule des danseurs.

La rumeur des conversations les ramène à la réalité.

Leur peau et leurs mains brûlent. Leurs corps se séparent d'un mouvement nerveux. Mais pas leurs yeux. Non, pas leurs yeux.

Ignazio est le premier à reprendre ses esprits. « Viens. Je te ramène à Mme Brun. »

Il prend congé des deux femmes sur un baisemain très mondain. Puis il s'éloigne.

Camille ne parvient pas à détacher ses yeux de lui.

Je n'aurais jamais imaginé une telle différence entre Marseille et Palerme, pense Ignazio. Il s'est vite habitué à la poussière de la cité phocéenne, à son désordre chaotique, et il en apprécie surtout la modernité, la richesse, la vitalité. Un kaléidoscope de couleurs de peau et de langues s'y crée et s'y recrée en permanence, se déploie dans les rues et les ruelles, transforme le port et les quartiers voisins en un creuset cosmopolite. « Je trouve que la ville a beaucoup changé, ces dernières années. »

François renchérit sur la remarque de son beau-frère : « L'argent venu des colonies et la volonté de renouveau ont révolutionné le port. On parle même de l'agrandir encore, malgré la construction des nouveaux bassins. » Il pousse un soupir. « Cette ville possède tout ce qui manque à Palerme.

– C'est-à-dire l'envie et la force de changer. »

Avec ses hautes colonnes et sa façade inspirée de celles des temples grecs, la Bourse a quelque chose d'imposant ; elle occupe un emplacement stratégique à proximité de la Canebière, l'artère commerciale la plus importante de la ville.

Au siège de la compagnie, tout est parfaitement en ordre. Quelqu'un a peut-être aperçu don Florio à la réception de la veille. En tout cas, les bureaux sont d'une propreté impeccable et les employés présents au grand complet. Ignazio bavarde avec eux et explique au directeur, en quelques mots, les modifications des lignes maritimes consécutives à la fusion avec la société de Rubattino.

Une partie de ses pensées reste toutefois prisonnière du souvenir de ce qui s'est passé le soir précédent.

Pendant qu'il parle des nouvelles lignes que devront gérer les bureaux marseillais – par exemple à destination de l'Amérique –, François s'approche de lui et l'interrompt : « Je vais devoir vous quitter. On vient de m'apprendre qu'il y aurait des problèmes à la douane au sujet de bulletins de livraison mal remplis. » Un soupir sonore succède aussitôt à ses propos.

« Les bureaucraties sont toujours les mêmes, sous toutes les latitudes. Vas-y, je t'en prie. »

Malgré le geste d'encouragement d'Ignazio, François lève les yeux au ciel. « Heureusement que je n'ai pas à aller très loin. Je te laisse la voiture, comme ça, tu peux rentrer à la maison si tu veux.

– Je te la renvoie dès que j'ai terminé.

– Prends ton temps. De toute façon, j'ai l'impression que ma journée sera riche en embêtements. »

Ignazio regarde son beau-frère s'éloigner à pas nerveux. Lui reste là pour discuter avec les employés, s'informer de leurs noms, écouter ce qu'ils ont à lui dire. Il fait même apporter d'une *pâtisserie** voisine des gâteaux et des liqueurs, car il sait que cela aide les langues à se délier.

Il quitte les bureaux quelques minutes après midi, accompagné de salutations chaleureuses et de grands sourires. Pour la première fois depuis bien longtemps, il peut disposer à sa guise de tout le reste de sa journée. Et cela suffit à lui donner une étrange sensation d'embarras. Autour de lui, c'est un va-et-vient ininterrompu de bicyclettes, de chevaux, de voitures, de messieurs à chapeau melon noir, de bonnes qu'on a envoyées faire les courses, de dames élégantes protégées du soleil par des ombrelles. Tout le monde semble avoir quelque chose à faire, un lieu à rejoindre…

Et moi ? Où pourrais-je bien aller ? Il se souvient que François lui a parlé en termes enthousiastes du Café turc, sur la Canebière, de sa fontaine monumentale et de ses miroirs où se reflètent les clients. Sinon, une promenade au port…

Ou bien aller chez elle.

Il secoue la tête et se parle à lui-même à haute voix : « Non, pas de bêtises. » Il avance de quelques pas, s'immobilise, revient en arrière, porte une main à sa bouche.

Un passant jette sur lui un regard perplexe.

Ça suffit.

Dans la voiture qui le ramène à la maison, il a les mains croisées sur les jambes et ses yeux regardent la ville sans la voir. Trêve d'extravagances. Giuseppina sera heureuse de passer un après-midi entier en sa compagnie.

Mais à peine descendu de voiture, il demande au cocher s'il connaît l'adresse de Louise Brun et Camille Clermont ; il s'enquiert ensuite du nom du fleuriste de confiance de sa sœur, laissant ainsi entendre qu'il souhaite envoyer des fleurs à ces dames. Le cocher – un homme maigre au visage labouré de cicatrices profondes – lui répond qu'il sait en effet où elles habitent, puisque ce sont des amies de sa maîtresse. Et après lui avoir donné leurs adresses, il ajoute qu'il y a justement, tout près de là, un des fleuristes les mieux approvisionnés de Marseille… « Si Monsieur désire que je l'y conduise… »

Ignazio décline son offre, lui répond qu'il préfère s'y rendre à pied et lui donne une pièce de monnaie en guise de pourboire.

La voiture repart pour passer chercher François. Pendant quelques secondes, on entend l'écho du frottement des roues sur le pavé.

Ignazio lève les yeux vers l'étage où loge Giuseppina. Les volets sont tirés, peut-être pour protéger les pièces du soleil. Et il n'y a personne aux fenêtres.

Il s'approche de la porte cochère. Tend la main vers la sonnette.

La retire.

S'éloigne.

En dépit de sa connaissance encore approximative de la ville, il sait comment rejoindre la Canebière. Il y monte dans un fiacre en donnant l'adresse de Camille.

La famille Clermont habite dans une petite rue tranquille, non loin du fort Ganteaume, dans un quartier de petites villas blanches à deux ou trois étages qui scintillent au soleil. Au nombre élevé d'hommes en uniforme et de drapeaux arborés aux fenêtres, Ignazio comprend qu'il s'agit d'un quartier où résident des familles de militaires.

Le fiacre le dépose et repart dans un bruit de ferraille.

Il s'approche de la porte, tiraillé par des émotions contradictoires : une partie de lui-même espère que Camille n'est pas chez elle, tandis que l'autre lui demande à cor et à cri pourquoi il est venu. Pour la deuxième fois en deux jours, il est en train de transgresser la règle de conduite de son père, *sa* règle de conduite : toujours écouter sa tête et ne jamais écouter son cœur.

Il frappe à la porte, recule d'un pas, attend.

J'ai encore le temps de m'en aller. Mais voilà qu'une femme de chambre âgée en tablier gris ouvre la porte.

« Mme Clermont est-elle visible ? » demande Ignazio, son chapeau à la main.

Une voix de femme retentit à l'étage. Une voix joyeuse, accompagnée d'un rire de gorge. Quelqu'un descend l'escalier.

« *Que se passe-t-il, Agnès* ? »

Camille apparaît en bas des marches, vêtue d'une tenue d'intérieur à fleurs et les cheveux à moitié défaits sur les épaules ; elle a été surprise au moment où elle finissait de se coiffer.

Quand elle reconnaît Ignazio, son sourire se fige avant de disparaître peu à peu.

Il baisse les yeux sur le seuil de la porte, où un chien sculpté en bas-relief semble prêt à lui mordre les chevilles. « *Pardonne-moi d'être venu sans prévenir**. »

Il a parlé à voix basse, d'un air presque penaud. Camille secoue la tête et se passe une main devant les lèvres.

La femme de chambre, gênée, les observe l'un et l'autre.

Ignazio fait un pas en arrière et marmonne, très embarrassé : « Excuse-moi. Je vois que tu es occupée. Passe une bonne journée. » Puis il se détourne et remet son chapeau.

Camille descend en toute hâte les dernières marches, l'attrape par le bras et le retient. « C'est juste que je ne m'attendais pas à ta visite… Allez, entre. »

La domestique s'efface pour le laisser passer, écoute les instructions que sa maîtresse lui donne à voix basse et s'éloigne d'un pas rapide.

« Viens, allons nous asseoir au salon. »

La pièce est lumineuse, meublée de divans en velours sombre et décorée d'estampes reproduisant des natures mortes et des marines. On note aussi la présence de quelques objets exotiques, sans doute rapportés par le maître de maison à l'occasion de ses voyages : une défense en ivoire ciselé, une statuette égyptienne, des coffrets en bois incrustés de nacre et de perles, des cuivres de facture arabe. Pendant qu'Ignazio s'attarde à les observer, la domestique vient déposer une cafetière, deux tasses, un sucrier et une assiette de biscuits sur une table basse en acajou.

« *Merci, Agnès**, lui dit Camille. Va chez ta fille, si tu veux. Je t'attends ici en fin de journée. »

Agnès se retire après avoir esquissé une révérence. Camille explique alors à Ignazio : « Sa fille a mis au monde un bébé la nuit dernière et elle a besoin de son aide. Il semblerait que l'accouchement ait été laborieux. » Un voile de tristesse et d'amertume assombrit son visage. « Elle est toute seule, la pauvre. Son mari navigue en mer, et Dieu sait quand il sera de retour. » Elle marque un temps. « Il est en service sur l'*Algésiras*, avec mon mari. »

Elle s'assied, verse le café dans les tasses, prend une cuillerée dans le sucrier, relève la tête et demande : « Deux, n'est-ce pas ? »

Ignazio, debout devant la fenêtre, hoche la tête.

Il vient ensuite s'asseoir à côté de Camille et l'observe. Dans la lumière tamisée par les rideaux, sa chevelure scintille de reflets roux.

Ils boivent leur café en silence, sans se regarder.

Camille dépose sa tasse sur une soucoupe et lève les yeux. « Pourquoi es-tu venu ? »

Sa voix est d'une dureté qu'Ignazio ne connaît pas et qui le déstabilise, d'une sévérité qui le met sur ses gardes. *Elle cherche à se défendre. Contre moi ? Contre le passé ?*

« Pour te parler. » Il est facile, avec elle, d'être sincère ; de toute façon, elle lit en lui comme dans un livre ouvert. Et il fut un temps où, réciproquement, il savait déchiffrer sans difficulté ses états d'âme à elle, qui s'est toujours montrée d'une franchise et d'une loyauté absolues envers lui.

Oui, mais maintenant ?

Ils s'étaient séparés quand Ignazio lui avait avoué qu'il n'avait pas le courage d'imposer un changement radical à son existence, de décevoir les attentes de son père. Il était l'héritier de la Maison Florio. Rien ni personne ne pouvait changer son destin. Et le choix d'une épouse dans un milieu aristocratique n'était que la conséquence, inévitable, de cette situation. *Toujours écouter sa tête et ne jamais écouter son cœur.*

Après leur rupture, Ignazio avait longtemps refusé d'ouvrir ses lettres ou même de prendre de ses nouvelles. Tels des poids invisibles, ses succès en affaires, son pouvoir et sa richesse avaient relégué au tréfonds de son âme la douleur et la honte qu'il avait éprouvées à la pensée d'avoir leurré cette femme tant aimée, d'avoir renoncé à une autre vie. De temps en temps, des souvenirs remontaient à la surface de sa conscience, et il allait presque jusqu'à leur être reconnaissant de la souffrance qu'ils lui infligeaient. Car son chagrin s'unissait à une sensation d'une extrême douceur, jamais anéantie en totalité, et au plaisir subtil de garder un secret : ces réminiscences et cette vie vécue en imagination n'appartenaient qu'à lui.

Oui, mais Camille ? Que lui était-il arrivé, à elle ?

Il n'en savait rien. Il avait *décidé* de n'en rien savoir. Elle était allée de l'avant, envers et contre tout. Avait-elle été heureuse pour autant ? Avait-elle vécu une vie épanouissante ? Routinière ? Lui avait eu son travail, fardeau et bénédiction à la fois. Mais elle ?

« Je suis tout à fait conscient que j'aurais mieux fait de ne pas venir, que je t'expose à des commérages. Seulement voilà, aujourd'hui…

– Quoi, aujourd'hui ? » Elle repose sa tasse sur la table et le regarde droit dans les yeux. « Que veux-tu de moi, Ignazio ? »

L'image d'une Camille pleurant après son départ est détruite par ce regard farouche et ce ton acerbe. Ignazio ne parvient pas à trouver ses mots. Derrière toutes ces récriminations, il y a quelque chose qui met son instinct sur le qui-vive. *De la rancœur, certes. Mais aussi du désir, peut-être ?* Soudain, il se rend compte qu'il est devenu incapable d'interpréter les réactions de Camille, que la femme assise à côté de lui est très différente de celle qui l'avait supplié de ne pas la quitter. Et que sa métamorphose ne résulte pas uniquement du passage du temps.

Certaines erreurs sont sans remède. Elles dressent des murs infranchissables entre présent et passé.

Ignazio balbutie. Il vient tout juste de se rendre compte du véritable motif de sa visite. « Je suis venu pour… te demander pardon… de ce qui s'est passé… autrefois.

– De ce qui s'est passé *par ta faute.* » Le bleu des yeux de Camille s'assombrit. « Tu en es le seul et unique responsable. »

D'une main tremblante, Ignazio pose à son tour sa tasse de café sur la table ; une goutte gicle sur la soucoupe. Puis il se sent piqué au vif et réplique : « J'aurais pu faire un autre choix, je te l'accorde. Mais j'avais, et j'ai toujours, de lourdes responsabilités. Envers mon père, à l'époque. Et aujourd'hui, envers ma famille. »

Camille se lève et se dirige vers la fenêtre, les mains croisées devant la poitrine. « Tu sais quoi ? Hier soir, j'ai compris une chose. » Son débit devient de plus en plus saccadé et sa voix finit par se fêler. « Tu as toujours fait passer le pouvoir avant tout le reste, Ignazio. Le pouvoir et le prestige social. Tu n'as pas choisi entre le bonheur de tes parents et le nôtre, tu as donné la priorité à ta petite personne. » Elle écarte une mèche de cheveux qui lui est tombée sur le front. « Je t'ai bien observé : l'assurance de tes gestes, ta façon de parler… Et alors j'ai eu une illumination : il n'y a aucune différence entre l'adolescent d'autrefois et l'homme d'aujourd'hui. J'ai été idiote, à l'époque, de penser le contraire, de croire que tu avais besoin de moi, besoin d'être aimé pour ce que tu étais et non pas pour ce que tu représentais. Tu n'as jamais eu besoin que de la Maison Florio. »

Ignazio ressent une douleur soudaine au bas des côtes. Comme l'onde de choc d'un sentiment d'injustice. *Non. Pas elle. Elle n'a pas le droit de me dire ça.*

Il secoue la tête de plus en plus frénétiquement. « C'est faux ! Sacré nom de... C'est faux ! » Il se lève et saisit les poignets de Camille. Mais il résiste à la tentation de la secouer de toutes ses forces : elle semble si épouvantée... Alors, il lâche ses poignets et se met à arpenter la pièce sans cesser de se passer la main dans les cheveux. « Je n'avais pas le choix, je ne pouvais pas faire autrement. Tu sais qui je suis ? Ce que je représente, en Sicile, en Italie ? Pour mes employés ? Tu as une idée de la renommée des Florio ? C'est mon père qui a créé notre Maison, d'accord, mais c'est moi qui en ai fait un empire, moi. »

Elle le laisse donner libre cours à sa véhémence, puis elle lui prend la main et la pose sur sa propre joue. Son visage est empreint d'une telle tristesse que la colère d'Ignazio retombe d'un seul coup. « Tu as *refusé* de choisir. Mais à quel prix, *mon amour** ? »

À quel prix.

Il a subitement l'impression de se noyer et de voir sa vie défiler sous ses yeux.

Son père qui l'emmène au bureau. Les ouvriers de l'Oretea qui l'écoutent. Sa première rencontre avec Giovanna ; elle n'est pas belle, elle n'est pas riche, mais elle est intelligente, énergique, et surtout elle est noble, c'est exactement ce que son père et lui voulaient. Ses enfants qui grandissent dans une demeure digne d'un roi. Son influence politique, les ministres qui se vantent de compter parmi ses amis. Les peintres et les artistes qui fréquentent l'Oretea.

Les bateaux. L'argent. Le pouvoir.

Mais en cet instant, tout n'est plus qu'obscurité autour de lui. La lumière des lustres en cristal et les scintillements de l'argenterie se sont éteints ; il ne reste plus que le reflet d'Ignazio dans un miroir déformant, l'image de sa solitude. Car il sait qu'il ne possède que de l'argent, des objets, des employés.

Posséder. En réalité, rien n'est vraiment à lui, rien ne lui appartient. Hormis le souvenir de Camille.

Elle lui prend les mains et entrelace ses doigts aux siens. « Il n'y a rien à ajouter, Ignazio. Je suis contente que tu sois en bonne santé, riche et puissant, puisque c'est ce que tu as toujours voulu. Mais il ne reste plus rien de notre couple. »

Ignazio baisse les yeux sur leurs mains unies et réplique d'une voix rauque : « Non, tu te trompes. Si j'ai réussi à aller de l'avant, c'est grâce à toi… à ton souvenir. Au souvenir de ce que nous avons été. » Il relève la tête, cherche son regard ; il est sans défense, à sa merci. « J'ai cru que cela pourrait me suffire pour une vie entière. J'ai eu tort. Et je te demande pardon pour tout le mal que je t'ai fait. Hier soir, tu as vu l'homme que je suis devenu. Moi, je vois à présent la femme que tu n'as jamais cessé d'être : une femme forte, courageuse. Et capable de me pardonner.

– Non, je ne te pardonnerai jamais.

– Pourquoi ? »

Elle lui lance un regard glacial. « Tu sais bien que ce n'est pas possible. »

Incapable de trouver la moindre réponse, Ignazio la fixe. Il les a condamnés tous deux à la solitude. La sienne est faite d'or et de prestige. Mais qu'en est-il de celle de Camille ? À nouveau cette question angoissante, ce sentiment de culpabilité qui ne connaît plus ni retenue ni barrières. Il parvient enfin à balbutier : « Et… toi… comment as-tu fait pour aller de l'avant ? »

Elle a un sourire amer. « J'ai survécu tant bien que mal. Après ce qui s'est passé, malgré plusieurs mois de convalescence, je ne me suis jamais tout à fait rétablie. Deux ans après, quand j'ai rencontré Maurice, mon futur mari, je n'étais plus que la moitié d'une femme. »

Ignazio recule d'un pas. *Une convalescence ?*

Il lui demande des explications, à voix basse, sans lâcher ses mains. Un tremblement intérieur s'empare de lui. Il ne sait pas, il ne comprend pas, et une telle sensation ne lui est pas familière.

Camille incline la tête. Les traces des années passées affleurent sur son visage. Elle dit dans un souffle : « Après ma fausse couche…

– Ta… fausse couche ? » Ignazio libère ses bras ; il a l'impression d'avoir reçu une gifle. « Tu étais… »

Soudain devenue très pâle, Camille retourne s'asseoir et cache son visage dans ses mains. « Je t'ai écrit, je t'ai tout raconté. Tu ne m'as jamais répondu. J'ai d'abord pensé que tu ne voulais pas. Ensuite, je me suis dit que quelqu'un, par exemple ton père, avait peut-être intercepté mes lettres… »

Les lettres.

Ces maudites lettres. Celles qu'il n'avait pas eu le courage d'ouvrir parce qu'il ne voulait plus souffrir, parce qu'il craignait ses récriminations, parce que tout était fini et qu'il n'y avait plus aucun sens à verser des larmes inutiles. À piler de l'eau dans un mortier…

Ses jambes flageolantes l'obligent à se rasseoir. La nouvelle qu'il vient d'apprendre réduit en cendres le souvenir de leurs corps unis, complices, de son sourire amoureux. Il aurait pu avoir un enfant d'elle, il aurait pu…

« J'ai compris que j'étais enceinte quelques jours avant de le perdre. À peine le temps de me rendre compte, et tout était déjà terminé. Je ne sais pas pourquoi c'est arrivé. Le chagrin ? Le destin ? Qui sait… Quand l'hémorragie a commencé, j'étais à la campagne, loin de Marseille, je n'ai rien pu faire. » Elle parle tout bas, sans le regarder, puis esquisse une grimace, une sorte de sourire amer. « C'est déjà beaucoup que j'aie survécu. » Elle se lève et vient se placer devant Ignazio. « Plus tard, on m'a expliqué qu'une autre grossesse me serait fatale. Voilà ce que tu m'as fait. »

Il n'a pas la force de relever la tête. Alors, elle glisse deux doigts sous son menton et pousse vers le haut, comme autrefois quand elle voulait l'embrasser. « Tu m'as tout pris.

– Je ne savais pas… co… comment aurais-je pu ? Je… » La respiration d'Ignazio devient difficile. Il perçoit confusément l'odeur du café refroidi dans les tasses et le parfum de Camille, qui, tout à coup, lui paraissent écœurants. « Je ne voulais pas repenser à ce qui s'était passé entre nous, et je n'ai jamais ouvert tes lettres. Je les ai gardées, ça oui, mais je ne les ai jamais ouvertes. Moi aussi j'ai souffert, quand je t'ai quittée. » *Mais ma douleur me semble maintenant si insignifiante, si dérisoire. Et mes tentatives de justification si grotesques…*

Elle secoue la tête. On croirait presque qu'une nuance d'indulgence adoucit ses traits. Mais Ignazio s'aperçoit vite que c'est de l'amertume. Une immense déception.

« Peu importe, au point où nous en sommes. Je ne pense pas que tu serais revenu en arrière, même si tu avais su. Tes aveux me confirment ce que je soupçonnais depuis longtemps. » Elle recule. « Tu es un lâche. »

Ignazio, effaré, se prend la tête entre les mains.

Rien. Il n'existe plus rien de ce qu'il avait gardé dans sa mémoire. Sa vie secrète, imaginée, rêvée, désirée, n'est plus qu'un amoncellement d'os brûlés recouverts de chaux vive.

Ignazio relève la tête et se remet debout, désormais vaincu, impuissant et rongé par la culpabilité ; la nausée lui monte à la gorge et sa poitrine lui fait mal. Il a l'impression que la lumière a diminué, que les couleurs ont perdu de leur éclat, même Camille semble avoir vieilli en quelques minutes.

Il voudrait lui dire qu'il l'a aimée comme on aime les rêves impossibles. Sauver au moins une bribe de ses illusions.

« Pardonne-moi. Je… »

Elle l'interrompt en lui posant un doigt sur les lèvres, et lui caresse ensuite le visage d'un geste dont la douceur a quelque chose d'à la fois intime et féroce. « Toi. Encore toi. Toujours toi. » Elle retire sa main, s'éloigne et lui désigne la porte. « Va-t'en, Ignazio. »

Il serait incapable de dire combien de temps il a marché après avoir été chassé par Camille. Et il se retrouve soudain devant une multitude de mâts et de cheminées, de voiles hissées et de chariots remplis de marchandises.

Le Vieux-Port.

Ignazio regarde autour de lui comme s'il venait à peine de se réveiller.

Il tâte l'anneau en or de son père, sous son alliance, et pense à tout ce qu'il représente, à tout ce qu'il a signifié pour lui. L'envie lui vient de s'en défaire, de le jeter à l'eau, de ne plus sentir son étreinte autour de son doigt. De renoncer à tout.

Il ne bouge pas. Cet anneau est un morceau d'histoire de sa famille. Le signe d'un choix, au même titre que son alliance.

Il reprend donc le chemin de la villa de François et Giuseppina. Tout cela a assez duré, il doit s'en aller, retourner à Palerme.

Je suis Ignazio Florio. Je ne peux ni revenir sur le passé ni changer mon destin. D'ailleurs, les dieux eux-mêmes n'ont pas ce pouvoir. Il s'est trompé, il a perdu, et maintenant il faut payer. Y compris les intérêts.

Il ne pense pas plus à Giovanna qu'à ses enfants.

Un autre enfant ? Une autre vie ? Un autre sort ?

L'esprit perdu dans ses interrogations, il arrive chez les Merle.

Giuseppina lui ouvre la porte, l'embrasse et fronce les sourcils. « Il est très tard. Tout s'est bien passé, place de la Bourse ? »

Les événements des dernières heures lui semblent déjà relégués dans un passé lointain. « Oui, oui. François est rentré ? J'ai cru comprendre qu'il avait quelques problèmes à régler. »

Sa sœur hausse les épaules : il n'y avait rien de grave. Lui, en revanche, semble profondément troublé. Elle a la tentation de lui demander pourquoi, mais elle se retient et l'invite à la suivre, dans l'espoir qu'il prendra l'initiative de se confier.

Dans le petit salon, elle trie des lettres posées sur une table et lui en remet quelques-unes. « Elles sont arrivées ce matin de Palerme, en même temps qu'un télégramme de Laganà. »

Ignazio les prend.

Une des lettres est de Giovanna, et une autre de Giulia.

Il s'affale dans un fauteuil et les décachette.

Sa femme lui parle surtout de la maison et des enfants. Ignazziddu est devenu de plus en plus obéissant et s'est beaucoup assagi. Ils ont séjourné quelque temps à la villa ai Colli, où l'air est plus frais ; et ils y ont reçu la visite, entre autres, d'Antonino Leto, d'Almeyda et de son épouse. C'est une période assez calme, mais sans Ignazio, la maison paraît vide. *J'espère que tu rentreras bientôt.* Cette formule pudique et détachée dissimule mal les sentiments intimes de Giovanna, l'amour caché qu'elle continue d'offrir à son mari sans rien attendre en échange.

Ignazio sent sa gorge se serrer.

Il lit ensuite la lettre de Giulia, sa *toute petite*.

D'une écriture encore infantile, elle lui écrit qu'elle aimerait lui montrer comme elle dessine bien maintenant ; et de fait, au verso de la feuille, elle a tracé au crayon une esquisse représentant un des caniches de l'Olivuzza. Elle ajoute que maman et donna Ciccia essaient de lui apprendre à broder, mais sans grand résultat pour le moment. Elle préfère accompagner Antonino Leto et le regarder travailler, quand il va peindre dans le parc. Enfin, elle conclut en lui disant qu'il manque beaucoup à maman. *Et moi aussi, je suis très impatiente que tu reviennes.*

C'est la lettre d'une petite fille à son père qu'elle adore, et qu'elle n'a pas vu depuis des semaines.

Un cataclysme silencieux se déchaîne en lui.

Il sent le poids du regard de sa sœur, qui lui demande : « Alors, les nouvelles sont bonnes ? »

Après avoir avalé sa salive, il fait signe que oui et secoue la tête comme au sortir d'un rêve. « Je prendrai le bateau la semaine prochaine pour rentrer à la maison. J'ai été absent trop longtemps. Ma famille a besoin de moi. »

Les lèvres pincées, Giuseppina soupire : « C'est juste. »

UN OLIVIER

décembre 1883 - novembre 1891

Cu di coria ma, di luntano vidi.
« Ceux qui aiment vraiment regardent loin. »

PROVERBE SICILIEN

Le 18 octobre 1882, lors d'un banquet offert à ses électeurs de la circonscription de Stradella, le président du Conseil, Agostino Depretis, relance la politique de « transformisme » qu'il avait lui-même définie huit ans plus tôt dans un autre discours, lui aussi prononcé à Stradella. L'antagonisme frontal entre la gauche et la droite s'efface dès lors au profit de ce que l'historien Arturo Colombo a défini comme « l'absorption par la majorité, aussi prudente qu'habile, d'idées et d'hommes venus de l'opposition ». Le succès de cette stratégie se confirme dès les élections au « suffrage élargi » (2 millions de titulaires du droit de vote sur plus de 29 millions d'habitants), le 29 octobre de la même année : Depretis en sort largement vainqueur et 173 députés « ministériels », c'est-à-dire non rattachables formellement à tel ou tel parti, sont élus à la Chambre. Dans la vie politique italienne, c'est le début d'une longue période où les prises de position sur des fondements idéologiques laissent la place à la recherche, au coup par coup, de convergences issues d'intérêts partagés, de faveurs et de concessions réciproques.

Le 20 mai 1882, afin de sortir de son isolement diplomatique et d'effacer l'humiliation de la « gifle de Tunis » (l'occupation française de la Tunisie, objet des convoitises coloniales de la Péninsule), le royaume d'Italie avait conclu un traité de défense mutuelle avec l'Allemagne et l'Autriche (Triple Alliance). Les visées expansionnistes du pays s'orientent alors vers l'Érythrée, d'abord avec l'annexion de la baie d'Assab (1882), puis avec l'occupation de Massaoua ; elles connaissent cependant un coup d'arrêt avec la défaite de Dogali (26 janvier 1887). À la mort d'Agostino Depretis (29 juillet 1887), le nouveau président du Conseil, Francesco Crispi, ne fait pas mystère de ses ambitions impérialistes ; au printemps 1889, l'armée italienne reprend sa marche vers Asmara. Le négus Menelik II signe alors le traité de Wouchalé (2 mai 1889), qui définit l'Italie comme « État protecteur » de l'Abyssinie. Dès le 1er janvier 1890, des documents officiels italiens parlent toutefois de l'Érythrée comme d'une « colonie ». Dans une lettre adressée à Humbert Ier, Menelik conteste cette interprétation tendancieuse du traité de Wouchalé. Il en découle un scandale international qui oblige Crispi à présenter sa démission.

L'adhésion de l'Italie à la Triple Alliance envenime par ailleurs ses relations avec la France, qui reste pourtant son principal partenaire commercial. Au plus fort de la « grande dépression », le gouvernement italien renonce à la politique de libre-échange adoptée dès l'époque de la Droite historique ; en 1887, il procède à une très forte augmentation des taxes douanières appliquées aux produits importés, visant ainsi à protéger ses industries textile, sidérurgique et navale. Une véritable guerre tarifaire éclate alors entre les deux pays ; l'Italie du Sud, qui souffre d'une diminution drastique de ses exportations vers la France de vin, d'agrumes et d'huile, est la grande perdante de ce conflit.

Le 15 mai 1891, Léon XIII promulgue l'encyclique Rerum novarum. *Il y aborde la « question ouvrière » et affirme notamment qu'« il faut, par des mesures promptes et efficaces, venir en aide aux hommes des classes inférieures, attendu qu'ils sont pour la plupart dans une situation d'infortune et de misère imméritées ». Renvoyant dos à dos le libéralisme et le socialisme, l'encyclique insiste avant tout sur l'esprit de charité qui doit animer l'Église, ainsi que sur la légitimité de son intervention dans le domaine social.*

Pour les Égyptiens, c'était un don de la déesse Isis. Pour les Hébreux, un symbole de renaissance. Pour les Grecs, l'arbre d'Athéna, déesse de la sagesse. Pour les Romains, l'arbre à l'ombre duquel étaient nés Romulus et Rémus.

L'olivier a un tronc noueux, une odeur pénétrante et des feuilles d'un vert argenté qui étincellent au soleil. Son bois doré et chaud, qui résiste bien aux parasites, se prête facilement à la marqueterie et à la sculpture ; et c'est aussi le matériau des meubles destinés à durer, à préserver des objets et des souvenirs précieux.

Mieux encore.

Si l'on brûle un olivier ou qu'on en scie le tronc, il paraîtra mort pendant longtemps, voire des années ; mais tôt ou tard, une jeune pousse tenace surgira du sol pour le ramener à la vie.

Pour détruire un olivier, il faut le déraciner, creuser le sol et supprimer jusqu'à son plus petit reste.

Voilà pourquoi il symbolise, entre autres, l'immortalité.

Avec les agrumes, les oliviers sont les arbres les plus répandus dans la campagne sicilienne. Tous les jardins, tous les potagers en possèdent au moins un. En 827, au moment de la conquête de l'île par les Arabes, certains n'étaient que des arbustes ; mais ils étaient encore là à l'été 1038, lors du débarquement des Normands ; en 1282, lors de la révolte des « Vêpres siciliennes » contre la maison d'Anjou ; en 1516, à l'arrivée des Espagnols ; et en 1860, quand l'expédition des Mille dirigée par Garibaldi a atteint Marsala.

Ce sont des créatures antiques, humbles, monumentales et sacrées.

Un seul olivier se dresse de nos jours à l'entrée de l'Olivuzza. Il semble abandonné à lui-même et prisonnier d'un large vase en ciment humiliant, tandis que ses branches se déploient en direction du parking de la copropriété.

Il est le dernier témoin, muet, d'une histoire aussi merveilleuse que terrible.

Nous sommes en décembre 1883 quand Ignazio rencontre Abele Damiani dans les couloirs du Sénat. Originaire de Marsala, ancien garibaldien, Damiani est un homme de son temps à tous les points de vue, à commencer par ses grandes moustaches en guidon et ses sourcils broussailleux.

« Monsieur le sénateur ! Vous m'autorisez à vous appeler comme ça ? »

À cette question, Ignazio écarte les bras et laisse échapper un sonore éclat de rire.

Le marbre du plancher reflète l'accolade entre les deux hommes et les tapisseries épaisses étouffent le son de leurs voix.

« Vous pouvez m'appeler comme vous voulez, monsieur Damiani.

– Alors ce sera *don Ignazio*, même si nous sommes sur le continent. Ou plutôt au cœur du royaume d'Italie », répond l'autre sans cesser de rire.

Jadis propriété de la famille de Médicis, le palais Madame est, depuis 1871, le siège de la chambre haute du Parlement, et ce malgré les multiples démarches de Francesco Crispi en vue d'une réunion sous le même toit de la Chambre des députés et du Sénat, au nom d'une logique de limitation des dépenses publiques. La décision a été prise par une commission qui, au terme de débats interminables, a porté son choix sur un bâtiment portant le même nom que celui qui abritait, à Turin, le premier Sénat du royaume unifié. Quant au reste, rien n'a changé. Les membres de cette assemblée ne sont toujours pas élus au suffrage universel, et ils se répartissent en trois grandes catégories : les princes de la maison de Savoie âgés de plus de vingt et un ans ; des hommes nommés à vie par le roi, âgés de plus de quarante ans et appartenant à l'une des catégories mentionnées à l'article 33 du Statut albertin (ministres et ambassadeurs, officiers « de terre et de mer », avocats de l'État et magistrats) ; et enfin des « personnes qui, depuis trois ans, sont assujetties à une imposition directe de trois mille lires[1] ou plus en raison de leur patrimoine ou de leur activité ».

Par exemple Ignazio Florio.

Damiani recule d'un pas, l'observe et reprend : « Plaisanterie à part, tous mes compliments, don Ignazio. Nous avons enfin un parlementaire qui connaît l'économie de ce pays ! »

Ignazio, qui aura bientôt quarante-cinq ans, arbore comme toujours une expression dont il semble impossible d'ébranler la sérénité.

D'une voix plus basse, et tout en tripotant la chaîne en or de sa montre, Damiani l'interroge : « Puis-je me permettre de vous demander où vous allez ? »

---

1. Soit 13 500 euros. Ce plafond peut paraître relativement bas aujourd'hui, mais il était très élevé à l'époque. (N.d.A.)

Les huissiers et les garçons de courses qui passent à côté de ces deux messieurs ne leur accordent qu'une attention distraite. Les Siciliens sont nombreux au palais Madame, et plus personne ne s'étonne de les entendre parler dans leur drôle de dialecte.

« Chez Crispi, répond Ignazio en désignant du menton les pièces situées au fond du couloir.

– J'en sors justement, et si vous le voulez bien, je vous accompagne. » Tandis que Damiani et don Florio s'y dirigent côte à côte à pas lents, le premier chuchote à l'oreille du second : « Il est très agité à cause de cette histoire avec Magliani, et il en veut à Depretis de l'avoir nommé ministre des Finances, *cet homme qui a l'air d'avoir avalé son parapluie.* Non seulement il refusera de rendre des comptes sur quoi que ce soit, mais il ne transmettra aucun document au Parlement, croyez-moi.

– Depretis a fait un mauvais choix, murmure Ignazio. Du menu fretin, ce Magliani.

– Oh que non. Ici, il n'y a que des requins. » Sur ces mots, Damiani frappe à une porte.

« Entrez ! » répond une voix de stentor où perce un certain agacement.

Ignazio pénètre dans la pièce, suivi de Damiani.

Crispi est assis à son bureau et plongé dans la lecture d'un document ; il ne daigne même pas lever les yeux sur ses visiteurs. Éclairées par la lumière froide de ce mois de décembre, ses moustaches semblent à Ignazio plus grises et plus hirsutes que dans son souvenir. Autour de lui, un enchevêtrement chaotique de dossiers divers, de crayons noirs et de plumes trempées dans l'encre, de brouillons de lettres, de papiers froissés.

« Tous ces gens n'ont pas intérêt à essayer d'imposer leurs idées bizarres, marmonne l'homme d'État. Ils seront bien obligés de nous fournir le projet de budget avant la séance, ce serait quand même un comble que…

– Maître Crispi ! Quel plaisir de vous retrouver toujours aussi pugnace ! »

L'interpellé sursaute et s'écrie : « Don Florio ! Déjà parmi nous ? »

Son secrétaire s'efface respectueusement pour laisser passer Ignazio. Viennent ensuite des poignées de mains et des phrases prononcées à voix très basse. Car Ignazio l'a bien vite appris : ici, les murs ont des oreilles.

Damiani s'attarde un instant ; mais lorsqu'il remarque que la conversation retombe, il comprend et déclare avec un petit sourire : « Bien, bien. Messieurs, veuillez me permettre de me retirer. Don Ignazio, je reste à l'entière disposition de Votre Seigneurie, comme toujours. » Il sort en laissant la porte ouverte. Le secrétaire fait mine de ne pas avoir saisi le sens de cette invitation implicite à l'imiter et préfère attendre un ordre de son supérieur, qui lui jette un regard courroucé et lui lance, en accompagnant son propos d'un geste éloquent : « Nous continuerons plus tard, Fabrizio. »

Le secrétaire range des papiers dans une serviette en cuir et s'enquiert : « Souhaitez-vous que je vous fasse servir des liqueurs, monsieur le sénateur ?

– Non, je vous remercie. »

Une fois la porte fermée, Francesco Crispi et Ignazio Florio sont enfin seuls. Pendant un court instant, Ignazio revoit cet homme tel qu'il l'a connu à Palerme, aussitôt après le débarquement de Garibaldi en Sicile, et ne le trouve pas très changé. Il en a pourtant fait du chemin, depuis tout ce temps : député, président de la Chambre, ministre de l'Intérieur, chargé de missions diplomatiques apprécié à Londres, Paris, Berlin… Et, en dépit de toutes ces fonctions, fidèle avocat de la Maison Florio.

À l'époque de leur rencontre, c'était un combattant ; aujourd'hui, c'est un homme d'État.

D'ailleurs, il a peut-être toujours été les deux à la fois.

Crispi fait signe à Ignazio de s'asseoir, prend place dans un fauteuil de cuir en face de lui, lui offre un cigare en silence et lui demande, un sourire au coin des yeux : « Eh bien, quelles nouvelles, monsieur le sénateur ? »

Ignazio laisse la fumée de son cigare lui envahir la gorge avant de la souffler par la bouche, puis il répond, sur le même ton que Crispi et la tête à peine baissée : « Je n'oublie pas que je vous dois ce titre, et je vous en remercie. »

L'avocat aspire une bouffée de tabac et croise les mains sur ses genoux. « C'était votre désir, et il aurait été de toute façon impensable qu'un homme de votre trempe ne devienne pas sénateur. Avec toutes les entreprises que vous possédez et tous les impôts que vous payez…

– Je ne suis pas le genre d'industriel qui plaît à Depretis, vous le savez aussi bien que moi. Du reste, il suffit de lire *La Perseveranza* pour s'en rendre compte.

– Ce journal est l'organe des industriels lombards, don Ignazio. On pouvait s'attendre à ce qu'il critique les subventions accordées à la marine marchande et aux entreprises du Sud. Prenez plutôt en considération ce que vos amis font pour vous.

– Soyez certain que je n'y manque pas. » Ignazio marque une pause et se pince les lèvres avec les doigts. Il repense aux articles parus dans certains journaux romains comme *L'Opinione* ou *La Riforma*, proche de Crispi, qui avait appuyé des demandes de subventions en faveur de nouvelles lignes maritimes à destination de l'Extrême-Orient. « La situation n'en demeure pas moins délicate. De nos jours, la politique se fait davantage dans les colonnes des journaux qu'ici. Et ils profitent du moindre prétexte pour me tomber dessus à bras raccourcis. »

Crispi lui jette un regard en coin. « Il faut quand même reconnaître qu'ils n'ont pas toujours tort, et que leurs reproches sont souvent fondés. »

Un sourire sarcastique affleure aux lèvres d'Ignazio. « Par pitié, maître, n'allez pas en rajouter, vous aussi ! À quoi faites-vous allusion ? Aux bateaux prétendument trop vieux ? Aux tarifs prétendument trop chers ?

– Aux deux. J'ai assez d'estime envers vous et votre famille pour vous parler en toute franchise : certains bateaux de votre compagnie NGI, la Navigazione Generale Italiana, sont de vrais rafiots et vos prix sont beaucoup trop élevés. *Il va falloir changer tout ça.* »

Ignazio soupire et tape doucement du poing sur l'accoudoir de son fauteuil. « Alors dépêchez-vous d'inscrire à l'ordre du jour le vote sur le projet de loi concernant les subventions des chantiers navals. Comme ça, nous construirons des navires flambant neufs à Livourne. La NGI ne peut pas tout faire à elle seule, et vous vous souvenez sans doute de ce qui s'est passé à la dernière assemblée générale, Laganà a dû vous donner des détails, n'est-ce pas ?

– Bien sûr.

– Donc vous connaissez aussi les raisons de ma requête. »

La NGI traverse une période difficile. Son chiffre d'affaires a connu une diminution inquiétante à cause de la concurrence de compagnies étrangères qui assurent les mêmes liaisons à des prix plus bas ou à bord de navires plus sûrs, plus confortables et mieux équipés. Le coût du charbon servant à alimenter les chaudières pèse lourdement sur les dépenses, et l'augmentation des droits de douane fait le reste.

Crispi lisse ses moustaches, observe son interlocuteur et le laisse terminer son exposé.

« Cette année, nous verserons à nos actionnaires des dividendes réduits au strict minimum. Et ce sera déjà beaucoup si la valeur de nos actions ne s'effondre pas en Bourse. Pour fabriquer de nouveaux bateaux, il faut des liquidités dont la NGI ne dispose pas, à ce stade. » Sur le front d'Ignazio, les rides de contrariété se creusent un peu plus.

Crispi lui réplique, en pointant son cigare sur lui : « Attendez que quelqu'un soit mort, avant de célébrer ses obsèques. Pensons d'abord à ce que nous pouvons faire *aujourd'hui*. Votre présence ici montre à elle seule que vous aurez la possibilité d'établir un dialogue avec tous les gens susceptibles de vous être utiles.

– Je l'ai déjà fait par le passé.

– Pas dans les mêmes circonstances. Cette fois-ci, ils seront forcés de vous écouter, parce que vous n'avez plus besoin de passer par des intermédiaires, parce que vous êtes là en personne et parce que vous êtes devenu leur égal.

– C'est bien pour cela que je vous ai demandé de vous intéresser à ma nomination. » Ignazio se lève, pose son cigare dans un cendrier et se met à parcourir la pièce de long en large. « La Maison Florio compte beaucoup d'amis. J'en ai moi-même un grand nombre. Mais en l'occurrence, l'enjeu va bien au-delà de l'amitié. »

Crispi, qui le sait pertinemment, acquiesce du geste.

Le pouvoir. Les relations. Les réseaux.

« Vous avez atteint des objectifs que votre père n'aurait même pas eu l'idée de se fixer. »

C'est vrai. Son père aurait été plus brutal, plus direct. Ignazio a dû apprendre par ses propres moyens à être diplomate, à accorder des faveurs calibrées en fonction de ses intérêts, à nouer des alliances avec certains sans pour autant en mécontenter d'autres. Et il s'est révélé plutôt doué en la matière. Il concentre maintenant son attention sur Crispi, qui, jambes croisées, continue de l'observer. « Le monde a changé, depuis l'époque de mon père. Le contexte actuel exige plus de circonspection. »

Dans cette pièce à l'atmosphère feutrée, tout en boiseries et en cuir, la réponse de l'homme d'État est un discret murmure : « De nos jours, en politique, il s'agit d'abord et avant tout de se montrer attentif à ses démarches… et souple. Et peu importe si cela implique de trahir ses amis, de changer de camp. » Son regard devient tranchant. « Rappelez-vous ce qu'a fait et dit Depretis.

– "Si quelqu'un veut rejoindre nos rangs, se transformer et épouser la cause du progressisme, qui suis-je, moi, pour le repousser ?" C'est une véritable obsession chez lui, il nous rebat les oreilles depuis des années avec sa rengaine. Et dès que l'occasion s'est présentée, il a agi en conséquence. » Ignazio ébauche une grimace. « On ne pourrait certes pas affirmer qu'il manque de suite dans les idées. Ni de pragmatisme.

– En effet. » Avec un soupir d'agacement, Crispi se lève et lisse les plis de son gilet. « Je suis moi-même bien obligé d'avouer qu'il se comporte en flibustier, mais qu'il est d'une habileté redoutable. C'est un sacré salopard, n'ayons pas peur des mots. Il a d'abord intrigué pour que les industriels du Nord entrent au Sénat. Mais ensuite, il a compris que pour avoir le champ libre, il avait besoin d'une majorité aussi large que possible, et il s'est mis à regarder autour de lui. Avec son fameux discours sur le transformisme, il a fait voler en éclats les groupes parlementaires. Aujourd'hui, tous ceux qui veulent tourner casaque se sentent autorisés à le faire. »

Ignazio se lève lui aussi, s'adosse au mur sous une grande carte de l'Italie et remarque, bras croisés, en détachant les syllabes et avec une pointe d'étonnement : « Ma parole, vous l'admirez.

– J'admire son habileté politique, ce n'est pas la même chose. » Crispi regarde en direction de la fenêtre voilée par une tenture. « Il a légitimé une pratique qui existait de facto depuis des années et qui, grâce à lui, n'est plus stigmatisée. En un certain sens, il a mis fin à une hypocrisie qui n'avait que trop duré. Il n'y a plus la droite et la gauche, il y a des alliances nouées et dénouées selon les intérêts du moment. » Son regard acquiert une dureté de pierre. « Et vous, don Ignazio, vous allez devoir faire très attention dans le choix de vos alliés. »

Ignazio baisse le regard sur les papiers qui encombrent le bureau. Lorsqu'il le relève, son expression a pris quelque chose d'opaque. « Je rallierai un seul parti. Le mien. Du reste, la Sicile est un monde à part, maître Crispi. Les politiciens peuvent agir comme ils l'entendent ici à Rome, les Siciliens n'en feront de toute façon qu'à leur tête… quitte à multiplier les bêtises, puisqu'ils semblent souvent incapables de comprendre ce qui est bon pour eux. Rien ni personne ne pourra jamais les forcer à adopter tel ou tel comportement aussi longtemps qu'ils ne l'auront pas *décidé*.

– Et vous, vous êtes l'intermédiaire obligé entre la Sicile et le reste du monde.

– Tout juste. » Ignazio esquisse un sourire étrange, à mi-chemin entre la résignation et la raillerie. « Mes ouvriers de l'Oretea ne savent rien de l'Amérique, et pourtant ils réparent les chaudières de bateaux à vapeur qui y conduiront leurs parents, ou peut-être même leurs frères. La production de ma fonderie n'est pas aussi spécialisée que celle des usines d'Italie du Nord, mais elle est infiniment plus variée. Je transporte des marchandises et des voyageurs de Jakarta à New York, mes navires desservent au moins soixante-dix ports, je vends du soufre aux Français, je présente mon marsala dans des expositions internationales… sans bouger de Palerme.

– Eh bien, restez-y. » Crispi se rassied à son bureau et referme d'un geste désinvolte les dossiers qui avaient attiré l'attention de son visiteur. « J'ai appris les fiançailles de votre fille Giulia avec le prince Pietro Lanza di Trabia, et je vous en félicite. Il appartient à une des familles les plus illustres et les plus anciennes de toute l'Italie. »

L'accentuation de sa ride sur le front trahit l'inquiétude d'Ignazio, qui ne trouve rien à répliquer et garde un silence gêné. Crispi s'en aperçoit et ne fait rien pour le tirer d'embarras.

« C'est aussi pour cela que je suis venu vous voir, finit par répondre Ignazio en se rasseyant à son tour et en croisant les jambes. Je souhaiterais que vous vous occupiez du contrat de mariage de ma fille. D'une manière tout à fait confidentielle et informelle, bien entendu. »

Crispi ne cache pas sa perplexité : « Expliquez-vous mieux.

– Elle aura une dot conséquente, cela va de soi, mais elle n'a que treize ans et son mariage ne sera pas célébré avant qu'elle en ait quinze. Mon épouse Giovanna compte mettre ce délai à profit pour la préparer à devenir digne en tout point de son futur titre… Quant à moi, j'ai l'intention de lui garantir son indépendance financière, de la mettre en mesure d'administrer elle-même ses capitaux et ses propriétés. » Il cherche un instant ses mots. « J'estime qu'il n'y a rien de plus triste que d'être prisonnier d'un mariage malheureux. »

Bien que tenté d'en dire davantage, il préfère en rester là. Ce serait manquer de tact que de trop insister sur le sujet, même si de longues années se sont écoulées depuis le fameux scandale qui avait contraint Francesco Crispi, aujourd'hui l'un des hommes politiques les plus redoutés d'Italie, à se défendre devant un tribunal et à subir maintes humiliations. Son procès pour bigamie s'était certes terminé par un acquittement : son premier mariage avec Rose Montmasson avait été déclaré nul et non avenu, le prêtre officiant étant à l'époque suspendu *a divinis* ; et ses noces avec Lina Barbagallo – dont il avait déjà eu une fille – étaient donc parfaitement légales. Il n'en avait pas moins conservé un souvenir cuisant et ineffaçable de sa démission forcée, des débats houleux au Parlement, des ragots, des titres de journaux, du baisemain refusé par la reine Marguerite ; et Ignazio le sait. De surcroît, l'opposition s'était servie de cette affaire rocambolesque pour mettre en évidence un trait de caractère désormais indéniable de Crispi : son absence totale de scrupules, aussi bien dans sa vie privée que dans sa vie publique.

L'avocat se mord la lèvre et marmonne un juron. « De tous les pièges où un homme puisse tomber, le mariage est sans doute le pire. »

La réponse d'Ignazio se limite à un regard indéchiffrable. Il serait tenté de renchérir, de se laisser aller à avouer : « Je suis bien placé pour le savoir », mais il préfère s'en dispenser. Aux yeux du monde entier, il est un père et un mari exemplaire, et il doit le demeurer. Mieux encore : il doit apparaître comme un père et un mari heureux et fier de sa famille. Ce masque endossé depuis si longtemps ne fait désormais plus qu'un avec son visage. Impossible d'y renoncer.

Voilà deux ans qu'il n'a plus de nouvelles de Camille, dont le souvenir s'est enfoncé au plus profond de son esprit pour continuer à le tourmenter. Un regret noyé dans un lac d'amertume. Il existe de nombreuses façons de survivre à la douleur ; Ignazio les a toutes essayées, dans sa recherche désespérée d'un peu de sérénité. Au bout du compte, il a découvert que la plus difficile à mettre en œuvre, mais aussi la plus efficace, consiste à essayer d'oublier qu'on a aimé.

Il s'éclaircit la voix avant de répondre : « Vous comprenez, je ne voudrais pas que ma fille se retrouve dans une situation délicate, au cas où elle déciderait, comme le font de plus en plus de femmes, de vivre loin de son époux. Le prestige de ses noces ne suffira pas pour la mettre à l'abri d'éventuelles…

contrariétés susceptibles d'apparaître au fil des ans, et je ne veux pas qu'elle dépende de qui que ce soit. D'ailleurs, vous connaissez aussi bien que moi la réputation de matriarcat qu'on prête à la famille Lanza di Trabia. »

Crispi acquiesce. Ce n'est un mystère pour personne : Sofia Galeotti, la mère du promis, est une langue de vipère qui n'hésitera pas à dresser son fils contre son épouse, si Giulia n'y prend pas garde. « À ce propos, vous êtes sûr que ce mariage soit une bonne idée ? Votre fille n'aura que quinze ans et Pietro en aura vingt-trois… »

Ignazio accompagne sa réponse d'un haussement d'épaules. « Les Trabia ont besoin des Florio pour renflouer leurs finances, et je ne vois pas de meilleur parti pour Giulia. Elle est jeune, je vous l'accorde, mais elle est déjà très consciente de ses responsabilités. » Il fronce les sourcils. « Alors, vous acceptez de vous occuper de ce contrat ?

– Je rédigerai une ébauche et je vous la montrerai. Faites-moi confiance : la petite Giulia bénéficiera de toutes les protections juridiques imaginables. » Crispi se lève et se dirige vers la porte.

Ignazio l'imite et, parvenu sur le seuil, lui tend la main. « Quand retournez-vous à Palerme ?

– La semaine prochaine, du moins je l'espère. Je peux suivre d'ici les affaires de la NGI, mais l'exploitation vinicole et la madrague ont besoin de ma présence… Mes collaborateurs ont beau être excellents, leur tâche est objectivement très ardue. Pour moi, pas question de rester longtemps éloigné de mes entreprises.

– Et de votre famille. » Le sourire de Crispi est si large que ses moustaches peinent à le dissimuler. « Au fait, comment se porte donna Giovanna ? Elle s'est bien remise de son accouchement ? Ça n'a pas été trop pénible ?

– Elle n'a rien perdu de sa force. » Ignazio semble soudain plus détendu. « Le petit grandit bien. Ce sera un honneur pour moi de vous le présenter, à votre prochaine venue à Palerme.

– Je n'en doute pas. » Crispi marque une pause. « La Maison Florio a donc de nouveau un Ignazio et un Vincenzo.

– Oui. Il en a toujours été ainsi, et il faut que cela continue. »

Un Ignazio et un Vincenzo.

Giovanna frotte son visage contre le cou de son bébé, dont il émane une bonne odeur de lait et d'eau de Cologne. Vincenzo gazouille, rit, tend les bras à sa mère. Elle le soulève, le serre contre sa poitrine, l'embrasse. Ils sont seuls dans la pièce, elle tient à s'occuper de son fils elle-même, sans l'aide de personne. C'est sa dernière occasion d'être mère, et elle ne veut pas la gâcher.

Comme dit le proverbe sicilien : *Petits enfants, petits soucis ; grands enfants…*

Giovanna soupire. Ignazziddu a quinze ans, il joue déjà les jolis cœurs avec des demoiselles plus âgées que lui et il a un tempérament bien trop fougueux. Giulia, qui n'a encore que treize ans, est donc la fiancée de Pietro Lanza di Trabia et se prépare à devenir princesse. La naissance de Vincenzo les a surpris tous les deux ; selon l'humeur du moment, ils considèrent leur petit frère tantôt comme un jouet, tantôt comme un hôte encombrant.

Au fond, c'est dans l'ordre naturel des choses, se dit Giovanna. Ils pensent surtout à leur propre avenir, ils passent de moins en moins de temps avec leur mère et ils n'ont peut-être plus besoin d'elle. Elle les a vus grandir et changer, mais ses efforts désespérés pour apparaître parfaite aux yeux d'Ignazio et s'attirer son amour lui ont pris l'essentiel de son énergie. Ses fils n'étaient dès lors plus qu'une énième preuve de sa capacité à être à la hauteur des attentes de son mari. Aujourd'hui, elle est bien décidée à ne pas commettre la même erreur. Elle veut que le nouveau-né soit d'abord et avant tout *son* fils.

Elle a prié, beaucoup. Pendant que ses regards s'assombrissaient à la vue de l'indifférence tranquille de son époux, que son visage se flétrissait, que son corps se fanait, elle a imploré Dieu de lui donner une raison de vivre les années qui lui restaient, et qui s'annonçaient d'une vacuité décourageante.

Et puis, quand Vincenzo est né, elle a reporté sur lui toute l'affection dont elle est capable.

Au début, elle a cru que l'absence de cycle menstruel était le premier signe d'un vieillissement inéluctable. Ensuite, il y a eu d'étranges douleurs à la poitrine et un durcissement inhabituel de son ventre. Au bout de quelques semaines, sa perplexité a cédé la place au désarroi.

Elle a fait venir une sage-femme, dont le verdict a été sans appel : « Vous en êtes au moins au deuxième mois, donna Giovanna. » Ses jupons encore retroussés sur ses hanches, elle en est restée tétanisée, une main sur la bouche.

Enceinte. Elle. Sa surprise était immense, mais pas autant que celle d'Ignazio.

Mon miracle. Tels sont les mots dont elle use pour parler de Vincenzo.

Un miracle, en effet. Parce qu'elle l'a conçu à un âge où, la plupart du temps, les femmes s'occupent déjà de leurs petits-enfants…

Parce que c'est un garçon. Parce qu'il est né avant terme mais qu'il a crié tout de suite. Parce qu'il est fort et sain. Parce qu'il rit tout le temps.

Parce qu'Ignazio s'est rapproché d'elle.

Et c'est peut-être ce qui la comble le plus de joie.

Le petit dans les bras, elle sort de la chambre d'enfant. Une gouvernante l'attend derrière la porte.

« Voulez-vous que je le porte, donna Giovanna ?

– Non, je vous remercie. » Vincenzo babille, les mains tendues vers les boucles d'oreilles en corail de sa maman, qui éclate de rire. Il est né le 18 mars de l'année en cours, 1883, il a donc neuf mois, et il ne tardera pas à marcher, comme le laisse deviner sa façon d'appuyer les pieds sur le sol et d'essayer de se lever par ses propres moyens. Prise d'un vague sentiment de culpabilité, Giovanna demande : « Où sont Giulia et Ignazziddu ?

– Monsieur est avec son professeur de français. Mademoiselle vient de terminer sa conversation d'allemand et elle attend Madame avec donna Ciccia.

– Elle a apporté l'ouvrage auquel nous travaillons ? interroge Giovanna en descendant l'escalier, une main sur la rampe.

– La broderie ? Oui, Madame. »

En bas des marches, Giovanna observe d'un air sévère les domestiques occupées à astiquer les meubles à la cire d'abeille. Puis elle déplace son attention sur les décorations de Noël, dans le couloir : les bougies, les compositions florales agrémentées de rubans rouges et blancs, les guirlandes de branches de sapin des Madonies disposées à la mode anglaise, les vases en argent posés sur les tables et les buffets, les sarments de houx et de laurier, les ornements en papier doré…

Au milieu de la salle de bal, sur un tapis d'Aubusson aux fleurs roses, bleues et ivoire et aux bordures couleur crème, acheté à Paris quelques années plus tôt, un gigantesque sapin est paré de boules en cristal et de festons de satin et de taffetas : la tendance a été lancée il y a longtemps déjà par les riches familles anglo-saxonnes qui vivent à Palerme, rapidement imitées par l'aristocratie locale. La myriade de miroirs accrochés aux murs réfléchit le vert sombre des branches, et leurs reflets innombrables donnent la sensation d'évoluer dans une véritable forêt. D'autant plus qu'un fort parfum de résine, répandu dans toute la pièce, évoque de vastes espaces et des sommets enneigés.

Tout a été fait à l'insu d'Ignazio, il aura la surprise de la découverte à son retour de Rome.

L'accueil que Giovanna lui prépare est le signe le plus évident de sa joie, de sa conscience qu'après une trop longue période sombre, la vie recommence à illuminer sa maison.

Elle a le sentiment d'être devenue une Florio à part entière. Non seulement parce qu'elle vient de donner un nouvel héritier à la famille, mais encore parce qu'Ignazio multiplie les délicates attentions à son égard, voire les gestes tendres. Il ne manque jamais, par exemple, de lui rapporter des cadeaux de ses nombreux voyages sur le continent.

Vincenzo tend les bras en riant vers l'arbre de Noël.

Giovanna, elle, se souvient.

Tout a changé depuis qu'Ignazio est revenu de Marseille, il y a deux ans de cela. Elle l'attendait sur le seuil de leur demeure, les mains croisées sur le ventre et un sourire crispé aux lèvres. Giulia s'était précipitée pour lui sauter au cou et Ignazziddu lui avait serré la main.

Ensuite seulement, Ignazio l'avait regardée, s'était approché d'elle et avait ébauché un baisemain. Une lumière insolite luisait dans son regard serein, un mélange de regret, de solitude et, peut-être, de douleur. Une expression que, malgré tout le temps écoulé, Giovanna ne parvient pas encore à s'expliquer.

Le soir même, il l'avait rejointe dans sa chambre et l'avait aimée avec l'ardeur des premiers mois de leur mariage, dans une étreinte passionnée faite de soupirs étouffés, pendant que leurs mains exploraient sans honte le corps de l'autre.

Giovanna pose Vincenzo par terre et le laisse arpenter le tapis à quatre pattes.

Il avait dû se passer quelque chose, là-bas, dans la ville de *cette femme*. Impossible de savoir quoi. Comment expliquer, sinon, la métamorphose d'Ignazio ? Il était devenu plus affectueux, plus doux, plus respectueux. En tout cas, elle était sûre d'une chose : lors de ce voyage, et sans doute à Marseille, il avait reçu une blessure profonde. Elle le percevait avec toute la clairvoyance d'une femme amoureuse. C'était un frémissement à mi-chemin entre ses entrailles et son cœur, une intuition née du sentiment qu'elle avait été trop longtemps la seule à nourrir. Une intuition confirmée par ce qu'elle lisait chaque jour dans les regards de son mari, dans ses gestes, dans son regain de passion. Comme si la partie de lui-même qu'il avait toujours maintenue à l'abri des yeux du monde était devenue à jamais inaccessible. Comme si un tremblement de terre avait ravagé son esprit et n'y avait laissé que des décombres obstruant pour l'éternité tous les passages. Cette douleur, Giovanna n'en connaissait rien et ne *voulait* rien en connaître. Elle s'était même surprise à penser qu'Ignazio lui avait infligé trop de souffrances, à elle ; si quelqu'un lui avait rendu la monnaie de sa pièce, après tout, ce n'était que justice.

Oui, quelque chose avait été détruit dans l'esprit de son époux. Mais sur ces ruines, elle était capable de construire *quelque chose d'autre*. Quelque chose de nouveau qui n'appartiendrait qu'à elle. D'ailleurs, se contenter du peu qu'on lui accorde a toujours été ce qu'elle a su le mieux faire.

À ses yeux, l'essentiel était d'avoir retrouvé son mari, qu'elle a repris auprès d'elle sans rien lui demander.

Ensuite, il y avait eu l'arrivée inattendue de Vincenzo. À l'annonce de sa grossesse, elle avait vu Ignazio s'animer soudain d'un retour de flamme pour sa famille. Et il n'avait pas dissimulé son immense bonheur d'avoir un autre garçon, dont il a choisi le prénom à la fois pour rendre hommage à son propre père, qui lui avait inculqué le sens des responsabilités et de l'honneur, et pour évoquer le souvenir de son fils aîné. Vincenzino étant mort depuis près de quatre ans, il était temps qu'un autre Vincenzo habite à l'Olivuzza. Ignazio l'avait d'ailleurs déclaré sans ambages aux ouvriers de l'Oretea, lorsqu'il s'était présenté à la fonderie pour leur annoncer en personne la bonne nouvelle.

D'une certaine manière, il avait reconquis sa sérénité. Mais parfois, en l'observant converser avec ses enfants ou des invités, Giovanna voyait son visage se rembrunir. Comme si une ombre épaisse, qu'aucun soleil n'aurait pu dissiper, avait soudain voilé ses yeux.

Elle ne pouvait pas savoir qu'une partie d'Ignazio était morte. Et qu'il porterait pour le restant de ses jours les stigmates intérieurs de son deuil sans cadavre.

Giulia tire un fil couleur ivoire de son panier à ouvrage, le coupe, en humidifie le bout avec sa salive et plisse les yeux pour le glisser dans le chas de son aiguille.

Tendue entre elle et donna Ciccia, une pièce de lin prend péniblement la forme d'une nappe à thé.

Giulia commet plusieurs erreurs, secoue la tête d'un mouvement qui fait osciller son lourd chignon couleur d'ébène, soupire et s'exclame : « Je serais curieuse de savoir pourquoi ma mère s'obstine à m'infliger une telle torture ! »

Donna Ciccia lève une main pour recoiffer ses cheveux désormais grisonnants et la pose sur le bras de Giulia. « Parce qu'une bonne épouse doit savoir broder. » Et, joignant le geste à la parole, elle coud une aiguillée entière.

Une expression de bouderie hautaine déforme les traits fins du visage de Giulia et arrache un sourire à la servante. *Elle ressemble tellement à sa mère, par moments…*

« J'aurai une foule de domestiques à mon service, réplique la jeune fille. Mon père me l'a promis, je n'ai pas besoin d'apprendre la broderie. Je préfère dessiner.

– On peut broder de très jolies choses. »

Giulia lève les yeux au ciel. « Mon futur mari est un prince, tout le monde devra m'obéir. »

Suivie de la gouvernante et du bébé, Giovanna entre dans la pièce, s'assied devant sa fille et son ancienne nourrice et les dévisage.

Giulia ose à peine lever les yeux. L'espace d'un instant, elle se demande si sa mère a entendu sa dernière phrase, puis elle hausse les épaules. *Elle peut penser ce qu'elle veut, je n'ai pas l'intention de faire comme elle et de rester tout le temps chez moi sans rien dire.*

« Où en es-tu avec l'ourlet de cette nappe ? » lui demande sa mère en attrapant un bout du tissu qu'elle examine d'un œil critique.

Puis elle reprend, sans attendre la réponse, le doigt pointé sur les endroits où les fils se sont emmêlés : « C'est du très mauvais travail. Tu manques de rigueur et de précision. Je connais des gamines de l'école qui ont des doigts en or, comparés aux tiens. »

Giulia est tentée de lui répondre qu'elle s'en moque éperdument, des élèves de son école de broderie, de ces malheureuses qui n'ont pas d'autre moyen de gagner un peu d'argent. Mais elle préfère tenir sa langue : si elle parlait, les reproches pleuvraient, et elle ne tient pas à s'engager dans une discussion stérile ; sa mère, Dieu sait pourquoi, a l'air d'y tenir beaucoup, à son école.

Donna Ciccia les regarde toutes les deux et tente de jouer les conciliatrices : « Ces jeunes filles le font parce qu'elles aiment ça. Dans le cas de Giulia, c'est différent.

– On ne fait pas toujours ce qu'on aime, donna Ciccia, vous le savez mieux que moi. Mademoiselle sera mariée dans deux ans, elle a tout intérêt à le comprendre au plus vite. » Puis elle s'adresse directement à sa fille, pour lui expliquer qu'il lui sera impossible de satisfaire toutes ses envies, qu'elle aura des responsabilités et, surtout, un rôle à tenir en société. D'un ton prévenant, elle ajoute quelques conseils à ce sujet : « Quand tu recevras des invités, il faudra toujours que tu aies une broderie à la main, en bonne maîtresse de maison. Si tu veux lire, attends d'être seule. Souviens-toi que les hommes ont peur des femmes intelligentes, et tu ne devras sous aucun prétexte effrayer ton mari.

– Maman, c'était vrai autrefois, tout ça. Les temps ont changé. » Les lèvres tremblantes, Giulia froisse le tissu qu'elle tient à la main. « Et puis, je suis ce que je suis. J'aime lire, dessiner, voyager. Je ne suis pas aussi casanière que vous.

– Ce qui signifie ? » demande Giovanna en fronçant les sourcils.

Giulia peine de plus en plus à réfréner une envie de se montrer blessante. Elle voudrait jeter à la figure de sa mère tout ce qu'elle a pensé, au cours de ces longues années, à voir comment se comportaient ses parents : d'un côté, un amour étouffant, envahissant, des regards anxieux, suppliants, à la limite du pitoyable ; de l'autre, une attitude détachée, une froideur susceptible de devenir de l'exaspération en une poignée de secondes.

Chez elle, de la placidité mais aussi de l'entêtement, une patience facile à confondre avec l'apathie. Chez lui, de la froideur, de l'insatisfaction, de l'agacement.

Giulia a ressenti beaucoup de peine pour son père, son point de repère inébranlable. Et beaucoup de mépris pour sa mère, cette femme censée lui servir de modèle qui n'avait réussi qu'à s'effacer, à mendier de l'affection et des égards.

Qui n'avait jamais eu une once d'orgueil. Qui n'avait jamais été capable de prendre ce qui lui revenait de droit.

Qui s'était sacrifiée sur l'autel de la famille. Qui avait accepté les pires humiliations sans protester.

Le jugement de Giulia est d'une férocité impitoyable. À vrai dire, elle ne sait rien de ce qu'ont réellement vécu ses parents. Elle s'en tient à un mot d'ordre aussi brutal qu'arrogant : *Ne finir à aucun prix comme ma mère.*

Elle lui répond donc, sur un ton pédant : « Ce qui signifie que les choses bougent. Vous m'avez trouvé un mari, vous et *mon père**. Très bien. Cela ne vous autorise pas pour autant à me considérer comme une poupée de chiffon.

– Non, mais écoutez-la, cette mijaurée ! Alors tu es devenue une adepte des idées modernes, toi aussi ? Tu voudrais peut-être suivre des études pour devenir avocate comme cette femme du Nord, Lidia Poët ? Tu as vu comment on l'a traitée, non ? Renvoyée chez elle, ouste. »

Giulia gonfle les joues et jette le morceau d'étoffe qu'elle tenait à la main.

Donna Ciccia fait de son mieux pour calmer les esprits : « Vous nous avez mal comprises, donna Giovanna… Allons, calmez-vous. » Elle lui pose une main sur le bras. « Quand vous vous comportez comme ça, vous me faites penser à votre mère : incapable de parler sans crier. »

Giovanna pâlit. Ses lèvres frémissent et elle semble vraiment sur le point de se mettre à hurler. Elle s'en abstient, ravale sa colère, secoue la tête à plusieurs reprises, fixe donna Ciccia et lui dit, en désignant Giulia : « Sa naissance lui impose des obligations. Elle doit se souvenir du nom qu'elle porte et du sang qui coule dans ses veines. »

Dans le regard muet que Giulia lui adresse, Giovanna reconnaît sa propre envie passée de trouver sa place dans le monde, son désir d'obtenir d'Ignazio un peu d'amour et un peu d'estime, quitte à vendre son âme au diable.

Giulia n'a cependant ni son humilité ni sa patience.

Elle est si différente… Giovanna s'est acharnée en vain à percer ce mystère. Elle éprouve à la fois de la tendresse et de la colère envers cette fille aussi belle qu'opiniâtre. Ces derniers mois, elle l'a préparée à devenir une maîtresse de maison accomplie, une princesse digne du titre qu'elle portera. Giulia ne semble pas s'en rendre compte. Pire encore : on pourrait presque la soupçonner de prendre un malin plaisir à tourner en dérision les inquiétudes de sa mère.

Mais Giovanna éprouve aussi de la peine pour elle. Elle qui est si jeune. Elle qui ne sait pas qu'elle va devoir se défendre bec et ongles contre une multitude d'ennemis, qu'elle devra consentir à certains renoncements au seul motif que d'autres les exigent. Elle qui ne peut même pas imaginer ce que lui coûtera la protection de sa vie intime dans un monde où seuls comptent l'argent, les titres et les apparences.

Ce sont là des choses que chaque femme ne peut découvrir que par elle-même.

Giovanna se lève en soupirant et dit à sa fille, sans la regarder : « Je vais voir Ignazziddu. » Puis elle quitte la pièce, accompagnée de la gouvernante.

Au bout d'un long moment de silence absolu, donna Ciccia approche son visage de celui de Giulia et lui murmure : « Votre belle-mère ne vous laissera pas un moment de répit, elle vous espionnera pour aller raconter ensuite à votre mari tout ce qui vous sera passé par la tête. C'est comme ça, chez eux. » Elle accentue le sérieux de son regard. « Votre mère ne vous l'a pas encore dit, mais faites-moi confiance. Soyez toujours très attentive. Le prince n'est qu'un jouet entre les mains de sa mère, et c'est une femme puissante… » Elle parle bas, d'un air craintif, parce qu'elle sait, elle *sent* que Giulia va au-devant de difficultés considérables, chez ces gens-là. Ce n'est pas un simple pressentiment, c'est un serrement de gorge qui lui donne un avant-goût des souffrances que sa *petite* devra endurer là-bas.

« Si cette femme est si horrible que ça, elle trouvera à qui parler. » Giulia soulève le menton. « Je saurai tenir mon rang. »

Donna Ciccia secoue la tête et se remet à broder. Elle a assisté à la naissance de Giulia et elle l'a vue grandir. À présent, c'est presque une femme ; elle est trop sûre d'elle, comme tous les adolescents… et tous les Florio. Aucun doute possible : elle va apprendre à ses dépens ce que signifie entrer en qualité d'*étrangère* dans une des familles les plus nobles d'Italie. Avec un caractère comme le sien, le moindre désaccord prendra des proportions excessives. Mais donna Ciccia se rassure en se rappelant qu'aucun des Florio n'a autant de détermination et d'orgueil que Giulia. Rien ni personne ne peut la décourager. En cela, elle est semblable à la grand-mère dont elle porte le prénom, dont elle a aussi hérité le courage et la résistance à la douleur. Quant à son grand-père Vincenzo, il lui a légué son caractère impatient, hautain, et une très haute idée de sa propre valeur.

Mais, malgré la vivacité de son imagination, donna Ciccia serait bien incapable de prévoir les épreuves que le destin garde en réserve pour sa *petite*.

L'été 1884 est caniculaire et gorgé d'humidité. Dans les bureaux de la NGI, le sirocco répand une odeur d'algues pourries et de fumées de charbon dégagées par les cheminées de bateaux à vapeur ; il couvre aussi les meubles de sable et rend opaques, au loin, les silhouettes des palais et des montagnes.

Ignazio referme le dossier posé devant lui et intitulé *Usine de céramique*. Cela fait longtemps qu'il avait ce projet en tête, et il a enfin réussi à créer, à Palerme, cette usine qui servira à fabriquer, entre autres, la vaisselle utilisée sur les embarcations de la NGI. Jusqu'à présent, il était obligé de se procurer cette vaisselle auprès de fournisseurs anglais ou de Ginori ; dorénavant, il la produira lui-même et elle portera la marque des Florio. *Je commanderai peut-être même quelques services complets pour Favignana… Oui, je demanderai à Ernesto Basile de les concevoir.*

Il va à la porte, appelle un garçon de courses et lui dit de faire préparer sa voiture pour le ramener à l'Olivuzza ; il se rassied ensuite à son bureau, desserre son *plastron** et se frotte les yeux. Depuis quelque temps, ils sont irrités en permanence, et des compresses quotidiennes d'hamamélis et de camomille ne lui apportent qu'un soulagement passager. *Plus que quelques jours à devoir résister.* Cette pensée réconfortante fait affleurer un sourire à ses lèvres : pour fuir la chaleur accablante de la Sicile, sa famille et lui gagneront bientôt Naples, puis la Toscane. Mais la perspective des vacances imminentes n'explique pas à elle seule sa satisfaction. Pour se conformer à une mode très en vogue auprès de l'aristocratie européenne, il vient en effet d'acquérir une voiture ferroviaire qu'il a transformée en véritable « maison mobile » : les Florio voyageront donc entourés de leurs meubles et servis par leurs domestiques, et ils disposeront même d'un wagon entier réservé à leurs bagages. Du luxe, du confort, de la discrétion. Et un moyen supplémentaire d'éloigner les soucis tout en accroissant son prestige.

Ignazio rouvre les yeux, bien décidé à en finir avec cette journée épuisante. Il lui reste toutefois une tâche à accomplir :

prendre connaissance de sa correspondance personnelle, arrivée à Palerme en début d'après-midi.

La première missive est une requête d'ouvriers napolitains qui sollicitent un intéressement aux bénéfices en supplément de leurs salaires. « Vous qui êtes comme un père pour nous… » Il réfléchira demain à une réponse.

Une lettre de Damiani l'informe du déroulement des dernières séances au Sénat et s'attarde sur des bavardages, des ragots, des anecdotes. Cela compte aussi beaucoup, et ils en sont tous deux conscients. Ignazio range cette lettre à part.

Et pour finir, une enveloppe bordée de noir.

Il la tourne et la retourne entre ses doigts, l'observe comme s'il s'agissait d'un engin dangereux. Parfois, le cœur lit les mauvaises nouvelles avant les yeux.

Le timbre a été oblitéré à Marseille.

Ignazio ne reconnaît pas l'écriture de la suscription, ce n'est ni celle de sa sœur, ni celle des frères Merle.

Il a soudain la gorge sèche, le souffle court.

Ses mains déchirent l'enveloppe d'un geste mécanique, ses doigts tremblants échappent à sa volonté et ses yeux se remplissent de larmes à la lecture de ces quelques mots :

Juin… Maladie… Choléra… Rien à faire…

Il froisse le faire-part et tape du poing sur son bureau à une, deux, trois reprises. Un sanglot lui échappe, mais il refoule aussitôt le suivant.

Surtout ne pas pleurer.

Il reprend le carton, le lisse, le relit.

Sous une apparence très formelle, les phrases écrites par le veuf révèlent une douleur atroce. Cet homme a aimé sa femme, Ignazio en a maintenant la certitude.

Quelques heures avant de mourir, elle lui a expressément demandé de transmettre la nouvelle à un *cher ami d'autrefois*. Il lui a fidèlement obéi.

L'espace d'un instant, Ignazio se demande ce qu'a ressenti l'amiral Clermont en rédigeant ce billet. Est-ce que Camille… *Mon Dieu, comme ça fait mal de prononcer ce prénom, même en pensée !* Est-ce que Camille lui avait raconté ce qui s'était passé entre eux ? Est-ce qu'elle avait préféré se taire, et le laisser en proie à de simples soupçons ? Est-ce qu'elle lui avait parlé de leur liaison comme d'une histoire sans importance appartenant désormais à un passé éloigné ?

Elle aurait été parfaitement autorisée à tout révéler à son époux, qui a maintenant le *droit*, lui aussi, de vivre sa douleur.

Ignazio, en revanche, n'a droit à rien.

Le front appuyé sur son bureau, il ne réussit à penser qu'à son parfum, à cette senteur fraîche d'œillet, pleine de vie, printanière.

Voilà tout ce qu'il lui reste. Le souvenir de son odeur. Son sourire. La douleur âpre que lui ont causée ses reproches cinglants, et qui continue de le torturer…

Dehors, Palerme revêt ses habits du soir. Les bruits de la place parviennent jusqu'ici, atténués : ferraillement des véhicules qui se dirigent vers la promenade en bord de mer, souffle haletant des bateaux à vapeur, cris des vendeurs de journaux, voix courroucées des mères qui appellent leurs enfants à rentrer à la maison. Les réverbères luttent contre les ombres qui s'emparent peu à peu du Cassaro, et les premières lueurs apparaissent aux fenêtres des maisons. L'odeur de la mer, de la nourriture et des braises pénètre par bouffées dans le bureau d'Ignazio.

Autour de lui, tout est vivant.

En lui, il n'y a plus que du silence.

Le 3 octobre 1885, Giulia gravit, au bras de son père, le monumental escalier en marbre de l'hôtel de ville de Palerme. Leur ressemblance tient du prodige : même regard serein et attentif, même nez imposant, mêmes lèvres charnues. Même attitude distante.

Mais cette ressemblance fait aussi ressortir le contraste entre le *morning coat* noir d'Ignazio et l'élégante *toilette** couleur crème de sa fille, avec ses deux corsets dont les baleines mettent en valeur la finesse de sa taille, l'un sans manches et l'autre agrémenté de manches trois quarts bordées de dentelles. Somptueuse et lourde, formée de huit couches d'étoffes, sa jupe se termine par une longue traîne. Et des barrettes en diamants disciplinent les ondulations de ses épais cheveux sombres.

Donna Sofia Galeotti, princesse de Trabia et dame du palais de la reine Marguerite, détourne d'abord les yeux de la mariée en un geste d'agacement instinctif ; mais elle redevient presque aussitôt maîtresse d'elle-même et dissimule derrière un sourire hypocrite son orgueil outragé par un tel étalage de richesse. Pour elle, loin de sceller l'union de deux familles, ce mariage constitue surtout une bouée de sauvetage : le patrimoine des Trabia a fortement diminué en raison d'une série de partages d'héritages et les demeures familiales elles-mêmes – à commencer par le palais Butera, leur résidence principale – ont besoin d'être restaurées sans attendre. *Ils vont enfin pouvoir l'être*, semble penser donna Sofia tout en hochant la tête, les lèvres pincées.

Quelques pas derrière Ignazio et Giulia, donna Ciccia ne cache pas son émotion et s'inquiète pour la toilette de la jeune fille. *Et ce n'est que la cérémonie civile ! Il me reste encore à recoudre deux perles sur le col de la robe prévue pour la céré-*

monie religieuse, à vérifier l'ourlet du jupon, à raccommoder le voile en dentelle un peu déchiré... Elle se sent en proie à une angoisse persistante, et un mauvais pressentiment lui donne des frissons.

Vient ensuite Giovanna, au bras d'Ignazziddu, qui regarde autour de lui tête haute et d'un air effronté. Il arbore de petites moustaches et une barbichette frisée censées le débarrasser d'une apparence de gamin que, du haut de ses dix-sept ans, il juge insupportable.

Soudain, Giulia trébuche. La semelle de son soulier de satin a peut-être glissé sur le marbre des marches, à moins qu'elle n'ait fait un faux mouvement. Giovanna tressaille et donna Ciccia se précipite en avant, tout en invoquant l'aide de la Sainte Vierge. Mais Giulia s'agrippe au bras de son père, ébauche un éclat de rire amusé et lui murmure : « Il ne manquait plus que ça. » Il répond à son regard en lui pressant la main. Encouragée par ce geste affectueux, elle se redresse, soulève le menton et reprend sa montée de l'escalier.

Malgré son impassibilité apparente, Ignazio éprouve un mélange d'orgueil et de soulagement : la manière dont Giulia s'est tirée de ce léger incident montre combien elle sait se contrôler et garder son sang-froid en toutes circonstances. Comme elle semble loin, l'époque pourtant récente où la petite fille l'attendait, à son retour à la maison, près de l'olivier situé à côté de la porte cochère. Il ne pourra plus compter non plus sur leurs longues conversations du petit déjeuner, à l'aube, ni sur le réconfort que lui apportait une complicité capable de tout dire dans un simple échange de regards.

Elle va beaucoup lui manquer.

C'est Giovanna qui a conduit les négociations avec la princesse de Trabia. Ces deux aristocrates parlent la même langue et pratiquent aussi bien l'une que l'autre l'art d'être blessant sans pour autant déroger aux règles de la politesse. Giovanna est sortie victorieuse du combat : elle a fait preuve d'une habileté remarquable et d'un calme olympien face à l'attitude hautaine, voire méprisante, de la mère du promis. Mais c'est Ignazio qui a imposé les clauses du contrat de mariage, rédigées par maître Crispi, visant à garantir la sécurité financière de sa fille. C'est encore lui qui a commandé un mobilier précieux appelé à agrémenter le palais Butera, et acquis des objets d'art destinés à enrichir la collection familiale, par exemple les *putti* de Giacomo Serpotta conçus pour l'église San Francesco delle Stimmate. Les Lanza di Trabia n'avaient pas eu d'autre choix qu'une acceptation silencieuse.

L'investissement était avisé, en tout cas : avec ce mariage, Giulia allait jouer un rôle de premier plan au sein de la haute société italienne. Mais c'était aussi une manière de guérir une vieille blessure : Giovanna, fille des comtes d'Ondes Trigona, n'appartenait qu'à la petite noblesse ; les Lanza di Trabia, au contraire, sont des princes de haut lignage, et comptent parmi leurs ancêtres de célèbres héros de l'histoire de la Sicile. Ils s'allient aujourd'hui aux Florio, dont la « noblesse » est avant tout celle de l'argent et du travail.

L'esprit tout occupé de son père, Ignazio effleure son anneau, comme s'il était doué d'un pouvoir d'évocation. Il l'imagine devant lui, bourru et renfrogné. *Tu vois, papa ? Plus personne ne nous considérera jamais comme des hommes de peine. Giulia va devenir princesse de Trabia.*

Pourtant…

Au moment où ils s'apprêtent à pénétrer dans l'édifice, il se retourne pour chercher sa femme du regard… et croise celui de donna Sofia, dont la dureté offre un contraste frappant avec le sourire faux qu'elle a aux lèvres, ce qui agace Ignazio au plus haut point.

Il lui répond d'un geste aussi aimable que glacial et ne peut s'empêcher de penser : *J'ai bien fait de prendre des précautions.*

Et toi, princesse, que tu le veuilles ou non, tu seras obligée de traiter ma fille avec tout le respect qu'elle mérite.

Le matin même, en voiture, il a clairement expliqué la situation à Giulia, qui l'a très bien comprise. À défaut de lui assurer la sérénité, il l'aidera à se défendre et à obtenir la reconnaissance à laquelle elle a droit, en public comme en privé. Il lui a fourni pour cela toutes les armes nécessaires.

Après avoir quitté l'Olivuzza entre deux rangées de domestiques en livrée, Giulia est montée en carrosse, suivie de son père. Les traits tendus, exclusivement concentrée sur le parfum de son bouquet, elle a regardé les rues de la ville sans les voir, sans prêter attention aux nouveaux édifices apparus le long de la route qui la conduisait de la villa au centre de Palerme.

Mais lorsque le véhicule a dépassé le chantier du Teatro Massimo pour s'engager dans la via Maqueda, elle n'a pas pu s'empêcher d'écarquiller les yeux. Sous les balcons baroques, sur les trottoirs en basalte et devant les portes des palais aristocratiques, une foule de gens du peuple s'est massée le long du trajet ; ils tendent le cou pour lorgner à l'intérieur du carrosse et saisir une image, même fugace, de la promise, fille du maître de Palerme et future princesse Lanza di Trabia.

Très agacé, Ignazio a tiré le rideau pour masquer la vitre. Sa fille, en revanche, s'est retournée pour regarder les inconnus qui applaudissaient sur leur passage.

Les doigts crispés autour de son bouquet, elle a demandé, avec un petit filet de voix : « Ils sont là… pour moi ? » Et elle a soudain pris conscience de ce qu'elle est vraiment : une jeune fille de quinze ans sur le point d'accomplir une démarche appelée à changer son existence.

« Ils sont ici pour ce que nous représentons, lui a répondu son père en se penchant en avant. C'est-à-dire Palerme. Pietro, ton fiancé, a le rang de vice-roi. Mais souviens-toi toujours que mon père avant moi, et moi après lui, nous sommes propriétaires de terrains, d'usines, que des centaines de gens travaillent pour nous, que tu es la fille du patron. Et que nous avons sué sang et eau pour conquérir notre richesse. »

Giulia l'a écouté les yeux grands ouverts. Ce n'était certes pas la première fois que son père s'adressait à elle comme à une adulte, mais il ne l'avait jamais fait avec autant de franchise.

Il a feint de ne pas remarquer sa stupeur. « Écoute-moi bien. Ta dot est soumise à un régime juridique particulier. Tu sais pourquoi ? Ta mère t'a expliqué de quoi il s'agissait ?

– Maman m'a parlé… d'autre chose », a bafouillé Giulia en rougissant d'embarras.

Sur le front d'Ignazio, une ride s'est creusée avant de s'aplanir d'un seul coup, et il a souri. « Ah, je vois. » Il a attrapé la main gelée de sa fille et l'a prise dans la sienne. « Oublie ça pour le moment et fais attention à ce que je te dis. Ta dot de quatre millions de lires[1] constitue un capital considérable. Mais comme la famille de ton fiancé ne connaît rien aux affaires et que je n'ai pas l'intention de financer à perte des caprices de nobles, ils ne pourront effectuer aucun investissement sans ton consentement, en accord avec ton mari. Maître Crispi a rédigé lui-même les clauses de ton contrat de mariage qui concernent cette question. »

Giulia n'a pas caché sa difficulté à tout saisir : « Ce qui signifie ?

– Ce qui signifie que je ne veux pas que les Lanza di Trabia te dépouillent de ce qui t'appartient. On ne sait jamais ce qui

1. Environ dix-huit millions d'euros. (N.d.A.)

peut arriver dans la vie. Par conséquent, Pietro m'indiquera à l'avance les immeubles ou les terrains qu'il souhaite acquérir et je les achèterai en votre nom, avec l'argent de ta dot. » Il s'est rapproché d'elle et lui a caressé le visage d'un geste délicat. « Il faudra rester tout le temps sur tes gardes, ma chérie. Tant que je serai là, tu n'auras rien à craindre. Dans ta nouvelle maison, tu vas devoir apprendre à te protéger, à ne laisser personne te marcher sur les pieds, pas même ton mari et surtout pas ta belle-mère, qui, soit dit entre nous, est une vraie vipère. Pietro a vingt-trois ans, mais il dépend entièrement d'elle. Toi, au contraire, tu es une jeune fille intelligente et tu sauras te défendre, comme la grand-mère dont tu portes le prénom, qui était une femme opiniâtre et sage. N'oublie jamais que ton indépendance et ton pouvoir de décision te sont garantis uniquement par ton argent, et que tu ne dois y renoncer à aucun prix. Tu m'as bien compris ? »

Giulia a fait signe que oui, les larmes aux yeux. Au bout de quelques instants, elle a ajouté : « Je ne voudrais surtout pas vous décevoir. »

Quand il l'a serrée dans ses bras, sa barbe lui a chatouillé le cou et piqué la peau du visage. « Dans notre famille, nous n'avons jamais eu peur de rien ni de personne, et nous avons même survécu brillamment à une révolution et à une guerre civile. Notre histoire ne remonte pas aussi loin dans le temps que celle des Lanza di Trabia, je te l'accorde ; il n'en demeure pas moins que tu es une Florio, que tes capacités intellectuelles et ton courage sont supérieurs à la moyenne et t'autorisent à agir sur un pied d'égalité avec ces nobles prétentieux. Et rappelle-toi bien, quoi qu'il arrive : l'argent, c'est le pouvoir. »

Cette idée encore en tête, Giulia se prépare à se présenter devant le duc Giulio Benso della Verdura, à qui l'on a demandé de célébrer le mariage civil en lieu et place du maire de Palerme.

Ce monsieur maigre au visage creusé l'attend de l'autre côté d'une table, un sourire bienveillant aux lèvres. Pietro Lanza di Trabia, qui se tient non loin de lui, est un jeune homme trapu au front déjà assez dégarni et aux imposantes moustaches noires.

Il a fait à sa fiancée une cour élégante, conforme aux bienséances : il lui a offert une bague précieuse, l'a accompagnée aux réceptions de la noblesse palermitaine et traitée comme une princesse.

Mais de là à s'emparer de son cœur… Elle voit en lui un agréable chevalier servant, certes pas un homme capable de lui faire perdre la tête, et ignore en outre si ce sera un bon mari. Peu importe, d'ailleurs, puisqu'elle connaît son devoir : lui donner des enfants sains et robustes et se montrer à la hauteur de son titre de princesse.

Le mariage est un pacte. Telle est la pensée de Giulia au moment où elle retire sa main de celle de son père, d'une douce tiédeur, pour la poser sur celle de Pietro, froide et agitée d'un léger tremblement. Un pacte conclu entre deux familles, dont elle-même et sa dot sont l'objet.

Et en affaires, personne n'est plus habile que les Florio.

« Vous n'avez pas idée de ce que c'était, le jubilé de la reine Victoria ! » Les jambes tendues devant lui, une coupe de champagne dans une main et un cigarillo dans l'autre, Ignazziddu regarde ses amis : son cousin Francesco d'Ondes, surnommé Ciccio ; Romualdo Trigona, un cousin plus éloigné ; et enfin Giuseppe Monroy. Ils ont volontiers accepté une invitation à passer quelques jours avec lui à la villa ai Colli, près de Palerme. Tous les Florio sont là et s'apprêtent à partir pour Favignana.

Les quatre jeunes gens sont réunis sur la terrasse donnant sur une plantation d'agrumes, étendus sur des fauteuils en osier que des domestiques ont mis à leur disposition au moment de leur arrivée. Il est déjà tard, et la fraîcheur nocturne atténue enfin quelque peu la chaleur de la journée estivale. Le parfum des fleurs d'agrumes vient se mélanger à celui, plus entêtant, de la menthe sauvage plantée dans les vases alignés sur la balustrade en pierre.

« Pour commencer, nous avons été accueillis à Londres par une pluie battante. Un véritable enfer, de descendre les valises et les malles du train. Ma mère et mon frère avaient été malades pendant tout le voyage de Calais à Douvres, alors ils sont allés tout de suite se reposer dans leurs chambres. Mais mon père a voulu se promener dans la ville et je l'ai accompagné. Heureusement pour nous, il ne pleuvait plus. Et là, un de ces spectacles ! Des fleurs, des drapeaux, des festons et des portraits de la reine partout, même dans les ruelles secondaires. Et ce n'est pas tout ! Devant une maison, ils avaient construit une grande plate-forme décorée de palmiers et d'ombrelles japonaises, et au milieu, il y avait un gigantesque buste de la reine entouré de guirlandes de fleurs. Ailleurs, une façade était entièrement couverte de drapeaux. Sur une autre, il y avait des cascades de fleurs suspendues aux balcons qui formaient le chiffre 50. Et la parade, le lendemain ! C'était une journée ensoleillée, les épées et les casques luisaient tellement qu'on se serait cru devant un fleuve d'argent. Mais ce qui m'a le plus frappé, c'est à Buckingham Palace, avant la parade. Une foule immense, vous imaginez bien. Et un silence total !

– Comment ça, du silence ? s'écrie Giuseppe.

– Incroyable, pas vrai ? Ici, il y aurait eu des cris, des hourras… Là-bas, rien de rien. Mais quand les chevaux du carrosse royal ont fait leur apparition, ç'a été une explosion de joie. Les hurlements couvraient le son des trompettes qui annonçaient l'arrivée de la reine, les gens agitaient des mouchoirs, lançaient leurs chapeaux en l'air… Il paraît même que, sur le passage du carrosse, un type a crié : "La voilà ! Je l'ai vue ! Elle est vivante !", et qu'il a fait rire tout le monde. Les sujets de Victoria ont une véritable vénération pour elle, rien à voir avec nous et les Savoie ! »

Ses amis éclatent de rire et le regardent avec des sentiments mêlés de fascination et d'envie.

Ignazziddu reprend son récit et leur explique que les Florio, les Trabia et quelques autres étaient les seuls Italiens invités, il n'hésite pas à le répéter maintes et maintes fois, pour bien enfoncer le clou. « Il y avait toutes les familles royales d'Europe, sans compter les nobles, les banquiers, les hommes politiques… Mon père n'arrêtait pas de saluer à droite et à gauche, passait de l'un à l'autre, et ma mère était toujours derrière lui. Si vous saviez comme on nous regardait… Soit ils nous connaissaient déjà, soit ils faisaient des pieds et des mains pour être présentés à papa, le patron de la NGI… »

Romualdo l'interrompt : « Après, tu es allé à Paris, c'est bien ça ?

– Oui, nous étions les invités des Rothschild. » Ignazio sourit et se penche en avant. « Et surtout, j'ai passé un après-midi inoubliable au Chabanais…

– Au fait, ta mère le sait, que tu fréquentes les bordels ? » Ciccio se verse à boire en accompagnant sa question d'un regard sournois.

« Ma mère avait fait installer un grand crucifix et un prie-Dieu dans sa chambre d'hôtel. Cela dit, elle m'adore ; et même quand elle me gronde, elle finit toujours par me pardonner. » Ignazziddu vide sa coupe et se lève. « Et puis, elle était très occupée. Elle devait choisir des meubles pour l'Olivuzza, des tapis pour les salons… Avec ma sœur, elles ont passé une journée entière chez Worth à essayer des vêtements. Pendant ce temps, mon père avait des rendez-vous d'affaires et il m'a obligé à y participer. Je n'ai pu échapper à la corvée que la fois où j'ai prétendu que j'allais visiter un musée.

– La rançon du succès, mon cher… Ton père sait pertinemment que tu es un don Juan ! » Romualdo se lève à son tour et lui donne une tape affectueuse sur la nuque. Les deux amis ont une passion commune pour la gent féminine et les divertissements coûteux.

« Si une jolie femme me désire et que je la désire aussi, je ne vois pas où est le problème, réplique Ignazziddu d'un air fat en levant les yeux au ciel. À l'hôtel, il y avait une comtesse russe avec son mari, et croyez-moi, les hommes se retournaient sur son passage. Une vraie déesse, blonde, les yeux verts… Elle me regardait, je la regardais et… » Ses yeux brillent au souvenir de son aventure. « Oh, tu m'écoutes ? »

Ciccio et Giuseppe ont soudain cessé de sourire et Romualdo, devenu tout à coup très sérieux, désigne du menton un endroit situé dans le dos d'Ignazziddu.

Dressé dans l'encadrement de la porte-fenêtre, le visage fatigué, Ignazio pose sur les quatre jeunes hommes un regard lourd de reproches. Puis il leur parle à voix basse, les bras croisés sur la poitrine : « Messieurs, il est très tard. Puis-je vous suggérer de vous retirer dans vos chambres ? »

Romualdo baisse la tête. « Cela va de soi, don Ignazio… Veuillez nous excuser, si nous vous avons dérangé. » Il se lève, prend Ciccio par la manche et l'entraîne en toute hâte à l'intérieur de la villa. Giuseppe les suit aussitôt après avoir lancé un coup d'œil inquiet à Ignazziddu, qui, à la seule vue de l'expression de son père, a deviné que le temps était à l'orage.

De fait, Ignazio lui pose une main sur le bras pour le retenir et l'empêcher de rejoindre ses amis. « Tu as choisi la pire des manières possibles de parler de ta mère et de moi. Et surtout de ta mère, qui cède à tous tes caprices et qui excuse toutes tes fredaines. »

Ignazziddu reçoit ces quelques mots comme une gifle en pleine figure. Il rougit, essaie de s'en aller et finit par demander : « Qu'est-ce que j'ai dit de si grave ?

– Tu n'as pas à parler de nous de cette manière, un point c'est tout. Nous n'avons rien à prouver, et tu serais bien avisé de ne jamais te vanter de ce que tu possèdes ou de ce que tu es, laisse ça aux parvenus. » Il attrape son fils et le tire vers lui. « Et à ce propos, autre chose : la prochaine fois que tu as envie d'aller t'amuser, tu n'as qu'à m'en parler, ce n'est pas moi qui t'en empêcherai. Mais tu dois aussi comprendre que tu as des responsabilités, et qu'elles passent avant les plaisirs. Tu penses trop aux femmes. Je sais bien que tu es jeune, que tu es un garçon, que tout cela est compréhensible. Il n'empêche, s'enorgueillir de certains exploits a toujours quelque chose de sordide. Il va falloir apprendre le respect, non seulement envers les dames que tu fréquentes, mais aussi envers toi-même.

– Papa, il s'agissait d'une maison close, et ces femmes n'étaient que des… »

Ignazio ferme les yeux pour tenter de réfréner son exaspération croissante. « Ça n'a pas la moindre importance !

– À t'écouter, je devrais mener une vie de moine, entre maison et bureau, grommelle son fils.

– Sacré nom de… Tu es un Florio ! Tu dois penser d'abord et avant tout à la réputation de ta famille. » Il lève une main d'un geste menaçant. « Un jour, tu devras te montrer digne de cet anneau que je porte au doigt, qui a appartenu à ton arrière-grand-oncle Ignazio, un homme honnête et courageux, et ensuite à ton grand-père Vincenzo, à qui nous devons tout. Si tu n'es pas capable de te maîtriser et de respecter les convenances, tu n'iras pas loin dans la vie. »

Ignazio fait semblant de ne pas remarquer la grimace de son fils, qui rentre dans la villa. Pour l'instant, il le laisse se bercer de l'illusion d'être plus malin que les autres, d'en savoir davantage que son propre père sur les mystères de l'existence. Mais il a compris qu'il doit le surveiller de près, ce fils rebelle, et lui apprendre à tenir son rang. Impossible de devenir adulte, si on ignore quand et comment il faut agir et parler. Et, surtout, quand et comment il faut se taire.

L'eau du port de Favignana est si limpide que l'on voit le fond de la mer et les poissons qui nagent entre les touffes d'algues. Le ressac est un murmure harmonieux de l'eau et du vent qui effleure la coque des bateaux et s'étend jusque sur la plage de sable, devant la madrague.

Ignazio inspire profondément. Une odeur d'épi d'eau séché, salée et presque écœurante, imprègne l'atmosphère. Haut dans le ciel, quelques mouettes planent en attendant que les pêcheurs rejettent à la mer les morceaux de poisson encore pris dans les filets qu'ils raccommodent.

Il en va toujours ainsi au printemps, et ce mois de mai 1889 ne fait pas exception à la règle.

Dès la première période de pêche, les journées resplendissantes se sont succédé et le soleil s'est emparé de l'île, il l'a revêtue de cette moelleuse lumière dorée qu'Ignazio aime tant.

Il ébauche un sourire, se protège les yeux derrière une main et porte son regard sur la demeure somptueuse conçue pour lui par Damiani Almeyda. Giovanna et donna Ciccia se promènent au jardin, tandis que Vincenzo joue au ballon. Son dernier-né n'a que six ans, mais il donne déjà des signes d'une intelligence très vive, pétillante.

Giovanna se plaît à séjourner là en compagnie de son fils. Elle doit en outre y superviser les tâches ménagères et la domesticité venue de Palerme : elle s'est désormais résignée à l'impossibilité de recourir pour cela aux services des habitants de l'île, décidément trop frustes, qu'elle a préféré affecter aux travaux les plus pénibles. Le personnel palermitain a cependant pris la mauvaise habitude de faire preuve, aussitôt arrivé à Favignana, d'un relâchement qui irrite Giovanna au plus haut point. Elle se sent donc obligée de contrôler en personne l'état des chambres et la préparation des plats servis à table, surtout lorsqu'il y a des invités, et concentre ainsi l'essentiel de son énergie sur ses fonctions de maîtresse de maison.

De son côté, Ignazio a choisi de résider sur le *Queen Mary*, le yacht qu'il a récemment acquis auprès de Louis Pratt, à Marseille. Ce dernier l'avait rebaptisé *Reine Marie*, mais Ignazio a souhaité lui restituer le nom qu'il portait à sa sortie des chantiers navals d'Aberdeen. Long de trente-six mètres, il est doté d'une coque en fer, d'une voile de cutter, d'un moteur compound à vapeur et d'une propulsion à hélice. C'est le plus grand bateau de plaisance immatriculé en Italie et sans doute aussi le plus rapide, puisqu'il atteint les vingt nœuds. Un véritable joyau, qui a pour seul concurrent sérieux le *Louise* de Giuseppe Lanza di Mazzarino, un ami d'Ignazio.

C'est d'ailleurs ce même Giuseppe qui avait fini par le convaincre d'acheter le *Queen Mary*. Ignazio caressait depuis longtemps l'idée de posséder un yacht, mais il s'était jusque-là vu contraint d'accorder la priorité à ses affaires, à la dot de sa fille et au renouvellement de ses navires commerciaux. Bien entendu, il était devenu membre du Regio Yacht Club Italiano de Gênes ; mais il s'agissait là d'une démarche obligée pour la quasi-totalité des armateurs de la ville, de Raffaele

Rubattino à Giuseppe Orlando et Erasmo Piaggio, directeur des bureaux génois de la NGI.

Giuseppe Lanza di Mazzarino, qui avait parrainé Ignazio pour son inscription au Yacht Club, lui avait déclaré un beau jour, dans un grand éclat de rire : « Mon cher, tu ne peux pas rester plus longtemps sans bateau personnel, ce n'est pas digne de toi ! Tu es à la tête de la plus grosse flotte privée italienne et tu n'as même pas un rafiot à toi ! »

Piqué au vif par cette remarque acerbe, Ignazio lui avait répliqué : « J'y ai pensé, mais ce n'est pas le moment. Et puis, je ne pourrais même pas en profiter : entre la NGI et les madragues, j'ai trop de préoccupations en tête. Je ne peux pas me permettre le luxe de partir en croisière et de laisser à d'autres le soin de s'occuper de mes affaires. » Giuseppe avait néanmoins éprouvé le besoin d'insister : « Tout n'est qu'une question de point de vue. Tes entreprises te rapportent des millions, et tu aurais honte de disposer d'un yacht ? Même si tu n'y passais qu'un jour par an, ça en vaudrait la peine. »

Ignazio avait alors approuvé Giuseppe : ce yacht était appelé à devenir un symbole – un *énième* symbole – du pouvoir des Florio. Comme l'Olivuzza. Comme la voiture ferroviaire spécialement aménagée pour sa famille. Comme le mariage de Giulia avec le prince de Trabia.

Mais en cet instant, à bord, il comprend que son choix s'explique par des motivations venues du tréfonds de son être, et que le prestige social n'était qu'un prétexte.

Sous ses pieds, la mer palpite et respire. Il la sent : c'est une vibration qui naît dans les chevilles, gagne les épaules et se déploie dans tout son esprit.

Un jour, ici même, à Favignana, son père lui avait dit : « Nous les Florio, la mer coule dans nos veines. »

Les origines de sa famille remontent à la surface de sa conscience, son sang bouillonne sous sa peau.

Et puis, Favignana… Le seul endroit au monde où il éprouve une impression de complétude. Où les souvenirs ne sont pas douloureux. Où il peut recevoir sans souffrir la visite de certains fantômes, les imaginer près de lui ou cachés dans les rares zones d'ombre qui échappent au soleil.

Ses parents. Son fils. Camille.

« Don Ignazio. »

Un marin, en uniforme bleu et casquette claire, a quelque chose à lui annoncer.

« Je t'écoute, Saverio.

– M. Caruso souhaiterait vous parler. Il vous attend dans le petit salon. »

Le petit salon du *Queen Mary* est une pièce dont l'équipement fonctionnel, conforme aux exigences de la navigation, est dissimulé sous une décoration luxuriante. De petites marines à l'huile sont accrochées aux boiseries qui recouvrent les parois ; un canapé en velours est adossé à un mur ; un tapis Senneh, aux tonalités lie-de-vin, a été fixé au sol pour éviter les risques de glissade.

« Don Ignazio, quel plaisir de vous revoir ! » Gaetano Caruso soulève son chapeau et se met debout. Son visage émacié est sillonné de rides profondes et sa barbichette a blanchi. *Autrefois, son père a vieilli en même temps que le mien ; maintenant, lui en même temps que moi… encore une histoire de famille*, pense Ignazio en lui serrant la main. Il est peu d'hommes au monde en qui il puisse avoir autant confiance qu'en celui-ci.

Caruso lui tend un dossier rempli de lettres. « Je vous ai apporté votre courrier. Le bateau de Trapani est arrivé au moment précis où je m'apprêtais à venir vous voir. »

Ignazio le remercie d'un geste aimable et l'invite à se rasseoir tout en parcourant rapidement sa correspondance. Certaines missives ont été écrites sur papier à en-tête du Sénat, d'autres sont de nature commerciale. Rien, en tout cas, qui ne puisse attendre.

Il s'assied à son tour sur le divan et encourage son visiteur à parler : « Je suis tout ouïe. »

Caruso croise les mains sur ses cuisses ; son regard, jusque-là sombre et attentif, devient prudent. Son débit n'en demeure pas moins rapide : « D'après des bruits qui courent, les autorités auraient l'intention de nommer un nouveau directeur de la prison d'ici. On ne sait pas qui ce sera, et s'il nous autorisera à continuer d'employer des détenus dans notre établissement. Vous savez comme moi que ce n'est pas la première fois que ce genre de rumeur circule ; seulement, cette fois-ci, ce ne serait plus qu'une question de jours.

– Encore cette histoire ? Ils n'ont rien trouvé de mieux à faire ? » Ignazio ne cache pas son exaspération. « On ne peut tout de même pas passer ses journées à essayer de deviner ce qui passe par la tête des ronds-de-cuir du ministère ! Et juste avant la campagne de pêche ! » La contrariété a entièrement dissipé son bien-être, et une ride se creuse entre ses sourcils. « Je vais écrire tout de suite à Rome, Abele Damiani fera le nécessaire, j'ai déjà dû le solliciter une fois pour une affaire similaire. » Il marque une pause et secoue la tête. « Si le recours aux prisonniers ne nous permettait pas d'économiser des sommes considérables, je me passerais volontiers de leurs services. Mais nos dépenses sont si lourdes ici. »

Caruso écarte les bras d'un air navré. « À qui le dites-vous, don Ignazio ! Entre les salaires des pêcheurs et ceux des ouvriers, les frais de réparation des chaudières et ceux de l'entretien du vignoble, le passif de Favignana a pris des proportions… » Il indique le rivage d'un geste vague. « Sans compter les émoluments des curés et des sacristains. »

Le regard torve de Caruso suscite l'hilarité momentanée d'Ignazio, qui lui explique : « Je sais que vous trouvez que c'est beaucoup, deux sacristains pour une si petite île. Mais ils s'occupent aussi de la conservation de l'église, qui fait partie des charges incombant au propriétaire des Égades puisque, ici, la mer dévore tout, à commencer par les édifices... Et puis, j'ai promis à ma femme, dont vous connaissez la dévotion. Quant au vignoble... » Il pose un coude sur l'accoudoir du divan et appuie le menton sur son poing. « L'arôme du vin que nous en tirons est un des rares plaisirs qui me restent. J'y reconnais la saveur de la mer. »

Caruso ne parvient pas à cacher sa stupeur derrière son masque de déférence. Le comportement du *patron* – comme l'appellent les ouvriers et lui-même – laisse parfois entrevoir des failles ouvrant sur une dimension plus humaine... qui ne tardent cependant pas à se refermer.

« Don Gaetano... Quand on est riche, on a le choix entre deux attitudes : profiter de la vie et se moquer du reste ; ou bien penser à la fois à sa propre situation et à celle de ses employés. Inutile de vous dire où va ma préférence.

– Je le sais bien, don Ignazio. Je sais que même sur ce bateau où vous avez l'air de mener une vie oisive, vous travaillez. » Il porte une main à sa tempe. « Vous travaillez là-dedans. Vous ne cessez pas un seul instant de penser à la NGI, à la fonderie, à l'exploitation vinicole...

– Parce que c'est mon devoir. » Ignazio parle sans emphase. « La Maison Florio, c'est ma famille, et on n'a pas le droit de négliger sa famille. » Il se lève et invite son hôte à le suivre dehors. « Ce qui ne m'empêche pas de profiter de ce que je possède. »

Arrivé sur le pont, Ignazio dirige son regard vers la madrague. « Bientôt, on parlera beaucoup de cet établissement, plus encore que maintenant. »

Caruso plisse les yeux pour se protéger du soleil. « Que voulez-vous dire ?

– Des discussions sont en cours avec Crispi à propos d'un projet. Quelque chose de gigantesque. » Il baisse la voix et esquisse un demi-sourire. « Une exposition nationale. »

Caruso sursaute. « Rien que ça ?

– Les temps sont mûrs pour la tenue d'une manifestation de ce genre en Italie du Sud. Et aucune ville ne conviendrait mieux que Palerme : nous disposons de tous les espaces nécessaires, entre la périphérie et le parc de La Favorita ; et nous disposons aussi… » Il se désigne lui-même et hausse un sourcil. « … des sommes d'argent et des personnes compétentes requises pour la conception de l'ensemble.

– Ce serait magnifique. » Caruso s'immobilise, bouche bée, puis écarte les mains. « Une exposition à Palerme nous apporterait des milliers de visiteurs, et ce serait l'occasion de mettre en avant nos produits, de montrer aux Romains et aux gens du Nord que sur notre île, il n'y a pas uniquement des gardiens de chèvres et des pêcheurs.

– Les Romains le savent déjà. Et c'est bien pour cela qu'ils nous ont mis autant de bâtons dans les roues. » Ignazio indique la mer derrière lui. « D'après vous, si le projet aboutit, qui s'occupera du transport des marchandises ? Et à qui devront s'adresser les entreprises qui souhaiteront présenter leurs productions, si ce n'est aux organisateurs ? » Il se penche sur Caruso et lui serre le bras. « Je ne suis d'ailleurs pas le seul promoteur du projet. Crispi l'appuie aussi, et maintenant qu'il est devenu le premier président du Conseil originaire du sud du pays, il est en mesure de surmonter bien des obstacles. Et il sait qu'il peut compter sur le soutien de la totalité des milieux politiques siciliens. De mon côté, je me contenterai du rôle de bailleur de fonds… » Il frotte son index contre son pouce. « … en échange des emplacements que je choisirai. » Il se redresse, paupières mi-closes ; la lumière du soleil ne fait qu'aggraver le picotement aux yeux dont il souffre depuis plusieurs années. « Mais à ce stade, rien n'est encore décidé. Et vu l'importance de l'enjeu, je vous recommande la plus grande discrétion et la plus grande prudence. Lorsque l'information sera officielle, nous nous consacrerons à la conception de notre pavillon. Le thon, notre thon, sera le héros de la fête, à côté du marsala.

– Je serai muet comme une tombe, don Ignazio. » Caruso est bien trop stupéfait pour en dire davantage ; la mise en œuvre d'un projet si ambitieux aurait des conséquences positives incalculables.

Ignazio hoche la tête, l'accompagne à l'échelle d'embarquement et ajoute : « J'attends des nouvelles de la fonderie à propos de certaines revendications dont il faudra discuter, en temps et en heure, avec le personnel de la ligne de navigation à destination de Bombay qui vient de s'ouvrir.

– Je vous les apporterai moi-même dès que je les aurai reçues. »

Ignazio aperçoit alors son fils. Un chapeau dans une main et une canne à pommeau d'argent dans l'autre – comme l'exige la mode –, il court à toute allure et soulève des nuages de poussière sur son passage. Parvenu en bas de l'échelle, il s'immobilise et reprend son souffle.

Un soupir échappe à son père. Certains jours, il désespère de réussir à faire d'Ignazziddu son bras droit dans l'administration de la Maison Florio. Et ce n'est pas seulement parce qu'il ne manifeste aucun intérêt pour les négociations dans lesquelles Ignazio essaie de l'impliquer. Non, il y a quelque chose de plus profond derrière son attitude. À croire qu'Ignazziddu ne veut s'occuper que des jolies choses, qui, comme par hasard, sont toujours les plus coûteuses.

Caruso tripote le bord de son chapeau de paille. « À plus tard, don Ignazio. Pour la visite de l'établissement, vous vous souvenez ?

– J'y serai. Et d'ici là, je vais envoyer un télégramme à Damiani. »

Caruso et Ignazziddu se croisent sur l'échelle. Le premier touche son chapeau du doigt et murmure un salut. Le second s'en tient à un geste nonchalant de la main et s'approche de son père, qui le toise d'un air sombre et le réprimande aussitôt : « On dirait que personne ne t'a jamais appris les bonnes manières. En voilà une façon de traiter les gens ! »

Ignazziddu hausse les épaules. « Papa, ce n'est que M. Caruso. Il me connaît depuis que je suis tout petit, je ne vais tout de même pas me mettre à faire des salamalecs avec lui ?

– Il faut être poli avec tout le monde. À vingt et un ans, tu devrais le savoir. C'est l'éducation qui fait d'un homme un monsieur. » Il pose les yeux sur les chaussures en cuir de son fils, fabriquées en Toscane. « Regarde-moi ça, tu es couvert de poussière. On peut savoir pourquoi tu courais si vite ? »

Le jeune homme agite un morceau de papier. « Une chose dont nous avions parlé, Giulia et moi. Je viens de recevoir un télégramme de confirmation. »

Le cœur d'Ignazio déborde de joie. Trois ans après son mariage, sa *petite chérie* est enfin sur le point de le rendre grand-père. Quand il l'a vue pour la dernière fois, quelques semaines plus tôt, elle lui a paru empâtée mais sereine. « Et… ? »

Tout à coup, Ignazziddu hésite, cherche ses mots, arpente le pont d'un pas hésitant. « Giulia voudrait se reposer un peu après l'accouchement. Bien entendu, son mari n'est pas disposé à la laisser voyager n'importe où, surtout avec un bébé. Tu sais ce que c'est… » Il baisse la voix, un vague sourire complice aux lèvres. « Comme elle a déjà été obligée de supporter la présence continuelle de sa belle-mère pendant toute sa grossesse, elle aimerait bien avoir un moment à elle. »

Ignazio a beau cacher son impatience sous un visage marmoréen, il finit par ne plus pouvoir se retenir : « Viens-en au fait, s'il te plaît. Qu'est-ce que tu essaies de me dire ?

– Giulia et moi, nous nous demandions si tu nous permettrais d'utiliser le *Queen Mary* pour aller passer quelques jours à Naples, cet été. » Il a prononcé ces mots d'une seule haleine, ses petites moustaches tremblaient sur ses lèvres agitées d'un frisson nerveux. Puis, de but en blanc, son regard devient suppliant.

L'irritation de son père explose sous la forme d'un juron proféré dans un marmonnement ronchon. Les mains croisées derrière le dos et les basques de sa redingote flottant au vent, il reprend sa marche sur le pont. « C'est *toi* qui as proposé à ta sœur de partir en croisière, j'en suis convaincu, et elle a sauté sur l'occasion pour s'éloigner de sa belle-mère, qui en effet passe son temps à la critiquer et à dire du mal d'elle à Pietro… » Il se fige et regarde son fils droit dans les yeux. « Je vois ça d'ici… Et je parierais même que tu en as parlé aussi à ton beau-frère, que tu lui as suggéré que ce serait un excellent moyen de permettre à Giulia de prendre un peu de repos. Je me trompe ? »

Ignazziddu se mord les lèvres. On aurait presque l'impression qu'il réfrène un petit rire embarrassé, comme un gamin surpris à voler des confitures. Une telle attitude lui permettrait d'amadouer sa mère, qui lui a toujours tout passé. Mais avec son père, ce n'est pas la même chose. Il ne peut pas se contenter de prendre ce dont il a envie, il doit apprendre à l'obtenir au prix d'un effort.

Ignazio lui appuie un doigt contre la poitrine. « Ne va pas croire que tu peux manipuler les gens selon ton bon plaisir, et surtout pas moi ; je déteste ça, et tu le sais parfaitement. Tu as tout manigancé dans mon dos pour me mettre devant le fait accompli, de telle manière que si je dis non à Pietro et à Giulia, je vais passer pour un tyran. »

Un pli de contrariété tord la bouche de son fils. « On ne peut jamais rien te demander sans te préciser pourquoi, comment, quand. Qu'est-ce que ça te coûterait de nous autoriser, ma sœur et moi, à passer un moment sur ton bateau en compagnie de quelques amis ? De toute façon, *maman** et toi, vous ne comptez pas voyager à bord de ce yacht, que je sache. Et quand bien même vous décideriez de partir, il vous resterait notre train.

– *Quelques* amis ? » La voix d'Ignazio est soudain si aiguë qu'un mousse, occupé à nettoyer la rampe de l'échelle d'embarquement, sursaute et jette sur lui un coup d'œil étonné. Ignazio le foudroie du regard et le gamin reprend aussitôt son travail, la tête rentrée entre les épaules. « Combien d'invitations as-tu lancées ? Tu as l'intention de me le dire tout de suite ou tu préfères me raconter les choses par épisodes, comme dans les romans dont raffole donna Ciccia ? »

Ignazziddu s'ébouriffe les cheveux d'un geste nerveux dont il prend conscience après coup, et les recoiffe immédiatement. « Papa, on pourrait accueillir la moitié de Palerme à bord de ce navire, ne prétends pas le contraire. » Il lève les yeux au ciel. « Et puis, il ne s'agit pas tant de me refuser quelque chose à moi… »

Espèce de petit gredin… ou plutôt non… immense gredin ! Il sait bien que son père a une prédilection marquée pour Giulia et qu'il est prêt à tout pour ne pas la mécontenter. Ignazio a mis des années à apprendre à manœuvrer les gens, alors que chez son fils, c'est un don inné.

Une qualité à cultiver.

Le jeune homme s'approche et chuchote : « Papa, je t'en prie. » Son regard est suppliant, soumis. Ignazio, un peu malgré lui, laisse échapper un sourire. Cela étant, s'il doit céder, ce sera à ses conditions.

« Je te ferai connaître ma décision dans les prochains jours. Mais tu vas me promettre quelque chose dès maintenant. »

Ignazziddu pose sur lui un regard où l'espoir le dispute à une vague inquiétude. « Tout ce que tu voudras.

– À partir de cet automne, tu m'accompagneras au bureau tous les jours. »

Sur le mont Bonifato, le soleil de septembre projette de longues ombres, semblables à des vagues qui descendraient de la cime à la vallée le long d'une succession de terrasses.

Ignazio descend de sa voiture couverte de poussière et inspire profondément l'air douceâtre, chargé de vapeurs, qui enveloppe la campagne. Ignazziddu descend à son tour, la mine renfrognée. Dans cette riche campagne, le marron des champs labourés depuis peu alterne avec le vert argenté des oliveraies et celui, plus sombre, des vignobles. Ignazio baisse ensuite les yeux sur un dispositif en métal installé à proximité de rails, un échangeur placé quelques mètres avant la gare ferroviaire. Sur le pivot central, on peut lire cette inscription :

FONDERIE ORETEA
1889
PALERME

C'est en 1885 que don Florio a acquis cette propriété située à la sortie d'Alcamo, une petite ville où résident nombre de ses fournisseurs de raisin et de moût utilisés pour l'élaboration de son marsala. De manière très avisée, il y a fait aménager un bâtiment désormais affecté à la production de vin, doté d'une vaste cour intérieure carrée et, à l'extérieur, de grands pressoirs et de fours destinés à la cuisson du moût. L'idée lui en est venue à la suite d'une conversation avec Abele Damiani, croisé à Rome à l'occasion d'une séance parlementaire. Comme souvent, ils discutaient des solutions envisageables pour renforcer l'économie sicilienne ; Damiani lui avait suggéré l'acquisition d'une métairie près d'Alcamo : « Vous pourriez travailler le moût sur place avant de le transporter à Marsala, ce serait très avantageux pour vous, don Ignazio. »

Il avait d'abord eu une réaction agacée : « D'Alcamo à Marsala ? Dans l'état où sont les routes ? Vous imaginez le nombre de charrettes qu'il faudrait ? » Mais, tout de suite après, il avait eu la vision *fulgurante* de ce qu'il pourrait faire.

Une véritable révolution.

Non, pas des charrettes. Des wagons.

Avant même de le voir, il devine l'arrivée du train de marchandises en provenance de Palerme à la vibration qui passe du terrain à sa peau, puis au sifflement léger apporté par le vent. Alors, il tourne le dos au chemin de fer et franchit, toujours suivi de son fils, le portail monumental surmonté d'un demi-cercle où apparaît l'enseigne de sa famille, un lion se désaltérant au pied d'un arbre de quinquina. Le directeur de l'établissement et Abele Damiani l'attendent un peu plus loin. Ce dernier, bien qu'assez surpris de la présence d'Ignazziddu, n'en montre rien et préfère s'exclamer, avec un sourire de satisfaction : « Vous voyez que j'avais raison ! »

Ignazio acquiesce. « C'est vrai. Et je tenais à assister en personne au premier chargement des barils venus de Palerme, ceux que nous utiliserons pour le raffinage du vin. Grâce au prolongement des rails jusqu'ici, l'opération devrait être beaucoup plus facile. »

Il peut à juste titre s'enorgueillir de son chef-d'œuvre : l'obtention d'un embranchement sur la ligne de chemin de fer, la ligne *publique*, conduisant jusqu'à l'intérieur de son établissement. Du jamais-vu, en Sicile. Et même quelque chose d'à peine croyable, pour les habitants de ce petit centre agricole.

Dans un premier temps, Ignazio s'est beaucoup appuyé sur la longue expérience, en matière d'arcanes administratifs, de Vincenzo Giachery ; mais depuis la mort, l'année passée, du directeur de l'Oretea, il se ressent beaucoup de l'absence de cet homme si intelligent et sensible. Il ne s'est toutefois pas découragé. Dès qu'il a exposé son idée à Damiani, ce politicien rusé a remué ciel et terre pour mener le projet à son terme et n'a pas manqué, par la suite, de s'attribuer le mérite d'avoir convaincu les Florio de créer des emplois dans ces régions reculées. Contribuer à la réduction du chômage, c'est accumuler du prestige. Et obtenir des voix aux élections.

Ignazio se soucie cependant peu des aspects politiques de l'affaire. Ce qui importe à ses yeux, c'est d'avoir atteint ses objectifs : l'amélioration de la production de marsala et la diminution des coûts de production. En théorie, du moins, et le moment est venu de procéder à une vérification dans la pratique. Il demande donc au directeur de l'établissement : « Toute la récolte a bien été regroupée ici ?

– Jusqu'à la dernière grappe. La vendange a été bonne, don Ignazio. Venez, je vous emmène visiter nos bureaux. »

À peine a-t-il achevé sa phrase que la locomotive pénètre dans la cour, accompagnée d'un nuage de vapeur noir qui salit le ciel. Le train s'arrête dans un grand sifflement, sous les yeux ébahis des ouvriers alignés sur les quais et à l'entrée des entrepôts. Après quelques secondes de silence total, les applaudissements et les cris de joie éclatent. Ignazio pose un regard plein de fierté sur la scène, serre le bras de son fils, et lui dit : « Souviens-toi toujours de ce moment. Ce sont les Florio qui l'ont rendu possible. »

Tandis que les ouvriers se mettent au travail, les visiteurs et leurs accompagnateurs montent à l'étage et se retrouvent en face de la porte en bois à double battant qui donne accès aux services administratifs et commerciaux.

Un I et un F en bronze, grands comme la main, s'y entrelacent ; autour des deux lettres, une roue dentée, elle aussi en bronze, porte l'inscription :

L'INDUSTRIE DOMINE LA FORCE

Ignazio est l'inventeur de cette devise. Elle exprime sa confiance en l'intelligence, la recherche et le travail pour vaincre l'ignorance, la force à l'état brut et les mentalités arriérées.

Son idée de grande exposition nationale à Palerme prend lentement forme. Il en a parlé dans la capitale à plusieurs hommes politiques, et à d'autres grands entrepreneurs un peu partout en Italie. Et il a reconnu en la personne de l'architecte Ernesto Basile le concepteur idéal des pavillons. Son esthétique plaît beaucoup à Ignazio, qui la juge à la fois plus raffinée et plus moderne que celle de son père Giovan Battista, le créateur du Teatro Massimo. Bien entendu, il faudra encore de l'argent, du temps, de l'énergie…

Mais la devise d'Ignazio porte en germe la signification ultime de son projet.

Des obstacles ? Il en reste beaucoup, sans aucun doute.

Mais peu importe. Il les surmontera, tous.

On n'arrête pas le progrès.

En décembre 1890, Ignazio se sent en proie à un étrange épuisement, surtout au réveil, ce qui l'oblige à faire une sieste l'après-midi, à passer moins de temps à son bureau de la piazza Marina et à renoncer à ses visites régulières à la Banque Florio. Giovanna ne semble pas s'en apercevoir : une de ses amies les plus intimes, Giovanna Nicoletta Filangeri, princesse de Cutò, est au plus mal. Chaque jour, elle va la voir chez elle, lui prodigue des soins affectueux, la voit dépérir et se consumer d'une maladie dont les causes laissent les médecins perplexes.

Quelques jours après la fête de l'Immaculée Conception, à dîner, Giovanna explique à son mari : « Il semblerait que tout soit dû à une hernie mal soignée. » Ils sont seuls dans la grande salle à manger de l'Olivuzza : Ignazziddu est allé à une fête en compagnie de Giuseppe Monroy et Romualdo Trigona ; Vincenzo est dans sa chambre, où il a dîné avec sa gouvernante.

Ignazio ne répond rien.

Giovanna lève les yeux et le dévisage.

Il se tient immobile, les yeux fermés. Et il est très pâle.

« Mais… qu'est-ce qu'il y a, tu ne te sens pas bien ? »

Ignazio agite une main, comme pour écarter cette hypothèse déplaisante. Puis il rouvre les yeux, plonge sa cuiller dans sa soupe de poisson et adresse à Giovanna un sourire qui prend aussitôt l'aspect d'une grimace. Il ajoute que depuis quelque temps, il a souvent des nausées lorsqu'il mange ; et le regard qu'il lui jette, et qui se voudrait rassurant, ne fait qu'accroître l'inquiétude de son épouse.

Alors seulement, elle se rend compte qu'il n'a presque rien avalé, et que ce n'est pas la première fois. Le mal-être dont il souffre, et qu'il s'est obstiné à nier, devient soudain concret, tangible ; il semble presque contagieux, s'insinue en Giovanna et y sonne une alarme intérieure.

Tout à coup, elle a peur.

Parce que son époux n'a jamais eu de cernes aussi profonds sous les yeux. Parce que son visage n'a jamais été aussi creux. Parce que ses cheveux, d'habitude touffus et brillants, sont devenus ternes. Parce qu'il dégage une odeur bizarre, désagréable.

« Tu as beaucoup maigri.

– Un peu, c'est vrai. Ces dernières semaines ont été très éprouvantes, je manque sans doute de sommeil… »

Elle lui prend la main et lui dit, en désignant son assiette d'un geste du menton : « Tu manques aussi d'appétit… »

Pour toute réponse, il hausse les épaules, écarte son assiette et annonce : « Je consulterai notre médecin demain. »

Bien que surprise et effrayée par cette décision impromptue qu'elle ne sait pas bien comment interpréter, Giovanna n'hésite pas à l'approuver d'emblée : « Très bien. Demain, je n'irai pas chez mon amie, je resterai ici pour écouter ce que dira le docteur. Tu as peut-être simplement besoin d'un fortifiant ou d'un sirop pour dormir. »

Ignazio se lève, l'embrasse sur le front et se dirige vers sa chambre. « Dans l'immédiat, je vais me coucher. » Sa silhouette s'est voûtée et sa démarche a perdu en aisance.

Giovanna écoute le bruit de ses pas dans les escaliers. Lorsque le silence revient, elle joint les mains et se met à prier.

Le médecin arrive en fin de matinée. Pour tromper son attente, Giovanna a enjoint aux domestiques de commencer à installer les décorations de Noël et de préparer le salon pour l'arrivée du grand sapin.

Mais l'angoisse la poursuit partout, ne la quitte pas un instant, s'enroule autour de sa gorge à la façon d'un serpent malfaisant et lui noue l'estomac. Donna Ciccia la voit à maintes reprises poser les mains sur son ventre, sortir de sa poche son chapelet en argent et en corail et le serrer très fort avant de l'y remettre. La vieille nourrice secoue la tête sans rien dire, mais s'inquiète de l'atmosphère qui règne à la villa et se demande si le moment ne serait pas venu de s'adresser aux âmes du purgatoire pour s'enquérir de ce qui se passe.

Terrassé par la fatigue, Ignazio est resté couché dans sa chambre aux volets mi-clos, envahie par la pénombre.

Giovanna donne des ordres, déplace des vases et des chandeliers, peste contre la lenteur supposée du travail effectué. Elle finit même par gronder Vincenzo, dont les facéties perturbent les serviteurs occupés à disposer des ornements, l'envoie s'exercer au violon, s'en repent quelques instants après et le supplie de ne plus lui casser les oreilles avec ce « bruit insupportable ».

Dès le début de la consultation, elle sent d'instinct que quelque chose ne va pas. Elle le devine au visage d'Ignazio, lorsqu'il décrit au médecin les troubles dont il souffre, et elle en a la confirmation à la vue de son extrême maigreur, lorsqu'il se déshabille.

Elle quitte la chambre, tête baissée. Quelque chose d'insaisissable, en elle, se durcit brutalement. Et son inquiétude se mue en terreur.

Donna Ciccia, qui l'attendait sur le seuil, la prend dans ses bras. Au fond, elle est la mère que Giovanna n'a jamais eue, elle lui apporte le réconfort dont elle a toujours eu besoin. « Allons, calmez-vous, le docteur n'a encore rien dit.

– Si tu le voyais, mon mari n'est déjà plus le même », souffle-t-elle les yeux fermés, une main devant la bouche, comme pour empêcher son angoisse d'affleurer à ses lèvres.

Peu après, le médecin l'appelle. Donna Ciccia la pousse presque à l'intérieur de la chambre, referme la porte derrière elle et marmonne une prière.

« Votre mari est très affaibli, madame. En attendant les résultats des analyses d'urines et de la prise de sang, il lui faut un régime léger mais nourrissant, qui l'aide à reprendre des forces et à se rétablir. Et surtout, beaucoup de repos. » Le médecin est un homme de haute taille, dont les cheveux sombres grisonnent sur les tempes et dont le nez est couvert de veinules violettes. Il se tourne ensuite vers Ignazio et l'exhorte d'une voix sévère : « Pas de déplacement et pas de surmenage, monsieur le sénateur. Ce n'est pas le moment. »

Ignazio acquiesce d'un geste, sans regarder Giovanna ; il ne veut à aucun prix aggraver son agitation.

Et il préfère lui taire ce que lui a révélé le médecin : la mauvaise odeur de sa transpiration, le manque de souplesse de son épiderme fragile comme du papier, son irritation aux yeux, son asthénie, son amaigrissement spectaculaire et ses insomnies laissent supposer que ses reins ne sont pas en bon état et ne parviennent plus à filtrer son sang.

Ignazio le laisse se mettre d'accord avec son épouse sur l'organisation de la cure. Il les entend parler de bains de vapeur, de digitaline, de fer servant à renforcer le sang, de lait… Puis il se tourne vers Nanài et lui demande d'aller chercher une plume et du papier dans son cabinet. Giovanna secoue la tête et voudrait l'en dissuader ; mais il lui explique, d'une voix presque douce : « Juste quelques lettres… Je ne peux tout de même pas négliger complètement mes affaires. »

On lui apporte donc les objets demandés.

Demeuré seul, il écrit à son ami Abele Damiani pour lui recommander de suivre avec la plus grande attention le dossier des conventions postales : la NGI en est certes la bénéficiaire actuelle, mais elles arriveront à échéance d'ici un an et la Maison Florio doit absolument pouvoir compter sur leur renouvellement. Il rédige par ailleurs un mémorandum à l'attention de Caruso, et lui demande de le tenir informé de la modernisation du système de conservation des thons à Favignana.

Une voix retentit soudain derrière la porte.

« Papa ! »

Ignazziddu a les traits tirés, une voix inquiète, une expression incrédule. Il pose sa canne contre le montant de la porte, lance son chapeau sur un fauteuil et y jette son manteau, que Nanài a tout juste le temps d'attraper au vol avant qu'il ne tombe par terre.

Il hésite à s'asseoir sur le lit. « Je peux ? »

Son père lui sourit, tape du plat de la main sur la couverture et lui répond : « Évidemment ! Tu sais, je suis juste un peu fatigué. Viens là. »

Son fils lui obéit.

« Alors ? Quelles nouvelles des bureaux de la piazza Marina ? »

Depuis l'année dernière, Ignazziddu travaille avec lui, et il dispose même d'une procuration générale l'autorisant à administrer la Maison Florio. Ignazio n'en continue pas moins à lui servir de guide. Discret et aimable, mais ferme. Et jusqu'ici, cette manière d'agir les rassure l'un comme l'autre.

« Rien de particulier. Laganà n'arrête pas de répéter que pour remporter de nouveaux appels d'offres, il faut améliorer nos services, moderniser les cabines des passagers et augmenter les salaires. Alors qu'il sait pertinemment que nous manquons de liquidités, que les subventions de l'État arrivent au compte-gouttes et que nous ne couvrons même pas nos dépenses. Sans oublier que les réparations des bateaux se font à l'Oretea…

– Et l'exploitation vinicole ? »

Tête baissée, Ignazziddu triture un bout de drap. « Tout va bien, papa, ne t'inquiète pas. J'ai reçu une lettre de Mr Gordon, le directeur, pas plus tard qu'aujourd'hui. Il m'écrit que le cachet conçu par Antonio Corradi, celui que nous avons adopté pour empêcher les vols pendant le transport ou en douane, nous a permis d'obtenir d'excellents résultats : avec ça, impossible d'enlever et de remettre le bouchon des tonneaux sans laisser de traces. »

Ignazio, qui se sent déjà mieux, s'assied. Le médecin a sans doute raison : il aurait peut-être intérêt à alléger son emploi du temps et à se reposer davantage. En un mot, à déléguer. « Très bien. *À malin, malin et demi.* »

Ignazziddu rit.

Son père lui fait signe de se lever, lui demande de lui donner sa robe de chambre en cachemire et lui propose une promenade au jardin.

« Tu es sûr ? Il fait déjà sombre…

– Il suffit que ta mère ne me voie pas. À propos, où est-elle ? »

Son fils hausse les épaules. « Dans le salon vert, j'imagine, à réciter la neuvaine de l'Immaculée Conception avec donna Ciccia et les femmes de chambre. Je me demande si elle sait faire autre chose que broder et prier.

– Ignazziddu ! Tu parles de ta mère !

– Elle aurait mieux fait d'entrer dans un couvent. »

Sans pouvoir retenir un léger gloussement, Ignazio regarde par la fenêtre : le soir tombe, après une journée d'une douceur insolite pour un mois de décembre ; dépouillé, silencieux, mis au repos par les jardiniers, le parc est plongé dans la pénombre ; seul le bruit du vent, dont les souffles s'entrelacent entre les branches dénudées, rappelle qu'on est en hiver. Ignazio savoure à l'avance le sentiment de paix qu'il éprouvera à marcher dans les allées conduisant à la volière des perroquets, des perruches, des merles et du grand aigle royal.

Il jette un coup d'œil derrière lui, s'appuie sur l'épaule de son fils et décrète : « Il ne faut pas passer trop de temps au lit. » Mais, tout en prononçant ces mots, il se souvient des allusions de son père à la maladie de Paolo, son grand-père. Vincenzo ne s'est jamais montré très bavard à ce sujet ; le peu qu'en sait Ignazio, il le tient de sa grand-mère Giuseppina, *paix à son âme*. Il ne reste donc de Paolo que des récits oraux et son tombeau à Santa Maria di Gesù.

Mais aussi un souvenir indélébile. Il y a des années et des années, Vincenzo avait conduit Ignazio jusqu'à un édifice délabré devant lequel se dressait un citronnier sauvage. La maison où Paolo Florio était mort de la phtisie. À l'époque, Vincenzo n'avait que huit ans, et son oncle s'était dès lors chargé de son éducation.

Ignazio frissonne.

Vincenzino aura bientôt huit ans, lui aussi.

Les fêtes de Noël se déroulent dans une apparente sérénité. À l'Olivuzza, tous les soirs, la villa resplendit au cœur du parc, chaude et accueillante : ses illuminations traversent les fenêtres, caressent les arbres, soulignent la silhouette des haies, sculptent les formes des palmiers qui s'élèvent vers le ciel. Mais la lumière semble avoir aussi envahi toutes les pièces, y compris les plus reculées, comme si Giovanna avait engagé un combat contre l'obscurité et ordonné aux domestiques d'allumer la totalité des lampes. Les invités se rassemblent autour du sapin orné de bougies rouges. Il y a là Giulia, Pietro, leur petit Giuseppe, âgé d'un an et demi, et son frère Ignazio, né le 22 août. Angelina est venue avec son mari, Luigi De Pace. Les Merle, en revanche, sont restés à Marseille : depuis la mort de son beau-père Auguste, Giuseppina n'a plus jamais remis les pieds en Sicile. Mais elle a envoyé une malle remplie de cadeaux, de sa part et de celle de François et Louis Auguste, désormais adulte.

Giovanna fait tout son possible pour avoir sans cesse les mains et l'esprit occupés. Comme le veut la tradition, elle a distribué des cadeaux aux pauvres du quartier et des layettes pour les nouveau-nés des familles dans le besoin, en leur demandant de prier pour elle et ses proches. Elle a suivi de près le travail des jeunes élèves de son école de broderie, chargées de terminer les trousseaux nécessaires pour les mariages du printemps, après le carême. Enfin, elle a consacré aux oraisons collectives avec les domestiques les rares moments qu'elle n'a pas passés auprès de ses hôtes.

Tout lui est bon pour lutter contre les assauts de l'appréhension.

De son côté, Ignazio alterne les matinées de repos à l'Olivuzza et les matinées de travail à son bureau de la piazza Marina ; soucieux de ne pas alimenter les soupçons malveillants, il s'emploie de toutes ses forces à dissimuler son mauvais état de santé. L'après-midi, il ne se soustrait pas à ses obligations envers ses invités et bavarde volontiers avec eux. Il limite cependant ses déplacements, se nourrit de mauvaise grâce et passe beaucoup de temps assis dans un fauteuil près de la cheminée, à lire ou à rédiger des lettres sur son écritoire portative en racine de noyer et en cuivre.

Giulia a bien remarqué que son père est plus fatigué qu'à l'accoutumée, mais elle n'a pas eu le courage de poser des questions trop indiscrètes. Il y a eu des chuchotements, des regards, des demi-mots. Ignazziddu lui a paru très nerveux, voire revêche ; quant à sa mère, elle s'en est tenue à de vagues allusions, avant de changer aussitôt de sujet. Dans le tourbillon de son existence riche en obligations – ses enfants, les réceptions au palais Butera, les œuvres de bienfaisance –, elle n'a pas eu la possibilité de parler en tête à tête avec son père, et de se rendre compte par elle-même si quelque chose ne va pas.

C'est donc avec une anxiété accrue par son sentiment de culpabilité qu'elle se présente à l'Olivuzza, un peu après le jour de l'an, par un après-midi froid où le soleil luit dans un ciel limpide sans pour autant réchauffer l'air. Giovanna s'est absentée pour se rendre au chevet de la princesse de Cutò, qui est à l'agonie.

Sa fille entre sans se faire annoncer dans le cabinet d'Ignazio, où personne n'est assis derrière le bureau. D'un ton brusque, elle demande où est son père à un domestique qui époussette la bibliothèque et que sa question semble mettre mal à l'aise. Le sénateur n'est pas en bonne santé, tout le monde le sait dans la villa, mais on n'en parle qu'à voix basse.

Giulia insiste : « Où est-il ? »

Avant que le domestique ait eu le temps de répondre quoi que ce soit, Vincenzino apparaît sur le seuil de la porte, les cheveux ébouriffés et un album à dessin sous le bras. Il tire sa sœur par la manche et lui dit : « Giulia ! J'allais voir papa, figure-toi. Viens avec moi. »

Elle se laisse volontiers entraîner par ce petit diable aux yeux sombres qu'elle connaît au fond assez mal. Treize ans les séparent et il n'en avait que deux quand elle s'est mariée. À ses yeux, Vincenzino appartient moins à sa propre génération qu'à celle de ses enfants.

« Comment va papa ? » lui demande-t-elle à voix basse.

Il hausse les épaules et attrape la main de Giulia. « Couci-couça. » Pour mieux s'expliquer, il tend un bras devant lui et dessine du geste une vague. Des hauts et des bas.

Giulia frappe à la porte de la chambre de son père.

« Entrez. »

La main de Giulia se crispe soudain sur la poignée en cuivre sophistiquée. La voix de son père a toujours été profonde, ferme. Celle qu'elle vient d'entendre est faible et chevrotante.

Lorsqu'elle pénètre dans la pièce, Ignazio, assis dans un fauteuil et vêtu d'une robe de chambre, est en train de donner des instructions à Nanài : « Tu m'as bien compris ? Je veux ma voiture à neuf heures précises. Et rappelle à Ignazziddu qu'il doit venir aussi. Laganà nous attend piazza Marina et… » Il s'interrompt à la vue de Giulia, lui sourit, se lève pour aller à sa rencontre.

Elle le serre très fort dans ses bras.

Et elle comprend.

Le visage enfoui dans le col en velours de sa robe, elle dresse en toute hâte une digue intérieure pour empêcher son angoisse de la submerger. Elle a senti à quel point ce corps naguère épais et robuste est devenu maigre et fragile. Elle a respiré une odeur que l'Eau de Cologne des Princes, achetée à Paris chez Piver, ne parvient pas à masquer. Elle a vu des bras avoir toutes les peines du monde à se soulever, même un peu.

Les larmes aux yeux, elle recule de quelques centimètres. « Papa… »

Un crayon à la bouche, Vincenzo observe alternativement son père et sa sœur.

D'un regard suppliant, Ignazio fait comprendre à Giulia qu'elle doit se taire. Puis il appelle le petit garçon, qui est entre-temps allé se percher sur le fauteuil resté vide, et lui suggère : « Vice', et si tu descendais aux cuisines pour leur demander qu'on nous serve quelque chose à manger ? »

L'enfant écarquille les yeux, bondit du fauteuil et s'exclame : « Je sais qu'il y a des *taralli* frais, j'ai reconnu le parfum. Et pour toi, papa, du lait ?

– Oui, merci.

– Des *taralli* ? Mais ce sont les biscuits du jour des défunts, s'étonne Giulia.

– Moi, on m'en fait quand même », lui répond Vincenzino avec un haussement d'épaules et des yeux pétillants de fierté. Puis il disparaît dans le couloir en sautillant sur un pied.

« Vous le gâtez trop, ce gamin, reprend Giulia tandis que Nanài lui avance une chaise.

– Ta mère est incapable de lui dire non. »

Après un rapide échange de regards avec son maître, le valet de chambre se retire discrètement et referme la porte derrière lui.

« Eh bien, que se passe-t-il ? » demande Giulia tandis que son père se rassied. Elle ne dissimule plus sa préoccupation, se penche sur lui, lui prend les mains.

Il lui pose un doigt sur les lèvres pour la faire taire et lui répond : « Rien, rien. J'ai eu une espèce d'intoxication des reins... Mais je vais mieux maintenant. On m'a donné des reconstituants, de l'eau en grande quantité, certaines mixtures infectes... et beaucoup de lait, comme à un bébé. En tout cas, il semblerait que ce régime ait été bénéfique, je n'ai pas encore récupéré toutes mes forces, mais je sais que je suis sur la bonne voie. »

Giulia écarte une mèche de cheveux du front de son père et le dévisage longuement, à la recherche désespérée du moindre signe susceptible de corroborer ses affirmations. Elle n'en trouve pas, cherche encore, prend le visage d'Ignazio entre ses mains, plonge les yeux dans les siens et perçoit ce qui se cache derrière le mensonge dont il essaie de convaincre les autres et de se convaincre lui-même.

De la peur. Du découragement. De la résignation.

Elle tente de réprimer le frisson qui s'empare de tout son être. « Et que dit *maman** ? »

Il hausse les épaules. « Elle est terrifiée. Et elle oublie un peu vite que je ne suis pas du genre à me laisser abattre. »

L'image d'un olivier puissant et majestueux vient à l'esprit de Giulia. Un arbre dont son père lui a toujours expliqué qu'il ne peut pas mourir, même si on le déracine. Pourtant, *cet olivier-là* se recroqueville sous ses yeux. À croire que sa sève est desséchée. Que ses racines sont incapables de puiser sa nourriture dans le sol. « Et les médecins ?

– Ils disent que mon état de santé s'améliore. Cela étant, c'est toujours moi qui dois parler le premier, leur dire comment je vais. Et moi, je me sens mieux. » Il se tape du poing sur la poitrine, comme pour donner plus de force à son propos. Puis il reprend, sur un ton d'une légèreté quelque peu forcée : « Il faut que je me remette sur pied dans les meilleurs délais : tu sais que notre Maison patronnera l'Exposition nationale de novembre, ici à Palerme… » Il prend un temps et ajoute, avec un sourire : « Palerme sur le même plan que Paris et Milan, tu te rends compte ? J'aimerais tellement que tu voies les projets de Basile. De pures merveilles. Le pavillon d'entrée s'inspirera de l'architecture moresque, et il y aura un belvédère d'où l'on pourra admirer toute la ville.

– Giovan Battista Basile ? Il n'est pas un peu vieux pour un travail de ce genre ? » Giulia connaît d'avance la réponse à sa question, mais elle aime voir à quel point son père se métamorphose, quand il a l'occasion de lui parler de ses activités professionnelles : son regard s'illumine, son dos se redresse, sa voix retrouve sa puissance.

« Non, pas lui, Ernesto, son fils. Il semblerait que le père n'aille pas bien du tout. Lui, il a conçu des pavillons de style arabo-normand, avec de petites coupoles au-dessus des portes et une entrée monumentale qui donne accès au nouveau théâtre, le Vittorio Emanuele. »

Giulia lâche les mains de son père et se croise les bras sur la poitrine. « Tiens, au fait, toujours au sujet de l'Exposition nationale… L'autre jour, le préfet est venu à la maison. Il s'est mis à bavarder à voix basse avec Pietro dans un coin et il lui a dit que le prince de Radalì est très satisfait de l'affaire, qu'il *calcule déjà les sommes d'argent qu'il va en tirer.* »

Ignazio la regarde à la dérobée et un rictus apparaît au coin de sa bouche. Sous ses airs tranquilles et réservés, sa fille a toujours su saisir l'essentiel d'une conversation. Emporté par un accès d'imagination vertigineux, il l'imagine administrant la Maison Florio, assurant sa prospérité grâce à l'intuition et la perspicacité dont elle a de plus en plus donné la preuve au fil des ans. *L'exact contraire d'Ignazziddu ; lui, il a toujours la tête ailleurs…* Puis il secoue la sienne, comme pour se libérer de cette idée absurde. « Radalì a été malin. Il nous a concédé à titre gratuit l'utilisation de sa plantation d'agrumes de Villafranca parce qu'il sait bien qu'après l'Exposition, il pourra vendre sa propriété au prix qu'il voudra, et qu'il en retirera un bénéfice gigantesque. »

Giulia n'est pas mécontente que la conversation ne tourne plus autour de la santé de son père. « Ce n'est pas un imbécile, ce Radalì. D'un côté, un théâtre ; de l'autre, la via della Libertà ; à l'extrémité de ses terrains, des hôtels, les nouveaux jardins, la route qui conduira au parc de la Favorita. Il occupe un emplacement stratégique.

– En effet. » Ignazio semble tout à coup plus détendu. « Une fois de plus, Palerme peut nous remercier. C'est grâce aux Florio et à leurs saints protecteurs que certaines choses se font. À Rome, personne ne voulait d'une Exposition en Sicile : des sites trop éloignés, à ce qu'ils prétendaient, des transports en bateau trop coûteux… c'est-à-dire des transports à bord de *nos* bateaux, et c'est ça que certaines personnes n'arrivent pas à digérer. » Il prend une pause, demande un verre d'eau. Une bouffée d'angoisse l'envahit, mais il ne tarde pas à se ressaisir : « Les organisateurs principaux ? Ce sera nous. Les navires où voyageront les exposants et leurs marchandises ? Ce seront les nôtres. Les plus grands pavillons, avec le thon, le marsala et les machines de l'Oretea ? Encore et toujours les nôtres. » À travers le fond vide de son verre, il observe en souriant le tissu de sa robe de chambre à motifs. Son sourire a toutefois quelque chose de distant, de désabusé. « Et nous, nous pouvons remercier maître Crispi. »

Giulia hausse un sourcil avant de hocher lentement la tête. Francesco Crispi est la divinité tutélaire de la Maison Florio en général, et la sienne en particulier. Elle l'avait déjà compris cinq ans plus tôt, le jour de son mariage, quand son père lui avait expliqué qu'il avait rédigé les articles de son contrat de mariage relatifs à sa dot. « Certes. Mais la réciproque est vraie aussi. » Cette phrase laconique signifie qu'en dépit de sa volonté, Crispi n'aurait jamais rien obtenu sans l'argent des Florio.

Au moment où Ignazio cherche une réponse, Vincenzino revient, suivi d'une femme de chambre portant un plateau où sont posés du lait et des pâtisseries.

Giulia la remercie et prend un *tarallo*, un biscuit moelleux recouvert d'un glaçage au citron que l'on prépare en général, comme elle l'a rappelé tout à l'heure, pour le jour des défunts. Mais puisque tout le monde sait, à la villa, que Vincenzino en raffole, on fait volontiers une exception pour lui… *Comme trop souvent, avec cet enfant gâté*, pense Giulia dans un court accès d'agacement qui se dissipe dès qu'elle voit l'autre assiette. « Des *pignuccate* ! Quelle bonne idée ! » Elle attrape un de ces bâtonnets de pâte recouverte de miel et le savoure en se léchant les doigts, aussitôt imitée par son frère.

Devant ce spectacle, le cœur d'Ignazio se dilate de bonheur. Il revoit Giulia petite fille et, à côté d'elle, pour la première fois depuis longtemps, *son* Vincenzino, celui qui n'a pas eu la possibilité de devenir adulte. Il se souvient de leurs jeux dans le parc, de leurs respirations tranquilles pendant leur sommeil, de leurs espiègleries qui faisaient le désespoir de Giovanna.

Rien. Il n'en reste rien.

L'*autre* Vincenzino, Ignazio ne peut l'observer que de loin. Il est trop occupé à reprendre des forces pour suivre le rythme de cet enfant turbulent, toujours en mouvement. Il boit une gorgée de lait et regarde Giulia lui donner la becquée, lui parler de ses fils, qui, étant donné le peu de différence d'âge, sont pour lui bien plus que des cousins. Il écoute leurs rires et se demande jusqu'à quel point leurs vies lui ont échappé, comment ont pu s'évanouir si vite les années où ses enfants étaient encore tout jeunes. Il a été obnubilé par la richesse et le pouvoir de ses entreprises, par la conquête de sommets que son père n'avait pu qu'approcher. Sa mère l'avait pourtant averti, il y a de cela bien longtemps : *Passer à côté de l'enfance de nos petits est l'une des choses les plus douloureuses au monde.* Il le comprend seulement maintenant. Maintenant qu'il est trop tard.

Et cette douleur s'ajoute à l'autre, l'innommée, à la nostalgie de ce qui aurait pu être et qui n'a pas été, à un bonheur auquel il a tourné le dos et qui s'est cristallisé parmi tant d'autres au royaume des choses perdues, idéalisées.

L'espace d'un instant, le parfum des *taralli* est remplacé par celui des œillets et de l'été marseillais.

Puis il s'évapore.

L'hiver touche à sa fin. Ignazio, remis sur pied, essaie de s'occuper de nouveau à temps plein de ses affaires. Il écrit même à Abele Damiani, son ami sénateur, qu'il projette un séjour à Rome.

Mais son corps s'y oppose.

Il en prend conscience un matin, au terme d'une nuit blanche où de fortes douleurs dans le dos se sont accompagnées de nausées. Lorsqu'il essaie de se lever, il a le vertige, ses jambes flageolent et ses mains tremblent. D'un pas titubant, appuyé d'abord sur son lit et ensuite sur son fauteuil, il atteint sa coiffeuse et cherche son reflet dans le miroir.

Il ne l'y trouve pas.

Non, il n'est pas à lui, ce visage décharné, spectral, aux joues creuses. Ce corps noyé dans sa chemise de nuit. Elle n'est pas à lui, cette peau d'un jaune délavé. Rien de tout cela ne lui appartient.

Il appelle Nanài. Une première fois. Une deuxième fois. Une troisième fois. Et lorsqu'il voit son propre regard dans celui de son valet de chambre enfin accouru auprès de lui, il comprend. Il comprend que le temps presse et que le mal qui l'empoisonne a décidé de l'emporter sans plus tarder.

« Va dire à ma femme de me rejoindre. Et appelle les médecins. »

Au bout de quelques instants, la porte de communication entre sa chambre et celle de son épouse s'ouvre en grand. Vêtue d'un peignoir, les cheveux défaits, Giovanna traverse la pièce en trébuchant dans ses pantoufles.

À la vue de son mari, elle porte une main à ses lèvres et murmure : « Tu n'étais pas comme ça hier. »

Raidi dans son immobilité, Ignazio ne répond rien. Parler le fatiguerait trop.

Giovanna fait appel à toute la force qu'elle possède pour ne pas céder à l'épouvante. « Il a dû… se passer quelque chose cette nuit. »

Dès leur arrivée, deux médecins l'auscultent et lui prélèvent un peu de sang et d'urine, dans l'espoir que les analyses leur fourniront des indications. Mais il va falloir du temps. Ailleurs, par exemple dans une ville d'Italie du Nord, ils auraient à leur disposition des instruments plus perfectionnés. Tandis qu'à Palerme…

Leur visite terminée, ils rejoignent l'épouse du malade dans le parc, à l'écart des oreilles indiscrètes. Ils paraissent hésitants, embarrassés, multiplient les échanges de regards et cherchent leurs mots.

Un simple coup d'œil suffit à Giovanna pour tout comprendre.

Mais une pensée l'obsède : elle ne veut pas savoir.

Elle se retourne brusquement, court à la recherche d'Ignazziddu et le trouve dans le cabinet de son père, occupé à lire des papiers. Elle le supplie de parler avec les médecins, parce que... parce que ce n'est pas possible que...

Dans le parc, les deux praticiens, déconcertés, ne savent plus quoi faire.

Ignazziddu les rejoint et les écoute, tête baissée. Il a l'impression que le ciel veut l'écraser, que les arbres autour de lui vont s'effondrer sur sa tête, que la terre tremble. Il dit aux deux hommes de science qu'il va leur faire préparer deux chambres sur place, que, compte tenu de leur diagnostic, mieux vaut qu'ils ne s'éloignent pas trop.

Il retourne un instant à la villa donner des instructions aux domestiques, prend congé des médecins et se réfugie à nouveau dans le parc.

Personne n'ose le retenir.

D'une démarche chancelante, il erre d'une allée à une autre les bras écartés, comme s'il cherchait le réconfort d'une étreinte.

Et il pleure.

Il se rappelle très bien la mort de son frère, il sait ce que signifie la disparition d'un être cher, il ne veut pas revivre un tel drame, lui dont les narines ont gardé le souvenir de l'odeur des lis blancs qui entouraient le cercueil de Vincenzino. Son père vient à peine de dépasser la cinquantaine, il ne peut pas s'en aller comme ça.

C'est tôt, trop tôt, beaucoup trop tôt.

Qu'est-ce que je vais devenir, après ? Il sanglote de rage, longtemps. Au même moment, dans sa chambre, sa mère pleure dans les bras de donna Ciccia.

Mais impossible, pour lui, de penser à autre chose qu'à la déflagration de souffrance qui le détruit de l'intérieur.

En ce début de printemps timide, Ignazio sent que la vie abandonne sa chair et ses os, à la manière d'un vêtement qui glisserait de ses épaules. Il est seul dans sa chambre, blotti au creux d'un fauteuil installé près de la fenêtre. Des effluves de foin et de fleurs flottent dans l'air tiède. Le bourdonnement des insectes tient lieu de basse continue au chant des oiseaux de la volière et aux cris de Vincenzo, qui parcourt le parc à bicyclette.

Ignazio reconnaît le mois de mars au parfum qu'exhale la terre réchauffée par le soleil. Il y aura encore des journées froides, certes, comme toujours, mais le règne de l'hiver est bel et bien terminé. Bientôt, des bourgeons écloront sur les branches, les roses s'épanouiront, les frangipaniers se couvriront de fleurs blanches et les arbres de son orangeraie chérie, à la villa ai Colli, donneront leurs derniers fruits.

Il ne lui reste plus beaucoup de temps.

Cette pensée crue, d'une vérité brutale, le plonge dans le désespoir.

Tout. Il va tout perdre.

Ses enfants, qu'il ne verra pas grandir et qu'il ne pourra pas éduquer jusqu'au bout : Vincenzino, encore si jeune ; Ignazziddu, pas assez humble pour admettre qu'il lui reste tant à apprendre. Giovanna, dont il n'est pas amoureux mais dont il apprécie à leur juste valeur le dévouement et la générosité indéfectibles, et pour laquelle il éprouve une profonde tendresse. Mais aussi Favignana, d'où l'on aperçoit, dès qu'on s'éloigne de sa côte, la silhouette accidentée de Marettimo et celle, plus régulière, de Levanzo, quand les bateaux partent en mer pour la pêche au thon, avec leurs coques noires qui tranchent sur le bleu d'une mer vouée à rougir de sang. Le blanc poussiéreux des carrières de tuf. L'odeur de la mer mêlée à celle du thon. Les caves de Marsala, avec leurs murs rongés par le sel, le travail du fer à l'Oretea, les fumées de cheminée des navires à vapeur de la NGI…

Il va perdre tout cela, il n'y peut rien. Devant la mort, nous sommes aussi nus qu'au jour de notre naissance. Et toute volonté, y compris la sienne, est impuissante contre la sentence du destin.

Une saveur âcre lui envahit la bouche, où elle se mêle à celle de ses larmes. Il pleure beaucoup, ces derniers temps, plus qu'il ne voudrait ; mais comment s'en empêcher ? Il pleure en silence. Le désespoir se répand dans ses veines et dans ses os, l'épuise et le transforme en une épave ballottée même par les vagues les plus faibles.

Bien entendu, il continuera à faire semblant. Il annoncera à qui veut l'entendre que sa guérison est pour bientôt, que les médecins vont trouver un nouveau traitement. Il se battra jusqu'au bout. Mais à quoi bon se leurrer ?

Il est mourant.

Et cette pensée – ou plutôt cette certitude – l'anéantit.

Il a mené une vie de labeur, exactement comme son père. Une existence entière mise au service de la richesse, de la puissance et du prestige des Florio. Une existence couronnée de succès, de ce point de vue.

Oui. Et maintenant ?

Maintenant qu'il a fait ses preuves une bonne fois pour toutes ?

Maintenant qu'il n'a plus de temps et d'énergie à consacrer à un projet, à un dossier, à une affaire ?

J'ai les mains pleines et le cœur vide. J'ai encore des idées et des envies. Je voudrais vivre auprès de ma famille, voir mes petits-enfants, profiter du spectacle de la vie qui continue.

Et au lieu de ça…

Une sensation de désespoir lui transperce la gorge et lui coupe le souffle.

Que reste-t-il, à l'heure du départ ?

Les semaines passent. Le mois de mai arrive.

Ignazio n'a même plus la force de quitter son lit pour son fauteuil.

Debout dans l'encadrement de la porte, Giovanna observe Nanài et un autre domestique lui faire sa toilette. Le visage immobile de son mari exprime toute la honte qu'il ressent à se laisser manier comme un enfant, un embarras plus cuisant encore que la douleur physique, qui doit pourtant être effroyable.

Ignazziddu pose un bras sur les épaules de sa mère et s'efforce de dissimuler le malaise que lui cause cette triste scène. Il détourne les yeux et marmonne son programme de la journée : aller aux nouvelles dans les bureaux de la piazza Marina, passer à la Banque Florio pour tenter de rassurer les employés.

En réalité, il fuit. Il fuit une douleur insupportable.

Ignazio, qui l'a vu, secoue la tête d'un air découragé. Il aimerait tant que son fils surmonte ses peurs et devienne un bon administrateur. Puis il s'adresse à son épouse :

« Giovannina… appelle le notaire. »

Elle acquiesce d'un rapide signe de tête.

Maître Francesco Cammarata arrive à la tombée de la nuit pour recueillir les ultimes volontés d'Ignazio. Son patrimoine sera partagé pour l'essentiel entre ses deux garçons, Ignazziddu et Vincenzo. Il sait qu'Ignazziddu n'est pas prêt, qu'il n'a pas les dents assez aiguisées pour mordre si on l'attaque, qu'il a pris la place de fils aîné par suite de circonstances imprévues, qu'il n'est peut-être pas doté de l'habileté nécessaire pour gérer la Maison Florio. Mais impossible de faire autrement. Ignazio prend par ailleurs les dispositions requises pour garantir une rente à Giovanna, une part d'héritage à Giulia, des legs aux domestiques de la villa et à certains ouvriers.

Assise derrière la porte à côté de donna Ciccia, Giovanna égrène son chapelet en corail et en argent mais ne bouge presque pas les lèvres. Elle prie sans bien savoir pourquoi. Peut-être pour implorer un miracle. Peut-être pour demander pardon de péchés qu'elle aurait commis sans en avoir conscience. Peut-être pour obtenir du réconfort. Peut-être pour que son mari trouve la paix.

Lorsque le notaire quitte la pièce, donna Ciccia le raccompagne. Giovanna reste sur le seuil de la pièce, une main contre le montant de la porte et l'autre serrée autour de son rosaire.

Ignazio lui fait signe d'approcher et lui dit, avec un sourire forcé : « Je ne t'ai pas oubliée, tu sais. » Ses lèvres sont gercées et sa barbe entièrement grise.

Sa femme lui répond, en lui montrant son chapelet : « Moi non plus, je ne t'ai pas oublié. Il faut que tu guérisses, et tu guériras. Le Seigneur m'accordera cette grâce. »

Il prend une de ses mains dans les siennes et lui désigne la porte d'un mouvement du menton. « Je sais. Pour le moment, j'ai besoin de dormir un peu. Quand Ignazziddu sera de retour, demande-lui de venir m'informer sur ce qui se passe à la NGI. Et il faudra aussi écrire à Crispi, à propos du renouvellement des concessions postales. *La cire fond et la procession n'avance pas*, comme dit le proverbe. »

Giovanna acquiesce et ravale ses larmes, irritée et amère à l'idée d'être passée, une fois de plus, au second plan des préoccupations de son mari.

La Maison Florio passe avant Dieu, avant la famille, avant les enfants. Bref, elle passe avant tout.

Resté seul, Ignazio s'assoupit et sombre dans une torpeur due à la fois à son épuisement et au laudanum qu'on a commencé à lui administrer, pour alléger ses souffrances.

Dans le clair-obscur, la lueur d'une petite lampe murale électrique recouvre tout d'une patine dorée.

Un froissement d'étoffe réveille Ignazio. Un bruit venu du coin le plus sombre de la pièce, un vieux son familier qui accélère les battements de son cœur.

Il ouvre les yeux, scrute la pénombre, soulève même la tête pour mieux regarder.

Puis il la voit, et il laisse sa tête retomber sur l'oreiller.

Ce ne pouvait être qu'elle.

Elle s'avance à petits pas silencieux vers le lit. Elle a des cheveux bouclés d'un blond tirant vers le roux. Une peau très blanche. Un sourire qui ne parvient pas à s'épanouir entièrement sur ses lèvres fines.

Un parfum frais, léger, à base d'œillet.

Camille.

On dirait qu'elle a vingt ans, et elle porte la même robe que le jour où ils ont fait connaissance, à Marseille, au cours de l'été 1856.

Elle s'assied au bord du lit et tend une main à Ignazio. Le poids de son corps ne creuse pas le matelas, ses doigts ne froissent pas l'étoffe du couvre-lit. Mais sa main est chaude et son regard – *ce* regard – plein de compréhension et d'amour. Ses yeux bleus ne sont plus rougis par les larmes ou la rancœur, ils semblent au contraire illuminés par une lumière de pardon qu'Ignazio, l'espace d'un instant, pense ne pas mériter. Puis il comprend, et ferme les yeux. Il comprend que le véritable amour, celui qui est immortel, ne peut exister que s'il s'accompagne d'indulgence. Que chacun d'entre nous, en son for intérieur, cherche l'absolution.

Il savoure le contact de cette main, hume le parfum floral qui dissipe l'odeur de la maladie.

Il ignore si Camille est vraiment là ou si elle n'est qu'un de ces fantômes qui vous rendent parfois visite entre la veille et le sommeil. Mais il a cessé d'avoir peur, et la blessure qu'il porte en lui depuis des années, le refus de pardonner la douleur qu'il lui a infligée, le vide créé par un éloignement qu'il s'est lui-même imposé, voilà, ce vide a disparu. Et son sentiment de culpabilité envers Giovanna s'atténue lui aussi, car il a pris conscience que l'on peut nourrir en même temps différentes amours, qu'il faut tout simplement accepter ce que l'on éprouve et ce que l'on reçoit, comme un don. Qu'il a peut-être commis des erreurs, mais qu'il est de toute façon trop tard pour y remédier, que l'heure est au pardon mutuel.

Camille lui parle.

Il ferme les yeux et se laisse bercer par le son de cette voix où retentissent les harmoniques du souvenir, par ces mots murmurés en français qui lui caressent le cœur et qui permettent à quelques larmes de laver son âme avant de s'échapper de ses paupières. Il s'autorise, enfin, à trouver la paix.

À l'Olivuzza, le temps semble s'écouler au ralenti et, par moments, se replier sur lui-même, en attente.

Vincenzino ne prend plus de leçons de violon. Quand il passe devant la chambre de son père, sur la pointe des pieds, sa gouvernante l'empêche d'entrer, « parce qu'il ne faut pas le déranger ». Il n'a que huit ans et il vit dans une terreur sans nom, une peur qui se reflète dans les gestes agités de sa mère, de plus en plus sombre et distante, un chapelet sans cesse à la main, plongée dans ses prières et surveillée par donna Ciccia, qui la supplie de manger quelque chose et de s'accorder un peu de repos.

Ignazziddu est le seul à s'occuper de son petit frère. Mais il disparaît dès le matin pour se rendre à l'Oretea, aux bureaux de la piazza Marina ou Dieu sait où ; et le soir, il sort à nouveau pour aller à son cercle et ne revient que tard, très tard. Lui aussi a les traits tirés, Vincenzino l'a bien remarqué.

Quelque chose de grave est en train de se passer, aucun doute possible. Alors, il voudrait poser des questions, obtenir des réponses ; mais il ne sait pas par où commencer et il a du mal à mettre en ordre toutes les pièces de la mosaïque qu'il s'efforce de composer.

Il a constaté, en tout cas, que son frère quitte la maison au moindre prétexte.

Et puis, un soir où il est déjà couché et engourdi par le sommeil, sa gouvernante vient le chercher.

À la vue de ses yeux rougis, il parvient enfin à donner un sens clair à sa mosaïque.

Il a tout compris d'un seul coup.

Son père va mourir.

Dans son esprit, la mort prend l'aspect des niches funéraires de la chapelle familiale, au cimetière de Santa Maria di Gesù ;

on lui a expliqué qu'à l'intérieur de l'une d'elles, il y a ce frère qui portait le même prénom que lui et dont il a pris la place, avec l'inconscience et la férocité propres à l'enfance. Pour lui, l'autre Vincenzino se résume à une image, une photographie que sa mère a posée sur sa coiffeuse et qu'elle regarde tous les jours. Il se l'imagine donc pâle, endormi, couvert de poussière et de guirlandes de fleurs en soie, à la manière d'une poupée de porcelaine.

Sa gouvernante l'aide à mettre sa robe de chambre et l'accompagne dans la chambre de son père. Il y est assailli par une odeur de renfermé, de transpiration, d'épouvante. Près du lit, sa mère tient la main de son père et, de l'autre main, un mouchoir. Un peu plus loin, un prêtre à l'étole violette range ses huiles saintes et son missel.

Le corps d'Ignazio est à peine plus qu'une vague silhouette cachée sous un drap. La peau de son visage, rendue diaphane par la maladie, est couverte de veines bleuâtres. Une tasse de lait et une petite cuiller ont été laissées sur la table de chevet.

Vincenzino se dégage des bras de sa gouvernante et s'approche du lit, dans l'espoir d'une de ces caresses dont son père s'est pourtant toujours montré très avare.

Il prend la main d'Ignazio et s'aperçoit qu'elle est chaude, presque brûlante.

« Papa. » La terreur le suffoque, il a du mal à respirer et ravale des larmes qui lui déchirent la gorge.

« Vincenzino… Mon fils », murmure Ignazio d'une faible voix rauque qui trahit un effort pénible. Son regard s'anime et un sourire de tendresse s'ébauche sur ses lèvres. Il caresse la joue et les cheveux de Vincenzino. De l'autre côté du lit, Giovanna ne retient plus ses larmes.

« Tu ressembleras à mon père. Tu seras son portrait fidèle. »

Puis il regarde au-dessus de la tête de son enfant, et son sourire se dilate. Vincenzino sent les doigts de son frère se poser sur son épaule et la serrer fort au point de lui faire mal.

« Un Ignazio et un Vincenzo, reprend Ignazio dans un dernier souffle. Comme depuis le début et comme il se doit. »

Le 17 mai 1891, lorsque la nouvelle de la mort d'Ignazio parvient à l'Oretea, les ouvriers, abasourdis, se jettent dans les bras les uns des autres et éclatent en sanglots ; on pourrait croire qu'ils ont perdu l'un des leurs, et non pas leur patron. Les marins de la NGI descendent des navires et se regroupent devant la fonderie, puis une foule d'hommes et de femmes aux yeux rougis et à la respiration haletante rejoint la grande villa et s'arrête, dans un silence absolu, devant les grilles du parc, où elle observe le défilé des voitures : les plus grandes familles de Palerme et de toute la Sicile viennent rendre hommage au sénateur Ignazio Florio ; mais eux – les ouvriers et les marins – éprouvent une affection sincère pour lui.

À l'intérieur de la villa, les domestiques s'agitent en tous sens pour sortir des vêtements de deuil de leurs coffres, recouvrir les miroirs de voiles noirs, fermer les fenêtres. Une seule reste ouverte, celle de la chambre à coucher d'Ignazio, pour que son âme puisse s'envoler au loin. La tradition l'exige et l'ordre a été expressément donné par donna Ciccia, demeurée longtemps immobile auprès du lit, une véritable statue de chair, comme si elle pouvait encore parler à cet homme que sa maîtresse a tant aimé et qu'elle continuera d'adorer jusqu'à la fin de ses jours.

On a habillé Ignazio avec un complet noir d'une grande élégance fabriqué par Henry Poole, le tailleur le plus renommé de Savile Row, à Londres, un complet autrefois réservé aux grandes occasions mondaines et qui semble aujourd'hui bien trop large, sur le corps si amaigri du défunt.

Au pied du lit, un prêtre marmonne des prières, accompagné d'un chœur d'orphelines et de novices du couvent voisin. Une odeur entêtante d'encens, de fleurs et de cire flotte dans l'air.

Après la bénédiction de la dépouille, donna Ciccia a raccompagné à la porte le prêtre et son petit cortège pendant que Vincenzo retournait dans sa chambre. Il a eu une crise de larmes, et sa gouvernante a préféré rester auprès de lui pour essayer de le réconforter.

Toute menue, noyée dans sa robe en *faille** de soie noire, ses mains osseuses sans cesse agitées de mouvements spasmodiques, le regard perdu dans le vide, Giovanna erre d'une pièce à l'autre en trébuchant parfois sur les tapis. Elle a recommandé aux domestiques de tout épousseter, de bien nettoyer les parquets et les planchers en damier noir et blanc, tandis que le majordome doit veiller à tenir à jour le registre des visiteurs venus présenter leurs condoléances. Il ne faudrait surtout pas qu'on puisse prétendre que les Florio ont oublié de remercier quelqu'un.

De son côté, Ignazziddu est resté dans un coin de la chambre de son père à côté de Giulia, vêtue d'une robe de crêpe noir. Son voile relevé sur la tête, elle lui dit : « Je n'arrive pas à me faire à l'idée qu'il n'est plus là. »

Il secoue la tête en murmurant : « À partir de maintenant, c'est à moi de m'occuper de la famille. À moi. Tu comprends ? »

Elle pose sur lui ses yeux clairs, identiques à ceux de sa grand-mère. Impossible pour elle de comprendre les inquiétudes de son frère, et a fortiori de les justifier. Elle avale sa salive, se redresse et lui réplique d'une voix ferme : « Oui. Dorénavant, Ignazio Florio, c'est toi. »

Au moment où il ouvre la bouche pour répondre, Giovanna entre dans la pièce. « Les premiers visiteurs sont en train d'arriver. Il y a déjà les cousins d'Ondes au salon, avec tes beaux-parents », explique-t-elle à l'intention de Giulia.

La jeune femme hoche la tête. « Je vais aller les recevoir. »

Ignazziddu la suit des yeux. Il sait bien qu'elle a toujours manifesté plus de force de caractère que lui, et la voir partir augmente son malaise.

Il a peur de tout, désormais.

Il déteste les enterrements et cette douleur qui le ronge, qui ramène à la surface la sensation d'abandon qu'il a éprouvée à la mort de son frère. Il voudrait se cacher, disparaître, devenir invisible.

Quand sa mère l'attrape par la manche, il se réfugie instinctivement dans ses bras. Mais elle se libère de son étreinte, pose ses mains sur ses épaules, le fixe au fond des yeux et lui ordonne, d'une voix rageuse et triste : « Ne me laisse plus jamais seule ! »

Ces quelques mots, où il a soudain lu tout son avenir, suffisent à Ignazziddu pour devenir Ignazio.

Giovanna se tourne alors vers son mari, cet homme qu'elle a aimé d'un amour indestructible, et que seule la mort a réussi à éloigner d'elle. Elle s'agenouille, appuie la tête un instant contre le lit et saisit une main raide, glacée.

Elle lui retire d'abord son alliance, qu'elle embrasse et serre contre son cœur, puis cet anneau qu'il avait reçu de son père le jour de leurs noces, cet anneau qui avait appartenu à un autre Ignazio et, avant lui, à l'arrière-grand-mère de son mari, Rosa Bellantoni.

Cet anneau qui remonte à l'époque où les Florio n'étaient que des herboristes.

Giovanna l'ignore. Jamais on ne lui a parlé de ce passé si lointain, si obscur, pas même son époux, si ce n'est à travers quelques allusions embarrassées. Tout ce qu'elle sait, c'est que son mari ne se séparait jamais de cet anneau.

Elle lui remet son alliance et pose une main sur sa poitrine immobile, d'un geste qui est presque une caresse. Elle ne touchera jamais plus cet homme qu'elle a accueilli en elle, à qui elle a donné quatre enfants, qui lui a prodigué si peu d'amour et infligé tant de souffrances.

Elle ne le touchera plus, mais elle ne cessera jamais de l'aimer. Et plus personne ne pourra le lui prendre.

Giovanna se redresse, se lève, s'approche de son fils et le force à passer l'anneau à son doigt.

« Maintenant c'est toi, le chef de la famille. »

Ignazio n'a pas le temps de protester, de dire que cet anneau démodé est trop large pour lui et que non, il n'en veut pas, qu'il est trop lourd. Tout à coup, la chambre est envahie de gens qui font le signe de croix, murmurent une prière et viennent présenter leurs condoléances au fils du défunt.

Giovanna aperçoit ses cousines Trigona, et elle éclate en sanglots quand l'une d'elles la prend dans ses bras.

Ignazio reste là, près de sa mère qui pleure toutes les larmes de son corps. Il sent sur lui les regards de toutes les personnes présentes, entend leurs chuchotements et leurs phrases hachées. Tout le monde l'observe, maintenant.

Et il ne sait pas quoi faire.

Le 15 novembre 1891, un long cortège de carrosses traverse Palerme avant de s'arrêter devant le pavillon d'entrée de l'Exposition nationale, à proximité de la salle des fêtes et du Teatro Politeama Garibaldi, rebaptisé ainsi en 1882 et enfin achevé peu de temps auparavant.

Le roi Humbert Ier et la reine Marguerite descendent du plus grand carrosse, qui porte les armoiries de la Maison de Savoie. Vient ensuite celui du président du Conseil, Antonio Starabba, marquis de Rudinì, qui a succédé à Francesco Crispi quelques mois plus tôt mais qui est lui aussi un homme du Sud, ancien maire et ancien préfet de Palerme. Après avoir inauguré l'Exposition, le roi et sa suite traversent une place semi-circulaire et laissent derrière eux les deux tours à coupoles moresques aménagées de part et d'autre de l'entrée, là où trônent les statues de l'Industrie et du Travail forgées en bronze par un autre Palermitain, Benedetto Civiletti.

Ils gagnent ensuite des pavillons imposants, lumineux et dotés de vastes plafonds ornés d'arabesques. Au cœur d'un jardin moresque, une fontaine est animée par des jeux de lumière. Un peu plus loin, un autre espace vert accueille le Café arabe, aménagé sous une tente à côté des cabanes en paille qui dominent l'Exposition érythréenne, en hommage à la colonie que le royaume d'Italie est parvenu à conquérir au prix d'effroyables effusions de sang.

Pendant ce temps, les Palermitains piaffent d'impatience. Leur billet en main, des ouvriers et des aristocrates, des institutrices et des avocats, des commerçants et des grisettes, unis par la même excitation et le même enthousiasme, se massent devant les grilles. Durant les huit mois qui ont été nécessaires à Ernesto Basile pour achever la réalisation de cet éphémère pays des merveilles, les rumeurs, les cancans et les indiscrétions se sont multipliés, souvent exagérés et presque toujours contradictoires. On a même parlé d'un café où des danseuses arabes à moitié nues se livreraient à des ballets lascifs, où du vin jaillirait de fontaines géantes…

Dès l'ouverture des grilles, les visiteurs se précipitent vers les pavillons avec la même impétuosité qu'une coulée de lave. Bouche bée, le nez en l'air et les yeux écarquillés, ils s'enthousiasment pour le belvédère haut de plus de cinquante mètres et rejoignent son sommet dans l'ascenseur hydraulique élaboré à la fonderie Oretea. Ils parcourent la monumentale galerie du Travail, les pavillons des Industries mécaniques, des Industries chimiques et de l'Orfèvrerie. De petits groupes de femmes vont admirer les productions des industries textiles et des fabricants de meubles. Les plus riches explorent le pavillon des Beaux-Arts, où sont exposées trois cents sculptures et plus de sept cents peintures. Les oisifs se dirigent vers le *Café chantant**, installé derrière le pavillon consacré à la céramique et à la verrerie.

Ignazio a vu bien peu de tout cela. Il a d'abord dû accueillir le roi et la reine aux côtés de sa mère – dont la robe toute simple en laine noire formait un contraste saisissant avec le chatoiement des parures multicolores aux teintes vives – et recevoir avec dignité leurs condoléances. Aussitôt après, il a été happé par le tourbillon des mondanités : il a serré des mains, salué des amis et des connaissances, présenté ses hommages à de hauts dignitaires de la cour, échangé des commentaires avec des hommes politiques d'importance variable, venus de toutes les régions du pays. Impossible, dans ces conditions, d'aller visiter les pavillons sans être sans cesse dérangé.

Perdu au milieu de cette foule qui a failli le renverser à plusieurs reprises, étourdi par les bavardages et le vacarme ambiant, irrité par le parfum écœurant des pâtisseries destinées aux enfants, Ignazio n'a pu que tourner la tête de droite et de gauche et penser à son père, qui avait tant voulu cette Exposition et n'avait pas eu le bonheur de l'inaugurer. Aussi longtemps qu'il lui était resté assez de force pour continuer à administrer ses affaires, elle avait compté parmi ses principales préoccupations ; il avait ainsi veillé au strict respect des délais, à la somptuosité de l'ensemble, à la mise en valeur des entreprises appartenant aux Florio. De son côté, Ignazio avait insisté pour que les cafés et les lieux de divertissement disposent d'un espace suffisant et se caractérisent par cette touche d'exotisme et de sensualité dont la mode faisait alors fureur. Quant au reste, on s'en était remis aux ingénieurs et, bien entendu, à l'énergie inépuisable d'Ernesto Basile.

Aujourd'hui, les compliments ne tarissent pas : le gouvernement a joué son rôle, cela va de soi, mais tout le monde sait bien d'où sont venues l'impulsion initiale et les sommes d'argent nécessaires… À Palerme, ce n'est un secret pour personne, et les regards adressés à Ignazio et à sa famille sont d'ailleurs très éloquents : on y perçoit de la stupéfaction, de la déférence et, surtout, de l'envie.

Ne t'occupe pas d'eux, lui aurait dit son père. *Pendant qu'ils regardent, nous, nous agissons.*

Oui, mais Ignazio veut comprendre. Il veut *voir* ce qu'ont vu les autres.

Un matin, il fait donc préparer son landau. Protégé des regards indiscrets par sa capote relevée, il traverse le corso Olivuzza, bordé de villas bourgeoises récemment construites et agrémentées de jardins, et parvient à proximité du chantier du Teatro Vittorio Emanuele, où les travaux viennent de reprendre sous la direction d'Ernesto Basile.

Cet homme est un génie, pense Ignazio en admirant les hautes colonnes qui se dressent vers le ciel. L'édifice porte certes la marque de Giovan Battista Basile, le père de l'architecte actuel, mort en juin dernier ; Ernesto n'en a pas moins identifié des défauts structurels et redessiné en conséquence une partie des plans. Voilà plus de quinze ans que l'ouvrage attend d'être achevé. *Si Basile échoue, nous serons condamnés à garder ce tas de ruines pour l'éternité…*

Arrivé devant les grilles de l'Exposition, Ignazio descend de son landau et se précipite vers l'entrée en essayant d'échapper aux regards des gens qui font la queue, qui soulèvent leur chapeau sur son passage et semblent mendier un salut, voire un simple coup d'œil. Il traverse en toute hâte le pavillon de l'Orfèvrerie et rejoint celui des Industries mécaniques, dont les baies vitrées donnent sur un jardin bondé. Pour éviter d'être reconnu, il baisse la tête et cache son visage derrière sa main.

Puis il ralentit et se dirige à pas prudents vers le lieu de présentation au public des chaudières de l'Oretea, ces monstres en fer noir brillant aux formes massives, si grands qu'un homme debout, même bras tendus, ne peut en toucher le sommet. Ils alimentent les moteurs de navires qui transportent des marchandises et des voyageurs dans le monde entier. Les navires des Florio.

Tout autour, on peut voir des presses hydrauliques et, sur des présentoirs plus petits, des couverts, des casseroles et d'autres objets d'usage courant. Comparées à celles de l'Oretea, les productions des autres fonderies font pâle figure : elles sont peut-être plus sophistiquées d'un point de vue technique, plus gracieuses et plus légères, mais elles n'ont pas la même tenue, la même robustesse. *Et d'ailleurs, quelle importance ? Les nôtres sont mieux exposées. Voilà ce que tout Palerme et toute l'Italie viennent admirer ici. La puissance des Florio.*

Ignazio prend le temps de tout bien examiner. La galerie du Travail est un long couloir couvert d'un toit en pente et inondé de lumière, où l'on entend l'écho du brouhaha caverneux créé par des dizaines de voix.

Un peu plus loin, difficile de ne pas remarquer les très hautes colonnes formées de boîtes de thon en aluminium venues des madragues familiales. Les plus grosses, de couleur rouge, sont réservées aux fournitures militaires ; d'autres, plus petites, sont destinées à une consommation quotidienne ; toutes sont éclairées par les rayons du soleil, qui avivent leurs miroitements émaillés. Et puis, il y a aussi des filets de pêcheurs, des poissons et des branches d'olivier en carton-pâte disposés de manière à évoquer l'environnement d'une madrague. On a même fait venir une *muciara*, une de ces petites barques utilisées pour la mise à mort des thons.

Un sourire de satisfaction aux lèvres, Ignazio poursuit sa visite vers la section Œnologie. Il pourrait l'atteindre les yeux fermés, en se laissant guider par les effluves doux, mais intenses, des vins et des liqueurs.

Il n'est cependant pas préparé au spectacle qui s'offre à lui.

Une haute colonne, dont le sommet frôle le plafond, est faite de bouteilles de marsala et entourée de tonneaux. Sur son chapiteau corinthien, une statue d'Apollon, dieu de la médecine, symbolise les vertus curatives de ce vin. Dans le reste de la salle, des pyramides de bouteilles sont classées par catégories, en particulier le « très ancien » et la « cuvée réserve ».

Un employé s'approche. « Don Ignazio ! Quelle bonne surprise !

– Chut ! »

D'un geste sec, à la limite de la grossièreté, Ignazio met un doigt devant sa bouche. L'employé, déconcerté, s'éloigne en silence. Son patron promène alors son regard sur la colonne de bouteilles, les tonneaux, les pyramides, les étagères couvertes de liqueurs.

Tiens, le cognac Florio ! À la place d'honneur, comme il se doit.

Sa production a été lancée quelques années plus tôt, selon la technique employée en Charente ; Ignazio la supervise en personne, avec l'aide d'experts français, et suit en cela l'exemple de son père, qui s'en est occupé jusqu'à son dernier souffle. De tous ces efforts, il résulte une liqueur moelleuse, à la fois chaude et délicate, qui a la suavité du miel, la couleur du crépuscule et une somptueuse palette de saveurs.

C'est elle qui obtient le plus grand succès à l'Exposition.

Ignazio s'approche pour mieux voir.

Ça y est, il comprend. Il prend enfin la mesure de ce que peut produire l'exploitation vinicole.

Son exploitation vinicole.

Cette propriété familiale n'appartient plus à son père, et pas à son frère. Elle est à *lui*. Au nouveau don Ignazio Florio.

De même que les madragues. De même que l'Oretea. De même que tout le reste.

Comment a-t-il fait pour ne pas s'en rendre compte plus tôt ? Pour ne pas comprendre plus vite ?

On lui a presque tout caché, voilà l'explication. À commencer par son père, qui lui a toujours imposé une sorte de tutelle, qui ne lui a confié que des tâches secondaires et qui ne lui a jamais *vraiment* accordé sa confiance.

Dans les jours qui ont suivi son décès, Ignazio a été submergé sous les corvées, les obligations multiples, la paperasse, les factures à régler. Puis il a été harcelé par ce raseur de Laganà, capable uniquement de se plaindre de la mauvaise santé financière de l'empire commercial. Et il a dû, par-dessus le marché, subir les recommandations incessantes de sa mère, qui ne perd pas une occasion d'évoquer, à grand renfort de larmes et de soupirs, les qualités exceptionnelles de son défunt mari.

À quoi bon, désormais ? Lui est mort et moi, je suis vivant. Et je vais leur prouver, à tous, que je ne vaux pas moins que lui.

Il prend une inspiration profonde et regarde autour de lui. Outre l'orgueil et l'émerveillement, son regard exprime quelque chose de nouveau qui lui monte à la tête, lui donne une sensation de vertige et lui brouille la vue.

Il ne sera jamais prisonnier d'un nom.

Il ne ressemblera pas à son père.

Il ne fera jamais rien comme les autres.

DES PERLES

février 1893-novembre 1893

Malidittu u'mummuriaturi,
ma chiossai cu' si fa mummuriare.
« Maudits soient les calomniateurs,
mais plus encore ceux qui se laissent calomnier. »

PROVERBE SICILIEN

Après la chute de Francesco Crispi (31 janvier 1890), le Palermitain Antonio Starabba di Rudinì devient président du Conseil. Le 15 mai 1892, il cède la place au Piémontais Giovanni Giolitti, qui occupera cette charge à plusieurs reprises, pour un total de plus de dix ans, entre 1892 et 1921. Mais son premier gouvernement tombe dès le 15 décembre 1893, emporté par le plus grand scandale politico-financier de toute l'histoire du pays.

À la fin du XIXe *siècle, la Banca Romana est l'un des six établissements autorisés à émettre des billets ayant cours légal et à étendre ses émissions, sans dépasser certaines limites, au-delà des montants couverts par ses réserves en or. En 1889, sur l'ordre de Crispi, le ministre de l'Industrie, Francesco Miceli, diligente une enquête sur les activités de la banque ; de très graves irrégularités comptables sont alors mises au jour, en particulier la mise en circulation de 25 millions de lires à découvert, l'impression clandestine de billets à hauteur de 9 millions de lires et le versement en sous-main de sommes considérables à des entrepreneurs, des hommes politiques et même au roi. Les résultats de l'enquête ne sont toutefois rendus publics que le 20 décembre 1892, lorsque Napoleone Colajanni, député de Catane, les communique à ses collègues durant une séance houleuse à la Chambre. Le 19 janvier 1893, le président de la Banca Romana, Bernardo Tanlongo, est arrêté en même temps que son caissier principal, Cesare Lazzaroni ; ils sont ensuite inculpés de détournement de fonds publics et faux en écriture. Les procédures parlementaire et judiciaire, qui suivent leurs cours en parallèle, se caractérisent toutefois par une certaine pusillanimité, d'étonnantes omissions, la mystérieuse « disparition » de documents compromettants et de virulentes accusations réciproques échangées entre Crispi et Giolitti. Le 15 décembre 1893, les députés prennent connaissance du rapport rédigé par la commission parlementaire d'enquête, dite « comité des Sept », qui met en évidence les lourdes responsabilités d'anciens ministres, de plusieurs députés, d'administrateurs et de journalistes. De son côté, le procès contre Tanlongo et Lazzaroni se conclut, le 18 juillet 1894, par un acquittement vite qualifié de « politique ».*

Le scandale de la Banca Romana, qui favorise la création, le 10 août 1893, de la Banca d'Italia, n'est cependant pas le seul motif de préoccupation pour le pays. En 1891, dans une Sicile durement touchée par la crise économique et encore victime d'un système archaïque fondé sur de vastes propriétés foncières, on assiste à l'apparition des premiers Fasci Siciliani dei Lavoratori (Faisceaux siciliens des travailleurs), des associations ayant pour principale mission la revendication d'une plus grande justice sociale. D'abord actifs pour l'essentiel dans les villes, et jugés inoffensifs parce qu'on les confondait avec les sociétés de secours mutuel, les Fasci prennent une dimension nationale grâce à l'adhésion des masses paysannes. Le 20 janvier 1893, à Caltavuturo (province de Palerme), cinq cents hommes et femmes « occupent » les terrains appartenant à la municipalité, « afin de montrer qu'ils constituent en réalité un patrimoine collectif » (Corriere della Sera, *21 janvier 1893) ; les carabiniers ouvrent le feu et tuent treize personnes. Les protestations se poursuivent néanmoins tout au long de l'année et connaissent une recrudescence marquée à partir du mois d'août, avec toute une série de manifestations et de grèves organisées dans les provinces de Palerme, Agrigente, Caltanissetta et Trapani.*

Appelés à jouer un rôle déterminant pour l'avenir de l'Italie, le scandale de la Banca Romana et la naissance des Fasci Siciliani, bien que très éloignés en apparence, constituaient en réalité les deux faces d'une même médaille, comme l'avait expliqué Napoleone Colajanni lors d'une allocution prononcée à la Chambre des députés le 30 janvier 1893 : « Ces derniers jours, je vous ai parlé d'affaires bancaires ; aujourd'hui, je dois vous entretenir brièvement des tristes événements de Caltavuturo. Même si ce n'est pas évident de prime abord, il existe un lien étroit entre ces deux questions. Le scandale bancaire a mis sous nos yeux des luttes opposant, au sommet de la société, des membres de la classe dirigeante désireux d'accaparer le maximum de profit. Les événements de Caltavuturo, à l'inverse, nous montrent des pauvres combattant pour leur survie. »

Les perles sont des créatures aussi splendides qu'étranges, ni inertes ni vivantes.

Elles naissent dans des huîtres dont l'extérieur a l'aspect des rochers auxquels elles sont accrochées, mais dont l'intérieur douillet rayonne d'une luminescence nacrée. Surtout, elles sont issues d'une souffrance. L'entrée dans l'huître d'un corps étranger l'oblige à réagir en créant une concrétion de nacre tout autour de la blessure qu'il lui cause.

Comme souvent avec les choses rares et précieuses, la beauté naît de la douleur.

Dans son *Histoire naturelle* (Ier siècle après Jésus-Christ), Pline l'Ancien écrit que les perles figurent « au premier rang, au faîte, pour ainsi dire, de tous les joyaux ». Et il explique un peu plus loin que les huîtres les « conçoivent par l'action d'une rosée fécondante. [...] Si la rosée est pure, le produit est blanc ; si elle est trouble, le produit est terne ; il est pâle, s'il a été conçu quand le ciel était menaçant[1] ». Dans un autre passage, il raconte que Cléopâtre, après avoir parié avec Antoine qu'elle pourrait avaler dix millions de sesterces

1. Pline l'Ancien, *Histoire naturelle*, édition et choix d'Hubert Zehnacker, Paris, Gallimard, « Folio », 1999, p. 130. (*N.d.T.*)

en un seul dîner, avait bu une coupe de vinaigre où elle avait préalablement dissous une des perles qu'elle avait aux oreilles. À Rome, sous le règne d'Auguste, seuls les patriciens étaient autorisés à en porter ; et leur engouement pour ces emblèmes de leur pouvoir et de leur richesse incita plusieurs marchands à se spécialiser dans leur commerce. Les perles ont ensuite gardé intacte, au fil des siècles, leur capacité à susciter les passions. Sur tous ses portraits, Élisabeth Ire d'Angleterre a voulu en faire le symbole de la puissance économique de son royaume, mais aussi celui de sa propre virginité et de sa pureté. Outre la célébrissime *Jeune Fille à la perle* de Johannes Vermeer (1665-1666), elles apparaissent dans de nombreux tableaux hollandais du XVIIe siècle sous la forme de boucles d'oreilles, de colliers et de bracelets. Dans un portrait de 1859 attribué à Franz Xaver Winterhalter, la reine Victoria, alors âgée de quarante ans, arbore un collier de diamants de cent soixante et un carats, un bracelet de perles et un autre orné d'un camée représentant son époux le prince Albert. Sur son portrait réalisé en 1900 par Bertha Müller, aujourd'hui conservé à la National Portrait Gallery de Londres, où la souveraine apparaît vieillie, fatiguée, triste et en tenue de deuil (alors que la mort d'Albert remontait à une quarantaine d'années), ce même bracelet de perles devient en quelque sorte le témoignage de la continuité et du prestige de son règne.

Jusque vers cette époque, il n'existait encore que des perles naturelles. C'est seulement vers la fin du XIXe siècle qu'un entrepreneur japonais, Mikimoto Kokichi, met au point un procédé de production de perles de culture qui lui rapporte d'immenses profits. En habile publicitaire, il va même déclarer : « Je souhaite vivre jusqu'au jour où il y aura assez de perles pour que n'importe quelle femme puisse s'en acheter un collier, ou mieux encore, pour qu'on puisse en faire cadeau à toutes celles qui n'ont pas les moyens de s'en offrir. »

Sa phrase s'est révélée prophétique : de nos jours, les perles de culture sont à la portée de tous et se sont même banalisées.

Filles de la mer et d'une blessure cachée, les perles naturelles demeurent en revanche l'apanage d'une minorité privilégiée.

En cette journée lumineuse et froide, de violentes rafales de vent arrachent des jurons aux invités qui se glissent en toute hâte dans l'église San Jacopo in Acquaviva pour éviter d'être trempés par les vagues qui déferlent sur le môle.

San Jacopo est un édifice aux lignes simples et austères très différent des opulentes églises baroques de Palerme, où les futurs mariés iront s'installer. Il donne sur la promenade en bord de mer de Livourne, comme pour leur offrir un refuge contre les tempêtes.

Le long de la nef, une multitude de roses et de lis blancs s'épanouissent dans des corbeilles ornées de cascades de lierre. L'arôme de l'encens se mêle au parfum des fleurs et le grondement de la mer, perceptible par-delà les murs, sert de contrepoint aux notes de l'orgue.

À travers la porte entrouverte de la sacristie, le prêtre scrute les personnes déjà installées sur les bancs, se frotte les mains sur sa soutane, les joint devant son visage et secoue la tête. Il ne se serait jamais attendu à devoir célébrer des noces aussi prestigieuses, et surtout pas en février !

Peu après, un homme pousse la porte de l'église, se montre à peine, recule un instant et réapparaît aussitôt ; à son bras, une femme vêtue de noir.

La mère et le fils.

Giovanna et Ignazio.

Derrière eux, Giulia Lanza di Trabia et Emma di Villarosa ont toutes les peines du monde à obtenir que Vincenzino, surexcité, se tienne tranquille.

Tous les cinq traversent la nef tête haute, beaux, élégants, altiers. Tandis qu'Ignazio prend place à côté de l'autel, les trois femmes et le petit garçon s'assoient sur des bancs où Romualdo Trigona et Giuseppe Monroy, les témoins du marié, viennent aussitôt leur présenter leurs hommages. Un large sourire aux lèvres, ils font le baisemain aux dames, ébouriffent les cheveux de Vincenzino et rejoignent Ignazio.

Qui aurait pu prévoir qu'il serait le premier à céder aux sirènes du mariage ?

Au bout de quelques instants, Pietro Lanza di Trabia arrive à son tour, le visage sombre. Il fait signe à Giulia de le suivre, sous le regard inquiet de Giovanna.

Les deux époux s'éloignent de quelques pas.

Giulia pose une main sur sa poitrine pour tenter de calmer son agitation ; elle n'a pas le courage de parler, de poser des questions. Son dernier-né, Blasco, qui a tout juste deux ans, est très malade depuis quelques jours, à tel point qu'elle a hésité jusqu'au dernier moment à venir assister aux noces de son frère. Une main sur le bras de son mari, elle l'interroge du regard.

« Rien de nouveau par rapport au télégramme d'hier soir, murmure Pietro en haussant les épaules. Blasco est toujours très faible et il tousse toujours. » Il retient un soupir et serre le poignet de sa femme. « Allons, du courage, maintenant que nous sommes là, il ne nous reste plus qu'à attendre. »

Giulia détourne les yeux. Elle ne pleurera pas, pas aujourd'hui.

Le regard fixé sur Giovanna, elle se contente de secouer la tête, comme pour lui dire : *Pas d'autres nouvelles.* Sa mère se recroqueville sur elle-même et empoigne son chapelet en corail et en argent. Giulia tourne les yeux vers Ignazio. À vingt-cinq ans, il est encore d'une immaturité désespérante… Pourtant, l'amour l'a convaincu de changer de vie.

Malgré son anxiété, Giulia sourit. Non, elle ne pouvait pas être absente au mariage de son frère.

« Alors c'est le grand jour ! s'exclame Romualdo Trigona en tapant sur l'épaule d'Ignazio, qui tente en vain d'esquiver le coup.

– Aïe, doucement ! »

Ignazio est heureux comme il ne l'a peut-être jamais été, en tout cas depuis la mort de son père, tache d'encre impossible à diluer dans l'océan limpide de son bonheur.

Il est sur le point d'épouser la plus belle fille de Palerme, qu'il a commencé à courtiser au moment où la maladie destinée à emporter son père s'est déclarée. À l'époque, il s'en était tenu au registre de la galanterie légère, badine.

Et puis, tout avait changé. Un sentiment tendre et délicat avait éclos en lui durant les dernières semaines de vie de son père. La jeune fille avait été la seule à trouver les mots justes, à atténuer sa souffrance.

Romualdo lève la tête vers le plafond de la nef. « Elle est d'un dépouillement cette église, on ne… » Il s'interrompt pour dévisager son ami et, l'espace d'un instant, son visage d'ordinaire si narquois se teinte de gravité. « Tu aurais pu imaginer que tu l'épouserais un jour, quand tu as fait sa connaissance ? »

Les sourcils froncés, Ignazio penche la tête vers son ami. Ses traits se détendent et une lueur d'orgueil s'allume dans ses yeux. « Non. Mais j'ai tout de suite compris que ce n'était pas une femme ordinaire. »

Et la suite m'a donné raison.

Tout avait commencé par un après-midi ensoleillé de printemps, à l'occasion d'une promenade en compagnie de Romualdo dans les jardins publics de la villa Giulia aménagés entre la plage du Foro Italico et l'Orto Botanico. Sur les allées bordées de palmiers et de haies de pittosporum, ils avaient vu trois jeunes filles vêtues de blanc, accompagnées d'une préceptrice à l'accent allemand très prononcé. Poussés par leur incorrigible effronterie, ils les avaient suivies. Elles s'en étaient aperçues et s'étaient mises à chuchoter et à ricaner. Romualdo et lui avaient répliqué par des sifflements appuyés et des remarques à voix trop haute.

Un coup de vent emporta alors un de leurs chapeaux de paille qui retomba dans la poussière. Les trois gamines poussèrent des petits cris aigus. C'est seulement alors qu'Ignazio reconnut Emma et Francesca Notarbartolo di Villarosa, deux sœurs issues d'une famille liée aux Florio par une amitié très ancienne, et considérées comme deux des plus jolies jeunes filles de Palerme.

Mais… l'autre ? La belle inconnue ?

Elle s'était mise à courir le long du sentier, à la poursuite du chapeau que le vent s'obstinait à emporter au loin. Tout, en elle, était d'une grâce naturelle irrésistible : sa haute taille sculpturale ; sa peau ambrée ; son pas souple et léger ; sa main soulevant le bord d'une jupe blanche, et dévoilant ainsi une cheville au dessin parfait ; son autre main, placée devant ses yeux pour les protéger du soleil ; son sourire ambigu, mais exempt de la moindre trace de malice.

Ignazio avait eu la promptitude d'attraper le chapeau au vol, de le lui tendre et de se présenter, avec cette hardiesse charmeuse dont il avait le secret.

Elle avait pris le chapeau entre ses mains, levé les yeux un court instant et donné son nom, tandis qu'une légère rougeur lui envahissait les joues.

Franca Jacona di San Giuliano.

Il avait entendu parler d'elle au Cercle de la noblesse du Foro Italico. À la faveur d'une de ces conversations oiseuses noyées dans les volutes de fumée des cigares et le tintement des verres de cognac, quelqu'un lui avait dit que cette jeune fille s'était épanouie d'un seul coup, sans crier gare, qu'elle était devenue du jour au lendemain d'une beauté à couper le souffle. Et un clin d'œil égrillard avait appuyé cette déclaration enthousiaste.

Les lèvres contractées en un petit sourire arrogant de prédateur, Ignazio avait déclaré qu'il se ferait un plaisir de le constater par lui-même à la première occasion.

Personne ne lui avait décrit ce long cou si bien mis en valeur par un col en dentelle, cette poitrine plantureuse qui se soulevait et retombait au rythme de sa respiration haletante sous les volants de sa chemise, ces chevilles d'une finesse si élégante, ces grands yeux verts d'une limpidité absolue, en dépit d'une subtile nuance de gêne.

Aucune autre femme, même la plus délurée, n'avait jamais posé sur lui un regard aussi direct, aussi franc. Ces yeux-là l'avaient ensorcelé. Ils contenaient une promesse de bonheur dont il se flattait d'être le destinataire exclusif.

Franca et Ignazio ne fréquentant pas les mêmes groupes d'amis et les mêmes salons, il l'avait cherchée un peu partout sans relâche : il avait multiplié les passages en landau sous les balcons du palais Villarosa, où elle habitait ; il lui avait adressé, à la moindre occasion, de longs regards langoureux ; il s'était arrangé pour la croiser souvent dans les jardins de la villa Giulia, où elle aimait se promener ; il lui avait envoyé des lettres enflammées. Sa réserve initiale surmontée, Franca avait accepté cette cour d'abord avec une vague incrédulité, puis avec un abandon si total qu'Ignazio en avait été troublé. Ils vivaient d'un cœur tremblant, et dans la crainte incessante d'être surpris, les rares moments qu'ils parvenaient à passer en tête à tête : les Jacona di San Giuliano ne verraient jamais d'un bon œil les assiduités d'un prétendant comme Ignazio, l'un des plus éhontés séducteurs de tout Palerme.

Il l'avait toujours su et ne pouvait même pas leur donner tort. Sa vie n'avait jamais rien eu de monacal, il ne s'était jamais caché d'aimer les femmes.

Il les aimait *trop*.

Mais avec elle, c'est différent. Et il sait – il sent – qu'il l'aimera jusqu'à la fin de ses jours.

Giulia retourne auprès de sa mère et lui donne des nouvelles de Blasco. « À la grâce de Dieu ! » s'exclame Giovanna, qui lui suggère d'aller attendre la mariée à l'entrée de l'église. Giulia acquiesce et entraîne Emma avec elle. Vincenzino profite alors d'un moment de distraction de cette dernière pour lui échapper et se précipiter à côté d'Ignazio.

Giulia se tourne vers donna Ciccia, assise loin derrière elle, et secoue la tête. La vieille servante fait le signe de croix. Elles n'ont pas besoin de mots pour se comprendre.

Moins de deux ans se sont écoulés depuis la mort de son mari, et Giovanna observe toujours un deuil strict ; elle porte une élégante robe noire de satin et de velours et, autour du poignet, un discret bracelet de perles. Sa tenue forme une tache sombre parmi les fleurs multicolores qu'Ignazio a fait venir des serres de tout le pays. Elle a la sensation de ne pas être à sa place, comme si la vie échappait à son contrôle et qu'elle ne pouvait plus rien faire pour garder tout ce qui lui est cher. Surtout, elle est très amère : ce mariage, si différent de celui qu'elle avait espéré pour son fils, va se dérouler dans une ville inconnue, loin de Palerme et de leurs amis, dans une église dont la nudité lui a serré le cœur quand elle y est entrée, une église où son malaise ne fait qu'augmenter. *Les gens vont croire que nous nous sommes enfuis de chez nous.* En un certain sens, c'est bien le cas.

À Palerme, rien n'échappe aux regards : on vous espionne et on vous juge sans cesse. Puis les rumeurs enflent. Des mots prononcés au bon moment, d'un air désinvolte, finissent par peser autant que des blocs de pierre. Penser que certaines choses passent inaperçues est une illusion, et croire que personne ne vous remarque trahit une naïveté susceptible de vous coûter très cher. Plus le ragot est croustillant, plus il engraisse l'ego famélique de ceux qui le répandent ou qui l'exagèrent.

Malgré la douleur où elle s'était enfermée depuis la mort de son époux, Giovanna n'avait donc pu ignorer longtemps les bruits qui couraient sur les assiduités dont Ignazio poursuivait Franca. Elle s'en était même inquiétée au point de demander à donna Ciccia de s'informer, d'essayer de savoir si la situation était vraiment préoccupante.

Son ancienne nourrice avait recueilli des racontars et des conjectures avec une rapidité qui l'avait laissée bouche bée. On avait vu Franca à maintes reprises en compagnie d'Ignazio et l'on trouvait son comportement fort peu convenable pour une jeune fille de bonne famille. Mais l'attitude d'Ignazio avait été plus déconcertante encore : il avait avoué sans la moindre difficulté son amour pour Franca, et ajouté qu'ils se fréquentaient depuis des mois en dépit de l'opposition des Jacona di San Giuliano.

Il l'avait dit d'un ton ferme, avec une lueur dans le regard qui n'avait fait qu'accroître le trouble de sa mère. Une fois de plus, son fils n'en faisait qu'à sa tête et ne l'écoutait plus.

Ignazio lui avait juré que Franca était la fiancée idéale : « Je le sens, maman, personne ne me regarde comme elle. » Qu'il voulait l'épouser. Qu'avec elle, il se sentait enfin heureux et léger. Qu'il en avait assez de vivre dans cette maison devenue si lugubre depuis la mort de son père. Qu'il voulait se divertir, écouter ses sentiments, cesser de penser tout le temps à son travail et à ces morts qui s'obstinaient à le hanter.

Elle n'avait pas supporté qu'il dépasse les bornes à ce point, qu'il ose lui reprocher sa souffrance. Et elle avait répliqué en lui rappelant ses liaisons scandaleuses aux quatre coins de l'Europe, les sommes folles dépensées en voyages et en fêtes, ses fréquentations peu avouables, son manque de respect pour la mémoire de son père, son ingratitude envers lui et envers elle-même. Elle était allée jusqu'à insinuer que les Jacona le manipulaient : ils possédaient un titre des plus prestigieux, certes, mais ils étaient couverts de dettes ; ce n'était d'ailleurs un secret pour personne, les affaires du père de Franca périclitaient et il rencontrait des difficultés à payer ses fournisseurs. « *Maman**, qui n'est pas endetté, à Palerme ? » lui avait rétorqué Ignazio avant de reprendre le panégyrique de sa fiancée idéale. Impossible de lui faire entendre raison.

Giovanna avait donc réagi avec les moyens dont elle disposait, ou plutôt comme le voulaient les usages du monde. Elle avait essayé de gagner du temps, dans l'espoir que l'exaltation de son fils retombe d'elle-même. Elle avait aussi tout nié en bloc : selon elle, son fils n'avait rien à se reprocher, et s'il y avait quelqu'un à blâmer, c'était cette jeune fille qui s'était montrée, sinon légère, du moins imprudente, en accordant des privautés à un jeune homme dont tout le monde savait qu'il avait le sang chaud.

En vain. Les cancans avaient continué bon train. Les noms d'Ignazio et de Franca étaient sur toutes les lèvres, dans les rues, dans les salons, derrière les éventails. Après avoir soulevé leur chapeau en un salut hypocrite, d'aucuns se donnaient des coups de coude et évoquaient, avec un petit sourire, des rendez-vous clandestins, voire des rencontres où les audaces n'avaient pas de limites.

Et puis, l'imprévisible s'était produit. La famille de Franca avait été obligée de s'installer quelque temps à Livourne, sans doute pour échapper aux démarches insistantes de créanciers impatients. C'était, en tout cas, l'hypothèse la plus accréditée.

Giovanna avait poussé un soupir de soulagement. Elle avait espéré que la passion d'Ignazio s'éteindrait comme un feu de paille, et qu'il trouverait une autre compagne de divertissement.

Ses espérances avaient été cruellement déçues.

« J'aurais préféré que la cérémonie soit célébrée à Palerme, bien entendu. Mais l'essentiel est que Franca soit heureuse. »

Costanza Jacona Notarbartolo di Villarosa, baronne de San Giuliano, prend la main de sa nièce Francesca di Villarosa, assise en voiture à côté d'elle, qui acquiesce et murmure : « Je vous comprends », avant de baisser la tête pour se réfugier à nouveau dans la pénombre.

Bien qu'âgée d'à peine vingt ans, elle est déjà veuve.

Et elle porte encore le deuil d'Amerigo Gondi, un noble toscan qu'une maladie fulgurante a tué au bout de trois mois de mariage ; une profusion de soins médicaux et l'air salubre de la campagne palermitaine, où les jeunes mariés s'étaient installés dans l'espoir d'une amélioration, se sont révélés inutiles. Lorsqu'il a senti que la fin approchait, Amerigo a demandé à mourir à Viareggio ; on l'y a transporté à bord d'un bateau à vapeur des Florio, sur l'ordre d'Ignazio, bien conscient du lien d'affection qui unit Francesca et Franca. Et c'est d'ailleurs parce que cette dernière est comme une sœur pour elle que Francesca a accepté d'assister à son mariage, unique lueur d'espoir au milieu des jours sombres qu'elle traverse.

Soucieuse avant tout de ne pas introduire une note de tristesse dans cette journée de fête – il ne faudrait pas que sa tante la voie pleurer et la plaigne –, elle essuie ses larmes d'un geste rapide.

Mais Costanza, qui s'en est aperçue, se mord les lèvres et, pour cacher son embarras, se tourne vers son fils Franz, dont elle redresse le col de la veste. Le jeune homme ébauche une vague grimace censée tenir lieu de sourire. Sa mère soupire et chuchote à sa dame de compagnie, d'une voix peinée : « Essuyez-lui la bouche. Il bave. »

De la peine, il y en a aussi dans les yeux de Francesca, qui observe en silence les gestes de la domestique. Elle connaît bien les sentiments de sa tante pour ce fils né malade, les souffrances qu'elle a endurées depuis sa venue au monde. Costanza a perdu cinq enfants en bas âge ; seuls Franca et Franz ont survécu. Mais il semble qu'un peu de joie soit enfin offerte à sa famille : Costanza s'est toujours battue bec et ongles pour protéger sa fille ; elle a prié nuit et jour pour obtenir son bonheur ; et ce mariage est la réponse tant attendue à ses prières.

Lorsque la voiture s'immobilise devant San Jacopo in Acquaviva, Franca sursaute. Puis elle regarde son père, Pietro Jacona, et baisse les yeux. Pourtant, elle n'a aucun motif d'être tendue : elle est très en beauté, elle le sait et elle en a eu confirmation quand elle s'est regardée, peu avant de partir pour l'église, dans un miroir encadré de bois doré qui lui a montré un visage harmonieux, de grands yeux verts, de longs cheveux noirs ondulés et une silhouette élancée. Elle a dix-neuf ans, elle est d'une grâce et d'une élégance rares, elle est vêtue d'une magnifique robe en soie couleur ivoire et coiffée d'un splendide voile en tulle de soie. Peu importe, dès lors, qu'elle soit pâle et transie de froid. Elle est sur le point d'épouser l'homme de ses rêves, elle qui, avant lui, n'avait jamais connu de véritable amour.

Ses doigts tremblent, son sang circule à une vitesse vertigineuse et son cœur bat la chamade, si fort qu'il couvre presque le bruit sourd des vagues qui se brisent sur le môle et paralysent ses pensées. Elle se fait l'effet d'une héroïne romantique, dont la vie merveilleuse ne fait que commencer.

Mais Franca est aussitôt assaillie par les souvenirs cruels des jours où elle a tant souffert, où elle a cru tout perdre, lorsque Ignazio et elle avaient été obligés de s'éloigner l'un de l'autre. Au début, quand elle avait fait sa connaissance, c'était comme si une vive lumière avait déchiré l'obscurité où elle avait vécu depuis sa naissance. Personne, jusque-là, n'avait prêté beaucoup d'attention à la jeune baronne Jacona di San Giuliano, qui habitait un appartement à peine décent au palais Villarosa, le « palais à cornes », comme on l'appelle, soit à cause des deux cheminées surmontant sa façade, soit en raison des innombrables liaisons adultérines entretenues par son commanditaire, Francesco Notarbartolo, duc de Villarosa. Les attentions et la cour insistante d'Ignazio Florio avaient ensuite incité la ville entière à s'apercevoir de son existence, et tout le monde s'était mis à parler d'elle. Dans l'impossibilité de s'en prendre à son incontestable beauté, les critiques – parfois féroces – avaient plutôt porté sur sa manière de marcher, de parler, de s'habiller. Elles avaient cependant manqué leur objectif. Malgré leurs difficultés économiques du moment, les Jacona di San Giuliano n'avaient pas lésiné sur les dépenses, s'agissant de leur fille : non contents de lui offrir une éducation impeccable en la confiant à une préceptrice allemande, ils l'avaient élevée dans le culte du beau et de l'élégance. Dès lors, étant donné la réputation d'Ignazio – ce « corrupteur de femmes », ce « débauché », ce « cœur volage » –, les potins avaient pris la forme de calomnies décrivant Franca comme « une jeune fille irrémédiablement compromise », « une marchandise avariée », « une demoiselle trop imprudente pour être encore respectable », voire « une pécheresse dévergondée ».

Il lui avait alors fallu affronter la colère de son père, qui l'avait enfermée dans son palais puis emmenée à Livourne, avec sa mère et son frère. Elle avait eu beau protester de toutes ses forces, affirmer haut et clair qu'elle était *réellement* amoureuse d'Ignazio, rien n'y avait fait. À Livourne comme à Palerme, on l'avait couverte de boue, et les méchancetés à son égard s'étaient ajoutées aux remarques cruelles sur les dettes impayées de son père.

Franca examine le portail de l'église. Dans un accès d'angoisse glaçante, elle se demande si elle saura être à la hauteur de sa nouvelle famille. Les Florio possèdent la plus grande flotte commerciale italienne, sa belle-mère a été présentée à des têtes couronnées un peu partout en Europe, sa belle-sœur a le rang de princesse. Elle n'est pas appelée à devenir l'épouse d'un baron de province ou d'un obscur marquis. Non. Elle va devenir l'une des leurs.

Une Florio.

Elle s'en rend compte au moment précis où sa vie est sur le point de basculer. Cette pensée lui cause une sensation de vertige, et son corset lui donne l'impression de l'étouffer.

Et Ignazio ? Il l'aimera vraiment toute sa vie, comme il se plaît à le répéter ? Quel avenir atroce, s'il finissait par se lasser d'elle !

Voilà, elle a *peur.*

Mais pourquoi maintenant ?

Son père, qui l'observe d'un air courroucé, lit sur son visage cette panique soudaine, ce manque d'assurance qui la pousse à fermer les yeux. Perdues dans sa barbe, ses lèvres obstinément fermées dessinent une ligne dure. Hostile depuis le début à cette union, il a employé tous les moyens à sa disposition pour essayer d'en dissuader sa fille. Après en avoir appelé à sa raison, il a recouru à des menaces, et enfin à des déclarations cruelles : à l'en croire, Ignazio était un homme trop peu fiable, sans énergie, pas assez mûr pour assumer les responsabilités d'un chef de famille, incapable de fidélité, esclave de sa recherche effrénée du plaisir.

Chacune de ces accusations s'était heurtée, d'un côté, aux larmes de Franca, de l'autre, à la détermination sans faille d'Ignazio, qui avait fait preuve d'une ténacité inattendue et avait suivi les Jacona jusqu'en Toscane. Au bout du compte, Pietro avait dû céder. Il ne s'était cependant pas entièrement résigné, et surtout, il redoutait au plus haut point de voir arriver le jour où sa fille serait obligée de reconnaître que ses inquiétudes étaient fondées. Mais dans l'immédiat, il ne peut qu'espérer que les plaies causées par cette longue lutte cicatrisent vite… et demander à Franca :

« Ça ne va pas ? »

Elle ouvre la bouche pour répondre, ne parvient pas à articuler le moindre mot, s'éclaircit la gorge et murmure : « Si, si. »

Il l'attrape par la main et reprend : « Checchina, fais bien attention, quoi qu'il arrive. C'est un séducteur invétéré, et même s'il te dit qu'il t'aime, garde toujours les yeux bien ouverts. »

Elle relève la tête d'un mouvement brusque, fixe son père d'un regard d'où toute trace de peur a disparu et réplique en martelant les mots, d'une voix assurée et presque rageuse : « Il n'aura pas besoin d'aller voir ailleurs. Il m'aura moi, et il m'a juré qu'il ne voudra jamais personne d'autre. »

Sans attendre que le cocher vienne ouvrir la portière, Pietro se penche pour l'ouvrir lui-même. Puis il répond à sa fille, tout en l'aidant à se lever et à descendre de voiture : « Franca, ma chérie, je ne demande pas mieux que de ne pas douter de la sincérité de ses propos. » Et il ajoute, d'une voix si basse que ses paroles se perdent dans le vent : « Seulement, l'homme est chasseur par nature… »

Francesca et Emma se précipitent à la rencontre de Franca et soulèvent sa robe, pour l'empêcher de se salir. Costanza, quant à elle, veille à ce que le voile ne soit pas emporté par le vent. Au bout de quelques mètres, elles sont toutes les quatre sur le seuil de l'église.

Les cousines plaisantent, embrassent la future mariée, se hâtent de lisser les plis de sa robe. Quelques pas derrière elle, Costanza tente en vain de retenir ses larmes, cache son visage derrière ses mains, s'exclame : « Que tu es belle, ma fille ! », la serre dans ses bras, rit et pleure en même temps. Emma et Francesca protestent : non, il ne faut pas, pleurer à un mariage porte malheur.

Costanza pose les mains sur les joues de sa fille, l'embrasse sur le front et lui chuchote : « Tu vas épouser un garçon qui a remué ciel et terre pour t'avoir, tu le sais, n'est-ce pas ? » Elle n'a cependant pas le temps d'attendre sa réponse : ses deux nièces l'entraînent presque de force à l'intérieur de l'église, pour laisser Franca seule avec son père.

Il s'approche d'elle et lui offre son bras, qu'elle saisit en silence. Le temps d'un éclair, ils repensent tous deux à des mots échangés, hurlés, marmonnés. Mais ce ne sont plus que les échos d'un passé lointain, qui laisse place à l'affection et à l'espoir.

Le portail s'ouvre en grand. Les notes de la marche nuptiale enveloppent Franca et l'accompagnent le long de la nef couverte de fleurs. Ses premiers pas sont si hésitants que Pietro lui jette un regard inquiet. Mais dès qu'elle aperçoit Ignazio, qui l'attend devant l'autel, elle est métamorphosée : elle desserre son étreinte sur le bras de son père, redresse le dos et s'avance d'un air décidé, la tête haute.

Elle n'accorde qu'une attention distraite à Giovanna, guindée dans sa robe noire et dont le visage est toujours aussi triste, à Vincenzino, qui ne cache pas son admiration pour sa beauté et penche la tête pour mieux la voir, à Giulia, qui lui adresse un sourire aimable. Sa mère et ses cousines, les larmes aux yeux, serrent leurs mouchoirs. Et il n'y a presque personne d'autre.

C'est un mariage bien différent de celui dont Franca avait rêvé dans son adolescence : un ciel sombre, un vent glacial, une église inconnue, pas de garçons d'honneur, peu d'invités.

Elle en est pourtant ravie, Ignazio suffit à la combler.

Tout ce qu'elle désire est maintenant devant elle.

Pietro pose la main de sa fille sur celle d'Ignazio, qui la porte à ses lèvres et lui murmure, d'une voix haletante : « Tu es splendide. »

Elle voudrait éclater de rire, pousser des cris de joie. La vie danse dans sa poitrine, elle est la plus chanceuse et la plus aimée des femmes, et elle en rend grâce au Ciel.

D'un seul mot, elle efface les mois d'attente, les souffrances, les ragots, les médisances, les doutes, l'éloignement, les disputes familiales. Elle fixe droit dans les yeux l'homme qui, dans un instant, deviendra son mari, et s'exclame : « Enfin ! »

Au déjeuner de noces, l'atmosphère est sereine et détendue. Franca et Ignazio, main dans la main, rient sans cesse. Perdus dans leur monde, noyés dans un bonheur indicible, ils donnent littéralement l'impression de rayonner. Giulia di Trabia les regarde et baisse la tête sur son assiette de porcelaine, encore pleine d'un plat qu'elle a à peine goûté. Elle n'a pas eu la possibilité de choisir son époux, son mariage a été arrangé par les deux familles. Tout en observant les invités, elle se dit que sa vie, en apparence si enviable, est bien différente de ce qu'elle semble être : elle a un enfant gravement malade, peut-être en danger de mort, une belle-mère qui la déteste et un époux qui ne lui accorde rien de plus qu'un froid respect.

Non loin d'elle, Pietro Lanza di Trabia la fixe justement des yeux. Elle est sans conteste belle, intelligente et raffinée ; mais au fil des ans, elle ressemble de plus en plus à sa mère : mêmes lèvres dures et sévères, même ride de contrariété entre des sourcils tout le temps froncés, même caractère… Le regard de Pietro se déplace alors vers sa belle-mère, occupée à lisser un pli inexistant sur la nappe, les yeux perdus dans le vide. Il est saisi d'un frisson d'inquiétude : et si sa femme devenait comme elle ?

« Oh là là, tu en fais une tête ! »

Romualdo Trigona n'attend pas qu'un domestique lui tende une chaise. Il en attrape une, l'installe près de Pietro et s'assied, jambes croisées, avec la désinvolture qui ne l'abandonne jamais. Pietro lève le menton en direction des jeunes époux, croise les mains sur ses genoux et murmure, avec un petit rire sarcastique : « Ignazziddu ne sait pas encore ce qui l'attend.

– Que veux-tu ? Il est amoureux…

– Je sais. Et il ne pense plus à rien d'autre. Mais ça ne peut pas durer, d'autant plus que l'horizon est de plus en plus sombre. »

Romualdo dit à un serviteur de lui apporter une coupe de champagne et interroge son ami, d'un air surpris : « Comment ça ? »

Pietro se rapproche de lui et baisse la voix : « Tu as dû entendre parler de l'arrestation de Bernardo Tanlongo, le gouverneur de la Banca Romana, et de son caissier principal, Cesare Lazzaroni… Après toutes les sales affaires où ils ont trempé…

– On s'en doutait depuis décembre, qu'il se passait quelque chose de grave. Avec tout le vacarme que Colajanni avait fait à la Chambre, quand il avait demandé pourquoi le gouvernement refusait de rendre publics les résultats des enquêtes parlementaires sur les établissements de crédit…

– … des enquêtes effectuées, entre autres, à l'époque où Crispi était président du Conseil », conclut Pietro à sa place avant de marquer une pause pour désigner le marié d'un signe de la tête. « Les Florio ne s'en sont pas beaucoup inquiétés, y compris parce que notre cher Ignazio avait d'autres préoccupations en tête. Mais le fait que Crispi soit impliqué pourrait avoir de graves conséquences pour eux. Et à vrai dire, personne n'est tout à fait innocent, dans cette histoire. » Il tape du plat de la main sur le bras de Romualdo et reprend, d'une voix blanche : « Je comprends que Crispi n'ait pas dénoncé le scandale, trop de gens et trop de banques auraient été éclaboussés. Tu te souviens du procès contre Cuciniello, le directeur du Banco di Napoli ? Celui qui accordait des prêts à tous ceux qui en demandaient, sans exiger la moindre garantie ? » Il se penche en avant. « Eh bien, ce n'était rien, comparé à ce qu'on a découvert dans les bureaux de la Banca Romana : des faux documents, des matrices pour imprimer des billets, des papiers signés par des gens importants qui tremblent de peur, maintenant. Tanlongo gérait les caisses de la banque comme si elles étaient à lui. »

Romualdo hoche la tête, boit une gorgée de champagne, met une main près de sa bouche et chuchote : « Eh oui. Lazzaroni et lui conservaient des matrices qui étaient censées avoir été détruites, et ils réimprimaient des billets avec une fausse date et une fausse signature. Des billets neufs qui portaient d'anciens numéros de série, en somme. Ensuite, ils les remettaient à des emprunteurs insolvables, à des amis, à des parents, à des gens qui ne voulaient pas ou qui ne devaient pas apparaître sur les registres comptables. »

Pietro ouvre la bouche pour répondre, la referme un instant et se décide enfin à dire : « Au Parlement, tout le monde dit que c'est la totalité du système qui est pourri. La totalité. Et selon certaines rumeurs, le roi lui-même… »

Romualdo soulève une main pour l'empêcher de continuer et détourne les yeux. « Tu sais mieux que moi comment les choses fonctionnent. Au milieu de tous les bruits qui courent, il faut savoir distinguer le vrai du faux. »

Pietro acquiesce sans rien ajouter. Il est sicilien et il respecte la règle d'or que tous les enfants apprennent dès leur plus jeune âge, sur l'île : *Le mot le plus juste, c'est celui qu'on ne prononce pas.* Lorsqu'il voit Ignazio s'approcher de lui au bras de Giuseppe Monroy, son expression sérieuse disparaît aussitôt derrière une joyeuse exclamation : « Tiens, voilà notre jeune marié ! »

Romualdo arrête un domestique au passage et réclame une bouteille de champagne. Un peu plus loin, de grands éclats de rire retentissent : Franca est engagée dans une conversation animée avec ses cousines et sa belle-sœur ; même Giulia sourit, comme si ses angoisses lui laissaient un moment de répit.

Ignazio arrache la bouteille des mains du domestique et insiste pour l'ouvrir lui-même, mais il est si agité qu'il éclabousse les trois jeunes messieurs.

Pendant qu'ils boivent leurs coupes, Ignazio passe un bras autour des épaules de Romualdo. « Alors, on peut savoir de quoi vous parliez ? On se serait cru le jour des Morts...

– Nous parlions de ce qui s'est passé à Rome et de l'implication de Crispi dans le désastre », lui répond Pietro. Depuis qu'il est député, il a été informé de nombreux faits d'une gravité inouïe et, bien qu'il ne puisse pas entrer dans les détails, il tient à mettre ses amis en garde.

Ignazio s'écrie : « Tout ça parce qu'à Rome, on a laissé la bride sur le cou à Tanlongo et à des gens aussi peu recommandables que lui. Comme dit le proverbe : *L'occasion fait le larron*... et en l'occurrence le faussaire. Et d'ailleurs, pourquoi n'a-t-on fait aucun contrôle, pendant toutes ces années ? » Il donne une taloche à Romualdo et l'oblige à lui faire de la place sur sa chaise, où ils restent assis côte à côte en équilibre instable, à la façon de deux gamins.

« Je ne sais pas. Mais si j'étais toi, je me méfierais. » Pietro parle maintenant d'un ton grave, sans se laisser distraire par le énième éclat de rire venu du groupe des jeunes femmes ; il regarde Ignazio avec des yeux où les reproches implicites se mêlent à une certaine inquiétude. « À ta place, je n'aurais pas permis au Credito Mobiliare d'ouvrir une filiale dans les locaux de la Banque Florio. Sa situation n'est pas très claire, et il aurait été préférable de se montrer plus prudent. »

Pietro n'a que quelques années de plus qu'Ignazio, mais il se comporte déjà en homme mûr. Il est parfois d'une telle circonspection, d'une telle pusillanimité, qu'Ignazio se demande comment fait sa sœur pour ne pas mourir d'ennui, avec un mari pareil. Il lui rétorque, avec un haussement d'épaules : « Peu importe s'ils ont deux ou trois choses à cacher, la Banque Florio a les reins solides. Mon père a commencé à travailler avec eux à l'époque de la fusion avec la compagnie de Rubattino. C'est une maison prestigieuse, gérée de manière honnête. Et en plus, comme ils m'ont accordé le poste de vice-président de leur filiale palermitaine, je siège au conseil d'administration… S'il y avait des irrégularités, je serais au courant, tu ne crois pas ? Ils m'ont apporté toutes les garanties nécessaires, et de toute façon, à Palerme, tout le monde sait que le Credito Mobiliare et la Banque Florio sont deux entités distinctes…

– Si tu le dis… », marmonne Pietro.

Giuseppe secoue Ignazio par une épaule. « Hé, ta femme te cherche. Laisse tomber les affaires pour le moment, ce serait bête de négliger une telle splendeur à cause de choses si assommantes. »

Ignazio se retourne et son regard croise celui de Franca, amoureux et plein d'adoration. Il lui envoie un baiser du bout des doigts et s'adresse de nouveau à ses amis : « Je vais l'emmener à Florence, à Venise et à Paris. Je veux lui montrer les plus belles villes du monde. Elle l'a bien mérité, ou plutôt, nous l'avons bien mérité tous les deux, après tout ce que nous avons dû subir pour pouvoir nous marier, après tous ces ragots qui nous ont couverts de boue. On sera mieux n'importe où qu'à Palerme. »

Romualdo se lève et resserre son nœud de cravate. « Alors bon voyage, amusez-vous bien et revenez-nous avec un bébé, si possible un garçon ! On a besoin de sang neuf dans la famille. »

Ignazio et Giuseppe rient à gorge déployée, tandis que Pietro soupire. Franca les rejoint et prend son mari par la main. Il l'embrasse sans retenue.

Dehors, le vent continue de souffler.

C'est à Paris, durant leur voyage de noces, que Franca a *vraiment* compris.

Elle a compris quand le vendeur de chez Cartier s'est avancé vers eux pour mettre ses services à leur disposition. Elle a compris quand Ignazio lui a répondu par un refus très sec suivi d'un ordre péremptoire : « *Appelez-moi le directeur, s'il vous plaît*.* » Elle a compris quand ce même directeur, d'un ton à la fois mielleux et inquiet, s'est confondu en excuses pour ne pas les avoir accueillis en personne et s'est cru obligé de multiplier, jusqu'à la nausée, les compliments, les vœux et les commentaires flatteurs sur la beauté de la jeune épouse et la chance du jeune marié.

Franca a compris qu'Ignazio parle une langue universelle qui contient tous les sésames : celle de l'argent.

On les a accompagnés dans une petite salle décorée de miroirs et meublée de divans en velours. On leur a offert un excellent champagne, qu'elle a savouré avec un plaisir infini. Et puis, le défilé des bijoux a commencé. Chaque fois qu'un étui s'ouvrait, c'était un émerveillement. Elle a risqué quelques remarques, dans un français hésitant. Ignazio l'a écoutée en souriant, a corrigé ses défauts de prononciation et lui a couvert le cou de caresses qui lui ont arraché plus d'un soupir.

Enfin, il lui a chuchoté à l'oreille : « Choisis ce que tu veux. » D'une main tremblant d'émotion, elle a effleuré un collier de perles à plusieurs rangs, qui étincelait sur du velours rouge. Elle adorait les perles mais jusqu'alors, elle n'avait pu se permettre qu'un collier à un seul rang.

Elle avait été prise de vertige, et le champagne n'y était pour rien. Une telle succession de diamants, d'émeraudes, de rubis... quoi de plus troublant ? Ces joyaux sont le symbole incontestable, arrogant, de l'immense richesse de la famille Florio, qui est désormais sa famille à *elle*.

Ignazio lui a offert deux magnifiques boucles d'oreilles en perles et, surtout, un collier digne d'une princesse : treize rangs de corail « peau d'ange » provenant du Japon, de petites sphères rosées qui s'harmonisent à la perfection avec son épiderme couleur de miel. Et il a aussi donné des indications pour la fabrication d'un « *collier de chien** » destiné à orner le long cou de cygne de son épouse, et composé de perles serties sur des barrettes de diamants.

Des scènes analogues s'étaient d'ailleurs produites à d'autres adresses prestigieuses. Chez Houbigant, le parfumeur de la reine Victoria et du tsar, Franca a enfin découvert le nom du parfum d'Ignazio – *Fougère* – et elle a choisi pour elle-même une eau de Cologne personnalisée. Chez Worth, le créateur des robes du soir de l'impératrice Eugénie et d'Élisabeth d'Autriche, elle a reçu l'accueil d'une souveraine et on lui a montré les modèles mettant le mieux en valeur ses formes sculpturales. Chez Lanvin, elle a acheté des dizaines de châles pour elle et pour sa mère. Chez Mademoiselle Rebours, elle a vu les plus beaux éventails du monde, et en particulier celui, en plumes d'autruche, qu'avait commandé Marie de Saxe-Cobourg-Gotha, épouse du prince héritier de Roumanie.

À chaque fois, Franca demandait, en écarquillant ses grands yeux verts : « Pour moi ? » Et Ignazio, qui se sentait fou de joie, lui caressait une main ou le visage, acquiesçait de la tête, l'invitait à choisir.

Je vis dans un rêve, avait pensé Franca en effleurant les bijoux offerts par son mari. Et puis, il y avait Paris, ses lumières, ses boulevards, ses immeubles, ses femmes élégantes, ses voitures rutilantes. Tout était source d'émerveillement pour elle, ses yeux se remplissaient d'une myriade de beautés, son cœur battait à se rompre. Il en allait de même pour Ignazio, qui, à travers elle, portait sur la ville un regard nouveau, s'émouvait de la naïveté de sa femme, de ses mouvements de surprise, de son enthousiasme.

Et l'arrivée à l'Olivuzza a été, elle aussi, un véritable rêve. Après leur retour à Palerme, les jeunes époux se sont d'abord installés à la villa ai Colli, dans l'attente de la fin des travaux de rénovation de l'Olivuzza. Ignazio est resté très discret à leur sujet, il s'était contenté d'expliquer que cette maison lui avait toujours paru trop sombre, qu'il était grand temps de l'agrandir et de rendre ses pièces plus lumineuses. Et il ajoutait chaque fois, avec un sourire en coin : « Tu verras, je te prépare une belle surprise… »

Le moment tant attendu est enfin arrivé.

La voiture s'arrête à quelques mètres du corps principal de la villa, devant un large portail en fer forgé donnant accès à l'aile qu'Ignazio a réservée à son propre usage et à celui de son épouse.

Il aide Franca à descendre de voiture, lui offre le bras et la conduit jusqu'à un escalier monumental en marbre rouge. Suivis par une cohorte de domestiques et par Giovanna, qui, un sourire indulgent aux lèvres, tient Vincenzino par la main, ils traversent ensuite un jardin d'hiver agrémenté de plantes luxuriantes et enveloppé de la lumière chaude filtrée par le plafond en verre. Franca, très intimidée, pose sur tout ce qui l'entoure un regard émerveillé.

Au bout d'un couloir, Ignazio s'immobilise devant une porte et ordonne aux domestiques d'attendre là. Giovanna s'efface et un voile de tristesse, de regret, s'étend sur son visage pâle.

Franca se retourne pour observer les domestiques, dont les larges sourires et les regards malicieux l'agacent : elle est la seule à ne pas savoir ce qui l'attend. Ignazio se place derrière elle, lui pose les mains devant les yeux et lui chuchote, tout en ouvrant la porte et en la poussant vers l'intérieur : « Surtout, garde les yeux bien fermés. »

Franca lui obéit et avance de quelques pas d'une démarche trébuchante.

Lorsqu'elle rouvre les yeux, elle a la sensation de ne plus être sur terre.

Au plafond, un ciel bleu peint en trompe-l'œil entouré de putti tenant des guirlandes de roses. Devant elle, un lit surmonté d'un baldaquin couleur ivoire et des meubles en plume d'acajou ornés de marqueteries dorées. À ses pieds, des carreaux en faïence eux aussi couleur ivoire, couverts de pétales de roses dont on pourrait croire qu'ils ont été jetés à profusion par les putti de la fresque.

Une chambre paradisiaque.

« Pour ma rose, pour toi », lui murmure Ignazio à l'oreille.

Franca se retourne, le regarde. Son bonheur est si intense qu'elle en a perdu l'usage de la parole.

Ils s'embrassent devant tout le monde.

À Palerme, au printemps, les premiers souffles du sirocco font l'effet d'une gifle en pleine figure. Ils apportent de la chaleur, un air lourd, de l'irritation. On s'en rend compte dès le matin, quand les couvertures pèsent trop lourd et que les draps sont trempés de sueur. Les fenêtres ouvertes, on perçoit une atmosphère nouvelle, étouffante. Le ciel semble voilé et l'air immobile.

Dans la voiture qui le conduit aux bureaux de la piazza Marina, Ignazio soupire, se sert de son mouchoir en guise d'éventail, s'essuie le cou et le visage. Il déteste la chaleur.

Avec ce vent et ces températures, la journée inviterait plutôt à une sortie en mer à bord du *Fieramosca*, le yacht qu'il a acquis peu de temps après la mort de son père. Il lui a coûté si cher que sa mère l'a accusé d'inconscience, mais il vaut bien son prix. Ils avaient déjà le *Sultana*, certes, qui avait suscité l'enthousiasme de Franca ; ce bateau gigantesque à coque blanche avait remplacé le *Queen Mary*, qu'Ignazio trouvait trop vieux et qu'il avait revendu à un marquis toscan.

Sans compter la construction de l'*Aretusa*, un canot à vapeur en acier, et surtout l'achat du *Walküre*, un yacht de régate à la proue élancée et à la coque étroite, rapide comme le vent. Ignazio a acquis ce bijou auprès du cousin de l'empereur François-Joseph, l'archiduc d'Autriche Charles-Étienne de Habsbourg-Lorraine, et il compte bien participer, à son bord, aux plus importantes courses à la voile organisées en Méditerranée. On ne peut pas consacrer tout son temps aux affaires. Mais ça, ni Giovanni Laganà ni Domenico Gallotti ne semblent le comprendre.

Et ce sont eux, justement, qui lui ont demandé de les rejoindre piazza Marina « de toute urgence ».

Quelle barbe !

Ils ne lui ont jamais laissé un moment de répit, y compris pendant son voyage de noces : une avalanche de lettres, de billets, de télégrammes… Comment font-ils pour ne pas se rendre compte qu'il a besoin d'autre chose, qu'il ne peut pas passer ses journées enfermé dans un bureau ? Il a besoin de se sentir libre. Vivant. Et pas question de finir comme son père, mort à cinquante-trois ans après une vie de labeur et d'efforts.

Ignazio ressent parfois une sorte de colère sourde envers lui : il n'aurait pas dû tomber malade si vite, l'obliger à assumer si tôt de telles responsabilités, l'empêcher de profiter de la vie. C'est insupportable, à la fin.

D'un geste inquiet, il écarte le rideau de la vitre. La voiture traverse le quartier du Borgo Vecchio, où des ouvriers et des hommes de peine lui adressent des saluts respectueux. « Dieu vous bénisse, don Ignazio ! » L'exclamation résonne dans les venelles et passe les portes des taudis. On croise un peu partout des hommes aux visages émaciés, des femmes à la beauté fanée trop vite, des enfants affamés aux grands yeux creux qui jouent sur la chaussée. L'odeur du poisson pourri blesse les narines et se mélange à celle des ordures qui fermentent à tous les coins de rue et dans les canaux d'écoulement, où s'accumulent la boue, les détritus et les déchets de nourriture.

Les habitants ne semblent cependant pas y prêter la moindre attention. Bien que plusieurs d'entre eux travaillent pour les Florio, Ignazio serait incapable de les reconnaître. Son père, au contraire, les appelait tous par leur nom, ce qui lui valait leur estime et leur gratitude.

À quoi bon ? se demande Ignazio en leur répondant par un salut distrait. Il n'aime pas ce quartier misérable, imprégné de désespoir. À vrai dire, il n'aime pas toute une partie de Palerme. Il ne se plaît que dans les villas édifiées à proximité de la ville, les salles de bal des palais aristocratiques et les foyers des théâtres. Et de toute façon il préfère Londres, Paris, la Côte d'Azur, les montagnes autrichiennes.

Il aime humer le vent du large en se promenant sur le pont de ses yachts.

Pas cette puanteur de moisi et de pourriture.

Il ne se rappelle pas, il ne veut peut-être pas se rappeler qu'il y a moins d'un siècle, son grand-père Vincenzo habitait dans un quartier de ce genre. Qu'avant lui, l'arrière-grand-oncle dont il porte le prénom et l'anneau avait quitté sa Calabre natale pour fuir la pauvreté. Que ces deux hommes ont dû se battre pour se faire une place dans cette ville si hostile, si méchante. Et qu'ils y sont parvenus en s'attirant la considération de gens simples, de gens du peuple.

À sa décharge, ses parents ont tout fait pour effacer ces souvenirs familiaux, qu'on évoquait le moins possible chez lui. Lorsqu'on ne parle pas du passé, il finit par disparaître. Comme s'il n'avait jamais existé.

Mais c'est le présent qui attend Ignazio aujourd'hui. Et la journée sera rude, il le sent.

Il monte les escaliers, salue les employés qu'il rencontre et gagne son bureau du premier étage. Domenico Gallotti, président de la NGI, a un visage rond aux favoris épais, un corps trapu et un ventre dont la proéminence trahit ses passions de gourmet. Il arpente la pièce depuis une vingtaine de minutes, les mains croisées derrière le dos, en attendant l'arrivée d'Ignazio.

« Je vous prie de bien vouloir excuser mon retard, lui dit ce dernier en entrant.

– C'est moi qui vous prie de m'excuser de vous avoir brusqué, mais il y a urgence. » Après ce rapide échange de politesses, Gallotti ne fait rien pour dissimuler son impatience, bien au contraire : il reste debout et tambourine des doigts sur un dossier qu'il a posé sur le bureau.

« Vous m'avez écrit des lettres très inquiétantes, pendant mon voyage de noces », lui répond Ignazio en s'asseyant derrière ce même bureau, où des amoncellements de papiers attendent sa signature. Puis, au bout de quelques instants de silence, il fait signe à son interlocuteur de prendre place dans un fauteuil.

Gallotti l'observe à travers ses paupières mi-closes et se justifie : « Je me rends bien compte que j'ai dû vous paraître quelque peu insistant, mais nous traversons une période des plus délicates. L'affaire de la Banca Romana a mis en lumière certains... défauts de notre système bancaire, et je vous assure que le mot *défauts* est un euphémisme. Par ailleurs, il va falloir examiner attentivement certaines questions épineuses qui concernent la Maison Florio de très près, à commencer par celle des conventions de transport maritime. Votre père – que Dieu ait son âme ! – avait conclu un contrat décennal qui arrivera bientôt à échéance. Et nous devons nous assurer qu'il sera reconduit dans des conditions avantageuses pour nous. N'oubliez jamais, don Ignazio, que les subventions de l'État sont d'une importance cruciale pour la NGI : elles nous permettent d'exploiter des lignes qui ne seraient pas rentables sans elles, et d'équilibrer leur budget. »

Ignazio, de plus en plus horripilé, s'agite sur sa chaise. Il ne supporte pas qu'on le traite comme un gamin. « Je suis tout à fait conscient de leur importance, monsieur Gallotti. Dites-moi plutôt où nous en sommes. »

Gallotti sort un aide-mémoire du dossier. « Nous nous heurtons à des obstacles, don Ignazio. Surtout au Parlement. Giolitti et les industriels proches de lui ne voient pas d'un bon œil une éventuelle reconduction du contrat. Ils vont demander un rapport sur la santé de la compagnie et sur l'état de la flotte, dont vous savez aussi bien que moi qu'elle n'a pas été modernisée depuis de trop nombreuses années.

– Nous pouvons encore y remédier. » Ignazio balaie l'objection d'un revers de main. « Nous allons procéder aux réparations les plus urgentes et pour le reste, nous prendrons le temps nécessaire. Le nom des Florio apporte à lui seul une garantie plus que suffisante à la NGI. Nous n'avons rien à craindre d'une éventuelle inspection.

– Sans doute. Il n'empêche que les gens sentent les choses, qu'ils ont peur et que les incertitudes qui pèsent sur le renouvellement des concessions ne nous aident pas. Il y a quelques jours, les représentants des travailleurs de la marine commerciale au Consulat ouvrier ont déclaré au *Giornale di Sicilia* que quatre mille familles pourraient se retrouver sans travail. Il y a déjà eu une manifestation devant le palais Villarosa, aux Quattro Canti di Campagna, et de nouveaux désordres, ou pire encore des grèves, ne sont pas à exclure. Il faut en tenir compte.

– Les ouvriers de la cale de halage et de l'Oretea ont toujours été des têtes brûlées, je sais très bien qu'ils aimeraient faire grève, mais cela n'arrivera pas. Mon père savait leur parler, et je ne vois pas pourquoi je ne réussirais pas à les convaincre de renoncer à leur projet, moi aussi. Une grève est la dernière des choses dont nous avons besoin, nous devons concentrer nos efforts sur ce qui se passe à Rome.

– Justement, à ce propos. » Gallotti lui tend une liasse de papiers.

Allons bon ! Quoi encore ? Un rapport parlementaire signé par un député d'Italie du Nord, Maggiorino Ferraris, où l'on peut lire entre autres ceci : « De l'avis général, le jour où la NGI disparaîtrait d'elle-même serait un jour béni entre tous pour notre pays. » Ignazio ne retient pas sa colère : « Qu'est-ce qu'il déblatère, celui-là ? Selon lui, les transports maritimes italiens se porteraient mieux sans nous ? Il a réfléchi un peu avant d'écrire ça ? »

Gallotti ne peut s'empêcher de grimacer. « Les parlementaires qui comptent parmi nos amis, ceux qui sont proches de Crispi, l'ont violemment pris à partie. Son raisonnement ne s'appuie sur aucun argument économique, il lui a été dicté par ses accointances politiques, et plus particulièrement par le président du Conseil.

– Avec tout le vacarme autour de la Banca Romana, je serais très étonné que Giolitti reste longtemps en place. Crispi m'a parlé de lui dans une de ses lettres : c'est un bureaucrate sans expérience qui ne connaît rien à l'art de gouverner. Pendant que des hommes comme Crispi combattaient armes au poing pour l'Unité, lui était resté bien tranquille à Turin finir ses études.

– Il n'en demeure pas moins qu'il est l'actuel président du Conseil. Et parlons clair : il est bien obligé de protéger les entreprises du Nord, puisqu'il a été élu grâce à elles ; de même que Crispi et sa bande se doivent de défendre les intérêts des Méridionaux en général et des Siciliens en particulier. Les affirmations de Ferraris reflètent la pensée de gens bien plus haut placés que lui, don Ignazio. C'est comme ça que les Septentrionaux voient la situation : les manants qui travaillent la terre et les électeurs qui vivent au sud de Rome ne leur apportent aucune voix. Et les aristocrates grands propriétaires fonciers n'ont en général pas de capitaux investis dans l'industrie ou le commerce. »

Tout à coup, l'air paraît immobile. Ignazio fixe son interlocuteur la bouche entrouverte, en attendant qu'il poursuive son exposé.

« Tenez, lisez ce passage. Ferraris se plaint que nos vapeurs soient construits à l'étranger, et il suggère de favoriser les sociétés dont les bateaux sortent de chantiers navals italiens… c'est-à-dire en Ligurie ou en Toscane. Un peu plus loin, il demande l'organisation d'enchères publiques séparées pour les lignes postales, le transport de marchandises et le transport de voyageurs. L'exact contraire de ce que votre père avait négocié. »

Ignazio sent la rage monter en lui. « Ils veulent notre mort, voilà tout. S'ils nous retirent les concessions, il ne nous restera plus qu'à mettre la clef sous la porte. » Il pousse un long soupir, se lève pour aller regarder à travers la fenêtre et se demande ce qu'aurait fait son père, comment il aurait réagi, à qui il se serait adressé.

Il finit par se décider : « Nous allons partir pour Rome. Vous, Laganà et moi. Personne ne doit nous prendre nos parts de marché. *Personne.* » Il se passe une main sur le front. « Et maintenant, nous allons expliquer aux ouvriers que ce n'est pas le moment de s'agiter… Je commence à en avoir assez, de la propagande de ces fainéants. »

Les mains dans les poches, il arpente la pièce avant de reprendre, sur un ton irrité : « Mon père d'abord et moi après lui, nous leur avons garanti tout ce dont ils ont besoin : des soins en cas de maladie ou d'accident, un salaire dont les autres ouvriers de Palerme n'oseraient pas rêver, des logements près de la fonderie ou de la cale de halage… Mon père leur avait même proposé d'envoyer leurs enfants à l'école, mais ils ont refusé. Ce qui ne les a pas empêchés de revendiquer des droits, encore des droits, toujours des droits ! Et leur nouvelle association, là… les Faisceaux siciliens des travailleurs. » Il prononce ces mots comme s'il devait mâcher de la nourriture avariée. « Ils aboient dans les journaux que nous devons diminuer le nombre d'heures de travail et augmenter les rémunérations… Mais qu'est-ce qu'ils s'imaginent ? Qu'il n'y a qu'à se baisser pour ramasser de l'argent ? Ils ont oublié un peu vite la vie qu'ils menaient quand ils étaient obligés de travailler à la journée, ici et là, pour un employeur toujours différent. »

Gallotti acquiesce. « Vous avez raison, don Ignazio, les Faisceaux pourraient nous poser de sérieux problèmes. Ils ont regroupé sous un seul drapeau plusieurs sociétés ouvrières de secours mutuel, ils ont pensé, à juste titre : “Il est plus facile de briser un par un des bâtons dispersés que de briser des bâtons regroupés en faisceaux.” Et vous n’ignorez sans doute pas que leur chef, Rosario Garibaldi Bosco, fait partie des membres fondateurs du Parti des travailleurs italiens ? Sans parler des treize paysans de Caltavuturo qui voulaient occuper des terres et qui ont été tués par des soldats ; le pays tout entier s’est ému de cette tragédie. Il existe de nombreux ferments d’agitation, c’est incontestable, mais… » Gallotti baisse la voix et chuchote à l’oreille d’Ignazio : « Si je peux me permettre, je vous conseille de ne pas trop vous occuper de ça, du moins dans l’immédiat. Grâce à Dieu, les ouvriers de l’Oretea inscrits aux Faisceaux ne sont pas très nombreux ; la plupart des autres savent très bien qu’ils sont privilégiés, qu’ils ne trouveraient pas facilement ailleurs un emploi aussi bien payé et aussi protégé. Et vous avez tort de penser qu’ils ne se souviennent pas de ce que signifie le travail à la journée, ils s’en souviennent très bien, croyez-moi. Maintenant, si vous n’y voyez pas d’inconvénient, revenons à nos marchés publics. Sans quoi, nous n’aurons plus de travail à offrir à personne.

– Comme il vous plaira. Mais je tiens à avoir aussi l’opinion de Laganà, il m’avait garanti qu’il n’y aurait pas de difficultés au Sénat… » Ignazio a prononcé cette phrase très vite et l’a accompagnée d’un haussement d’épaules.

Ce qu’il ne voit pas, ce qu’il ne veut peut-être pas voir, c’est le regard sceptique de Gallotti, qui, de fait, rétorque aussitôt d’une voix tranchante : « Il y a bien des choses que Laganà devrait garantir… »

Ignazio fronce les sourcils. « Que voulez-vous insinuer ? »

Gallotti se mord les lèvres et prend le temps de réfléchir. Il hésite sur le comportement à adopter. Avec le sénateur, il se serait senti autorisé à parler en toute liberté. Mais avec ce jeune homme si arrogant, si susceptible… Au bout du compte, le respect pour la mémoire de son père et sa fidélité envers cet homme mort trop tôt, beaucoup trop tôt, le poussent à jouer franc jeu : « Eh bien, don Ignazio, si je peux me permettre… Disons qu'il aurait pu se montrer un peu moins conciliant envers nos concurrents. »

Ignazio, abasourdi, écarquille un instant les yeux. Sa perplexité se mue en soupçons, et il se souvient alors de vagues rumeurs entendues à Livourne, juste après son mariage, qu'il avait reléguées dans un coin de sa mémoire sans leur accorder d'importance. Un frisson d'inquiétude lui donne la chair de poule et il préfère s'en tenir d'abord à une réponse assez vague : « Ah, oui, maintenant que vous m'y faites penser, j'ai entendu des bruits peu flatteurs à son sujet… » Il voudrait comprendre, poser des questions ; mais il y a trop de paramètres de décision qu'il ne s'est pas donné la peine de prendre en considération, trop d'aspects de la question qu'il a négligé d'approfondir ; et surtout, il craint d'apparaître superficiel ou, pire encore, naïf.

Une grimace de Gallotti s'ajoute à un soupir d'exaspération. « Ce sont bien plus que des bruits, don Ignazio. Vous a-t-on informé que Laganà est très proche d'Erasmo Piaggio, qui aurait tout intérêt à transférer à Gênes une bonne partie des activités de la NGI ? »

Ignazio n'en croit pas ses oreilles. *Laganà ?* Ce Laganà que son père estimait et appréciait assez pour le nommer directeur général de la NGI ? Et aujourd'hui, il ose… Dans ses rapports avec lui, Ignazio l'a souvent trouvé agaçant, certes ; mais de là à prêter le flanc à des soupçons sur sa loyauté…

La perplexité d'Ignazio n'échappe pas à Gallotti, qui éprouve le besoin de préciser : « Ne vous méprenez pas sur mes propos, je suis le premier à reconnaître ses mérites. Mais je vous assure que son attitude est pour le moins ambiguë.

Et ce n'est pas la première fois qu'il joue un drôle de jeu, don Ignazio. Vous étiez encore trop jeune, mais les gens de mon âge se rappellent très bien ce qu'il a fait à l'époque où il était administrateur de la Trinacria. D'ailleurs votre père, qui le connaissait bien, le traitait un peu comme un chien de garde trop agressif : il le tenait en laisse. »

Peu à peu, Ignazio se souvient. Au moment de la mise en faillite de la Trinacria, son père avait attendu de voir comment se comportait Laganà, qui venait d'être nommé administrateur judiciaire et qui lui avait ensuite cédé des équipements et des navires à un prix dérisoire. Dans un éclair de lucidité, Ignazio comprend tout : *il nous a servi d'espion en échange d'un haut poste dans notre compagnie.*

Et maintenant… maintenant il rend le même genre de service… à nos concurrents ? contre nous ?

« Je vais lui parler, reprend Ignazio d'un air courroucé. Il me doit des explications. Quand je pense à tout ce que ma famille a fait pour lui. »

Gallotti lui répond d'un geste qui semble signifier : *Je n'en attendais pas moins de vous.* Puis il ouvre sa serviette en cuir, en sort quelques papiers qu'il demande à Ignazio de signer, se lève et prend congé sur ces mots : « Je vous accompagnerai à Rome, mais voyez d'abord Laganà. Et assurez-vous de sa fidélité. »

Des rafales de vent, qui apportent jusque dans la villa les effluves des agrumes et de la terre retournée, agitent les rideaux blancs des grandes portes-fenêtres donnant sur le jardin. Dans un angle du salon vert baigné d'une lumière printanière rosée, Franca pose pour un portrait, assise sur une chaise à haut dossier : elle est vêtue d'une robe blanche vaporeuse et porte au cou le « *collier de chien** » de chez Cartier.

« Je vous en supplie, madame, ne bougez pas ! » soupire le peintre à chaque fois qu'elle s'agite sur son siège. Ettore De Maria Bergler a des cheveux noirs clairsemés, un nez imposant et un visage de pirate sur un corps élancé. Une cigarette à la bouche, le regard pensif, il s'agace souvent du manque d'obéissance de son modèle.

Tout en essayant de se concentrer sur son esquisse au fusain, il poursuit : « Votre époux m'a dit de vous représenter dans l'attitude la plus naturelle possible, mais à ce compte-là, vous risquez d'avoir l'air de faire la grimace. Une beauté comme la vôtre est l'apanage des déesses et de quelques rares femmes. Seulement, si vous remuez tout le temps, je ne réussirai jamais à la saisir. »

Franca lui répond, avec un sourire de petite fille : « Je vous promets de rester immobile comme une statue grecque.

– J'ai quelque peine à vous croire, marmonne l'artiste, dont les tempes dégarnies se couvrent de gouttelettes de sueur. *Vous êtes si pleine d'esprit et d'élégance* !* C'est un véritable défi de les fixer sur une toile. »

Elle lui jette un regard flatté, se passe la langue sur une lèvre, y retrouve une saveur douce et frissonne de plaisir. Chaque matin, le cuisinier lui prépare des croissants ; Ignazio et elle jouent en riant à se donner la becquée, et leurs baisers, après le petit déjeuner, ont la saveur du désir et du sucre glace.

« Bonjour, donna Franca. Veuillez m'excuser de vous déranger, donna Giovanna vous prie de la rejoindre. »

Franca se retourne vers Rosa, la responsable de l'école de broderie fondée par sa belle-mère. Puis elle regarde le peintre, comme pour lui demander pardon.

Il se laisse aller au découragement : « Je n'aurai jamais fini à temps… et votre mari sera furieux.

– Je lui expliquerai que tout est la faute de sa mère. » Franca se lève, se passe une main autour du cou et ajoute : « Maître, auriez-vous l'amabilité de m'aider à retirer ce collier ? »

Le peintre le détache et le lui remet. Elle caresse le joyau avec une sorte de tendresse avant de le glisser dans sa poche, où elle sait qu'elle peut trouver à n'importe quel moment cet objet qui lui rappelle son voyage de noces.

« Madame votre belle-mère n'apprécie pas les bijoux ? demande l'artiste en rangeant son esquisse dans un grand carton à dessins.

– Ma belle-mère est en deuil ; et d'une manière générale, elle n'apprécie guère le faste. Quant à moi, je respecte sa douleur. Je devrais même changer de robe, mais je n'ai pas le temps… »

De Maria Bergler hoche la tête. Il ne peut pas savoir que, depuis sa présentation à Giovanna, Franca choisit avec le plus grand soin les bijoux qu'elle porte en sa présence.

La scène s'était produite à l'hôtel Excelsior de l'Abetone, une localité proche de Sienne que les Jacona di San Giuliano avaient choisie pour sa tranquillité et sa discrétion. Giovanna et son fils y étaient arrivés en voiture, et les deux familles s'étaient ensuite installées dans un petit salon pour prendre le thé. Franca était restée silencieuse, les yeux baissés, craintive et intimidée : elle savait pertinemment qu'Ignazio ne l'épouserait jamais sans l'accord de sa mère. La conversation avait commencé par un échange de politesses et de banalités : « Quel temps faisait-il à Livourne ? – Frais, comme ici. – Et comment va le petit Blasco ? » Ces propos badins n'avaient pas empêché Franca de remarquer la guerre muette que se livraient les deux mères. Costanza avait pour arme principale sa noblesse très ancienne, mais elle était couverte de dettes. Giovanna détenait une richesse colossale, mais elle portait un nom qui malgré tout – malgré elle – demeurait celui d'une famille de marchands.

La causerie s'était ensuite prolongée, pendant ce qui avait paru à Franca une éternité. Et, soudain, Giovanna lui avait fait signe d'approcher. Franca s'était avancée vers elle d'un pas hésitant, tandis qu'Ignazio s'agitait sur sa chaise et que Costanza retenait son souffle.

Giovanna l'avait observée des pieds à la tête. Longuement. Franca avait eu la sensation que ce regard la fouillait jusqu'au fond de l'âme, à la recherche des qualités susceptibles de faire d'elle une véritable Florio, et elle avait tremblé à l'idée que son examinatrice n'en découvre aucune. D'un geste instinctif, elle avait posé une main sur l'élégant camée qu'elle portait suspendu à son cou par un fin collier en or.

Ce geste n'avait pas échappé à donna Giovanna, qui avait eu un tressaillement presque imperceptible. Elle avait reconnu, à moitié caché derrière le camée, l'anneau de son mari. Celui qu'elle avait donné à Ignazio le jour de la mort de son père, et qui appartenait aux Florio depuis plusieurs générations.

Franca avait compris. La crainte d'avoir offensé la veuve était venue s'ajouter à l'embarras qu'elle éprouvait en se rendant compte qu'elle le portait à son insu. Et puis, elle s'était souvenue de ce que lui avait dit Ignazio quand il le lui avait offert. Il lui avait expliqué à quel point cet anneau était important pour lui et sa famille, qu'il symbolisait la sincérité de son engagement, qu'il était l'emblème concret de son amour, bien plus précieux que n'importe quel bijou.

Alors, elle avait rivé ses grands yeux verts sur ceux de Giovanna. Elle était sûre d'elle, fière, amoureuse.

Une tristesse infinie avait voilé le regard de la douairière, celle d'une femme qui venait de perdre son mari et à laquelle on était sur le point d'enlever un fils qu'elle aimait de tout son être.

Elle avait écarté les bras, jusque-là croisés sur son ventre, et invité du geste Franca à s'asseoir à côté d'elle. Sa tristesse n'avait pas disparu, elle s'était complétée d'une menace à peine sous-entendue : *Je te laisse mon fils, mais gare à toi si tu ne te montres pas digne de lui et de son nom.*

À l'évocation de ce souvenir, Franca se sent inquiète. Le regard que Giovanna porte sur elle n'a en réalité jamais changé, depuis ce fameux jour. Et sa belle-mère nourrira peut-être toujours autant de méfiance à son égard. *J'aimerais tellement qu'Ignazio soit là, juste au moment où...*

Son mari est en effet à Rome, pour s'occuper des concessions maritimes. Impossible de différer plus longtemps son départ, et comme il s'agissait d'un voyage d'affaires, il valait mieux que Franca reste à Palerme. Elle s'y est résignée tant bien que mal, non sans s'interroger sur les raisons du rembrunissement soudain du visage de son mari adoré, d'habitude si souriant.

En se dirigeant vers les appartements de sa belle-mère, qui occupent la partie la plus ancienne de l'Olivuzza, elle regarde autour d'elle et se demande si elle réussira à s'habituer à ces pièces immenses, à ce luxe effréné : commodes Louis XVI en noyer, coiffeuses Empire en marbre, tables en bois sculpté et doré, médailliers en ébène ornés de plaques en pierres dures et en ivoire, statues en porcelaine de Capodimonte, argenterie ciselée, bronzes et marbres antiques, tapis persans, indiens et chinois, petites marines, portraits peints du XVIIe siècle aux puissants clairs-obscurs, tableaux mythologiques, paysages siciliens d'une telle luminosité qu'ils semblent des fenêtres ouvertes sur le monde… À ses yeux, tout cela relève de l'extraordinaire.

Les portes s'ouvrent devant elle comme par magie et des cohortes de domestiques s'inclinent sur son passage, avant de disparaître dans les méandres de la demeure.

Parfois, un vague malaise la trouble : elle ne peut même pas leur donner d'ordres, puisqu'ils connaissent tous leurs tâches sur le bout des doigts et qu'ils les accomplissent à la perfection. Elle n'a pas à s'habiller ou à se coiffer elle-même : sa femme de chambre personnelle s'en charge, Diodata, une jeune fille aux grands yeux noirs, timide et silencieuse, toujours prête à lui obéir au moindre signe. Elle n'a pas à ranger ses vêtements : sa lingère s'en occupe. Elle n'a pas à réfléchir à l'arrangement des bouquets de fleurs : un domestique en choisit la composition et les remplace tous les jours. Elle n'a même pas à établir les menus lorsqu'elle reçoit des invités : le cuisinier n'ignore rien de leurs goûts et de la façon dont il faut s'y prendre pour séduire leurs papilles. Alors, elle préfère se taire, par crainte de mal faire, de commettre des maladresses, d'étaler devant tout le monde, et en particulier sa belle-mère, son incapacité à se montrer à la hauteur du nom qu'elle porte.

Il lui arrive même d'avoir la sensation de ne pas être chez elle.

« Ah, te voilà, toi. »

Giovanna lève la tête du métier qui trône au milieu du salon où elle passe ses journées à broder et à prier. Franca s'arrête un instant sur le seuil, puis elle avance dans une pénombre imprégnée d'un parfum de fleurs. Dans le reste de la villa, les grandes pièces bien éclairées grouillent d'activité. Ici, tout paraît immobile, et les portes-fenêtres à peine entrebâillées ne laissent filtrer que très peu de lumière.

Franca aperçoit donna Ciccia, reléguée dans un coin très obscur du salon, qui la salue de loin. Elle a beau savoir que la vieille servante a de l'affection pour elle, elle ne parvient pas à se sentir tout à fait à son aise avec elle.

Elle s'approche de sa belle-mère et l'embrasse sur la joue.

En remarquant sa robe blanche, Giovanna fronce les sourcils. Elle attrape une petite perle de corail, l'enfile sur une aiguille et termine un point. « Ce soir, nous ferons dire une messe pour la petite âme sainte de Blasco, le fils de Giulia. Tu viendras, n'est-ce pas ? »

Franca retient son souffle. Elle sait parfaitement qu'aucune femme de la famille Florio ne pourrait se permettre de ne pas assister à une messe de suffrage pour un parent, et a fortiori pour le troisième enfant de Giulia, mort peu de temps après le mariage d'Ignazio. Encore une mise à l'épreuve…

« Bien sûr. Le pauvre, il n'a pas eu le temps de devenir grand. »

Les mains de Giovanna s'immobilisent sur son métier. « Je sais ce que c'est, perdre un fils. C'est comme si on vous arrachait des morceaux de chair, comme si votre cœur allait exploser. On serait prêt à donner sa propre vie en échange de celle de son enfant. Ma pauvre Giulia, je n'ose pas imaginer ce qu'elle doit souffrir en ce moment. »

Donna Ciccia s'exclame avec un soupir : « N'y pensez plus. Vincenzino et Blasco sont deux anges du paradis, à l'heure qu'il est. »

Giovanna hoche la tête, essuie une larme et se tait.

Franca recule d'un pas. Un frisson court le long de son échine, elle pose une main sur son ventre et jette autour d'elle des regards furtifs. Il y a un peu partout, dans des cadres en argent, des photographies du mari de Giovanna. Et sur le mur, son portrait à l'huile a été accroché à côté de celui, encore plus grand, de Vincenzino.

Cette pièce ressemble moins à un salon qu'à un mausolée. Cette pensée en tête, Franca recule vers la porte presque sans s'en rendre compte. Elle reste désemparée devant un spectacle si angoissant, elle en vient même à redouter que la souffrance de Giovanna puisse être contagieuse comme une maladie ou nocive comme un maléfice. *Une femme si désespérée est sans doute incapable d'imaginer que d'autres soient heureux ; et elle ressent peut-être le bonheur d'autrui comme une injustice.* La gêne qui oppresse sa poitrine depuis son entrée dans cette pièce ne fait que s'accentuer. Elle devine confusément qu'on en arrive là quand la douleur dépasse les limites du supportable et vous empêche de vous raccrocher à la moindre lueur d'espoir.

Pourquoi Ignazio n'est-il pas là pour me protéger contre tout ça ?

Franca.

La pensée de sa bouche entrouverte, de ses yeux enflammés de passion, de son corps félin, ne distrait Ignazio qu'un court instant, tel un timide rayon de soleil entre deux averses. À Rome, il ne voit que des nuages gris, des messieurs sévères et de froids édifices ministériels en marbre blanc.

Face à lui, Camillo Finocchiaro Aprile, ministre des Postes et Télégraphes, est assis à son bureau. Cet homme à l'apparence paisible porte de fines moustaches et un pince-nez doré derrière lequel ses yeux semblent plus petits qu'ils ne le sont en réalité. Né à Palerme, il a, comme Crispi, désormais ex-président du Conseil, combattu auprès de Garibaldi ; et il traite bien entendu avec beaucoup d'égards toutes les personnes qui défendent les intérêts de la Sicile et des Siciliens, au premier rang desquelles Ignazio Florio.

Austère, tapissée de rouge et garnie d'un lourd mobilier en acajou, la pièce est saturée d'un parfum d'eau de Cologne masculine. Ignazio est accompagné de Domenico Gallotti, président de la NGI, et de Giovanni Laganà, son directeur général. Malgré les recommandations du premier, il n'a pas su trouver le bon moment pour un entretien en tête à tête avec le second, et les informations qu'il a recueillies à son sujet se sont révélées contradictoires : d'un côté, il semblait avéré qu'il entretenait des « rapports très amicaux » avec plusieurs armateurs de Ligurie ; d'un autre côté, personne ne niait qu'il avait très activement œuvré à l'ouverture de guichets du Credito Mobiliare dans les locaux de la Banque Florio, et contribué du même coup au prestige de cette dernière. Une chose, en tout cas, ne faisait aucun doute : il ne manquait pas d'entregent. Au bout du compte, Ignazio avait acquis la conviction d'être meilleur juge des qualités et des défauts des hommes que les gens qui, comme Gallotti, prétendaient lui servir de chaperon. Il a donc emmené Laganà avec lui à Rome ; mais la tension, entre eux, est palpable.

D'autant plus que la situation est d'une extrême délicatesse et que le renouvellement des concessions attribuées à la NGI ne va pas de soi : il se heurte à de fortes oppositions, en particulier celle des compagnies de navigation ligures, désireuses d'obtenir au moins une partie de la manne des subventions publiques et soutenues par de nombreux politiciens.

Ils se croient vraiment capables de rivaliser avec la NGI ? se demande Ignazio en se passant une main dans les cheveux. *Avec une flotte de presque cent bateaux à vapeur, la plus grande d'Italie ?*

Les sourcils froncés, Finocchiaro Aprile le ramène à la dure réalité : « Votre flotte est une des plus vieilles et des plus délabrées de toute la Méditerranée, et certains navires remontent à l'époque de votre grand-père. Vous ne pouvez pas le nier. »

Ignazio laisse échapper un geste d'agacement. Gallotti se racle la gorge et proteste : « Rien de grave, croyez-moi. Il n'y aura qu'à effectuer quelques réparations ou bien à acheter de nouvelles embarcations, et nous pourrons le faire avec l'argent des subventions. Soyons sérieux, je vous en prie, je ne vois pas là la moindre raison valable de nous refuser la reconduction des contrats !

– Si vous le dites…, rétorque le ministre avec une pointe d'ironie. Mais pourquoi avoir attendu jusqu'à maintenant ? »

Laganà se contente de secouer la tête. Puis il ouvre la bouche pour répondre, mais Ignazio le devance : « Parce que les réparations et les acquisitions de bateaux neufs coûtent très cher, et vous le savez aussi bien que moi. La NGI ne serait pas en mesure de poursuivre ses activités sans les subventions, je vous le concède. Il n'en reste pas moins que ces subventions lui servent simplement à soutenir la concurrence avec les flottes françaises et autrichiennes, pas à engranger des bénéfices. C'est pour cela que j'avais demandé des aides à la réalisation d'un chantier naval : pour pouvoir *construire nous-mêmes* nos bateaux, sachant que nous prenons déjà en charge les réparations aux cales de halage où travaillent des ouvriers de la fonderie Oretea. Seulement, la municipalité de Palerme prétendait ne pas avoir un sou et les administrations romaines nous ont répondu par une fin de non-recevoir. Si le projet est au point mort, ce n'est pas faute de bonne volonté de ma part. »

Les yeux rivés sur le bord de son bureau, le ministre paraît de plus en plus dubitatif.

Ignazio insiste, mais il y a dans sa voix une nuance de supplication qui contraste avec ses yeux ardents et ses poings serrés sur ses genoux : « Aidez-nous, et nous lancerons toutes les modernisations nécessaires. »

Finocchiaro Aprile lui répond, dans un murmure : « En l'état actuel des choses, nous sommes pieds et poings liés. Nous disposons d'une majorité parlementaire beaucoup trop étroite pour faire voter le renouvellement des concessions. » Il se lève et ouvre la fenêtre. Le bruit des rues de Rome envahit la pièce : des cris, des roulements de voitures sur le pavé, un orgue de Barbarie... D'un geste agacé, le ministre referme les battants, se retourne et demande à voix basse : « Vous avez parlé avec Crispi ? »

Ah oui, Crispi.

Les trois visiteurs échangent des regards inquiets.

Crispi a reçu Ignazio dans son bureau et l'a scruté longtemps sans rien dire, comme s'il essayait de superposer l'image du père et celle du fils, peut-être dans l'espoir d'identifier en face de lui un interlocuteur aussi habile et perspicace que le défunt sénateur. Ou peut-être parce que cette visite l'obligeait à mesurer le passage du temps. Il s'agissait en effet du troisième chef de la famille Florio à solliciter ses faveurs : d'abord Vincenzo, d'une rudesse redoutable ; ensuite Ignazio, aussi raffiné qu'impitoyable ; et enfin son fils, ce gamin dont il avait encore du mal à cerner la personnalité.

À l'inverse, Ignazio avait trouvé l'ancien président du Conseil très différent de l'homme énergique, sagace, indiscipliné, qu'il avait rencontré à Rome bien des années auparavant. La scène s'était déroulée dans l'immense hall de l'hôtel d'Angleterre, un palace au luxe feutré très prisé des voyageurs étrangers les plus fortunés. Ignazio se souvient que maître Crispi avait fait un galant baisemain à sa mère, et que son père l'avait ensuite pris familièrement par le bras et entraîné à grands pas vers un canapé à l'abri des regards indiscrets.

Ils y avaient eu une longue conversation, pendant qu'Ignazio emmenait sa mère et sa sœur en promenade dans la ville.

Et voilà qu'il se retrouvait en présence d'un monsieur de soixante-dix ans pâle et fatigué, qui n'avait sans doute plus la vigueur nécessaire pour mener sa barque à bon port, sur cet océan agité de la vie politique où les tempêtes se succèdent à un rythme effréné.

Et qui avait, selon toute probabilité, perdu beaucoup de son influence.

Crispi l'a prié de prendre place avant de s'asseoir lui-même lourdement dans son fauteuil et de lui dire entre deux bouffées de cigare, d'une voix éraillée par le tabac : « La situation est trop confuse, don Ignazio. Mes ennemis n'arrêtent pas de crier au scandale, de protester sous le moindre prétexte ; bref, le climat est des plus orageux. Je peux néanmoins vous assurer d'une chose : pour l'instant, Giolitti et ses amis du Nord mènent la danse, c'est vrai ; mais ça ne durera pas. Sous ses airs de brave curé de campagne, c'est une carogne pire que tous les autres réunis. Et il essaie de brouiller les cartes pour détourner l'attention du sale pétrin où il est enfoncé. L'affaire de la Banca Romana a bien montré que personne n'est innocent. Giolitti a couvert des gens à tous les niveaux et, tôt ou tard, il tombera. En attendant, c'est encore lui qui commande, et ma propre marge de manœuvre est très limitée. Il faut vous adresser à Finocchiaro Aprile. Il est palermitain. Et il vous attend.

– J'ai en effet l'intention de demander une audience, lui a répondu Ignazio. Mais avant, je tenais à avoir votre avis. Vous avez été pendant longtemps l'avocat de la Maison Florio, vous connaissez bien ma famille et… »

Un sourire de satisfaction aux lèvres et un regard brillant de malice à moitié dissimulé derrière ses lourdes paupières, Crispi l'a interrompu : « Bien sûr que je la connais. Et c'est grâce à moi que les dégâts provoqués par le discours de Ferraris sont restés somme toute assez limités. Si je n'étais pas intervenu, d'autres députés auraient pris la parole pour en rajouter, et les conséquences auraient été infiniment plus graves. Je me suis arrangé pour que… comment dire ?… pour que les propos incendiaires de Ferraris retombent vite dans l'oubli.

– Je ne vous en remercierai jamais assez. »

En agitant une main couverte de taches de vieillesse, Crispi a conclu : « Voilà, j'ai fait tout ce que j'ai pu. Maintenant, c'est à Finocchiaro Aprile de jouer. »

D'un air piqué, Ignazio répète la phrase presque mot pour mot au ministre : « Crispi a fait tout son possible pour éviter la catastrophe. Et vous savez mieux que moi qu'en ce moment, il ne faut pas lui en demander davantage. »

Gallotti, de son côté, se montre de plus en plus pressant : « Nous ne pouvons pas attendre. Personne ne peut savoir quand le gouvernement tombera. Et je ne vous apprendrai rien en vous disant que les alliances politiques se nouent et se dénouent en fonction des intérêts du moment. » Laganà acquiesce, sans pour autant sortir de son silence.

« Je n'ai malheureusement pas les moyens d'agir, réplique le ministre. La gestion des lignes concédées à la NGI a suscité trop de plaintes et…

– En quelle langue et sur quel ton faut-il vous l'expliquer ? Nous avons un besoin *vital* de ces conventions. Une ville entière vit de l'argent que lui apporte la NGI. Vous imaginez ce qui va se passer, en cas de non-reconduction des contrats ? » Ignazio, qui ne se retient plus et qui a presque crié sa question, se lève et se met à parcourir la pièce de long en large.

Finocchiaro Aprile soupire. Impossible de cacher plus longtemps la vérité, pas sous le regard inquisiteur de ces trois hommes. Les bras croisés sur la poitrine, il reprend ses explications : « Je sais. Mais dans le contexte actuel… Les députés du Nord proches de Giolitti sont plus nombreux que les nôtres, et surtout plus unis. » Il adresse un regard éloquent à Ignazio. « Utilisez les atouts que vous avez à Palerme, don Ignazio. Faites peur à vos concitoyens. Il n'y a parfois rien de plus convaincant que la panique. »

Ignazio comprend. Le ministre lui suggère de montrer la réalité sous un jour aussi sombre que possible, d'agiter le spectre de dangereux ennemis cachés dans l'ombre et d'une crise économique dévastatrice, d'émouvoir l'opinion publique.

L'idée ne lui déplaît pas. Et le léger sourire qui se dessine sur sa bouche a quelque chose de tranchant.

Finocchiaro Aprile profite d'un court instant de détente pour se laisser aller contre le dossier de son fauteuil. Gallotti décide de jouer cartes sur table : « Vous voulez parler d'éventuelles manifestations ?

– Des mouvements de protestation, des cortèges, répond le ministre en écartant les bras. Il y a de nombreux activistes, parmi vos ouvriers de l'Oretea. Et les politicards des Faisceaux siciliens, ces gens qui prétendent défendre les droits des travailleurs, sont bien implantés à Palerme.

– Des agitateurs qui ont un poil dans la main », marmonne Laganà.

Gallotti le foudroie des yeux.

« Ce sont surtout des ouvriers qui tiennent à garder leur emploi. S'ils craignent de le perdre, ils ne resteront pas sans rien faire. »

Ignazio scrute la réaction du ministre, qui acquiesce du geste et répond : « Vous savez à qui parler, ou qui prendre comme porte-parole. Faites en sorte que la population soit épouvantée, sur toute l'île. Le jour où il n'y aura plus de travail au port de Palerme, c'est l'ensemble de l'économie sicilienne qui s'effondrera. »

Ignazio se souvient de ce qu'avait fait son père pour pêcher en eaux troubles, à l'époque de la fusion avec la compagnie de Rubattino. La manœuvre avait plutôt bien réussi. *Et certaines choses ne changeront jamais. La peur, par exemple.*

On frappe à la porte et un visage tout rond apparaît dans l'entrebâillement. « On peut entrer ? »

Un silence gêné s'abat sur la pièce. Ignazio détourne les yeux. Le ministre fait signe à l'importun d'entrer mais ajoute, dès que la porte est refermée derrière lui : « Nous ne vous attendions pas, don Raffaele. Ceci est une réunion en petit comité.

– C'est bien ce que je m'étais imaginé. Et voilà pourquoi j'ai attendu dehors. Je ne voulais pas vous manquer de respect, déclare Raffaele Palizzolo d'un ton obséquieux. Je me suis permis de venir en qualité d'honnête citoyen sicilien et surtout de parent de don Ignazio. Comme vous le savez sans doute, son épouse, donna Franca, est la nièce par alliance de ma sœur, la duchesse de Villarosa. » Il tend la main à Ignazio, qui la lui serre avec une certaine réticence. Puis, sans y être invité, il s'assied sur une chaise à côté de lui et reprend : « Ma présence ici a pour seul motif mon désir de réaffirmer haut et fort qu'il serait injuste de priver Palerme de ses conventions maritimes. »

Dans le bureau, le malaise devient palpable. Depuis plusieurs années, à Palerme, Raffaele Palizzolo a acquis une réputation d'intrigant sans scrupules : il écoute tout, observe tout, et se débrouille toujours pour tirer le plus grand profit des informations qu'il a recueillies. Et, après avoir été élu député, il n'a pas manqué d'exercer aussi ses talents à Rome. Mais ces derniers temps, il vit sous la menace de poursuites liées à un crime atroce qui a scandalisé tout Palerme. Le

1er février de l'année en cours, l'ancien directeur de la Banque de Sicile, Emanuele Notarbartolo, un homme d'une parfaite intégrité, objet de l'estime générale, a été tué de vingt-sept coups de couteau à bord du train qui le conduisait de Termini Imerese à Palerme. Selon des bruits insistants, Palizzolo était gravement impliqué dans cet homicide : il comptait en effet parmi les principaux bénéficiaires d'irrégularités financières que Notarbartolo – à en croire ces mêmes bruits – avait découvertes dans les comptes de ladite Banque. À ce stade, il ne s'agit encore que de simples rumeurs et aucun témoignage ne pèse à sa charge. Mais les participants à la réunion ont du mal à se débarrasser de la désagréable impression d'être en présence du commanditaire d'un assassinat.

Laganà est le premier à rompre enfin le silence qui a suivi la déclaration de Palizzolo : « Nous sommes tous d'accord sur ce point. La question est de savoir *ce qu'il faut faire* pour atteindre notre objectif. »

Don Raffaele se penche en avant vers le ministre avec un parfait sans-gêne et lui dit : « Il faut *les effrayer*, tous autant qu'ils sont. Vous savez que je suis très écouté à la Chambre, monsieur le ministre. Il suffirait que j'intervienne en ce sens. »

Finocchiaro Aprile lève les yeux, se caresse le menton et regarde Palizzolo, qui hoche la tête d'un geste affirmatif et l'autorise ainsi, implicitement, à orienter la conversation dans une certaine direction. Avant d'être des hommes politiques, ces deux messieurs sont des Siciliens : ils ne bougent pas le petit doigt tant que la bonne personne n'a pas été informée de leurs intentions et n'a pas donné son accord.

Le ministre demande donc au député : « Comment pensez-vous vous y prendre ?

– La situation est très tendue à Palerme. Je n'aurai qu'à attirer l'attention de mes collègues au Parlement sur les effets éventuels d'une décision malencontreuse. » Il prend un air sombre et se tourne vers Laganà et Gallotti. « Avez-vous songé à ce qui pourrait arriver, si les Palermitains venaient à apprendre que les conventions maritimes n'ont pas été renouvelées ? Dans la meilleure des hypothèses, les rues se couvriraient de barricades. Et quel gouvernement pourrait se permettre d'affronter un soulèvement populaire d'une telle ampleur ? Pas celui que nous avons à l'heure actuelle, en tout cas, il a déjà assez d'ennuis comme ça. »

Ignazio échange un regard avec Gallotti, qui lève les yeux au ciel : don Raffaele écoute aux portes, c'est une évidence.

Très agité depuis un moment, Laganà prend la parole sans se soucier de cacher son irritation : « C'est exactement ce que nous étions en train de nous dire juste avant que vous veniez nous interrompre ; mais j'imagine que vous l'aviez deviné. Il était question d'inciter les ouvriers de l'Oretea et de la cale de halage à protester vigoureusement. »

Palizzolo secoue la tête, mais l'impassibilité de son visage empêche de savoir si le reproche de Laganà l'a vexé ou non. « C'est d'une menace de *grève* que nous avons besoin. Il nous faut quelque chose qui fasse peur au plus grand nombre possible de gens. » Il se tourne vers le ministre, ne tient aucun compte de sa perplexité manifeste et poursuit, les mains posées sur les cuisses et le buste penché en avant : « Vous qui êtes palermitain, monsieur, vous comprenez ce que je veux dire. Pendant que Giolitti essaiera d'éteindre l'incendie, nous, nous continuerons à souffler sur les braises… »

Ignazio observe le bout de ses ongles. « En somme, vous voudriez l'effaroucher au point de le pousser à ne pas céder aux pressions de ses propres amis ? »

Palizzolo lui confirme d'un geste qu'il ne s'est pas mépris sur la signification de ses propos et ajoute : « Ici à Rome, ils n'ont pas encore compris qu'à Palerme, il y a les entrailles de l'Italie. Tout ce qui se décide dans la capitale doit forcément passer par là. »

Gallotti acquiesce et se tourne vers Finocchiaro Aprile. « Et vous, monsieur le ministre, qu'en pensez-vous ? »

L'interpellé hausse les épaules et conclut, d'une voix qui résonne dans le silence et avec des gestes éloquents : « La manœuvre est beaucoup plus risquée que celle à laquelle j'avais pensé, mais elle a de bonnes chances de réussir. Cela étant, vous ne devrez perdre à aucun prix le contrôle de la situation en Sicile ; de mon côté, je ferai mon possible ici. Toutes les aides seront les bienvenues, d'où qu'elles viennent… »

Ignazio hoche la tête d'un air satisfait, se lève, tend la main au ministre et lui dit, en le regardant droit dans les yeux : « La NGI et Palerme vous seront éternellement reconnaissantes de ce que vous pourrez faire. Et vous pouvez aussi compter sur la gratitude infinie de la famille Florio. »

Camillo Finocchiaro Aprile comprend. Et sourit à peine.

Debout devant la glace, une main sur la bouche, Franca hésite. Cette robe en satin vert sombre met trop en valeur sa poitrine. Elle a l'impression de sentir sur elle le regard réprobateur de sa belle-mère et d'entendre sa voix : « Tu portes des décolletés trop profonds, ma fille, surtout dans ton état. »

Son état.

Elle pose une main couverte de bijoux sur son ventre, qui commence à s'arrondir. Quatre mois. Elle sourit. Avec l'arrivée des chaleurs de juin, sa grossesse est devenue plus pénible à supporter ; mais la joie qu'elle en éprouve l'aide à en accepter tous les petits inconvénients. Et puis, il y a le bonheur d'Ignazio, qui multiplie les délicates attentions et les cadeaux somptueux, par exemple les boucles d'oreilles en émeraudes apparues comme par magie sur sa coiffeuse le lendemain du jour où elle lui avait annoncé qu'elle attendait un enfant.

Elle les a mises aujourd'hui, et vérifie qu'elles s'harmonisent bien avec les bracelets qu'elle a aux poignets. Puis elle appelle Diodata et lui désigne, dans l'armoire, un châle Lanvin couleur ivoire que sa femme de chambre lui passe autour des épaules pour masquer au moins une partie de son décolleté.

Ignazio l'attend à l'entrée de la villa, près du grand olivier, avec Giovanna et donna Ciccia. Giovanna embrasse son fils, lui caresse la poitrine et lui fait ses dernières recommandations ; « Surtout, ne revenez pas trop tard. Il ne faut pas qu'elle se fatigue.

– *Maman**, Franca connaît par cœur tous les divans les plus confortables de Palerme. Depuis que la nouvelle est officielle, les maîtresses de maison se disputent l'honneur de ne pas la fatiguer. Et donna Adele de Seta est bien placée pour remporter la palme. »

Sans même daigner répondre aux plaisanteries de son fils, Giovanna examine sa belle-fille de la tête aux pieds. Franca, qui ne s'habituera décidément jamais à ce regard sévère et triste, baisse les yeux par réflexe. Sa belle-mère s'approche d'elle, lui arrange son châle et lui dit : « Il fait chaud, c'est vrai, mais couvre-toi bien quand même.

– *Ne vous inquiétez pas, maman** », lui répond Franca en se penchant pour l'embrasser sur la joue.

Ignazio l'aide à monter en voiture et en profite pour lui caresser le dos depuis les épaules jusqu'au bas des reins. À l'intérieur, il l'attire contre lui, l'embrasse, laisse ses mains palper ses magnifiques hanches libérées de leur corset et murmure : « Mon Dieu, que tu es belle ! Et encore plus depuis que tu es enceinte. »

Elle rougit mais répond volontiers aux sollicitations de son mari. Les médecins leur ont conseillé de modérer leurs ardeurs, « pour ne pas risquer de mettre en danger la santé de l'enfant ». Ils ne leur ont pas obéi... Cela étant, Franca n'oublie pas que lors de plusieurs réceptions auxquelles ils ont participé, son époux s'est comporté avec une désinvolture excessive envers certaines femmes. Voilà pourquoi elle préfère l'accompagner, malgré sa fatigue. Elle veut rappeler à tout le monde – et en particulier à l'intéressé – qu'Ignazio Florio n'est plus célibataire.

Lorsqu'ils arrivent au palais des Seta, les salons sont déjà combles. Dans un tourbillon de cancans chuchotés à l'oreille et de regards fureteurs, les dames étalent le chatoiement multicolore de leurs vêtements en soie et de leurs bijoux ; les messieurs, plus discrets, nouent de nouvelles alliances ou consolident d'anciennes relations. Ignazio et son épouse comptent désormais parmi les premiers rôles de cette comédie. Les bavardages médisants à leur sujet semblent avoir été démentis par leur bonheur manifeste et par la nouvelle de la grossesse de Franca. Depuis qu'ils sont rentrés de leur voyage de noces, ils ont enchaîné les réceptions et ont simplement dû en différer une prévue à l'Olivuzza, en raison de l'état de la jeune mariée. La fête organisée par les Seta est un des derniers événements de la saison mondaine : bientôt, les familles huppées quitteront leurs résidences palermitaines pour rejoindre des stations balnéaires françaises, des villages alpins d'Autriche ou de Suisse ou encore leurs villas campagnardes. De leur côté, Ignazio et Franca ont prévu une croisière en Méditerranée sur le *Sultana*, leur yacht de prédilection.

C'est d'ailleurs de cela qu'Ignazio discute avec Giuseppe Monroy : « Il n'y a aucune raison de ne pas partir. Le bateau est d'une robustesse à toute épreuve et le médecin de bord disposera de tout le nécessaire pour s'occuper de Franca. »

Giuseppe acquiesce et lève son verre, comme pour porter un toast. « Elle attend l'héritier de la famille, alors soyez prudents !

– Tu peux me faire confiance. Et même si ma mère pousse des cris d'orfraie… » Ignazio s'interrompt, distrait par l'apparition d'une jeune fille en robe rose accompagnée d'une dame âgée, sans doute sa mère.

« Encore une que je ne connais pas ! Je serais curieux de savoir où on les cache, s'exclame Giuseppe en ricanant.

– L'essentiel, c'est qu'on finisse par les montrer… au bon moment », conclut Ignazio avant de se lever en toute hâte et de suivre la jeune fille sous le regard amusé de Giuseppe, qui secoue la tête d'un air désabusé mais indulgent.

Au bout de quelques instants, la vieille dame engage la conversation avec une amie. La jeune fille en profite pour poser sur Ignazio des yeux sombres en amande à l'expression intense. Il a de son côté tout le temps d'apprécier ses lèvres charnues et sa généreuse poitrine d'albâtre, qui semble vouloir déborder de son corset ; il se demande cependant si elle est bien ferme ou, au contraire, molle et tombante : des « soutiens » bien placés lui ont trop souvent valu d'amères désillusions…

La jeune fille ne détache pas de lui son regard insistant, à la limite de l'effronterie. Malgré un frémissement sensuel de tout son être, Ignazio hésite. *Je serais peut-être bien avisé de commencer par me renseigner. Si par malheur c'était une parente ou une nièce de la marquise de Seta…*

À cet instant précis, quelqu'un passe à côté de lui, lui tape sur l'épaule et lui chuchote : « Ta femme te cherche, Igna'… »

Il se retourne aussitôt. Un sourire radieux aux lèvres, Franca s'approche d'un pas souple. Elle l'attrape par le bras et l'entraîne un peu plus loin. « Mon amour, je t'en supplie, aide-moi à me débarrasser de donna Alliata. Elle veut à tout prix me raconter son accouchement et ceux de ses filles, et j'ai déjà assez peur comme ça. Invite-moi à danser, s'il te plaît. Après tout, je suis enceinte, pas malade, je peux bien me permettre un tour de valse avec mon mari. »

Il lui prend la main, la conduit au centre du salon au moment où l'orchestre attaque une nouvelle danse et lui passe un bras autour de la taille. Elle éclate d'un rire bruyant, sonore, un rire dont on lui a toujours appris qu'il n'était *pas convenable*.

Eh bien, au diable le carcan des convenances ! *Je veux qu'ils me voient bien, tous, et surtout la petite aguicheuse en robe rose. Si elle croit que je n'ai pas remarqué la manière dont elle regarde mon mari, que je vais lui laisser le champ libre…*

La jeune fille tourne le dos et s'éloigne.

Franca observe les matrones assises autour de la salle et leur sourit, comme pour répondre à des reproches muets qu'elle devine sans difficulté : *Une femme dans son état ne devrait même pas participer à une réception, alors vous vous rendez compte, danser…* Peu lui importe. Elle continue à tournoyer, à lancer des regards de défi aux femmes belles et désirables, dont elle imagine aussi les pensées : *Don Ignazio ne va pas tarder à chercher son plaisir ailleurs que chez lui ; d'ailleurs, c'est ce que font tous les maris quand leurs femmes tombent enceintes.*

Et tandis qu'elle caresse la nuque d'Ignazio, en un geste de possession explicite, ses yeux leur répondent : *J'ai tout ce que vous ne pourrez jamais avoir et que vous n'avez peut-être jamais eu ; Ignazio ne se comportera pas comme vos maris ; il est à moi, il m'aime et je lui suffis.*

En juillet, Palerme ressemble à un enfant taquin : les journées limpides alternent avec celles où la chaleur humide colle les vêtements à la peau et rend la respiration difficile, où le sirocco apporte jusqu'en Sicile le sable des déserts africains et transforme les cimes des montagnes en taches sombres sur un ciel d'ivoire.

Mais ce jour-là, le temps a décidé d'être clément : le ciel pur et une brise légère invitent aux distractions en plein air. Franca fera donc servir le thé sous les palmiers du parc de l'Olivuzza, près de la volière.

Elle attend l'arrivée de Francesca et d'Emma di Villarosa, qui passeront l'après-midi en sa compagnie. Assise dans le petit salon qui jouxte sa chambre à coucher, elle feuillette nerveusement *Marion, artiste de café-concert*, un roman d'Annie Vivanti qui contient des passages « un peu osés », et que sa belle-sœur lui a prêté en lui recommandant de ne surtout pas le montrer à sa belle-mère. Les effets de sa grossesse se font de plus en plus sentir, elle est fatiguée du matin au soir et, surtout, elle est seule. *Ignazio n'a pas été très correct.* D'abord, il lui a promis une croisière à bord du *Sultana*. Ensuite, sous prétexte de ménager la santé de son épouse, il a changé d'avis et lui a fait comprendre qu'ils resteraient à Palerme. Et pour finir, il a encore modifié ses projets : il est parti en Afrique, au motif qu'il avait un besoin absolu de repos après l'attente exténuante du renouvellement, enfin acquis, des conventions maritimes.

Jusqu'en 1908, la NGI conservera le monopole des lignes subventionnées. Pour obtenir ce résultat, il a fallu dans un premier temps un discours enflammé de Raffaele Palizzolo à la Chambre des députés : « Six mille familles risquent de se retrouver du jour au lendemain à la rue, ce serait un désastre national. » Toujours à la Chambre, les élus siciliens ont fait bloc autour de Crispi, qui s'est révélé être, une fois de plus, un allié précieux. En parallèle, le *Giornale di Sicilia* a publié une série d'articles décrivant en termes apocalyptiques le destin qui attendait Palerme et l'île tout entière, dans l'hypothèse malheureuse où le contrat de concession ne serait pas reconduit. Terrorisés à l'idée de perdre leur emploi, de nombreux travailleurs sont descendus dans la rue et ont organisé, à un rythme quotidien, des manifestations de protestations qui se sont transformées en scènes de liesse, à l'annonce de la bonne nouvelle. Les ouvriers de la cale de halage et de la fonderie Oretea ont donné libre cours à une joie comparable à celle qu'éprouvent les paysans lorsque la pluie tombe enfin, après des mois et des mois de sécheresse. Bien entendu, il y a un prix à payer : la NGI va devoir moderniser ses vieux bateaux à vapeur et en acheter trois neufs. Mais il n'y a là aucune difficulté insurmontable.

À l'Olivuzza, on a fêté ce succès à grand renfort de coupes remplies du meilleur champagne. Ignazio, emporté par son enthousiasme, a rejoué à lui tout seul pour Franca les scènes qui s'étaient déroulées à Rome, en imitant à la perfection les voix de Crispi et de Palizzolo. Et il a beaucoup amusé sa femme en lui expliquant que Finocchiaro Aprile allait enfin pouvoir s'acheter une ferme qu'il convoitait depuis longtemps. Choquée par un tel manque de discrétion, sa mère a en revanche secoué la tête d'un air désapprobateur.

Ce moment d'euphorie a toutefois été de courte durée. Après le départ d'Ignazio, Franca est retombée dans une torpeur silencieuse dont la canicule n'est en rien responsable.

Lorsque sa femme de chambre lui annonce que ses cousines viennent d'arriver, elle se lève aussitôt pour aller à leur rencontre.

« Franca, ma chérie, tu embellis de jour en jour… » Emma, coiffée d'un grand chapeau de paille et vêtue d'une robe blanche en coton, l'embrasse sur les joues.

Derrière elle, Francesca se contente d'un signe de tête assez froid. Elle qui a toujours été la plus vive des trois, la plus enviée pour sa beauté… elle semble aujourd'hui éteinte. Son veuvage précoce l'a enfoncée dans des limbes dont elle a les pires peines du monde à se sortir, entre autres parce qu'on a tendance à la traiter comme la plus malheureuse des femmes.

Franca s'efforce de chasser cette triste pensée, ouvre la porte-fenêtre et s'écrie, sur un ton d'une gaieté quelque peu forcée : « Allons au jardin, on va nous servir le thé près de la volière. »

Les deux sœurs échangent un regard perplexe, et Francesca demande : « Tu… tu ne crois pas qu'il vaudrait mieux commencer par aller saluer ta belle-mère ?

– Non, on risquerait de la déranger. Elle doit être occupée à broder dans son petit salon, nous passerons la voir après », rétorque Franca d'un air impatient. Elle attrape Emma par la main et l'entraîne presque de force dans les allées du parc. Depuis quelques jours, non seulement Ignazio lui manque, mais elle se sent en proie à une agitation incessante, à des idées noires, et elle a besoin de bouger.

À côté de la volière, Vincenzino joue au cerceau sous la surveillance distraite de sa gouvernante. Il baise la main des deux sœurs avec un sérieux qui arrache un léger sourire à Francesca, puis s'éloigne en sautillant.

Comme autrefois, Franca s'assied entre ses deux cousines.

Emma lui saisit une main et l'interroge : « Comment vas-tu ?

– Le bébé s'agite de plus en plus. La nuit, je suis obligée de dormir sur le côté. Et toi, comment ça va ? demande-t-elle à Francesca.

– Moi ? Plutôt bien. » On perçoit dans sa voix une vague trace d'accent toscan.

Franca presse sa main gantée de dentelle noire et reprend : « À vrai dire, j'aimerais me divertir un peu plus ; mais entre l'absence d'Ignazio et la chaleur, je n'ai pas beaucoup d'occasions de sortir. Sans compter que ma belle-mère ne quitte la villa que pour aller à la messe. Bref, je m'ennuie ferme. »

Emma esquisse un sourire, tend une main vers le ventre de sa cousine, hésite tout à coup. « Je peux ? »

Franca acquiesce, prend aussi la main de Francesca et les pose toutes les deux sur son ventre.

« L'autre soir, j'étais chez Robert et Sofia Whitaker, poursuit Emma. Il y avait un petit groupe de gens qui parlaient de toi et d'Ignazio. »

Francesca la foudroie du regard, mais Franca sourit. « Qu'est-ce qu'ils ont encore inventé ? Qu'Ignazio a une nouvelle maîtresse ? La dernière fois, il était question d'une chanteuse espagnole à bord du *Sultana*… » Elle lève les yeux au ciel. « C'est si difficile que ça, d'admettre qu'il est amoureux de moi et qu'il a le sens des responsabilités, maintenant qu'il va devenir papa ? »

Francesca se pince les lèvres. « En réalité, Robert a surtout parlé de l'habileté dont il a fait preuve pour obtenir le renouvellement des concessions, et Giuseppe Monroy n'a pas tari d'éloges. Mais bon, les ragots ne manquent jamais. C'est même ce qui fait tout le sel de ces soirées, sans quoi on s'ennuierait trop. Cela dit, tu sais mieux que moi qu'il n'y a rien de vrai dans tout ça. »

Franca hoche la tête et se rembrunit. « C'est vrai, et d'habitude je n'y accorde pas la moindre importance. Il n'empêche que… » Elle baisse la voix. « J'ai parfois la sensation de devoir rendre compte de mes faits et gestes non seulement à mon mari et à ma belle-mère, mais à la ville entière.

– Étant donné la position que tu occupes, tu ne pourras pas y échapper. L'important, c'est que ta conscience n'ait rien à te reprocher. Et il me semble que jusqu'à présent, tu as eu un comportement exemplaire.

– Le jour où j'ai eu le malheur de danser une valse avec Ignazio alors que j'étais enceinte, c'est tout juste si on ne m'a pas fait un procès, murmure Franca.

– Comme disait mon précepteur, *la rouille use le fer et l'envie use les envieux* », conclut Emma.

Franca rejette la tête en arrière et fixe la volière des yeux. « Et puis, je peux bien vous le dire à vous : j'ai été très agacée qu'Ignazio parte sans moi. D'un autre côté, je sais bien que je dois ménager ma santé. Il ne faudrait surtout pas que… »

Emma agite une main pour chasser la sombre pensée que sa cousine vient d'évoquer ; Francesca la prend par les épaules, l'embrasse et lui dit, avec un petit sourire malicieux : « Il y a des choses dont on n'a même pas le droit de parler, *ma chère**. Et souviens-toi que les hommes ont besoin d'une certaine liberté… ou plutôt de l'illusion d'être libres. Quand ils reviennent au bercail, ils se sentent encore plus heureux qu'au moment où ils sont partis. »

Franca lui donne raison, verse du thé dans les tasses de ses invitées et leur offre des biscuits. Elles rient et plaisantent comme au temps de leur adolescence.

Pourtant, la sombre pensée n'a pas quitté l'esprit de Franca. *Pourquoi Ignazio a-t-il voulu partir coûte que coûte ?* Même sa mère avait tenté de l'en dissuader : il n'était pas très sage de laisser sa femme seule, dans son état, et même si la question des conventions maritimes a été réglée, il n'était pas très judicieux de négliger autant les affaires.

Alors pourquoi ce voyage ?

Giovanna regarde sa belle-fille s'éloigner avec ses cousines le long des allées du parc. Elle a entendu le bruit des roues de leur voiture sur le pavé, puis leurs voix sont devenues de plus en plus inaudibles.

Elle aurait apprécié qu'elles viennent la saluer dès leur arrivée, mais Franca s'est empressée de les entraîner à bonne distance. *Elle sait y faire, la petite rusée.* Si elles s'étaient présentées tout de suite, Giovanna ne les aurait pas autorisées à prendre le thé au jardin, pas par cette chaleur.

Elle tambourine des doigts sur le montant de la fenêtre. Donna Ciccia sursaute et lui demande, sans pour autant lâcher son aiguillée : « Que se passe-t-il ?

– Mon fils n'aurait jamais dû partir. Avec tout ce qui nous arrive en ce moment. Les ouvriers sont encore très agités et… » Elle ne comprend pas grand-chose à la politique et aux affaires, certes, c'est réservé aux hommes. Et Ignazio lui a expliqué à maintes reprises qu'elle n'avait pas à s'inquiéter : il n'y a pas de têtes brûlées parmi leurs ouvriers, et les Faisceaux des travailleurs ont beau avoir organisé leur premier congrès quelques mois plus tôt (*ils se prennent déjà pour des députés !*), leurs initiatives sont vouées à l'échec. Pourtant… Fidèle à une habitude qu'elle a prise du vivant de son époux, Giovanna continue à lire le *Giornale di Sicilia*. Elle n'y a pas trouvé de nouvelles très rassurantes, tant s'en faut. Ces derniers temps, de nombreux articles sont consacrés à ces banques qui ont fait faillite parce qu'elles n'avaient plus un sou en caisse ; en tout cas, c'est ce qu'elle a cru comprendre. Elle a essayé d'aborder le sujet avec Ignazio, qui lui a répondu en riant que le Credito Mobiliare et la Banque Florio ont les reins solides et que rien ni personne ne peut les atteindre.

La situation à Palerme n'est d'ailleurs pas le seul motif d'inquiétude de Giovanna.

Le regard à nouveau dirigé vers le jardin, elle entend les voix des trois jeunes femmes apportées par un souffle de vent et elle aperçoit Vincenzino, qui court en riant. Elle est obligée de reconnaître, bien malgré elle, que Franca se comporte en épouse modèle. Ignazio, en revanche…

Un frémissement d'angoisse s'empare peu à peu de tout son corps. Elle se frotte le visage avec les mains et masse des rides devenues de plus en plus profondes, depuis la mort de son mari.

Donna Ciccia rejoint sa maîtresse près de la fenêtre. Désormais très âgée, elle n'a plus que des cheveux blancs et son visage, qui a toujours été sévère, semble sculpté dans de la pierre. « N'ayez pas peur, le Seigneur nous viendra en aide. Croyez-moi, ils s'aiment, ces deux-là. Il faut juste qu'Ignazziddu se retienne de faire des bêtises. »

La vieille servante n'a pas besoin d'expliciter le sens de ses propos : Ignazio ne s'est jamais caché d'être un incorrigible coureur de jupons. Il s'est marié et il semble sincèrement amoureux de Franca, sans aucun doute. Mais a-t-il changé pour de bon ? Ou bien est-il simplement en proie à l'euphorie des premiers mois de mariage ?

Giovanna secoue la tête. Donna Ciccia soupire et écarte les mains, comme pour dire : *Attendons de voir.*

Elle a, elle aussi, beaucoup d'affection pour Ignazio : elle l'a vu naître, grandir, devenir adulte. Sa mère l'a trop gâté, trop protégé, trop défendu envers et contre tout. Il a poussé comme une plante toujours prête à tomber malade, si on ne prend pas soin de l'émonder. Mais qui oserait le reprocher à Giovanna ? Elle ne s'est jamais vraiment remise de la mort de Vincenzino, elle est restée seule avec sa douleur et elle a reporté tout son amour sur Ignazziddu, sur ce fils qui, avec le passage des ans, s'est mué en un jeune homme élégant, hautain… et immensément riche depuis la mort de son père.

Il a été habitué à être le premier partout : la vie, les affaires, les femmes… *Et que va-t-il se passer, maintenant qu'il s'apprête à devenir père ?* se demande donna Ciccia en retournant s'asseoir à son métier à broder.

Lorsque Giovanna lui avait annoncé qu'Ignazio avait organisé une rencontre à l'Abetone avec les Jacona di San Giuliano, « en vue des fiançailles », donna Ciccia était restée très dubitative. À ses yeux, Ignazio était encore une sorte de petit animal sauvage, bien trop jeune pour accepter le joug du mariage.

Après mûre réflexion, elle avait décidé d'interroger les âmes du Purgatoire sur le destin des noces envisagées. Elle savait que si on les sollicite avec la pureté d'intention et la simplicité requises, elles répondent toujours la vérité, si cruelle puisse-t-elle être. Et tant pis si Giovanna lui interdisait de recourir à « ce genre de pratiques », elle était bien résolue à passer outre.

Un soir d'été, elle était donc sortie en cachette de la villa par une porte dérobée du parc et elle s'était dirigée vers un de ces carrefours où se croisent le bien et le mal, la vie et la mort, le Diable et le bon Dieu. Elle était ensuite passée à côté d'un gardien, qui s'était contenté de lui adresser un signe de tête. Pour se protéger d'un vent fastidieux et empêcher les feuilles et les grains de sable de se glisser dans ses cheveux, elle avait remonté son châle au-dessus de sa tête. Parvenue au carrefour, elle avait fait son signe de croix et prononcé à voix haute un *Ave*, un *Pater* et un *Gloria* : il faut veiller à éviter la colère du Seigneur, si l'on veut que les âmes des vivants puissent poser des questions à celles des morts sans commettre de péché.

Consciente qu'elle allait prononcer des formules qui ne devaient pas tomber dans toutes les oreilles, elle s'était mise à chuchoter à voix très basse : « Petites âmes du Purgatoire, j'invoque parmi vous les têtes de trois décapités, trois pendus, trois assassinés et trois noyés… »

Au terme d'un court moment d'attente, elle avait reçu une réponse.

Plusieurs tintements de cloche, dont elle n'aurait pas su dire de quelle église ils provenaient, avaient retenti dans l'air nocturne. Puis, trois chattes avaient débouché d'une des rues voisines, s'étaient immobilisées au beau milieu du carrefour et avaient regardé donna Ciccia avec cette expression de défi méprisant caractéristique de certains animaux sauvages.

Elle avait compris. Le mariage aurait bien lieu, mais beaucoup d'autres femmes viendraient l'ébranler. Elle était rentrée à la villa tête baissée, désormais indifférente au vent qui lui ébouriffait les cheveux. Après de longues hésitations, elle avait préféré ne rien révéler à Giovanna.

Plus tard, elle avait été très tentée d'interroger à nouveau les petites âmes du Purgatoire, cette fois-ci à propos de l'enfant à naître. Mais elle s'en était abstenue, sans bien savoir pourquoi.

Elle regarde Giovanna, qu'elle aime comme si c'était sa propre fille. D'ailleurs, en un certain sens, c'est bien le cas. Elle avait moins de vingt ans, quand elle l'a prise en nourrice. Elle en a aujourd'hui presque soixante-dix. Et ce qui l'effraie le plus, maintenant qu'elle se sent arrivée au bout du sentier de la vie, c'est de se dire que Giovanna devra affronter sans elle les tempêtes qui s'amoncellent à l'horizon, et qui lui feront souffrir le martyre.

Le retour d'Ignazio sème la pagaille dans toute la villa. L'Olivuzza est encombrée de valises, de caisses, de malles, mais aussi de peaux d'animaux destinées à être accrochées aux murs ou transformées en tapis, par exemple la peau de lion choisie pour orner le petit salon du *Sultana*. Mais dans la chaleur de cette fin du mois de juillet, elles dégagent une odeur si forte, si désagréable, qu'elles donnent des nausées à Franca, désormais à son sixième mois ; et Giovanna ordonne sans tarder de les emporter ailleurs.

Ignazio est rentré de voyage plein d'une énergie débordante : il multiplie les allées et venues, monte et descend les escaliers, chante à tue-tête, passe d'une pièce à une autre suivi de près par Saro, le valet de chambre qui a succédé à Nanài, explique aux domestiques ce qu'ils doivent faire des valises et des caisses. De temps à autre, il rejoint Franca au petit salon situé près de sa chambre à coucher, l'embrasse sur le front et lui raconte dans quelles circonstances, parfois rocambolesques, il a acquis les statuettes en os, les pierres taillées et les étranges coffrets en bois sculpté dont ses bagages regorgent. Captivée par ses récits, heureuse de l'avoir enfin retrouvé, elle admire ces objets si étranges, les retourne dans ses mains et hume d'un air ravi les effluves surprenants qu'ils exhalent.

En fin de matinée, Ignazio empoigne son canotier et soupire : « Bon, il faut que j'aille au travail… »

Elle acquiesce et lui murmure, après un baiser : « Reviens vite, mon amour, je meurs d'envie d'entendre la fin de l'histoire de ton voyage. »

Sur le seuil de la demeure, Giovanna attend son fils les mains croisées sur le ventre et une expression de reproche sur le visage. En voyant la voiture de Romualdo Trigona immobile devant l'entrée, elle a compris les véritables intentions d'Ignazio.

« Tu ne vas pas à la NGI, avoue. »

Sans ralentir le pas, il se contente d'agiter une main en l'air et de répondre, en guise de justification : « Mais bien sûr que si, *maman**. Ou plus exactement, j'irai demain, au calme. On n'est tout de même pas à un jour près. Dans l'immédiat, on nous attend au Cercle, Romualdo et moi. » Puis il s'éloigne en toute hâte, impatient de relater ses aventures africaines à ses amis et d'être mis au courant de tout ce qui s'est passé à Palerme en son absence.

Giovanna, perplexe, secoue la tête. Dans une situation identique, son mari se serait précipité piazza Marina et n'en serait pas revenu avant d'avoir contrôlé tous les registres, toutes les transactions, tous les dossiers. Alors que son fils… Mais elle n'y peut rien. *Ignazziddu est comme ça.* Un bruit de malles déplacées et de pas pressés lui parvient du premier étage. Giovanna lève les yeux au plafond et pousse un soupir. Laisser sa femme en plan pour courir rejoindre ses amis n'est jamais bon signe.

Dans la chambre à coucher d'Ignazio, les malles et les valises sont en si grand nombre qu'il devient difficile de se déplacer. D'un côté, des vêtements et des chaussures ; de l'autre, des chemises et des cravates anglaises entassées au hasard. Saro jette le linge sale dans un grand panier, si rempli que Diodata lui demande de ne plus rien y mettre, sans quoi il sera trop lourd pour qu'elle puisse l'emporter jusqu'à la buanderie. Il recule d'un pas ; elle soulève le panier en poussant un gémissement, se dirige vers la porte, trébuche sur un pli du tapis et tombe par terre avec son chargement.

« Tu t'es fait mal ? » Franca se précipite auprès d'elle, suivie de Saro. Et pendant que la servante, le visage rouge de honte, se confond en excuses, le valet de chambre rassemble les chemises éparpillées.

Au milieu de toute cette blancheur, une tache rose apparaît.

Franca et Saro la voient tous les deux. Il essaie de poser un pied dessus, mais un bout dépasse de sous sa chaussure.

C'est de la dentelle.

Franca ne comprend pas tout de suite, mais elle éprouve une sensation étrange, un nœud à l'estomac et une gêne à la poitrine. Puis elle ordonne au domestique de se pousser.

Il s'exécute.

Franca se penche et ramasse le sous-vêtement.

Une combinaison à moitié transparente, rose, en soie et en dentelle. Qui montre plus qu'elle ne dissimule. Qu'une femme comme il faut ne porterait sous aucun prétexte. Et qui empeste un parfum entêtant, écœurant, à la tubéreuse.

Franca titube.

Diodata se met une main devant la bouche. Saro présente un petit fauteuil à sa maîtresse, qui tremble de tous ses membres.

Puis il s'empresse de lui expliquer : « Il a dû y avoir une erreur à la douane, donna Franca. » Il essaie de lui retirer l'accessoire des mains, mais elle le serre de toutes ses forces et garde les yeux rivés sur lui, abasourdie.

Il insiste : « À la douane, ils ont ouvert tous les bagages sans exception. Ils auront mélangé le linge de don Ignazio avec celui d'une dame. »

Franca lève les yeux, le dévisage et fait signe que non de la tête.

Elle aimerait tant s'agripper à cette idée ; mais quelque chose, en elle, s'est effondré.

Tous ses mauvais pressentiments se confirment.

Des phrases affluent dans sa tête et s'y métamorphosent en démons. Celles de son père, hostile depuis toujours à Ignazio. Celles de Francesca et d'Emma, édulcorées et pourtant si claires. Celles de sa belle-mère, ponctuées de soupirs agacés. Et puis, le chœur des Palermitains : les murmures des commères cachées derrière leurs éventails ; les allusions perfides des matrones qui lui jetaient des regards compatissants ; les sous-entendus des jeunes femmes aux expressions insolentes ; les chuchotements insistants des messieurs qui sourient et se donnent des coups de coude sur son passage. Un ensemble dissonant de voix aigres, qui racontent toutes la même chose.

Bien que soulevée de dégoût, Franca ne parvient pas à détacher les yeux de la combinaison qu'elle serre toujours entre ses doigts. Elle n'a jamais eu de sous-vêtements de ce genre, elle : c'est bon pour les *cocottes**, les *gourgandines*, dirait sa mère. Elle a toujours cru qu'Ignazio se satisfaisait de sa beauté et de son amour. À tort.

Elle baisse les yeux sur son ventre, qui lui semble soudain énorme. Elle se trouve les mains gonflées, le visage bouffi. Et elle se sent monstrueuse, difforme. Tous les changements de sa physionomie causés par sa grossesse lui apparaissent désormais comme autant de signes d'une transformation irréversible.

Si Ignazio me voit comme ça, lui aussi, alors…

Les mains jointes devant son visage, elle fond en larmes, sans plus se retenir.

Puis elle crie, d'une voix si aiguë qu'elle peine à la reconnaître : « Allez-vous-en ! Tous les deux ! Ouste ! » Tandis que Saro et Diodata sortent en silence, elle s'abandonne à de longs sanglots, à l'émotion qui agite jusqu'à la moindre fibre de tout son être. Il lui faut plusieurs minutes pour retrouver enfin son calme. Ensuite, elle essuie ses larmes d'un geste rageur ; les doigts toujours crispés autour du sous-vêtement rose, elle s'assied dans un fauteuil, redresse le dos, serre la mâchoire et fixe la porte des yeux. Elle va attendre son mari ici. Il lui *doit* une explication.

À son retour, au crépuscule, Ignazio entre en chantonnant dans sa chambre envahie d'ombres ténues. Il remarque que le ménage n'a pas été fait et se demande un instant pourquoi. Puis il aperçoit son épouse, lui sourit et se dirige vers elle.

« Franca, ma chérie, qu'est-ce que tu fais là ? Tu ne te sens pas bien ? Et tout ce désordre, j'avais pourtant bien recommandé à Saro de… »

Elle se contente de lui mettre la combinaison sous les yeux. « Tu peux me dire à qui appartient cette chose ? »

Il pâlit. « Je… je ne sais pas. Qu'est-ce que c'est ?

– Un dessous féminin affriolant, voilà ce que c'est ! » lui hurle Franca d'une voix tremblante. Puis elle se lève de son fauteuil et se dresse devant lui. « Il était enroulé au milieu de tes chemises ! Qu'est-ce qu'il faisait là, hein ?

– Mais… calme-toi, il s'agit sûrement d'un malentendu, balbutie Ignazio en reculant d'un pas. Il a dû y avoir une erreur à l'hôtel, à moins que les domestiques aient mélangé mon linge avec le tien…

– Bien sûr. À ce détail près que moi, je ne porte pas ce genre de… de… » Sa voix est devenue suraiguë. Saro se précipite dans la chambre, comme si quelqu'un l'avait appelé.

« Madame, je vous en prie. Je vous l'ai déjà dit tout à l'heure, une erreur des douaniers, il n'y a pas d'autre explication possible. »

Ignazio lui fait écho : « Mais oui, voilà, c'est ça. Ils ont fouillé les bagages de tous les voyageurs et ils ont tout remis n'importe comment.

– Je ne te crois pas », rétorque Franca d'une voix de plus en plus criarde. Elle est de nouveau sur le point de fondre en larmes. « Toi… toi… » Elle lui met une fois de plus la combinaison sous les yeux, mais cette fois-ci d'une main tremblante.

Puis elle le voit.

Le regard que Saro et Ignazio viennent d'échanger. Un regard de complicité masculine, d'hommes unis par le mensonge.

Tout est clair.

Elle laisse tomber la combinaison par terre, se retourne, saisit un flacon de *Fougère* sur le meuble de toilette et le jette à la figure d'Ignazio. « Sale menteur ! »

Il esquive l'objet, qui se brise sur le plancher et répand dans toute la pièce un parfum pénétrant où la lavande se mêle à des notes plus épicées. Ignazio a tout juste eu le temps de se redresser lorsqu'une brosse en argent l'atteint au bras et qu'un pot de brillantine se fracasse à ses pieds. « Ma chérie, qu'est-ce qui t'arrive ? En voilà une façon de te comporter ! » Il essaie de l'immobiliser, mais elle lui échappe et lui donne un coup de poing sur la poitrine.

« Espèce de porc ! Comment as-tu pu me faire ça ?

– Franca, je t'en supplie, calme-toi, tu risques de faire du mal au bébé !

– Misérable ! »

Franca crie de plus en plus fort. La colère, la peur et la honte se sont emparées de son esprit. Ignazio l'a trompée, aucun doute possible, et il n'a même pas pris la peine de se cacher. Tout le monde a *toujours* su. Son humiliation est si amère, si effroyable, qu'elle l'emporte sur son amour pour lui et sa joie de devenir mère.

On entend des bruits de pas dans le couloir. Soudain, Giovanna apparaît sur le seuil. À côté d'elle, Vincenzino, en chemise de nuit, observe la scène d'un air espiègle et demande en ricanant : « Tiens, ils se disputent ? » Sa mère l'empêche d'entrer, se précipite vers Franca et l'interroge, d'une voix basse et sévère : « Qu'est-ce qui se passe ici ?

– Il m'a trompée ! lui répond sa belle-fille en désignant Ignazio. Alors que j'attends un enfant de lui ! » Ses sanglots l'étouffent de plus en plus et son visage est déformé par la colère.

Giovanna se tourne brusquement vers son fils, qui écarte les mains comme pour se justifier et s'apprête à parler. Elle l'en dissuade d'un regard qui équivaut à une gifle en pleine figure et qui signifie : *Surtout ne dis rien, ça ne pourrait qu'aggraver ton cas.* Puis elle s'adresse à Saro, tapi dans un coin de la pièce : « Viens là, toi. Accompagne Vincenzo dans sa chambre et reste avec lui jusqu'à ce que je vous rejoigne. »

Pendant que le domestique emmène l'enfant, Franca, en larmes, s'effondre dans son fauteuil. *J'en ai le cœur serré, de la voir souffrir autant*, se dit Giovanna tout en fermant la porte à clef. Puis elle pousse un long soupir, la main posée sur le montant. Elle savait que, tôt ou tard, ce moment finirait par arriver.

Immobile au milieu de la chambre, les bras le long du corps, Ignazio observe tantôt sa femme et tantôt sa mère, de l'air d'un homme qui se sait condamné, mais qui ignore encore en quoi consistera sa peine.

Giovanna se retourne, croise les bras devant sa poitrine et dévisage les deux époux. Elle a deviné depuis le début qu'ils n'auraient pas la force de caractère indispensable à une union solide. Ils se sont mariés sans avoir jamais mis leur patience à l'épreuve, sans avoir fait l'expérience concrète de l'esprit de sacrifice. Ils ont cru pouvoir naviguer toute leur vie sur des eaux tranquilles, alors qu'on doit sans cesse prendre garde aux écueils, échapper aux remous, éviter les naufrages. Et pour y parvenir, il faut avancer à deux dans la même direction, regarder vers le même horizon.

Giovanna l'avait voulu de toutes ses forces, elle avait tout sacrifié à son idéal d'amour. Mais au bout du compte, elle avait été forcée de reconnaître qu'il n'est pas rare, dans un couple, qu'un seul des deux soit amoureux pour de bon. Parce que l'autre ne veut pas ou, plus simplement, ne sait pas aimer. Et elle a aussi appris qu'un sentiment peut survivre malgré tout même si une seule personne le nourrit. Que, pour ne pas sombrer dans le désespoir, il est préférable d'accepter de payer chaque jour le prix du mensonge. Que se contenter des miettes vaut mieux que de mourir de faim.

À eux, maintenant, de l'apprendre. De s'accommoder du peu qu'ils ont en commun.

Ignazio s'avance vers elle et tente une énième fois de se justifier : « Maman, dites-le-lui, vous, qu'il a dû y avoir une erreur. Je vous jure que je ne lui ferais pour rien au monde une chose pareille et…

– Tais-toi donc ! »

Abasourdi, Ignazio recule d'un pas. Sa mère ne lui a jamais parlé sur ce ton. Elle a toujours été de son côté, elle l'a toujours défendu, et voilà que…

Giovanna se penche vers le sol, prend la combinaison entre le pouce et l'index, la soulève, la laisse retomber et la piétine.

« J'ai toujours pensé que vous vous étiez mariés sans vous rendre compte de ce que vous faisiez. Maintenant, j'en suis sûre.

– Je m'en rendais parfaitement compte, moi, *maman**, rétorque Franca d'un ton irrité. C'est lui qui…

– Elle me fait une scène pour rien, pour un simple malentendu ! s'exclame Ignazio.

– Pas un mot de plus, ni l'un ni l'autre ! » Giovanna soulève d'une main le visage de sa bru. « Regarde-moi, ma fille.

Il est grand temps que tu prennes conscience que les femmes portent toujours les poids les plus lourds. » Elle parle d'un ton tranquille, presque doux. « C'est une loi de la nature, et elle continuera de s'appliquer aussi longtemps que le monde ne marchera pas sur la tête, aussi longtemps que nous ne porterons pas de pantalons. Il va falloir apprendre à ne rien dire et, le cas échéant, à faire semblant de ne rien voir. Quoi qu'il arrive, tu es et tu resteras sa femme. Peu importe que ton cœur saigne, il existe des choses plus importantes que ton orgueil. En particulier la bonne renommée de ta famille. Et ton enfant. »

Franca se pose une main sur le ventre, comme pour défendre le futur bébé contre cette violence. Tourner les yeux de l'autre côté ? Se résigner ? Subir en silence ? Même sa mère n'oserait pas lui prodiguer des conseils d'un tel cynisme. Elle voudrait se rebeller, revendiquer haut et fort sa dignité ; mais elle perçoit soudain, dans les yeux de Giovanna, *quelque chose* qui la retient.

Cette femme n'est pas en train de lui donner une leçon sur la façon dont il faut s'y prendre pour sauver les apparences. Elle est en train de lui expliquer comment elle a *elle-même* réussi à survivre après avoir été reléguée à une position subalterne, après avoir constaté qu'elle n'aurait jamais voix au chapitre, après avoir subi humiliation sur humiliation. Une douleur ancienne, et pourtant toujours aussi cuisante. Franca la comprend. La sent. La reconnaît.

Elle murmure néanmoins, en essuyant ses larmes avec le dos de la main et en redressant le dos : « Je l'ai épousé parce que je l'aime, *maman**, pas pour son nom de famille, et vous le savez très bien. J'exige qu'il me respecte.

– Il en est incapable, réplique Giovanna d'un ton sec. Mon fils éprouve le besoin irrépressible de montrer au monde entier qu'*aucune* femme ne lui résiste. Tu n'imagines pas le nombre de fois où son père le lui a reproché. Il t'aime, c'est une évidence. Sinon, il y a longtemps qu'il serait parti en courant rejoindre ses amis au Cercle. Eh oui, il fait partie de ces hommes qui s'enfuient à la moindre alerte, poursuit Giovanna devant un Ignazio stupéfait, bouche bée. S'il fait des efforts désespérés pour essayer de te convaincre qu'il ne t'a pas trompée, c'est parce que tu es son *épouse légitime*. Ça ne l'empêchera pas pour autant de continuer à courir la gueuse, c'est dans sa nature, il ne changera pas. »

Ignazio n'en croit pas ses oreilles. Il est certes ravi que sa mère remette Franca à sa place. Mais il n'aurait jamais pensé qu'elle avait si peu d'estime pour lui et qu'elle l'avait démasqué avec autant de facilité. Alors il se met à parcourir la chambre de long en large et à protester : « Non, non et non ! Vous n'allez tout de même pas prêter foi à ce ramassis de calomnies, pas vous ? Vous n'avez pas la plus petite idée de ce que je ressens pour Franca… Rien d'étonnant, d'ailleurs. Mon père et vous, vous ne vous êtes jamais aimés. Vous croyez que je ne suis pas au courant ? Que je ne vous voyais pas, quand vous lui couriez après comme un brave petit chien fidèle et qu'il daignait à peine s'apercevoir de votre présence ? »

Giovanna suffoque d'indignation. Des taches rouges apparaissent sur ses joues pâles et elle réplique d'une voix agressive, amère, gorgée de fiel : « Tu n'as jamais rien compris aux sentiments qui nous unissaient, ton père et moi. » Elle pose une main sur la poitrine de son fils, comme pour le repousser. Pendant un court instant, un lourd silence règne dans la pièce. « Aucun de vous deux ne sait ce que ça représente, passer une vie entière auprès de quelqu'un. Vous n'êtes que des gamins, des bébés même pas sevrés ! » Elle éclate d'un rire strident qui fait penser à un bruit de pierres lancées sur des vitres. « Vous vous gargarisez avec le mot *amour* et vous ignorez tout de sa vraie signification. Toi, Ignazio, tu as toujours satisfait tous tes désirs sans les payer du moindre effort, tu n'as jamais rien obtenu par tes propres mérites. Et toi, Franca, tu as grandi sous une cloche de verre, à l'abri de tout... L'amour tel que vous l'imaginez, c'est bon pour les contes de fées. Dans la vie réelle, il est fait de pénitences, de sacrifices. Mais, à vous écouter, on dirait que vous êtes aussi incapables l'un que l'autre de renoncer à quoi que ce soit. » Elle baisse soudain la voix, comme si elle se parlait à elle-même. « Nous t'avons mal éduqué, Ignazio. Nous ne t'avons pas enseigné la valeur de ce qu'on gagne à la sueur de son front et qu'il faut ensuite conserver coûte que coûte, malgré les envieux. »

Elle s'approche de Franca et reprend, le visage à quelques centimètres du sien : « Tu es sa femme et il est ce qu'il est, on ne le changera pas. Maintenant, à toi de décider. Si tu choisis de jeter l'opprobre sur cette maison, alors tu m'auras pour ennemie, je ne te laisserai pas un moment de répit. Mais si tu choisis d'être forte, de tout supporter, en récompense il t'aimera, à sa manière. Une seule chose compte, permets-moi de te le dire, à moi qui suis sa mère : qu'il finisse toujours par revenir auprès de toi. Peu importe dans quelles circonstances et au bout de combien de temps. Si tu tiens à le garder, il doit savoir que tu lui pardonneras, quoi qu'il arrive. Ferme les yeux, bouche-toi les oreilles et, surtout, ne prononce jamais un mot de trop !

– Après tout le mal qu'il m'a fait ? » Franca aussi parle à voix très basse, ses larmes recommencent à couler et elle ajoute, en désignant le petit tas rose sur le plancher : « Après ce que j'ai vu ? »

Giovanna se baisse, prend la combinaison, la fait disparaître dans une de ses poches et répond, avec une nuance de complicité dans le regard : « Voilà, disparu ! » Puis, inopinément, elle caresse le visage de Franca ; c'est son premier geste d'affection sincère, depuis l'entrée de sa belle-fille dans cette maison. « Ma pauvre chérie… Tu ne sais pas encore ce que c'est, d'être mariée à un Florio. Quand tu t'en rendras compte, tu te souviendras de ce que je viens de te dire et tu comprendras. » Après une courte pause, elle poursuit, en agitant la combinaison d'une main : « Je vais aller jeter cette chose immonde à la poubelle. Mais vous, dorénavant, soyez plus discrets avec les domestiques. Et toi, conclut-elle avec un geste du menton destiné à Ignazio, attention ! »

Il hoche la tête et marmonne un vague *oui*.

Une fois seule dans le couloir, Giovanna se sent épuisée. Comme si ses mauvais pressentiments s'étaient transformés en quelque chose de concret. La souffrance, *sa* souffrance, recommence à lui mordre la chair.

Le sous-vêtement rose lui brûle les doigts et elle n'a qu'une hâte : s'en débarrasser. Dans l'espoir que certains souvenirs s'en iront avec lui.

Elle a aimé son mari d'un amour aveugle, à la manière de ces chiens battus qui restent envers et contre tout fidèles à leur maître. Au bout d'un nombre incalculable d'années, quand *l'autre* avait peut-être enfin disparu des pensées de son époux, il lui avait accordé une affection faite de confiance et de complicité. Ce n'était pas de l'amour, bien entendu. Mais Giovanna avait fini par comprendre qu'il lui faudrait s'en contenter, qu'elle ne pouvait pas attendre davantage. Quitte à ravaler ses larmes.

Il ne lui reste plus qu'à prier pour qu'Ignazio et Franca prennent conscience du destin qui les attend. Et qu'ils l'acceptent.

Le même soir, seul dans le cabinet de son père, Ignazio jette un coup d'œil rapide sur les papiers qui se sont accumulés en son absence. Des rapports en provenance de l'exploitation vinicole de Marsala font état d'une diminution de la production de raisin causée par des foyers de phylloxéra. Il hausse les épaules en se disant que personne ne parle encore d'une propagation de l'épidémie jusque dans la région de Trapani ; il faudra cependant surveiller la situation : le coup serait trop rude. Puis il lit les courriers de plusieurs propriétaires de mines de soufre, qui réclament son intervention en vue de l'obtention d'une réduction supplémentaire des taxes. Déjà en proie à un fourmillement dans les jambes, agité et nerveux, il finit par s'exclamer : « Quelle barbe, toute cette paperasse ! » Puis il se met à arpenter la pièce. Son père avait créé une association regroupant tous les producteurs de soufre, et qui les avait aidés à obtenir de nombreux avantages fiscaux ; mais selon toute apparence, ce n'est pas encore assez. Et ils se plaignent aussi du rapport de moins en moins favorable entre les dépenses et les recettes…

Ignazio se rassied et relit soigneusement les documents. Aucun doute possible : le marché italien ne suffit plus à absorber la production sicilienne de soufre. Il aurait peut-être intérêt à louer certaines de ses mines, par exemple celle de Rabbione ou celle de Bosco… Ou bien à chercher des partenaires à l'étranger, des Français et surtout des Anglais, qui viennent de mettre au point un système de traitement plus rapide et plus économique. Prendre contact avec Alexander Chance, l'industriel qui a breveté ce système en Grande-Bretagne. On ne peut pas exclure a priori qu'il accepte une offre, si on lui propose un prix avantageux.

Trop de paramètres à prendre en compte, trop de questions à résoudre ! Ignazio se demande pour la énième fois comment faisait son père pour tout maîtriser… Mais il se rassure aussitôt à l'idée qu'en définitive, il n'a rien à se reprocher, puisqu'il fait de son mieux. *Et puis, soyons francs, ce ne sont pas des problèmes trop graves.* Il n'aperçoit aucun signe de crise à l'horizon : sa maison commerciale est aussi solide que celle, « bâtie sur le roc », dont parle l'Évangile. Et elle est de surcroît couverte par le Credito Mobiliare, avec qui il a noué des accords fructueux : guichet à la Banque Florio, participation au capital de la société, garantie donnée au gouvernement en vue de la modernisation des navires de la NGI et de l'achat de nouveaux vapeurs. Bref, les liquidités ne manquent pas.

Les milieux bancaires restent très agités et inquiets, certes. Le procès des dirigeants de la Banca Romana vient de s'ouvrir, et les chefs d'accusation sont lourds : détournement de fonds publics, corruption, trafic de fausse monnaie, abus de confiance… À en croire certaines rumeurs, les enquêteurs auraient même découvert, au domicile de Bernardo Tanlongo, des billets à ordre portant la signature du roi, qui aurait eu besoin d'argent pour satisfaire les caprices de ses « bonnes amies ». Un scandale d'une telle ampleur aura des conséquences d'une étendue difficile à prévoir. Mais de là à s'inquiéter pour l'avenir de la Maison Florio…

Ignazio se lève à nouveau, va à la fenêtre, écarte le rideau et observe la place déserte. Puis il se dirige brusquement vers le petit meuble où des bouteilles de cognac, d'armagnac et d'eaux-de-vie, dont certaines proviennent de ses exploitations, sont alignées sur un plateau d'argent. Il se sert un verre de cognac et le savoure lentement.

Le véritable motif de son agitation ne lui accorde cependant pas un seul instant de répit.

Imbécile que je suis ! Il tape doucement sur le mur, de sa main ouverte.

Il aurait dû faire plus attention aux bagages. Mais comment diable la combinaison de *l'autre* a-t-elle pu se retrouver au milieu de ses chemises ?

Cette femme.

Il la revoit dans le hall d'hôtel, à Tunis. Et cette évocation lui donne, à elle seule, un frisson de plaisir : des cheveux blonds, une peau très claire, des yeux d'un bleu glacial fixés sur lui et remplis de promesses tenues bien au-delà de ses attentes.

Elle et lui avaient passé deux jours de folie et d'insouciance, et ils s'étaient fait servir dans leur chambre tous leurs repas, arrosés de champagne. Ignazio n'en était sorti qu'une fois, pour aller acheter au souk un collier formé de petits cœurs en or destiné à Franca et, pour *l'autre*, une émeraude enchâssée dans un bracelet, lui aussi en or.

Voilà, c'est sans doute à ce moment-là qu'elle s'est changée et que sa combinaison s'est égarée au milieu de mes chemises. Le jour du départ, j'étais si pressé que j'ai tout jeté pêle-mêle dans les malles, sans l'aide de Saro. Cela dit, quelle importance ? Je n'ai pas à me sentir coupable d'une aventure sans lendemain. Je ne me rappelle même plus son nom.

Il boit une gorgée supplémentaire de cognac. Avec tous les soucis que lui donnent déjà ses entreprises, il ne manquerait plus que Franca se mette à lui faire des scènes pour un oui ou pour un non. Elle pourrait tout de même comprendre qu'il a certaines exigences. *Les femmes enceintes sont si délicates, elles se prennent tellement pour des madones qu'on ose à peine les toucher.* Et lui a besoin de se sentir libre et léger. De satisfaire ses envies. De s'amuser.

Quoi qu'il arrive, elle est et restera son épouse, n'est-ce pas ? Son refuge. La reine de son cœur. La mère de ses enfants. Il finira toujours par retourner auprès d'elle. Et il faudra bien qu'elle lui pardonne tout.

Ignazio porte un complet de chez Meyer & Mortimer et une cravate en soie ornée d'une épingle à pointe de diamant.

Il prend son petit déjeuner, un café et des croissants, dans la salle à manger donnant sur le jardin d'hiver, au premier étage de l'Olivuzza. Il a plu la nuit dernière, et la balustrade resplendit de gouttelettes dont les reflets gris attirent le regard. Le mois de novembre s'est débarrassé d'un seul coup des ors de l'automne, disparus sous une brume laiteuse.

Dès qu'elle entre dans la pièce, Giovanna, enveloppée d'un grand châle noir, demande au valet de chambre de rajouter des bûches dans la cheminée et de lui apporter son petit déjeuner : du thé et des biscottes. Franca n'est pas là. *Elle dort peut-être encore, et elle a bien raison : l'heureux événement n'est plus qu'une question de jours.* Giovanna l'a beaucoup observée, ces derniers temps, avec une attention particulière pour son attitude envers son mari, afin de mesurer les conséquences de leur violente dispute. Ignazio a multiplié les amabilités et les prévenances : bouquets de fleurs, bijoux, un après-midi entier passé en sa compagnie… De son côté, Franca s'est montrée sereine, de bonne humeur. Cela n'a toutefois pas empêché Giovanna de remarquer certains de ses regards, tantôt tristes et tantôt sévères, voire réprobateurs. *Il faut lui laisser le temps.*

Pendant qu'un valet de chambre apporte le samovar, Nino, le majordome, présente à Ignazio une carte de visite posée sur un plateau d'argent. Le maître de maison reste d'abord plongé dans la lecture de son journal ; puis il reconnaît la carte, sursaute et s'exclame, en fronçant les sourcils : « Gallotti ? À une heure pareille ? Bien, introduisez-le. »

Giovanna lève les yeux sur son fils et boit une gorgée de thé.

Domenico Gallotti apparaît alors dans l'encadrement de la porte : il a les cheveux ébouriffés, une cravate mal nouée autour du cou et une expression très troublée. Ignazio le dévisage d'un air perplexe : d'habitude, le président de la

NGI est tiré à quatre épingles ; et il est bien connu pour sa capacité à maîtriser ses émotions.

« Que se passe-t-il, monsieur Gallotti ? Mais asseyez-vous, je vous en prie ! Désirez-vous un café ? »

L'hôte inattendu secoue la tête en signe de refus. On a l'impression qu'un brouillard épais est entré en même temps que lui dans la salle à manger, et qu'il en assombrit jusqu'aux moindres recoins. « Don Ignazio, veuillez m'excuser, j'ai des nouvelles urgentes et… » Il semble s'apercevoir seulement alors de la présence de Giovanna, s'embrouille et lui murmure un salut respectueux : « Donna Giovanna, pardonnez-moi, je ne vous avais pas vue. »

Puis il adresse un regard hésitant à Ignazio, qui agite la main comme pour dire : *N'ayez crainte, vous pouvez parler devant elle*, et poursuit à voix haute : « Allons, allons, asseyez-vous, monsieur Gallotti, et racontez-moi tout. Un bateau a coulé ? Il y a eu un tremblement de terre ? Un incendie ? »

Un valet de chambre présente une chaise au visiteur et un autre lui sert une tasse de thé. Gallotti regarde la tasse comme s'il craignait qu'elle soit empoisonnée et se passe une main sur le front pour essuyer des gouttes de sueur. « Non, don Ignazio, rien de tout ça. Et permettez-moi d'ajouter que ç'aurait été préférable. »

Ignazio trempe un bout de croissant dans son café et réplique sur un ton nonchalant : « En vérité ?

– Hélas oui. »

Au terme d'un long silence gêné, Gallotti reprend : « Hier soir, j'ai rencontré Francesco La Lumia… Vous savez, un des caissiers du Credito Mobiliare, un brave garçon. Je l'ai vu grandir et c'est moi qui lui ai trouvé ce travail à la mort de son père, un homme d'une intégrité à toute épreuve que j'avais l'honneur de connaître depuis ma plus tendre enfance.

La Lumia est quelqu'un en qui on peut avoir une confiance absolue, il parle toujours en connaissance de cause et… »

L'impatience croissante d'Ignazio se transforme en inquiétude : « Venez-en aux faits, monsieur Gallotti. De quoi s'agit-il ?

– Laissez-moi entrer un peu dans les détails, c'est important. Hier, en fin d'après-midi, Francesco est venu à ma rencontre au moment où je quittais les bureaux de la piazza Marina, et il m'a dit qu'il souhaitait me parler de toute urgence. Lui qui est si posé d'habitude, il me l'a demandé d'un tel air que j'ai tout de suite compris que l'affaire était grave. Je suis donc remonté avec lui vers mon bureau et j'ai prévenu le gardien que je m'occuperais de la fermeture des portes. Francesco faisait une de ces têtes… quelque chose d'effrayant, croyez-moi. Dès que nous sommes entrés dans mon bureau, il a fondu en larmes et il m'a expliqué que… que… » Il se passe une main sur le front. Ses doigts tremblent.

« Sainte Mère de Dieu ! On se croirait dans un roman-feuilleton. Voulez-vous vous décider à me dire ce qui s'est passé, oui ou non ? » Ignazio repousse sa tasse d'un geste brutal et des miettes de croissant s'éparpillent tout autour. Giovanna, jusque-là immobile, relève la tête et fixe Gallotti des yeux.

Il avale sa salive, se met les mains devant le visage et répond : « Le Credito Mobiliare va fermer tous ses guichets d'ici la fin du mois et se déclarer en faillite dans les prochains jours. »

Ignazio semble retenir un cri de protestation, mais c'est une question prononcée sur un ton geignard qui lui échappe : « Co… comment ça… en faillite ? »

Giovanna, épouvantée, regarde d'abord son fils, puis le président de la NGI. Elle ne comprend pas en quoi une éventuelle faillite du Credito Mobiliare serait susceptible de leur faire du tort.

Soudain, Gallotti s'écrie : « Et tout ça à cause de ce mégalomane de Giacinto Frascara ! Il veut démissionner de son poste de directeur général et il meurt de peur maintenant. Qu'est-ce qu'il a l'intention de leur dire, à tous ces petits épargnants qui vont se retrouver sur la paille par sa faute ? C'est lui qui a voulu s'aventurer dans des opérations à haut risque, sous prétexte de faire du Credito Mobiliare la première banque du pays. Francesco m'a affirmé que d'après certaines rumeurs, il se serait mis du jour au lendemain à refuser des prêts, par manque de liquidités. Mais personne n'imaginait que la situation était d'une telle gravité. Frascara est allé demander de l'aide à Giolitti et à Gagliardo, le ministre des Finances, et il s'est même adressé à la Banca Nazionale. Le vrai problème, c'est que toutes les caisses sont vides. Dans la meilleure des hypothèses, il n'obtiendra rien de plus qu'un simple moratoire. »

Ignazio se lève lentement sur ses jambes flageolantes, et regarde autour de lui. Cette pièce aux lourds meubles en acajou néo-Renaissance, qu'il connaît depuis son enfance, se présente tout à coup à ses yeux sous un aspect insolite. Il s'approche de sa mère, de plus en plus effrayée, lui caresse une joue et murmure, d'une voix tremblante : « Leur guichet… à côté des nôtres. *Porte à porte*, au sens propre. Les gens allaient y déposer leur argent parce que, même s'ils voyaient écrit *Credito Mobiliare*, ils se disaient que c'étaient nos locaux. J'avais bien entendu certaines rumeurs inquiétantes, après toutes les malversations qu'on a découvertes à Rome… Mais je ne pensais pas qu'ils étaient exposés à ce point, et que nous étions nous-mêmes trop impliqués… » Il se passe une main sur le front. « Les gens se sont fiés à notre nom. Et moi, j'ai investi de grosses sommes au Credito Mobiliare, je l'ai toujours cru solide… »

Le silence qui règne dans la pièce est aussi glacial que le vent d'hiver. *Nous voilà dans de beaux draps.*

Comme pour répondre à la pensée d'Ignazio, une violente rafale de pluie s'abat sur les fenêtres, les persiennes grincent et les portes claquent. Les domestiques ont beau se précipiter pour fixer les volets, il est trop tard : le froid est entré dans la pièce.

Ignazio a la sensation que tout craque autour de lui.

Giovanna fait signe aux serviteurs de se retirer et de refermer la porte derrière eux. « Les clients de notre banque vont s'imaginer que c'est nous qui n'avons plus d'argent et ils vont retirer leurs dépôts, même si nous ne sommes pour rien dans la faillite des autres. » La voix aiguë de Giovanna est d'une limpidité tranchante. Les mains posées sur cette nappe qu'elle a brodée de ses propres mains, il y a bien des années, elle conclut : « Voilà ce qui nous attend. »

En se rasseyant, Gallotti jette sur elle un coup d'œil étonné et acquiesce d'un mouvement de tête. Il ne l'aurait jamais crue capable de deviner aussi bien la réaction probable de leur clientèle.

Le regard perdu dans le vide, Ignazio marmonne entre ses dents : « Je ne tolérerai pas que notre nom soit couvert de boue par la faute de ces irresponsables qui ont hypothéqué jusqu'à leur dernière chemise. Ce serait le comble, que les personnes honnêtes paient à la place des vrais coupables. » Il se frotte les yeux, comme pour s'éveiller d'un mauvais rêve, puis tape très fort d'une main sur la table. L'argenterie et les porcelaines de Limoges tressautent. « Ces voyous ! On m'avait conseillé de ne pas trop leur laisser la bride sur le cou, on m'avait prévenu que je me trompais sur leur compte… Mais qui aurait pu prévoir que les choses iraient si loin ? »

Gallotti secoue la tête. Il serait tenté de répondre : *Apparemment, vous étiez le seul à ne pas savoir.* Mais il ne peut pas se permettre une telle insolence, et de toute façon, cela ne servirait plus à rien.

Le visage caché derrière ses mains, Ignazio reprend : « Qu'est-ce que je dois faire, maintenant ? »

Il obtient, pour toute réponse, le crépitement du feu dans la cheminée et le bruit de la pluie contre les vitres.

La respiration de Giovanna s'accélère ; celle de son fils devient haletante.

Gallotti se lève de sa chaise, qui grince sur le plancher, se passe une fois de plus une main dans les cheveux et propose, d'un air embarrassé : « Don Ignazio, si vous m'y autorisez, je voudrais rendre visite à certains de mes amis, qui en savent peut-être davantage. Et nous pourrons au moins mesurer le temps qui nous reste pour agir. »

Ignazio lui donne sa permission d'un signe, il n'a plus la force de parler. Résigné, Gallotti écarte les bras et esquisse une révérence à l'intention de Giovanna.

Elle le remercie et le prie de leur donner d'autres nouvelles au plus vite. Dès que la porte se referme derrière lui, elle se lève, attrape son fils par le bras, le secoue violemment et lui dit, sur un ton péremptoire : « Ça suffit, maintenant, ce n'est pas le moment de se laisser paralyser par la peur. Va tout de suite à la banque, parle aux employés, essaie de chiffrer le montant des pertes, d'avoir une idée précise de notre marge de manœuvre. *Observe tout de tes propres yeux.* » Elle marque une pause et se penche sur l'épaule de son fils, qui s'est rassis. « C'est ça que ton père aurait fait. » Ce n'est pas un reproche mais une exhortation, une tentative de fouetter son orgueil. « Et débarrasse-toi de cet air de chien battu. Souviens-toi que tu es un Florio, c'est tout ce qui compte. »

Ignazio pousse un long soupir, s'appuie sur la table et se lève. Giovanna constate avec satisfaction qu'il ne cède plus à la panique, qu'il redevient enfin maître de lui-même. Elle va jusqu'à lui sourire, quand il lui répond : « Très bien. Je vais suivre vos conseils. Et si jamais Franca... »

Giovanna le rassure aussitôt : « Je t'enverrai chercher, ne t'inquiète pas. »

Demeurée seule, elle retombe lourdement sur sa chaise et elle pense à *son* Ignazio. Lui vivant, rien de tout cela ne se serait produit, elle en a la certitude. Des larmes lui montent aux yeux. Aujourd'hui plus que jamais, elle souffre de ne plus voir son regard calme et froid qui lui insufflait une si grande sérénité.

Le visage tourné vers la fenêtre, elle l'interroge à voix haute : « Comment allons-nous nous en sortir, amour de ma vie ? Comment allons-nous nous en sortir ? »

Le Credito Mobiliare ferme ses guichets le 29 novembre 1893.

Quelques jours plus tôt, Franca a accouché.

D'une fille.

Giovannuzza.

ARBRE GÉNÉALOGIQUE DE LA FAMILLE FLORIO 1723-1893

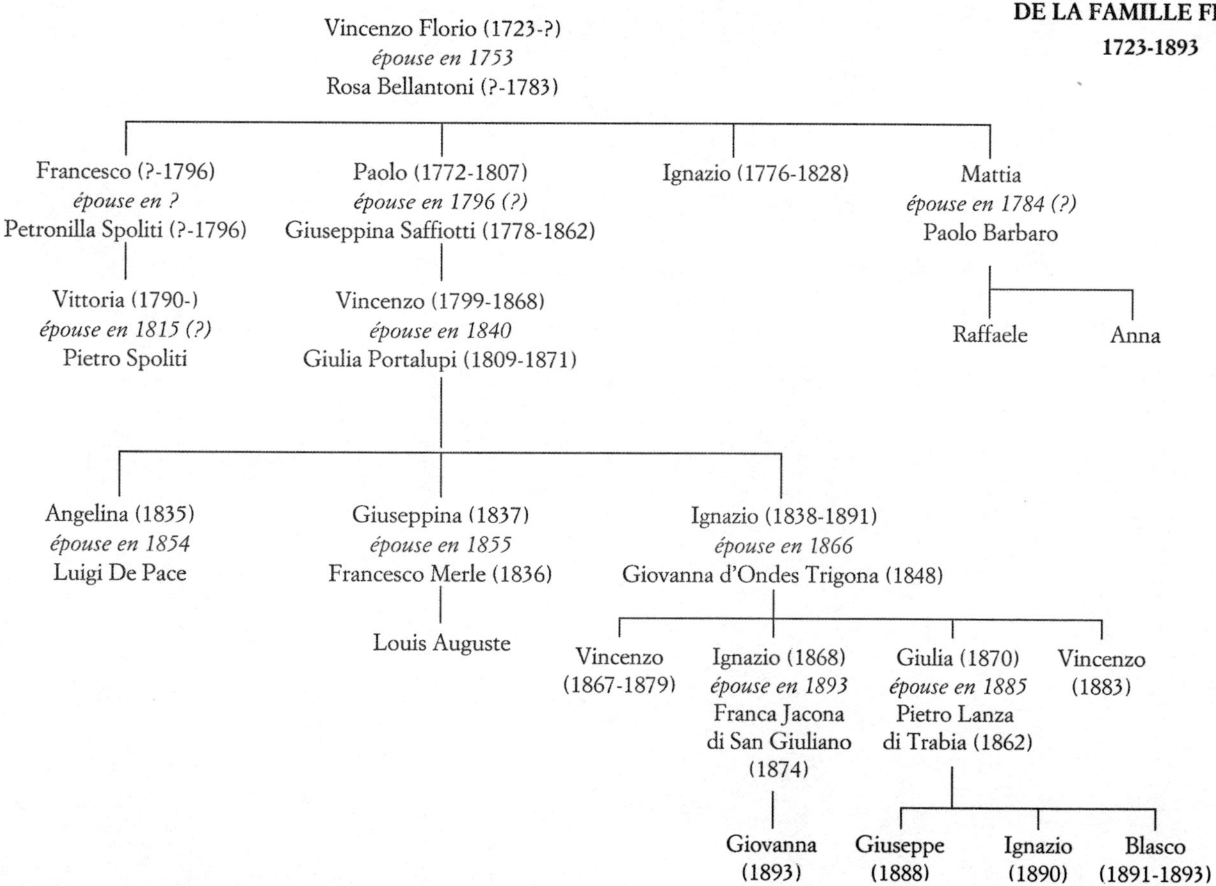

NOTE DE L'AUTEURE

Le Triomphe des Lions est un roman. Il n'est pas inutile de le rappeler, s'agissant d'une famille qui a laissé une trace si profonde dans les annales de Palerme, de la Sicile et de l'Italie. Elle passionne depuis longtemps les historiens, qui se sont attelés à la tâche difficile de l'analyser dans toute sa complexité, et en particulier dans sa dimension économique et sociale.

De même que *Les Lions de Sicile*, ce roman s'appuie sur des sources documentaires, auxquelles j'ai ajouté des situations et des personnages que j'ai imaginés ou réélaborés en fonction d'exigences narratives. Et ce sont des nécessités du même ordre qui m'ont amenée à prendre des décisions parfois difficiles, à privilégier tel ou tel aspect du récit au détriment de certains autres. J'ai dû, en somme, faire des choix. Mais il en va de même pour tous les auteurs de romans historiques qui effleurent le présent, et c'est à la fois une bénédiction et une malédiction.

Parvenue au terme d'un voyage de presque six ans en compagnie des Florio, je me dois, me semble-t-il, de fournir les références bibliographiques des publications qui m'ont servi de boussole lors de la rédaction de mes romans. Je mentionnerai d'abord l'ouvrage monumental d'Orazio Cancila, *I Florio, storia di una dinastia imprenditoriale*, indispensable à toute approche approfondie du destin de cette famille pendant quatre générations. *L'età dei Florio*, sous la direction de Romualdo Giuffrida et Rosario Lentini, et *I*

Florio, de Simone Candela, regorgent quant à eux d'informations utiles et de clefs de lecture toujours intéressantes. *L'economia dei Florio, una famiglia di imprenditori borghesi dell'800*, enfin, rassemble les contributions de nombreux auteurs et comprend le catalogue de l'exposition organisée en 1991 à Palerme par la Fondazione Culturale Chiazzese de la banque Sicilcassa ; elle avait pour commissaire Rosario Lentini, un homme d'une grande générosité intellectuelle et d'une immense culture, auteur de plusieurs textes sur les Florio, et notamment sur leurs activités entrepreneuriales et sur leurs liens avec les milieux culturels et politiques italiens.

Je citerai en outre quelques études plus spécialisées : *Le navi dei Florio*, de Piero Piccione ; *Villa Igiea*, sous la direction de Francesco Amendolagine ; *Giuseppe Damiani Almeyda. Tre architetture tra cronaca e storia*, d'Anna Maria Fundaro` ; *I Florio e il regno dell'Olivuzza*, de Francesca Mercadante ; *La pesca del tonno in Sicilia*, sous la direction de Vincenzo Consolo ; *Breve storia della ceramica Florio*, d'Augusto Marinelli ; *Boldini. Il ritratto di donna Franca Florio*, de Matteo Smolizza ; *Gioielli in Italia*, sous la direction de Lia Lenti ; *Le toilette della signora del Liberty*, di Ketty Giannilivigni ; *Il guardaroba di donna Franca Florio*, sous la direction de Cristina Piacenti Aschengreen ; *Regine. Ritratti di nobildonne siciliane (1905-1914)*, sous la direction de Daniele Anselmo et Giovanni Purpura ; *La musica nell'età dei Florio*, de Consuelo Giglio ; les sites targapedia.com (où l'on peut trouver, entre autres, tous les numéros de *Rapiditas*, la « revue internationale d'automobilisme » conçue par Vincenzo Florio), targaflorio.info et amicidellatargaflorio.com, véritables mines d'informations sur la Targa Florio. Mais j'ai aussi tiré des idées et des suggestions d'ouvrages comme *La Sicile illustrée (fascicoli dal 1904 al 1911)*, *Palermo fin de siècle*, de Pietro Nicolosi, et *Sulle orme dei Florio*, di Gaetano Corselli d'Ondes et Paola D'Amore Lo Bue. Sans oublier des classiques tels que *Principi sotto il vulcano*, de Raleigh Trevelyan, *Estati felici*, de Fulco Santostefano della Cerda, duc de Verdura, et *I racconti*, de Giuseppe Tomasi di Lampedusa : ces livres m'ont apporté une connaissance approfondie d'un certain

« usage du monde » aujourd'hui disparu, mais toujours aussi fascinant. Enfin, j'ai toujours pu compter sur mon consultant historique et artistique, Francesco Melia, qui m'a dévoilé la complexité et la richesse de la société palermitaine de la fin du XIXe et du début du XXe siècle ; il a de plus consulté pour moi de nombreuses publications, parmi lesquelles le *Dizionario storico-araldico della Sicilia*, de Vincenzo Palizzolo Gravina, *Vivere e abitare da nobili a Palermo tra Seicento e Ottocento*, sous la direction de Luisa Chifari et Ciro D'Arpa, et *La pittura dell'Ottocento in Sicilia tra committenza, critica d'arte e collezionismo*, sous la direction de Maria Concetta Di Natale.

Une autre source précieuse d'information m'a été fournie par les documents numérisés disponibles sur Internet Archive et sur les archives en ligne du *Corriere della Sera* et de *La Stampa*. Dans les articles datant de l'époque de mon roman, j'ai retrouvé les chroniques détaillées d'affaires qui, sans cela, seraient tombées dans l'oubli. Je suis donc très reconnaissante envers les journalistes, souvent anonymes, qui se sont intéressés à ces histoires, ces personnages, ces événements, mais aussi envers tous ceux qui rendent aujourd'hui leurs textes accessibles à un très large public. Et bien entendu, j'ai tiré un immense profit de la consultation de nombreux numéros du *Giornale di Sicilia* et de *L'Ora*, qui occupaient une place de choix dans la presse de l'époque.

À quoi il faut ajouter des essais, des témoignages et des articles consacrés à la vie politique, économique et culturelle de l'Italie du XIXe siècle et de la première moitié du XXe.

Quant aux livres relatifs à la vie « intime » des Florio, j'en retiendrai deux, qui ont été pour moi d'une importance fondamentale. *Franca Florio*, d'Anna Pomar, est la seule véritable biographie de ce personnage ; parue en 1985, elle se fonde sur le témoignage de Giulia Florio, la fille cadette de Franca et d'Ignazio. On y trouve à la fois la reconstitution de toute une époque et le destin individuel d'une femme à la vie tourmentée. J'ai d'ailleurs eu à ce sujet de longues conversations avec Marco Pomar, le fils de l'auteure, en particulier lorsque les informations contenues dans ce livre ne coïncidaient pas avec celles que mes recherches m'avaient fournies. Je le remercie donc du fond du cœur pour sa disponibilité de tous les instants, et je m'estime honorée d'avoir pu suivre la route frayée par sa mère.

Publié en 2020 peu avant la mort de son autrice, Costanza Afan de Rivera, *L'ultima leonessa* retrace la vie de Giulia Florio à travers le regard de sa fille. Je garde un souvenir ému des jours où j'ai eu le privilège de m'entretenir avec donna Costanza, et de la passion qu'elle insufflait à l'évocation du passé de sa famille : grâce à elle, j'ai eu la possibilité non seulement de saisir les aspects les plus authentiques d'une personnalité aussi contradictoire que celle de Franca, mais encore de mesurer tout l'orgueil qui s'attache au nom des Florio.

REMERCIEMENTS

Depuis le jour, il y a six longues années, où j'ai imaginé pour la première fois la scène de tremblement de terre qui sert de prologue aux *Lions de Sicile*, j'ai appris la valeur de la discipline, de la solitude, de la patience et du courage.

Oui. Car l'écriture n'est jamais une fin en soi : elle exige sens des responsabilités et force de caractère. On se retrouve seul avec les mots et ses propres doutes, avec la sensation de ne pas avoir donné assez, de devoir se battre au corps à corps contre une histoire qui refuse de se laisser dompter, de devoir choisir les branches sèches à élaguer et les nouvelles fondations à poser.

Au bout du compte, on comprend que tout roman est une route semée de virages et d'embûches, et qu'on peut choisir de la parcourir d'un pas léger de danseur ou au contraire d'un pas hésitant, à la seule lumière de l'intuition et d'une étoile polaire qu'on a sans cesse devant les yeux : l'histoire à raconter.

On fait de son mieux, on essaie de maintenir la distance nécessaire, on s'en remet au temps pour aider les mots à trouver leur juste place. Pour finir, on « met la main dans la gueule du lion ». Et cette bête fauve que l'on craignait tant, au lieu de vous dévorer, se montre docile et vous permet de la caresser.

Voilà.

Voilà ce qu'a été, entre autres, raconter l'histoire des Florio.

Et je n'y serais pas parvenue si je n'avais pas eu auprès de moi des gens qui m'ont gratifiée de leur affection et de leur patience. En premier lieu, mon mari et mes enfants, qui m'ont apporté leur soutien indéfectible même dans les moments les plus délicats, et qui m'ont souvent accompagnée aux quatre coins de l'Italie. Cela n'a pas été facile pour eux, et je ne les en remercierai jamais assez. J'ai pu compter aussi sur ma famille d'origine : ma mère Giovanna et mes sœurs Vita et Anna, mes neveux, mes beaux-frères, mes oncles et mes cousins (en particulier les Basiricò et les Rosselli). Je considère comme un privilège peu ordinaire d'être entourée d'autant de personnes qui m'aiment. Leur présence à mes côtés et l'estime qu'ils me vouent sont à mes yeux une chance immense.

Et puis, il y a mes nombreux amis : Chiara, qui, d'une manière ou d'une autre, est toujours là ; Nadia Terranova, qui m'offre à la fois un exemple et un point de repère précieux ; Loredana Lipperini, ma « sorcière bien-aimée » (elle sait ce que je veux dire par là) ; Evelina Santangelo, que je remercie pour ses conseils. Merci aussi à Piero Melati, qui m'a toujours manifesté beaucoup d'estime ; à Alessandro D'Avenia, qui m'a accordé une écoute attentive ; à Pietrangelo Buttafuoco, un gentilhomme au grand cœur d'un autre temps ; et enfin à l'équipe de Villa Diodati Reloaded, Filippo Tapparelli, Eleonora Caruso, Domitilla Pirro, qui, en plusieurs occasions, ont ramassé les pots que j'avais cassés et m'ont fait rire. Sans oublier Felice Cavallaro et Gaetano Savatteri, deux des voix les plus belles et les plus authentiques de la culture sicilienne actuelle.

Merci aussi à Elena, Gabriella, Antonella, Valeria, Rita, Valentina et ma toujours chère Elisabetta Bricca, des femmes et des lectrices extraordinaires qui sont mes amies depuis plus de dix ans ; à Franco Cascio et Elvira Terranova, pour leur présence, un point c'est tout ; à Alessia Gazzola, Valentina D'Urbano et Laura Imai Messina, qui ont droit à toute mon estime et toute ma reconnaissance. Vos récits sont pour moi une source d'inspiration permanente.

La liste des libraires chers à mon cœur serait très longue. Plusieurs d'entre eux n'ont pas été – et ne sont pas – de pures et simples « relations professionnelles », mais de véritables amis. Je les cite donc, en cette qualité, par leurs prénoms : Fabrizio, Loredana et Marcella, Teresa, Alessandro e Ina, Ornella, Maria Pia, Bianca, Caterina et Paolo, Manuela, Guido, Sara, Daniela, Giovanni, Maria Carmela et Angelica, Arturo, Nicola, Carlotta et Nicolò, Valentina, Fabio, Cetti et ses sœurs, Barbara et Francesca, Serena, Alberto, Marco et Susan, Stefania et Giuseppe. Vous et tous les autres libraires, indépendants ou non, je tiens non seulement à vous remercier, mais encore à vous rendre hommage : vous exercez une profession noble, très à part ; si je n'étais pas enseignante, je crois vraiment que je voudrais faire votre métier. C'est grâce à vous que *Les Lions de Sicile* a obtenu un tel succès, à la passion qui vous a animés lorsque vous l'avez conseillé à vos lecteurs, à la façon dont vous avez su l'accompagner partout. Et je dois en outre remercier tous ceux qui vous en ont parlé avant son arrivée sur vos tables, à savoir les représentants de la société Prolibro (en particulier Toti Di Stefano, pour n'en citer qu'un) et leur directeur commercial, Emanuele Bertoni. Vous êtes mes héros.

Merci à Roberto Giuseppe Basiricò, remarquable antiquaire et personne d'une valeur inestimable, grâce à qui j'ai trouvé une quantité incalculable de cartes postales, de livres et d'objets liés à l'histoire des Florio, et qui m'a aidée et encouragée sans relâche dès le début de mes recherches ; aux frères Tortorici, qui m'ont accordé leur estime et autorisée à explorer les merveilles exposées dans leur galerie d'art ; à Francesco Sarno, qui a mis à ma disposition le catalogue de la vente aux enchères des meubles de la famille Florio organisée en 1921, et qui a suivi mes travaux avec autant de zèle que d'attention.

Merci au professeur Giuseppe Damiani Almeyda, petit-fils de l'architecte des Florio, qui a créé de magnifiques archives en ligne consacrées aux dessins de son grand-père et qui, par un matin de pluie, m'a reçue chez lui pour me montrer quelques croquis inédits du palais Florio de Favignana ; et il faut de plus applaudir le magnifique travail de conservation et de vulgarisation qu'il mène depuis de nombreuses années par ses seuls moyens. Un immense merci au professeur Piazza, qui m'a permis de visiter l'une des parties les plus belles et les mieux conservées de la villa de l'Olivuzza, aujourd'hui administrée par le Circolo dell'Unione de Palerme. Merci encore à Giuseppe Carli, passionné de montres et propriétaire de l'ancienne et célèbre bijouterie Carli, à Lucques, qui m'a révélé l'existence d'une montre de gousset fabriquée pour les Florio, à des fins publicitaires, au début du XXe siècle ; ce lecteur raffiné et très cultivé m'a frappée par sa générosité intellectuelle.

Merci à ceux et celles qui m'ont accueillie (et attendue) au cours de ces derniers mois : Enrico del Mercato, Mario di Caro et Sara Scarafia ; Claudio Cerasa et tous les journalistes qui m'ont rencontrée et qui ont parlé de moi sans préjugés, sans filtre. Travailler avec vous a été une belle expérience. Merci à mes collègues et à la directrice de l'IPSSAR Paolo-Borsellino, qui continuent de m'accorder leur affection de toujours.

Merci à Costanza Afan de Rivera : j'aurais voulu lui offrir ce livre et voir le demi-sourire par lequel elle exprimait sa curiosité. Savoir qu'elle ne lira jamais ces pages m'attriste profondément.

Merci à Sara di Cara, Mara Scanavino et Gloria Danese : chacune à sa manière, ces trois femmes m'ont guidée, tout au long de ces dernières années ; la reconnaissance que je leur dois va bien au-delà des mots.

Merci à Isabella di Nolfo et Valentina Masilli, qui se sont habituées à mes grains de folie et qui savent calmer mes angoisses.

Un immense merci à Silvia Donzelli et Stefania Fietta, mes agents. Si elles n'avaient pas cru en moi depuis le début, cette histoire n'aurait jamais commencé. Merci de votre patience et de votre présence, toujours. Vous êtes irremplaçables.

Merci à Nord, ma maison d'édition, et en tout premier lieu à Stefano Mauri, Cristina Foschini et Marco Tarò, qui n'ont jamais cessé de me manifester leur estime et leur affection. Merci pour votre sensibilité et votre intelligence, pour votre capacité à voir en moi d'abord un être humain, et ensuite seulement une auteure, pour l'accueil que vous m'avez réservé en dépit de mes névroses manifestes. Merci à Viviana Vuscovich, qui a ouvert à la saga des Florio les portes des éditeurs du monde entier ; personne d'autre n'aurait pu accomplir un tel miracle. Merci à Giorgia di Tolle, la patience incarnée, et à Paolo Caruso, qui a eu une idée décisive. Merci au service du marketing, d'Elena Pavanetto à Giacomo Lanaro, toujours attentifs, toujours créatifs, toujours amicaux. Merci à Barbara Trianni, la formidable responsable du service de presse, qui est aussi ma *partner in crime* et mon accompagnatrice dans mes séances de shopping, mais encore et surtout une femme extraordinaire, courageuse et déterminée. Merci à Alessandro Magno, responsable de l'équipe en charge des audio-livres et des e-books formée par Simona Musumeci, Davide Perra et Désirée Favero. Merci à Ninni Bruschetta, « la voix des lions ». Merci à Elena Carloni et Ester Borgese, qui ont repéré des coquilles et des erreurs, et une fois de plus à Simona Musumeci, qui a uniformisé les passages en dialecte. Si je pouvais, je monterais à bord d'un dirigeable, j'y attacherais une banderole de remerciement et je survolerais pendant des heures la via Gherardini. Qui sait ? Tôt ou tard, je le ferai peut-être pour de bon.

Trois personnes sont demeurées à mes côtés, au cours de ces années de recherche et d'écriture.

Francesca Maccani a toujours cru en mon projet, dès le début. Elle n'a jamais reculé devant les obstacles, elle a essuyé mes larmes, elle a prêté une oreille bienveillante à mes confidences et elle a été, au sens plein de l'expression, mon ange gardien.

Francesco Melia, dont la culture historique et artistique est impressionnante, a fait preuve d'une totale disponibilité dans sa collaboration avec moi. J'ai beaucoup apprécié la délicatesse et la patience de ce compagnon d'aventures qui a parfois su balayer mes incertitudes d'une simple boutade.

Cristina Prasso est une des femmes les plus réservées de la planète et je ne lui dirai qu'un mot : merci. Si tu n'y avais pas cru toi aussi, en 2018, si tu n'avais pas lu mon premier roman en une nuit, il ne se serait plus rien passé. Merci de ne pas m'avoir abandonnée à mon triste sort ne fût-ce qu'une minute, même dans les moments où la tâche devenait harassante, où je craignais de ne pas réussir à raconter cette histoire comme je sentais qu'il *fallait* le faire. Merci d'avoir été non seulement mon éditrice, mais aussi une amie et un point de repère. Merci de tout ce que tu m'as appris et de tout ce que tu continues à m'apprendre chaque jour. Merci d'être là et d'être ce que tu es.

Merci à vous trois. Il y a, derrière ces quelques mots, beaucoup de non-dits… qui doivent demeurer tels.

Merci à tous ceux et toutes celles qui lisent ce roman, qui le conseillent autour d'eux, qui en disent du bien sur Instagram ou sur Meta. Et merci aussi à ceux et celles qui ne l'aiment pas et qu'il laisse indifférents : lire est toujours, quoi qu'il arrive, une manière de prendre soin de soi.

Merci enfin à Paolo et Giuseppina, Ignazio, Vincenzo et Giulia, Giovanna et Ignazio, Franca et Ignazziddu et leurs enfants. Chacun de vous m'a donné ou enseigné quelque chose.

Mon dernier remerciement vous revient de plein droit.

TABLE

DE LA MÊME AUTEURE

Aux éditions Albin Michel

LES LIONS DE SICILE, La saga des Florio I, 2021

Composition Nord Compo
Impression CPI Bussière en avril 2022
Éditions Albin Michel
22, rue Huyghens, 75014 Paris
www.albin-michel.fr
ISBN : 978-2-226-44246-8
N° d'édition : 23513/01 – N° d'impression : 2064321
Dépôt légal : mai 2022
Imprimé en France